世紀の恋人
ボーヴォワールとサルトル

クロディーヌ・セール=モンテーユ
門田眞知子・南知子訳

藤原書店

妹エレーヌと（1924年頃）

シモーヌの家族。父ジョルジュ、母フランソワーズ、妹エレーヌとともに

シュヴァイツァー一族の中のサルトル。左から祖父シャルル、母アンヌ=マリー、母方のおじエミール、サルトル（８歳）、叔父・叔母のビーダーマン夫妻、祖母ルイーズ　（1913年）

アンリ４世校６年次の頃

世紀の恋人
ボーヴォワールとサルトル

クローディーヌ・セール=モンテーユ
門田眞知子・南知子訳

藤原書店

Claudine SERRE-MONTEIL
LES AMANTS DE LA LIBERTE
L'aventure de Jean-Paul Sartre et
Simone de Beauvoir dans le siècle

（1947年）

妹エレーヌと（1924年頃）

シモーヌの家族。父ジョルジュ、母フランソワーズ、
妹エレーヌとともに

シュヴァイツァー一族の中のサルトル。左から祖父シャルル、
母アンヌ=マリー、母方のおじエミール、サルトル（８歳）、
叔父・叔母のビーダーマン夫妻、祖母ルイーズ　（1913年）

アンリ４世校６年次の頃

中国にて（1955年）

ボリス&ミシェル・ヴィアンとともに（1951年）

ネルソン・オルグレンと

靖国神社にて
（1966年10月）

『レ・タン・モデルヌ』誌の編集会議にて。右からサルトル、クロード・ランズマン、ボーヴォワール、ジャック=ローラン・ボスト（1978年）

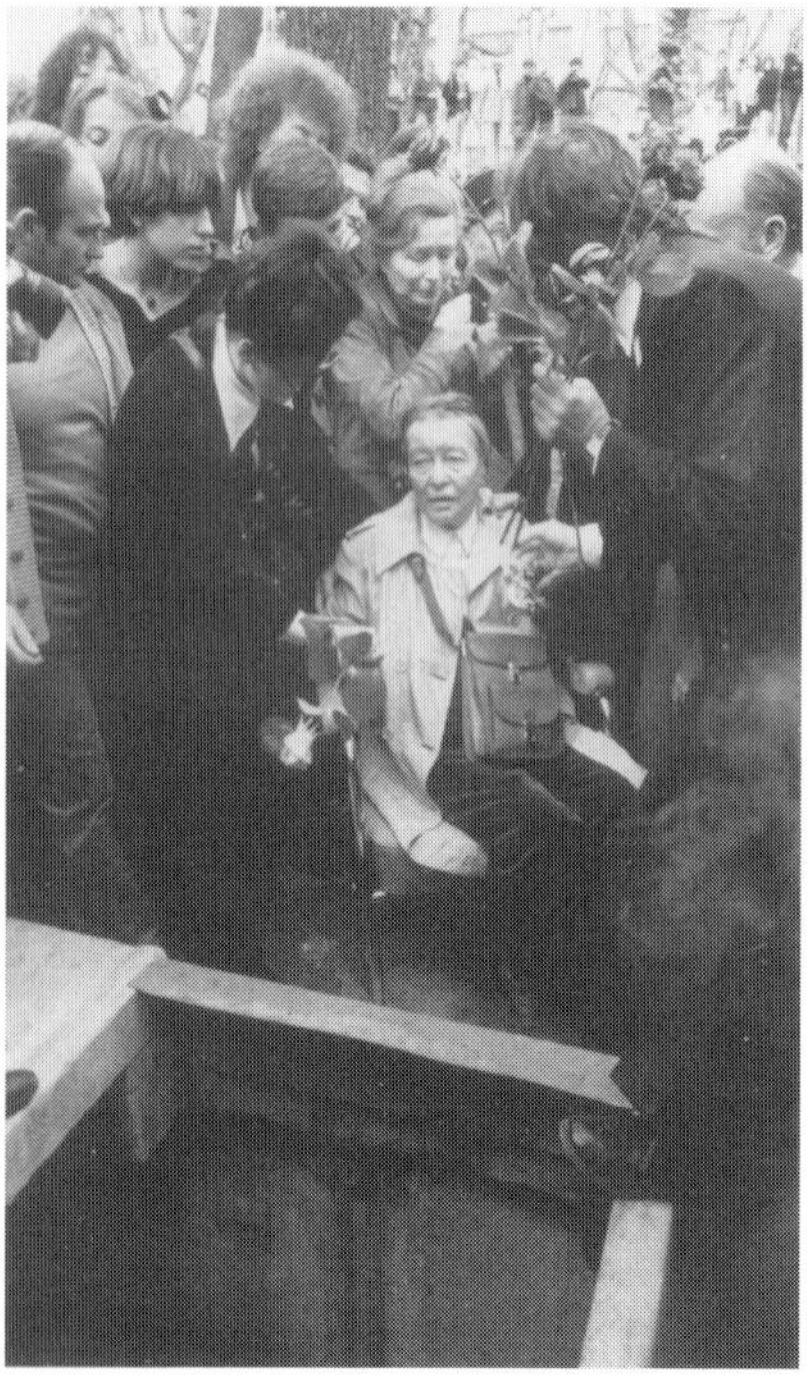

サルトルの埋葬にて泣き崩れるボーヴォワール（1980年4月19日）

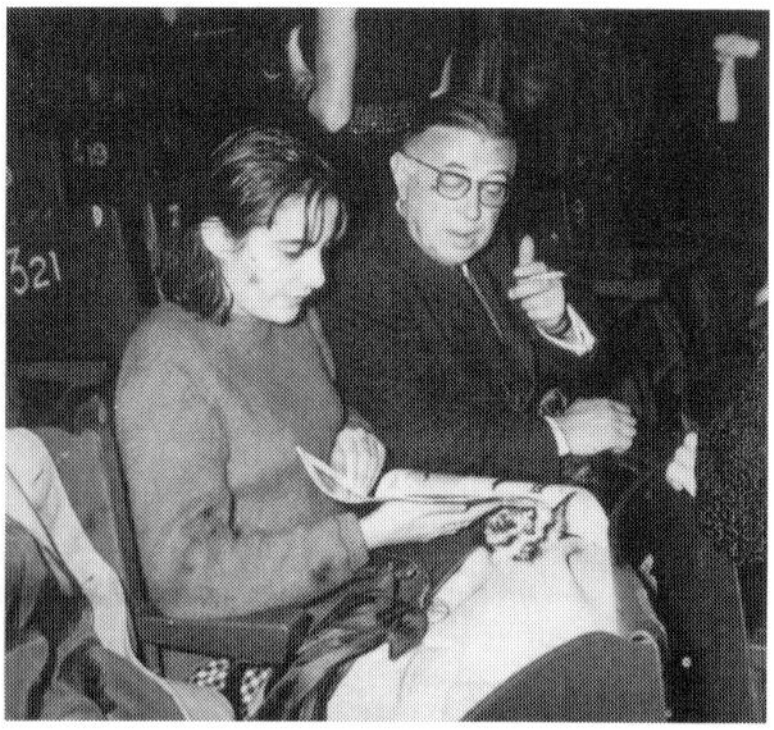

養女アルレット・エル・カイムと

日本語版への序文

『世紀の恋人――ボーヴォワールとサルトル』というタイトルのこの伝記本は私の証言です。この本を日本でご出版下さるというのは大変光栄です。まずなによりも日本の著名な出版者である藤原良雄氏に厚くお礼申し上げます。藤原氏が私の心からの感謝の気持ちをご理解くださいますように。

私はまた、光栄にも私の本の翻訳のために貴重な時間を割いてくださった門田眞知子さんにも同様に謝意を表します。門田眞知子さんはフランス政府の留学生としてフランスに住んでいた頃、ソルボンヌ大学の化学教授であり当時はエコール・ノルマル女子校の校長《ディレクトウリス》でもあった今は亡き、私の母と知り合いになりました。門田さんには私の最も感動に満ちた友情を表したいと思います。門田さんの友人の共訳者でもある南知子さんにもお礼申し上げます。

ジャン＝ポール・サルトルとシモーヌ・ド・ボーヴォワールは、彼らの日本滞在がとても気に入っていましたからなおのこと、藤原氏により日本でご出版いただけることは、光栄に存じます。彼らは日本文学もたいへん愛好していたこともあって、『レ・タン・モデルヌ』誌にも幾つかの作品を掲載しました。シモーヌは、一九六六年、女性たちの芸術創造に関する講演を日本で行ないました。その講演は、女性の芸術家たちの状況を顧みる指標になったと思います。

私はこの本の中で、幸運にも、そして光栄にも私の青春時代に知り合い、彼らの死までを見守った二人の文学の巨匠の恋の冒険を語ろうと試みました。サルトルとは晩年の十年間、シモーヌとは一九八六年の死にいたるまで十六年間、その身近にいました。二人の人生は、二十世紀の歴史と交錯しています。ジャン=ポール・サルトルは一九〇五年に誕生し、シモーヌ・ド・ボーヴォワールは一九〇八年に生れました。彼らは第二次世界大戦前に邂逅し、ともに一九四五年に著名になりました。そして、一九八〇年四月のサルトルの死まで、五十年以上もの間、彼らは愛しあいました。

サルトルとシモーヌは、人間そして女性たちの権利のための闘いにより、また彼らの著述により二十世紀を画する生き方をしました。つまり、レジスタンス（ナチスへの抵抗運動）、アルジェリア戦争反対、植民地諸国の独立支援、アメリカが引き起こしたヴェトナム戦争反対運動、一九六八年五月の学生革命、女性解放運動等々の闘いです。彼らは時代の真の良心でした。彼らは、世界のいたるところで自由が勝利するために闘ってきました。彼らは本当の意味での行動する《アンガジェ》知識人でした。

私にとっても青春時代から、サルトルとシモーヌの諸作品は、人間たちの間の連帯の重要性と世界をいっそうよく理解するのに助けとなってきました。非正義に対する闘いは、多くの戦後のフランス人たちと同様、私にとっても強い要請であるように思われました。ジャン=ポール・サルトルが想起させてくれたように、われわれは自由な存在であり、したがって、われわれの行為には責任があります。われわれがより公正なより良い社会のために闘わねばならないのは、われわれの存命中においてです。同じく、シモーヌ・ド・ボーヴォワールは、一九四九年に出版された彼女の作品『第二の性』の中で、女性の自由と尊厳を強く要請しています。この作品は、全世界に翻訳されました。「あなたの本は、私に、生きる力と私自身の人生を決意する力を与えてくれました」と、全世界から、女性たちが彼女に書き送りました。彼女のお陰で、多くの国における女性の状況は進展しました。

　私が一九七〇年にこの二人の作家に出会ったのは光栄なだけでなく幸運なことでした。その時、私はまだ学生で、不安定な女性の状況の改善のため闘っていました。ジャン＝ポール・サルトルは当時、六十五歳でしたが、著名だったにもかかわらず、熱意に溢れ、気さくで率直な男性でした。彼は、愛情をもってシモーヌ・ド・ボーヴォワールを眺めていました。二人はともに、彼らの著作を見せ合い、互いに批評しあっていました。彼らは五十年間、共に闘い、よりよい世界を希望し、旅をし、密かな合意を持ち、著述し、寄り添って生きて来ました。サルトルはまた、若者たちと一緒にいることが好きでした。彼もまた、より正当な世界を欲していました。彼は、シモーヌと女性運動家《フェミニスト》たちをとても支援しました。彼もまた、私たち女性が考えるように、男性と女性の真の平等のために、精神性と法律をすぐさま変えねばならないと考えていたからです。

　一九七〇年、フランスでは、女性解放運動（MLF）が創られました。私は二十歳で、当時のグループの中で最年少でしたが、シモーヌは、その中の最年長（六十二歳）でした。私は、何人かのフェミニストたちと会合で初めて彼女と出会いました。すぐに彼女は、直接に私に話しかけ、私が年少者であるにもかかわらず、私に意見を求めました。

　彼女は、とても気さくな女性で彼女が有名人であることも忘れるほどでした。彼女は、私たちに率直に話しかけ、私たちの行動に対して情熱を示してくれました。シモーヌは、老齢者のおかれたコンディションを告発する『老い』という素晴らしい作品を出版したばかりの頃で、年齢にもかかわらず、彼女は女性のさまざまな権利獲得の闘いにエネルギーを費やしていました。暴力を受け陵辱される女性たちへの支援、労働権、避妊・堕胎権、社会的な昇進、給料の平等、男たちに取られているキャリアの女性への門戸解放、などなどです。シモーヌは亡くなるまで最前線にいました。彼女はサルトルとともに、非常に行動的な老人でした。

サルトルのほうでは、革命的な若い学生たちと、国民的な新聞の創刊に向けて努力していました。こんにち、フランス全体で評判の新聞、『リベラシオン』です。

十六年間、来る日も来る日もシモーヌ・ド・ボーヴォワールの死まで彼女のそばでMLFのメンバーとして活動できたことは幸運であり光栄でありました。彼女は、常に他の人たちを気遣い、また寛容な人でした。われわれに救いを求めてきた多くの絶望した女性たちに、彼女は救いの手を差しのべました。

一九七五年、シモーヌは私に、画家の妹エレーヌを紹介してくれました。私たちはすぐに友情で結ばれました。エレーヌは、夫と共にアルザスの村に住んでいました。彼女がパリに来た時は、モンパルナス界隈に近い、姉のアパルトマンからも数百メートルのところの私のアパルトマンに宿泊しました。エレーヌに会うために、シモーヌは私のアパルトマンに昼食を取りに来たこともありました。こんな風にして私はボーヴォワールの家族と親密になりました。エレーヌも日本と日本文化がとても好きでした。エレーヌは一九六八年に日本で油彩画展を開き、一九七〇年には東京の画廊で、一九八三年には京都で水彩画展を開きました。彼女は、八百枚ものタブローと多くの版画のほかに、膨大な作品を仕上げました。私たちは、二〇〇一年七月のエレーヌの死までずっと友人同士でした。私がこの伝記で描いているカップルについて、エレーヌは多くの逸話を語ってくれました。

後に、私はシモーヌの作品と生き方から、彼女のフェミニズム運動への参加《アンガージュマン》に関する博士論文を書きました。その執筆のとき、シモーヌのアパルトマンで、私たちは長い間一緒に話し合いました。それは私の思い出の中で今も特権的なひと時となっています。

サルトルは晩年には目が見えなくなり、身体も弱り、取り巻き連の操るがままになり、彼らはサルトルとシモーヌを引き離そうしました。サルトルが、彼の自由の哲学とは反対の哲学的立場にあるなどと主張して。シモーヌは、この時期、絶望の中で生きていました。日ごろ威厳のある彼女が、泣きながら私の腕の中に倒れこんだことがありました。本書において、私は、彼らのそばで私が体験した悲劇的な事件を証言したいと思いました。

文学上の二人の巨人の後ろにいて、私は本書において、知的で勇気あるふたりの人間と、彼らの悩みや試練、悲しみ、同時に歓びや才能、成就といったことを描こうと試みました。

今日、私はモンパルナス墓地のシモーヌ・ド・ボーヴォワールとジャン＝ポール・サルトルのお墓の前でよく物思いに耽ることがあります。それは、感動とノスタルジーのひと時です。さまざまな国からきた若い学生たちが彼らの墓に、花や、心のこもったメッセージを残してゆきます。日本人の若者たちを見たこともありました。彼らふたりの墓は、出会いと瞑想の場となったのです。

彼らの人生が私たちに感動を与えつづけることができますように。

二〇〇五年四月十二日　　パリ、カフェ・ル・フロールにて

クローディーヌ・セール＝モンテーユ

世紀の恋人

目次

パリ市内 本書関連地図

❶サルトルの幼少時代のアパルトマン
❷現在のサルトル・ボーヴォワール広場
❸カフェ・ドゥ・マゴ
❹カフェ・ド・フロール
❺エレーヌの通っていた美術学校

❻シモーヌが生まれたアパルトマン（ラ・ロトンドの上階）
❼サルトルが1975年から亡くなるまで過ごしたアパルトマン
❽サルトルが1970〜75年に住んだアパルトマン
❾シモーヌ・ド・ボーヴォワールのアパルトマン
❿ラ・クーポール
⓫ サルトルとボーヴォワールの墓（正門右側）

凡例

一　原注は各章ごとに番号を付し、巻末にまとめた。
一　訳注は最低限必要と思われる場合に限り、本文中に〔　〕で挿入した。
一　原文の書名、新聞・雑誌名は『　』で示した。
一　原文の《　》は「　」とした。ただし、訳者が強調したい場合には〈　〉としたものもある。
一　編集部と協議の上、原書にはない小見出しを付けた。また巻末の年表は、本文理解の助けとして訳者が独自に作成したものである。

世紀の恋人

ボーヴォワールとサルトル

本書を以下の方々に捧げます

エレーヌ・ド・ボーヴォワールとリヨネル・ド・ルーレを愛情で包んだ、
アニック、カロル、セシリア、シャンタル、ミシェル、モニク、
サンドロ、　テレーズ、ヴィクトールとヨランダへ

エレーヌ・バンバラック、レベッカ・シャルケー、エマニュエル・エスカル、
リリアーヌ・ラザール、フィリップ・ルグラン、ミシェル・マジエ、
パトリック・ポミエ、ジャクリーヌ・レイ、
ジュディットとノルマン・スタン、そしてアンヌ・ツェレンスキーに

生きる喜びを三十五歳で病気によって砕かれた
フランソワーズ・モンタンニョンを偲んで

はじめに

この物語はシモーヌ・ド・ボーヴォワールとジャン＝ポール・サルトルの生涯から着想を得て、筆者が自由に書き綴ったものです。

エレーヌ・ド・ボーヴォワールには最大の謝意を表したいと思います。この本の多くの頁は、エレーヌといまは亡き彼女の夫リヨネル・ド・ルーレも加わったこの二十五年間の私たち三人の会話によるところが大きいのです。

この本はもちろんシモーヌ・ド・ボーヴォワールの晩年の十六年間を通じて、彼女との交流、交わした会話などに大いに負っています。フランスの女性の権利を獲得するために、私たちは多くの時間を分かち合い、ともに闘いました。私は学位論文で彼女の作品と彼女の社会参加《アンガージュマン》をテーマに採り上げました。この論考に関しての彼女のコメントは私にはとても貴重なものでした。

私の調査研究に尽力してくださったシモーヌ・ド・ボーヴォワール協会のヨランダ・アスタリタ・パテ

ルソン会長とリリアーヌ・ラザール総幹事にも感謝します。二十世紀と冷戦時代が専門の歴史家、クレール・ムラディアンとフランソワーズ・トムの指摘も大変有益でした。ジャン゠ポール・サルトルの哲学関係の著作については、イザベル・シュタールから貰った批判的な観点が参考になりました。レベッカ・シャルケーとセシリア・ヨデールからは支援と激励を受けました。パトリック・ポミエには出版前の原稿の推敲をお願いしました。これらの人々の協力は測り知れないものがあります。

シモーヌ・ド・ボーヴォワールとジャン゠ポール・サルトルの二人の作家について、さらに詳しいことを知りたいと思われる読者は、必ずしも網羅的ではありませんが、本書に関係している文献の目録を巻末でご参照下さい。とくにミシェル・コンタとミシェル・リュバルカの著作をご覧下さい。とりわけ、サルトルの小説作品のプレイヤード版をお読み下さい。そこには哲学者サルトルと彼のパートナーに関する重要な情報が含まれています。そしてアニー・コーアン゠ソラルによって書かれたサルトルの伝記と、デルドゥル・ベールによるシモーヌ・ド・ボーヴォワールの伝記もお読み下さい。

最後にシモーヌ・ド・ボーヴォワールによって書かれたさまざまな『回想録』は、サルトルとボーヴォワールというカップルの生涯と、二十世紀の歴史についての情報と考察の尽きることのない源泉となっていることを申し添えたいと思います。

クローディーヌ・セール゠モンテーユ

プロローグ

建物の扉が鈍い音とともにふたたび閉まった。細かな雨がパリの街に降っていた。四月はまだ肌寒い。身体にピッタリ合ったベージュのレインコートに身を包み、シモーヌ・ド・ボーヴォワールは小刻みな足取りでシュルシェール通りをラスパーユ通り方面へ下っていった。突風が塵埃と花粉を巻きあげヴァヴァンの交差点の真ん中でシモーヌに吹きつけた。七十七年前、ここカフェ、ラ・ロトンドの上階の家族用アパルトマンでシモーヌは誕生したのだった。歩道の上で、一度歩みをゆるめると、腕時計を覗いた。彼女にとって、約束の時間に遅刻することはとんでもないことであった。子供の頃から時間厳守は彼女の常に心がけることの一つだった。わずかな遅刻でも彼女をひどく不安にさせた。

さいわい、まわり道をする余裕は十分あった。エドガール＝キネ通りの方へと向きを変えると、モンパルナス墓地の壁に沿って歩き、正門からこの静寂の場所に急いで入った。彼女のパートナーだった人の慎ましく簡素な終《つい》の棲《すみか》がこの右側にあるのだ。強い風が雲を吹き飛ばしていた。セーヌ左岸の空に晴れ間がのぞいた。墓地公園の並木道を人々がそぞろ歩いていた。庭師や労働者たちが仕事に励んでいた。誰も彼女が現れたことに気もとめなかった。彼女は心から大切に想う人の墓前にやってきたが、会いにきたのは彼女一人だけではなかった。数人の日本人たちが手に一冊の本を持ち写真を撮り合っていたし、そこからさほど遠くないところでは若者のグループがお喋りをしていた。こうした訪問者たちの誰も彼女が何者か気づかなかった。彼女は彼らの方に近づいたが誰も気にとめなかった。そして石碑の前に置かれた小さなベンチに、折しも降り出したにわか雨の雫も気にとめず、彼女は腰を下ろした。

彼女の想いはあてどもなく彷徨っていた。

サルトルが、彼女を悲しみの中にひとり残して逝った一九八〇年四月一五日から五年が経っていた。墓石には作家の名前が黒字で彫られていた。その下には空白の部分が残されている。五十一年の歳月をともに分かち合った人の名前に並んで、いつの日か彼女の名前がそこに刻まれるだろう。

サルトル亡き後は、さまざまな応酬を知るのも独りだったし、二人の尽きることのない対話は独り言に転じた。彼に話し掛けたいという彼女の気持ちは強かったが、彼女はむしろ我慢し、訪れる人たちの姿に気を紛らわせ、彼らがあれこれ言う言葉に耳を傾けることのほうを好んだ。一人の若い女性がシモーヌに気付いた。ざわめきが起き、人々の群《むれ》は退いた。彼女を想い出の中に浸らせるために。

ようやく彼女は彼と二人だけになれた。「それでも」と彼女はつぶやいた、「私たちはすばらしい人生を共に生きたのね。」おりしも差し込んだ陽の光がやさしく彼女の頬を撫でていた。

時間が経った。

慎重に手をベンチの縁の上において立ち上がり、心許ない足取りで墓石から遠のき、昼食が待っているラ・クーポールの方に彼女は向った。

第一章　出会い

二十世紀のはじまり

百年もの年月は、引き裂かれるほどの辛い思いも忘れさせてしまうものである。その場ですぐに死に絶えるのではないかと思わせられるほどのことでさえも。一九〇五年、フランスは決定的な傷跡が残るような深刻な危機に見舞われた。一八七九年に共和主義者たちが宗教分離の政権を確立して以来、教会と国家のあいだを結び付けていた緊密な関係は、ドレフュス事件に関連して起きた対立がなんとか落ち着いて行くにつれて、薄れていった。教会は偉大な敗者を論争から救い出した。ナポレオン一世の発令したコンコルダート〔政教条約〕はカトリック教を〈フランス多数派の宗教〉と宣言したが、新しい法律は信者たちに集会や発言の自由や地位の選択の自由の保証は残したものの、この宣言は廃止された。高くついた自由だった。同じくこの機会に、国家と宗教を結びつけていた伝統的関係は公式に解消された。ついでに教会はそれまで享受してきた特典や影響力を象徴的な意味でも物質的な面でも失った。フランスでは心に深い傷を負ったカトリック信徒たちが抵抗しトラブルが発生した。ブルターニュ地方では信徒たちが銃を取った。バスク地方では教会の扉に熊を繋いだ。(1) 教区の信徒たちは夜になると鐘楼で見張りに立った。このような危機を国はどうやって乗り越えようとするのか、また教会の崩壊に立ち会おうというのであったか。

ジャン＝ポール・サルトルはこうしたトラブルが最も激しかった一九〇五年六月二十一日に生をうけた。彼の父、ジャン＝バチスト・サルトルははるかな水平線にあこがれる人だった。海軍に合格すると、海軍士官となって旅をした。その後アンヌ＝マリー・シュヴァイツァーと結婚し、彼女とのあいだに男の子を一人もうけたわけである。やがて旅先で罹った病気と熱が再発し、体力が消耗した彼は三十二歳の誕生日を悲しみのうちに迎えた。長い臨終の苦しみの後、若い妻の腕のなかで息を引き取った。のちに彼の息子が書くように、〈夭折するという良い趣味の持ち主〉だった。

サルトルは父の死でダメージを受けることはなかった。彼の自伝には孤児にもたらされるような悲しみの兆しは皆無である。それどころか母親と二人だけで遺《のこ》された喜びを彼は語っている。

「ジャン＝バチストの死は私の人生の大事件だった。彼の死は母を頸木《くびき》に繋ぎ止め、私に自由を与えた。(2)」

作家は父の名を出すとき、彼のファースト・ネーム〈ジャン＝バチスト〉しか使わない。幼いジャン＝ポールは、父であったこの見知らぬ人のことを忘れがちであった。幼い彼の気持ちが傾いていた父親像のようなものとしてもっと彼の心に残る像は、それは彼の表現に従えば、ヴィクトル・ユゴーに似た堂々たる髭を蓄えた母方の彼の祖父、シャルル・シュヴァイツァーの姿だった。

祖父はアルザスのプロテスタント一家の出であった。彼の兄弟でジャン＝ポールの大伯父にあたる人は超著名人となった。その人のことについてこの作家は、爪の一掻きにも似た皮肉な書き方で、アルベルト・シュヴァイツァー博士は〈病人の世話をするのに結局、現地アフリカ地方の方が良かったのだ〉と片付けている。アルベルト・シュヴァイツァーは、ガボンにランバレネ病院を創立した。牧師シュヴァイツァーは、多くの命を救った外科診療所だけでなく、隣接してハンセン病院を建てた。一九五二年ノーベル平和賞が彼に授与された。その十二年後、彼の姪の息子サルトルは、別のノーベル賞、すなわちノーベル文学賞の推薦を拒否した。

当時この名声は、若いプールー〔サルトルの子供時代の愛称〕にいささかの感動も与えなかった。プールーは、祖父の〈驚異〉であり、美しい母アンヌ＝マリーの慰めだった。その微笑と大人を驚かす生き生きした悪戯一杯の機知で、家族に君臨していた。

＊

サルトルの誕生から三年ののち、一九〇八年一月九日朝の四時にラスパーユ通りに面した白い建物の一室でシモーヌ・ド・ボーヴォワールは産声をあげた。政教分離の議論も漸く落ち着いて平静に戻ったばかりのフランスだった。ボーヴォワール一家はモンパルナス通りとラスパーユ通りの角にあるカフェ・ロトンドの上階に住んでいた。パリのこの界隈は首都に住む芸術家や俳優たちの出会う場所となっていた。父は赤子に見入った。それは落胆を意味した。彼はどれほど男の子を望んでいたことか。子供は女の子だった。生き生きした青い瞳、褐色の髪のとても可愛い小さい女の子だったにもかかわらず。

法廷弁護士、ブルゴーニュ出身のジョルジュ・ド・ボーヴォワールは貴族の家柄だった。ナポレオン一世の御用達しだったセーヴル工場の任務では彼の祖先の一人ベルトラン・ド・ボーヴォワールがデュ・ゲクランの戦友として登場している。フランス革命ではボーヴォワール家の人が処刑されている。それ以後、シモーヌの言葉を借りれば〈貴族出の上流気取り〉は一族からは出なかったらしい。

貴族でブルジョワであったにもかかわらずジョルジュ・ド・ボーヴォワールは財産を持っていなかった。ヴェルダンで出会ったヴェルダン生まれのフランソワーズ・ヴァンテルの心を自分の魅力とユーモアで獲得しようとした。未来の義父母となる人の部屋で、若い娘たちが壁に向かって並んで座り物静かにタピスリーを織っている様子に和やかさと楽しさを彼は感じていた。若者は小馬鹿にしたように娘たちをじろじろ見た。

「いつもそんな風に輪になっているの？　お嬢さんたち。」(3)

このちょっと型破りな現われ方でジョルジュ・ド・ボーヴォワールは若きフランソワーズの心を掴んだ。甘い言葉で彼女を喜ばせたり感動させたりする術を彼は心得ていた。この魅力ある男性は劇場や演劇に自分の生涯を捧げたいと夢みるようになる。シモーヌの母は夫のお陰で愛撫と愛の喜びを味わったし、生涯通して決して思慮深いとは言えない夫というもののの馴れ合いも味わった。

ボーヴォワール夫妻、祖母、召使のルイーズがシモーヌの周りに熱い環を作っていた。活発で早熟な子供の怒りの一つひとつが、発見したことの一つひとつが家族のなかでいつまでも取り沙汰された。叔父や従兄弟たちが囁き声で彼女の言葉を繰り返した。彼女は自分のファンを見分けた。笑い声や上流社会の晩餐で使用されるため整理戸棚から出される上等なテーブルクロスやナプキン類、美しい皿、燭台、女性たちの優雅な衣装などが彼女の見た最初の世界だった。不幸というものが彼女を襲うなどということは考えられもしないことであった。

第一次世界大戦はまだ家庭の団欒や社会を破壊するには到っていなかった。

プールー

一九一〇年、アルザス・ロレーヌ地方はドイツの支配下にあり、そのことが果てしない論議の対象になっていたが、時代はまだのんびりしていた。サルトルは五歳になり、シモーヌ・ド・ボーヴォワールは二歳だった。彼らはその早熟な知性ですでに周りの親しい人たちから抜きん出ていた。

彼らは青春の初めの時期から自己の中に第一級の情熱の対象として文学を見つけていた。そのことについてサルトル自身が最もよく表現している。

「私は書物の直中から人生を始めたが、疑いもなく人生を終えるときも同じであろう。(4)」

取り巻きの大人たちが「プールー」と渾名したこの子供は羽根ペンを〈紫のインク〉に浸《ひた》し、紙の匂いや吸収紙の匂いに酔い、ノートにペンを走らせ、物語りを作ることを始めた。彼は息を吸うより速く書き、達成に向かって自分が大きくなっていくように感じていた。少なくとも、彼はそう思っていた。彼の肉体はやがて彼に追い付いて、もっととても残酷な話を彼にすることになるだろうが。

第一次世界大戦は手強《てごわ》い競争相手となった。大戦は彼から家族の関心を奪った。彼は最早神童ではなかった。戦争による孤児たちがいまや彼がこれまで受けたと同じ敬意を享受していた。少年サルトルの復讐は生涯を通して読書と著述という彼の武器で行われた。戦争が始まった頃は滞在していたアルカションで、次いでバッファロー・ビル遊びやニック・カーターの本に山ほど囲まれたパリで、彼は専ら戦争を忘れることに心を傾けた。母親と共にそこで過ごした数年間は、彼の生涯で最も幸せな時期だったと彼は書いている。ママンと彼は離れることなく、その後の一風変わった彼の生活の最初のカップルとなった。

「母は僕を、私のナイト、私の親指トムと呼び、僕は彼女にすべて話した。(5)」

「親指トム」の呼び名は、当時の彼はまだ知る由もなかったが、彼の生涯の最後まで彼に付きまとった。

ドジール塾

シモーヌもまた彼女なりに、神に選ばれた子供時代を送った。彼女の生き生きした知性は、貴族的階級の家庭にふさわしい礼儀に叶う範囲で、小さな男の子の生活を彼女に送らせることになった。跡取りの息子をあれほど切望しながら、娘二人しか恵まれなかった父親の密かな願いに、かくして彼女は報いたのだろうか。しかしながら彼女がカップルを組んだのは、父親とではなく、生涯を通じて彼女のお気に入りであった妹であった。

「妹であることがどんなに大変か、なかなか解ってもらえないと思うわ。(6)」

とエレーヌ・ド・ボーヴォワールはよく言っていた。

プーペットとあだ名されたエレーヌは、シモーヌの遊び相手であり、最初の生徒だった。一人っ子で早くに父親をなくし、母親と独占的愛情で結ばれ、孤独な子供の夢想に身を任せていたサルトルと違って、シモーヌは共謀《コンプリシテ》の別の形態、即ち教えるという喜びを早くから味わった。

遊びは、プーペットに世界を発見する機会となった。ディボンヌ・レ・バンのカジノで両親が夜を過ごす時には、彼女たちはファントマごっこをして遊んだものだった。一九一三年、五歳のシモーヌはラスパーユ通りのアパルトマンのセントラルヒーティングに妹と体を押しつけながら、人生の宝物の一つを彼女に明かした。即ち彼女は妹に読むことを教えた。シモーヌの教え伝える情熱はこの日から始まった。

一九一二年、女性たちは投票権を要求して街頭デモ行進をした。婦人参政権論者たちの運動は、ヨーロッパの多くの国に広がって行った。時事について話し合うことのほとんどない環境に育ったシモーヌがこのことに心を傾けるには、余りに幼な過ぎた。フランスを揺るがしたこの政治闘争も彼女の許にまでは達しなかった。女性たちに投票権と被選挙資格を認める政令が、アルジェに設置された国民解放国家委員会によって一九四四年四月二十一日に採択される時までフランスは待たねばならなかった。次いで一九四五年四月二十九日、女性たちが初めて参加する選挙が市町村で行われた。ヨーロッパの他の国ではもうとっくに認められていたこの権利がフランスで認可された時は、最後から二番目の国になってしまっていた。

一九一三年十月、シモーヌは五歳半になっていた。両親は彼女をジャコブ通りにある私塾に入学させることにした。ドジール塾（Désir）の呼び方は当惑を招くかもしれない。シモーヌは他の子供たちと同様、ドジールの“de”の上のアクセントを発音しないように教えられた。良家のお嬢さんたちを怯えさせる必要はなかった。塾の創設者であるアドリーヌ・ドジール嬢の彫像が台座の上から威厳をもって生徒たちを見下ろしていて、彼女の塾の揺るぎない徳がいささかでも損なわれることがないように見守っていた。[7]

サン＝ジェルマン＝デ＝プレには、日曜日毎にサン＝シュルピス教会に集うカトリック教徒の家族たちが多く住んでいた。少し離れたオデオン座近くには静かな庭園のなかにいくつかの修道院が建っていた。キリスト教の伝統がまだしっかり根をおろしていたフランスのような国では、宗教は重大な事柄だった。やがては教会の重圧を、抑圧を媒介するものとして告発するシモーヌも、まだ幼い少女として公教要理が本当の幸せだと信じていた。

「聖書が語る聖史の方がペローのお話より私にはおもしろく思えました。というのも聖史が詳しく語る奇跡は本当にあったことだったからです。[8]」

それから以後、世界はプーペットと二人だけの差向いの狭いものではなくなった。学校は彼女の世界の地平線を広げてくれた。他の子供たちや先生たち、ランドセルや書物があった。最初の頃からシモーヌは、自分が他の女の子たちより優れているのを感じていた。彼女は既に読んだり計算が出来た。同級生たちは、シモーヌが苦もなく読み取れる文字を前に悪戦苦闘していて、彼女の妹ほどにもすすんでいなかった。学ぶことへの彼女の意欲は最初の宿題で明かになった。彼女は熱心に課題に取り組んだ。その成績は即優秀であったので、両親も祖父母も改めてこの驚くべき女の子の素晴らしい才能を揃って称賛した。

宿題が済むと彼女はプーペットと地図帳を広げて遊んだ。たゆまなくコメントをしたり、彼女の夢をふくらませるはるかな国々を地図の上に指し示したりした。当時コンゴの海岸にまでのびていたフランス植民地の輪郭を二人は指でなぞった。そこには風変わりな名前の原住民が住んでいて、文明化が試みられていた。

一九一五年、今度はエレーヌがドジール塾に入学した。彼女は読むことも計算もできた。この年はまた、彼女たちの父親が召集を受けた年でもあった。一九一四年の総動員は不整心音のお陰で彼は動員を免れていたのに、一年後ドイツはマルヌ県への圧力を増加し、状況は深刻になったため、全ての健康そうな男たちは全員、動員されたのであった。最初の戦争で血にまみれた死者たちに替わる兵士たちが必要だったというわけだ。健康にさほど恵まれないジョルジュ・ド・ボーヴォワールもミリー・ラ・フォレのアルジェリア人歩兵隊に配属された。シモーヌとエレーヌは父親にキスをしに行った。優美な口髭をたくわえた美しい父は娘たちを両腕に抱き締め、娘たちは彼のふっくらしたズボンと縁無し帽にうっとりした。

シモーヌもエレーヌも戦争によって損なわれることはほとんどなかった。彼女らの父の望み通り真面目な小さなお嬢さんとして、毎日生活していた。フランソワーズ・ド・ボーヴォワールは優しさと親切を惜しみなく娘たちに与えた。人々は黒パンを食べ、バターは見当らなくなり、砂糖は配給制になったが、少女たちは愛情に満たされていた。

一九一六年、ジョルジュ・ド・ボーヴォワールは心臓発作に襲われた。これが偶然、彼の命を救うことになった。というのは、かつて彼の属していた部隊はその後ヴェルダンで受けた攻撃で壊滅したからである。

クーロミエの病院で彼はついに演劇への情熱に身を投じることが出来るようになった。彼は喜劇を演じ、彼の妻も彼と共に演劇に打ち込むように試みた。しかし、これは徒労であった。舞台に立って人目に曝されるには余りに自分の狭い社会的地位に縛られ過ぎていて、彼女は自分を解放することができなかった。がっかりしたジョルジュ・ド・ボーヴォワールは軍隊の劇団に戻ろうと考えた。彼と彼を駆り立てた情熱のお陰で、この真面目な二人の小さなお嬢さんたちはコメディ・フランセーズやシャトレの特等席に座る機会に恵まれたのだった。

シャルル・シュヴァイツァー

威厳ある祖父の書斎に座ったサルトルはまだ一字の文字すら読めなかったのに、巨大な本棚に並べられた長方形の箱のような物体に見取れていた。本である。非常に若くして皆の称賛の的になることに慣れていた彼だったが、大人たちが手に取り、ページを開き黙って見入っている、芳香を放つこの堅くて無言の宝物に心惹かれていた。これからの彼の生涯が捧げられようとしているその方向がそこに、彼の目の前の棚のなかに秘められて並んでいた。

ある日、幼いプールーは祖父に革で表装された見慣れない箱のようなものの中に何が入っているの？と尋ねた。老人の笑顔は消え、厳かなものになった。膝の上に孫を抱き上げると、人類の歴史とその著者たちの話を低く美しい声で彼は語り始めた。ホメロス、フロベール、バルザック、ラブレー、ヴィクトル・ユゴーの名前を初めて聞かされた。そして祖父が辛うじて認めていた二十世紀初頭の二人の作家、アナトール・フランスとクールトリーヌ。この祖父との二人差向いの特別な思い出を語る時、将来の戸口すらまだ朧《おぼろ》げでしかなかったけれど、この書斎がどれほど寛げる場所であったかを、サルトルは強調している。

彼の心を非常に引付けたあの革製の箱、天気によって大きく膨れ、埃を被った(9)あの箱から彼を絶え間なく引き離そうとする母親にやがて恨みを感じるようになる。

柵付きのベッドの上で、挿し絵の版画が彼を不思議がらせたジュール・ヴェルヌの『中国での中国人の試練』をどうにかこうにか読もうとしているところを見つけた大人たちはやっと彼に読み方を教えることに決めた。彼はすみやかに上達し、ヘクター・マロの『家なき子』を読むまでに密かに向上していた。

彼の好奇心は幸福感に変わった。世界がついに彼に扉を開けていた。彼は自分が大きくなったように感じた。ページをめくりさえすればよかった。数々の主人公たちと素晴らしい冒険を共に味わった彼は、自分が並はずれているように感じ幸せだった。祖母と母は彼が余りに真剣なので不安だった。祖父と問題に取り組むことは有り得なかった。

母親は、従順な女性に共通する逃げ道を使って、さも偶然であるかのように装ってキオスクで彼に漫画を見つけさせた。幼いサルトルは逆らわなかった。彼は彼らの時代を反映するこの新しい読み物にとびつき、文字を読むより先に絵となった主人公と一体になった。漫画の卑劣な一件を自覚して、後に彼は説明している。

「僕はそのことについては祖父に口を噤んだ。(10)」

この策略を見破ったとき、老人は息が詰まりそうなぐらい怒った。女たちは弁解し、自分たちの主張を押し通した。そしてジャン＝ポールは「アメリカの最も偉大な探偵」ニック・カーターのシリーズやミシェル・ゼヴァコの書いたパルダイヤンの騎士の冒険などに思いっきり自由に飛びついた。彼らと共に見知らぬ地方を発見したり、たくさんの罠を見破ったり、違ったやり方で読む方法を学んだ。

第一次世界大戦はボーヴォワール家のお嬢さんたちと同様たいした影響を彼に与えなかった。一九一四年、彼は九歳、シモーヌは六歳だった。喪と血にまみれたその数年間は、彼の子供時代の最も幸せな時だったとサルトルは述べている。アンヌ＝マリーは彼のためだけに生きていたから、この若い「騎士」は何でも彼の望み通りの物を手にいれた。

どこの家庭でもそうであるように、女たちは子供たちに宗教心を植え付けようとし始める。男たちはむしろ反対に子供たちをそうした試みから遠ざけようとする傾向があった。シモーヌはしかし一見して非常に敬虔な少女だった。(11) ドジール塾では信仰心をもってお祈りを唱え、そして他の少女たちとは彼女たちに劣らない熱心さで遊んだ。真面目な、非常に真面目な少女たちだった。それでも矢張りシモーヌは、大人たちと神との関わりの複雑さに密かに気付いていた。それはサルトルも同じだった。祖父シュヴァイツァーは凝り堅まった信心と呼んで遠慮なく馬鹿にしていたから。魅力的なジョルジュ・ド・ボーヴォワールはミサの光景より舞台の上の光景に魅せられ、彼の妻の信仰を縁起かつぎと非難して、ともすれば皮肉った。口論、叫び声、ぞっとする嘆声、呪咀、荒々しく閉められるドア。家庭の中に生じた男たちと女たちの間の不和は、後に、ただ一つの共通の信仰、即ち自由へと彼らを導くのである。

サルトルが八歳の時、彼の幸せだった子供時代がいきなり中断された。祖父のせいだった。孫息子の肩に長い巻き毛が垂れているのを、もう見るのにうんざりしていた彼は、これはもう行き過ぎだと思い始めたのである。アンヌ＝マリーは娘を持てなかった無念さを彼女なりのやり方で無意識のうちに表していたのではなかろうか。祖父の考えでは、孫にもうちゃんとした男の子の格好をさせる時だと思ったのである。そこで女たちに隠れて彼はプールーを床屋に連れて行った。鋏がチョキチョキ音をたて散髪が終わった。済んだことはもう取り返しがつかない。突然の不幸が家族を襲った。今は切られてしまったあの巻き毛が、彼の姿の醜いところを隠してくれていたのだ。ひどい斜視であることがはっきり人目に曝され、どれほど彼が醜いかが明らかになってしまったのだ。

醜い容貌の新事実については、『言葉』の中の最も悲痛な一節の一つとして記述されている。巻き毛が人々の視線から彼を護ってくれなくなって、瘤痕のできた肌、斜視の目、いくつかの吹き出物が白日の元に曝され、哀れなプールーは今や貧弱な風采の持ち主になってしまった。子供の生き生きした知性は、自分の新しい状況を自覚させ、人々の視線の中に突然生じた変化に気付かせた。

「祖父自身がすっかり呆然としてしまったようだった。可愛いお嬢ちゃんをあずけたのに、ひきがえるにされてしまったようなものだ。[12]」

サルトルはいつかこの出来事から立ち直るだろうか。彼の醜さは彼の生涯の最もロマンチックな時でさえ彼に付きまとったのだった。

ジャン=ポールが本に埋もれて子供時代をパリで過ごしたのに対し、シモーヌはリムーザンにメリニャック家の人びとと自然を見付け出していた。この違いはなくなるだろうか。サルトルはスポーツは一切しなかった。彼はシモーヌが自転車に乗ることや、歩くことの喜びに夢中になっていることは自由にさせていたけれども。読書だけでは彼女の活動的な性格はもはや十分満足させられなくなっていた。彼女は世界を発見し、世界を歩き回り、その生き生きした現実を掴みたいと思った。野外や美しい景色を見る喜びを早くから知っていて、後に、次のように書いている。

「景色の中の木や石や空や色や囁きは、私の心を打って止まないでしょう。[13]」

リムーザンの奥深い所から見た戦争は、理屈だけの不幸でしかなかった。戦争は大人の世界のことだった。パリに戻るとドラマが彼女を待ち受けていた。髪を切ったことでサルトルが見舞われた激しい変化と言うのとは違ったが、それは密やかに始まっていた。どうして彼女の父は、目を伏せて悲しい顔で縫い物をしている母を放ってそんなにしばしば家を留守にするのだろう。どうして父は長女と以前のように軽やかに笑わなくなったのだろう。家の中に父が残すこの空虚さは何なのだろう。大量の涙をもたらすこの不在は何を意味するのだろう。一九一八年、シモーヌは、ジョルジュが魂の抜けた人間になってしまったことがわかる年齢にはまだなっていなかった。彼はもう弁護士の仕事はしていなかった。彼は劇場の舞台に上がっていた。戦争が起きるまでは、フランソワーズは何不足ない女性で、取り巻きの多い生活をしていた。彼女の娘の『回想録』によれば、優しい夫は愛撫と官能の心地良さを彼女に目覚めさせたようだった。彼女の時代の女性としては、非常に希有なことであった。戦後、彼は彼女への興味を失い、そのために彼女はいよいよイライラして、慰めようもなくなった。彼女は自分の娘たちに素気なくなった。シモーヌはその被害を受けはしたが、依然両親にとって優秀で前途有望な、家族の中の「お転婆娘」であった。彼女は大人たちの真ん中で特別な位置を占めていた。

フランソワーズは自分の恨みを末娘に振り向けた。シモーヌには許したことを、彼女には禁じた。子供のころ、人々のお気に入りだった妹を嫌っていて、自分の昔の嫉妬を彼女自身の末娘に投げつけたのだ。エレーヌは友たちを選ぶ自由や勉強をする権利を奪われ束縛された子供時代を送ることになった。

「二人の中で本当に真面目な女の子は私の方でした。」

と、エレーヌは自分から話してくれた。(14)

妹を苦しめている嫌がらせと不公平を目のあたりにして、シモーヌは直ちに行動をおこした。自分の特権的な状況を利用する代わりに、エレーヌとの連帯を感じ、遊びを分かち合ったり、自分の知っていることを全て彼女に教えた。姉というより、もう一人の母であった。自由と人格の尊厳を守るために不公正に立ち向かい社会に参加《アンガージュマン》する、シモーヌにとって初めての経験がそこに始まっていた。反逆者、そこから彼女は多くのことを採り上げた。間違いに立ち向かう正義の騎士の役割は彼女を永久に際立たせるだろう。

＊

同じ頃、母親がピアノを弾いている間、サルトルは家族のアパルトマンの部屋から部屋へと剣を振り回していた。彼は悪人を殺し、美しい伯爵夫人を救出した。リュクサンブール公園では子供たちが兵隊ごっこをしたり、強盗ごっこや泥棒ごっこ、バッファロー・ビルやインディアンごっこをしたりしていた。しかし、部屋の中では地上のあらゆる裏切り者や偽善者たちをすすんで刺し貫く勇敢な騎士も、そこでは別だった。木に凭れて、独りぼっちで、引きこもりがちに同じ年頃の男の子たちの遊びを見守っていた。彼らのうちの誰一人として彼に視線を止めてくれる者はいなかった。現実の原理に彼はもろにぶつかったところだった。

彼の醜さにもう一つ不幸が重なった。自分の醜さに気付いたサルトルは、おまけに自分が他の美しくがっしりした体格の子供たちより小さくてやせっぽっちであることがわかったのである。矢張り『言葉』の中で母親の狼狽振りについて、彼は書いている。息子を重苦しい孤独から救うために、彼ら子供らの母親たちに話してみようか、と彼女は彼に提案した。ジャン＝ポールは拒絶した。彼は自惚れ過ぎていたし、余りに心を痛めていた。彼は醜くちっぽけで一人ぼっちでいいと思った。

その日、彼はアンヌ＝マリーとリュクサンブール公園から帰って来た。彼は背を丸め目を伏せていた。母は彼の手を握って彼の気持ちを落ち着かせようとし、慰めようとしたが、無駄だった。あんな嫌がらせをはたらく性格の持ち主にこの子はどのように傷ついたのであろうか。十歳が始まろうとしていた。未来は苦しいものになりそうだった。

一方、シモーヌは幸福と満足だけを味わっていた。彼女は依然、家族の可愛い「奇跡」だった。残酷とか苦しみとかをほんの少し知っていたのは、彼女の妹が耐えている有様を側で見ていて、代わりにその苦しみを体験していたからだった。彼女がごく小さい時から護られる必要を一切感じなかったのはそのことによる。逆に彼女が庇護する側になった。運命の不公正に立ち向かい、弱い人たちを助けるために彼女は飛んで行った。

書くこと

自分が引き起こしたどんでん返しの後、祖父はサルトルに力強くそして創意工夫に富んだやりかたで生きる理由を取り戻させた。そのことについて『言葉』の著者は自伝の第二章全てを割いて書き記している。夏の間、シャルル・シュヴァイツァーは孫に宛てて手紙を書くことを始めた。プールーは同じ調子で楽しんで祖父に返事を書き、いつの間にかそのことに身を入れていった。母や祖母や召使のルイーズは彼の書いた詩を声を出して読んだ。彼を取り巻く大人たちの目には、作家が持つ早熟な才能と映っていた才能のお陰で、新たに手に入れたものの重みに彼はすぐに気付いた。彼はシーンや対話を考え出す喜びを発見した。もらったノートは彼の角張った字で真っ黒になった。彼はもう一人ではなかった。彼のイマジネーションからは漫画から着想を得た様々な存在が迸《ほとばし》り出た。魅力のない実物の埋合わせに、サルトルは世界をそっくり一つ新しく創り出した。彼はもう立ち止まらなかった。

最初の頃から彼はアンヌ=マリーの生活で男性としての役割を果たしてきた。今や彼はさらにもっと誉ある役目に到達していた。

「時々私は手を止めた。眉をひそめ、幻惑に捉えられた眼差しで、迷っている振りをして、私は自分が作家であることを感じようとした。[15]」

遊びは次第に刺激的になった。一人ぼっちだったその子供は、ついに不公正なこの世の中に対して仕返しをした。ノートは山と積み重ねられた。それほど彼の書くスピードは速かった。時に乱暴な仕草で、自信を持って、彼は最初のロマンチックな作品を床に投げ出した。

仕事机に向かっている息子の姿を訪問客たちに母親は見せたものだった。そんなとき、その神童振りに感嘆の眼差しを向けている客たちの方に振り向くことも出来ないほど仕事に打ち込んでいる大人子供のふりを彼はしたものだった。家族のなかでは女性たちが彼の絶対的な賛美者だった。この子供を通して、神秘とロマンと驚きに満ちた未来が彼女たちを待っていた。シュヴァイツァー家の人々に包まれてはいたが、幼い息子以外には一人の求婚者もいない三十二歳の誕生日を迎えたばかりのまだ若い寡婦にとって、何というご褒美であったことだろう。

彼の並べる言葉が彼の醜さを忘れさせた。この情熱を呼び覚ました祖父だけが懐疑的であった。女たちは夢中になるのが少し速すぎた。作家の資質をどのように客観的に判断出来ただろうか。結局彼はまだ子供でしかなかった。待つべきだった。女性たちの意見は重要視されなかった。当時、女性はほとんどものを書かなかった。書くことは男の仕事だった。アナトール・フランスやロジェ＝マルタン・デュ・ガールがこの上ない栄誉を受けようとしていた。アンナ・ド・ノアイユだけが称賛を呼んでいた。コレットは相変わらず『クローディーヌ』ものやミュージック・ホールの舞台に裸で現われることで物議を醸していた。

しかしある夜、若いサルトルは老人がついに降参したと思った。孫の天職を認めたことが分かった。

「(……)彼は私と男同士として話したいと言った。女たちは出ていった。彼は私を膝に乗せると厳かに話した。私が書くという行為をしていること、それは既に了解済みのことだった。（……）しかし物事は明晰に直視しなければならない。文学では食べていけないのだ。[16]」

子供は大人しく聞いていた。祖父の前で不安になったことは今まで一度もなかった。輪郭すら定かに見えなかったはるかな未来がこの瞬間にはっきりした、と彼はぼんやりながらも理解した。もちろん、書く時間を作り出してくれるようなとりわけ高貴な仕事、教育が問題だった。フランスの最も著名な作家たちを輩出した学校についても祖父は言及した。パンテオンやコレージュ・ド・フランスやソルボンヌに近い、ユルム通りの高等師範学校《エコール・ノルマル》がこの日から幼いプールーの夢の中に入ってきた。アルザス奪回の戦争の最中、自分の未来がこのパリのセーヌ河の左岸で展開されるだろうということを、この瞬間彼は本能的にわかった。

サルトル、アンリ四世校へ

プールーは彼なりにヴォージュ山脈の青い稜線を見つめた。それは新しいルビコン河だった。家族そしてアルザスを讃えながら彼はパリに進軍するだろう。シモーヌと彼は「ドイツ野郎」への共通の嫌悪と彼の祖先シュヴァイツァー家の土地を占領したドイツへの復讐心を分かち合って育った。一九一四年の戦線布告の後数ヶ月というもの、ドイツ皇帝を奪い彼に立ち向かう戦士ペナンの物語をプールーは一冊のノートに書いた。[17]

第六学級に入るに当たって、サルトルはついにセーヌの左岸に辿り着いた。高等師範学校の席を満たすべく当時二つのリセが競い合っていた。ルイ・ル＝グラン校とアンリ四世校がそれで、数百メートル離れて建っていた。前者はコレージュ・ド・フランスの建物と背中合わせにサン＝ジャック通りに面して建っていた。後者は高名な人たちの眠るパンテオンに影の如く寄り添って建っていた。パンテオンに眠る人々の幾人かはこうしたリセの椅子に座って子供の頃勉強したのだった。ここは少年たちに用意された学校だった。最も優秀な女の子たちはサン＝ジェルマン通りとシテ島の間に建っているリセ・フェネロンに入るために奮闘した。サルトルはアンリ四世校に入学した。ここでは最も優秀な成績の者だけが卒業後エコール・ノルマル文科への入学試験準備クラスへの進学を経てエコール・ノルマルへの入学を望むことが出来た。交流や、出会いや、友情を夢中で求めていることをうまく隠せなくて、サルトルは今まで以上に孤独だった。

十一歳になっていたが、サルトルはまだクラスに一人の仲間も友達も見付けられないでいた。彼の遊び友達はアルカションやそのほかのフランスの地方で過ごしたヴァカンスで出会った幼い女の子たちだった。彼の祖父は彼女たちを好んで孫の「婚約者達《フィアンセ》」と呼び、そうしたたわいもない冗談でそのおもしろさがすぐには忘れられない一夫多妻へと孫をそそのかせたのだった。

優れた生徒たちの間で彼は優秀な生徒としてすぐに認められたものの相変わらず独りぼっちであった。彼の夢や、読んだ本の中や、思春期に書いた物のなかに現われる仲間たちの他に、アンリ四世校でそれ以上の友を見付けることはなかった。家でもリセと同様、書くことで孤独を逃れた。書くことは存在することであり、もはや孤独ではないということでもあった。

前線では人々が亡くなっていったが、サルトルの家族の状況は母は既に未亡人だったせいもあり、ほとんど変わらなかった。一九一六年、ヴェルダンの戦いの最中に新しい少年が一人クラスに加わった。ポール・ニザンだった。彼もまた、文学に打ち込んでいた。ニザンは頭が良く、知性があり生き生きしていた。ついにサルトルは自分の分身を見つけたというべきか。

この重大な問題はすぐに棚上げされた。中学低学年生に訪れた友情の一時的晴れ間はしかし、家庭内の戦場に発生した一大事のお陰ですぐに暗いものとなってしまった。侵略者と戦っていたのはフランスだけではなかった。ある夜、彼が帰宅すると、母親が褐色の髪で厳格そうな態度の痩せて大柄な男性とお茶のテーブルを囲んで話をしているところに出くわした。年若い寡婦をじっと見つめているこの闖入者は一体ここで何をしているのだろう。漠然と不安を感じながら、彼は書き物に再び没頭した。

ジョセフ・マンシーの出現

アンヌ＝マリーはひどく不安だったのだ。彼女の社会的地位はあまりうらやましがられるものではなかった。彼女には将来性が無かった。職業を持つ女性がほとんどいなかった時代に、早く結婚して早く寡婦になり幼くして父を亡くした息子の教育に専念していて、彼女は高等教育を受ける暇がなかった。彼女の周りには前線で夫や息子が亡くなったとの報せを受け取った妻たちや父親たちがいた。街には喪服姿の妻や不具となったり障害者となった軍人たちが溢れていた。プールーに満足出来る教育をどうしたら与えられるだろうか。彼女のわずかな年金では不十分だろう。招かれざる客が彼女に結婚を申し込んだ時、これで不安が和らぎ、息子にも安全と思えることを確信した。彼女は感謝の気持ちをこめて申し込みを受け入れた。彼女は幸せだったのだろうか。さあどうだろうか、確かなことはわからない。問題はそんなことではない。結婚はとりわけ物質的な心配が終わったことを意味し、社会のなかで尊敬される立場になったことを意味していた。若い寡婦というものは実際、他の全ての女性たちの潜在的ライバルであった。幼いプールーに母親はいまや彼以外の他の男性のものになったと告げなくてはならなかった。

サルトルはこの場面について語っていない。母親の再婚は彼の生涯の一大心痛事だったはずだ。彼はそのことについて思い出さないことに決め、『言葉』のなかで始められた自分史を、すぐに嫌いになった義父が彼の世界に侵入してきた時から中断してしまった。一九七四年、シモーヌは絶えず彼に頼み続けてとうとう彼の青春期について彼に語らせた。

すべてが大人と子供を区別していた。ジョセフ・マンシーは理工科学校《エコール・ポリテクニック》で過ごした数年間にしっかり科学的厳格さを身につけた人だった。彼は規律に従って冗談一つ言わず、若いプールーに対してかたくなに父親としての役割を果たすことを望んだ。

新しい困難が成長期を待ち受けていた。一九一七年、十月革命〔ロシア革命。世界初の社会革命〕の反響がはるか彼方から伝わって来るとロシアの貴族たちの第一陣がフランスに押し寄せてきた。両親はプールーがやっと小さな友達仲間を作ることが出来たばかりのパリを離れることにした。かくしてプールーはラ・ロシェルを亡命地とすることとなった。一九一七年、世界を変えた出来事を遠く地方から見ることとなる。十月十五日、マルガレータ・ヘールトロイデ・マクラウド、通称マタ・ハリ〔オランダ生まれ。パリで踊り子となりドイツのスパイとなった〕がヴァンセンヌの森で銃殺刑に処せられた。彼女はドイツの利益のためにスパイ活動を働いたかどで告発されていたのだった。十一月七日、ペテログラードでボルシェヴィキたちが冬の宮殿を襲撃した。ロシアは一夜にして共産主義の国になった。同じ月の十七日にオーギュスト・ロダン〔彫刻家〕が息を引き取った。

大西洋に向かった街、ラ・ロシェルには世の中の情報が遅れてしか到達しなかった。家族間や友人間やうわべのことでの対抗関係だけが重要事であった。新しいリセ、守らねばならない新しい決まり、見分けなくてはならない力関係。故郷を無くした幼いパリジャンにとって試練は厳しかった。大人の男がいない社会に放りこまれたとき、年若い少年たちがその攻撃性を自由に表現することをアニー・コーアン＝ソラルはその著書(18)の中で述べている。

「粗暴なクラス(19)」「そこで彼はいじめの標的であり、仲間はずれであり疎外される者であった。（……）南西フランスの子供たちのあいだで彼は本当に人気がなかった。自惚れがとても強くて楽しむことが出来なかった。(19)」

何より彼は全てを失ってしまったという気持ちがしていた。親密な家族のなかにやがて彼の人生で最大の敵となった人物を招き入れてしまった母親、そしてアンリ四世校では全力を尽くしてやっとその友情を獲得した丁度そのとき失うことになってしまった彼の友人たち。悲しみと嫌悪の感情と絶望に飲み込まれるがままになろうとしているのだろうか。

ラ・ロシェルでこそ彼はそうした感情を抑制し猿ぐつわをかませる術を身に付けたのだった。其処で彼は哲学のなかに常に慰めを見いだし、感覚の単純な論理に反駁する知的存在となった。独り書くすべを心得ていたように、不幸から逃げる術を習得した。

ザザ(エリザベート・マビーユ)

パリではシモーヌが学業を続けていた。少女は褒美と同時に常に称賛を受けつつ成長した。若いサルトルが形而上学的な問題などまるで気に掛けなかったのに対して、ボーヴォワール家の二人の娘は神様への賛美と完璧さを追求した。

ある夜、帰宅する道でプーペットの手を引きながらシモーヌは告げた。

「エリザベート・マビーユとかいう子と会ったわ。私のクラスの子なの。とても面白そうな子よ。」

「その子にまた会うの?」

と、シモーヌの速い足取りに合わせようと努力しながら妹は尋ねた。

「多分ね。彼女とおしゃべりしたくてうずうずしているの。お互いに話したいことが一杯あるのよ。でも今は急いでね、おやつに遅れそうだから……。」

いつものきびきびした仕草で妹を引っ張りながら、そのとき歩道の敷石につまずいてエレーヌの目から涙が流れているのにシモーヌは気付かなかった。

「でも今夜は私と遊べるわね？」

と目を赤くした妹は俯いたまま尋ねた。

「もちろんよ。どうしてそんなことを聞くの？」

一層歩みを速めながら驚いてシモーヌは尋ねた。

こうして姉妹の親密さのなかにザザが入ってきたのだった。シモーヌはザザの中に自分の分身を見いだし、エレーヌはザザを姉の愛情のライバルと見做した。『真面目な一少女の想い出』のなかで、彼女の想い出が多くのページを占めている。エリザベート・マビーユは田舎の別荘の台所で起きた事故でひどい火傷を受けていたが、その治療と回復に一年をかけた後、クラスに入って来たのだった。少女は人生で不利な立場に立たされるだろう。

「三度程度の火傷を負った腿の痛みで彼女は幾晩も呻き続け、丸一年間ベッドに横たわって過ごしたのよ。（……）彼女が大した人物だってすぐに私にはわかったわ。[20]」

直ちに競争が二人の少女の間で始まった。クラスのトップでいることに慣れていたシモーヌは競争の楽しさを知った。優秀な生徒間では競争は興奮のないものかも知れないが、彼女たちの場合は逆にお互いを共犯者のように感じ、抗しがたい友情を抱いた。別れがたくなるのにどれほどもかからなかった。

シモーヌとエレーヌはヴァカンスをリムーザンにある二つの屋敷のどちらかで過ごした。父方の祖父の住むメリニャックと彼女たちの伯母の住むグリエール。エレーヌはこの伯母から名前をもらっていた。彼女たちはメリニャックへ行く方を好んだ。父親以外に彼女たちの子供時代に意味を持っていた男性は祖父だった。彼は人生を軽やかに捉えていて、よく笑い、しょっちゅう大声を出し、物事を未だかつて深刻に捉えたことがないように、生きている幸せを純朴に語った。メリニャックの公園でフランソワーズ・ド・ボーヴォワールは自分の娘たちが何をしているのかもう気に掛けなかった。娘たちは何時間も好きなだけ、いなくなったり、栗の樹の下で読書が出来た。夏は自由の素晴らしい味がした。厳しいしきたりの首枷の中に閉じこめられて堪え忍ぶパリでの生活とはまったく違う彼女らの姿がここにはあった。シモーヌにとって、ヴァカンスは発見であり新しい世界であった。

「私の一番の幸せは、朝早く草原の眠りを覚ますこと。空っぽの胃袋にチョコレートと焼き上がったパンを夢見ながら、たった一人で美しい世界と神の栄光をこの手にすること。[21]」

プーペットは姉のそばに寄り添って樹の下で本を読んだ。シモーヌは自分だけのノートに秘密の事柄を書き記すため一人になることがあった。肉体の苦しみを耐えねばならなかったザザのことを彼女は考えた。真の対話が二人の間に出来ていた。彼女は休暇が終わって早くザザに再会したいと願った。この日記にシモーヌは成長期の色々な発見や希望や心配事を書き記していて、シモーヌにとってはこのノート一冊があれば十分だった。メリニャックでもグリエールでも小説を書こうという考えはまだ持っていなかったし、コレットが言うような「魅力的な紙面に真摯な自分をすべて」そそぎこむ必要もまだ味わっていなかった。文学的創作の喜びはまだ彼女には未知のことだった。すべてのヒロインには彼女自身を振り当てれば十分だった。彼女の未来のパートナーが自分を忘れるためにロマネスクな筋書きに歪めて自己を表現する方を好んだのにたいし、このように彼女は自分の感情を表現する術を学んだのだった。

若いサルトルにとってラ・ロシェルでの彼の視野は自分の内面に向けられていた。存在すること、自己の独自性を証明すること、母の再婚で失った地位を取り戻すことに彼は専念しきった。自分の文章を書くことに没頭し、女性の物語を創作し、その分野に新しい変革をもたらした。悪人をやっつけるために騎士が戦うチャンバラ物語から様々な事実や伝説へと若き作家の興味は移って行った。十一歳のとき、中世の英雄に触発されて彼はその英雄に気取った拷問を課す一編の叙事詩を書いた。[22] 若者の作品にはコンテキストのあらゆる要素が使われ、彼はその中で成長していった。彼は出来事に自分の解釈を付加し、物語の始まりと終わりを剽窃した。要するに彼は作家という職業の修業をつんでいたのだ。彼が嫌ったこの田舎の港町は無駄な行為に気を散らさせずに彼に作家という仕事への心構えをさせたのだった。ほかの男の子たちは肉体的にぶつかりあっていたが、どこまで自覚していたかはわからないけれど、彼はもっと先の未来へと視線を転じていた。その未来とは数年前に彼と祖父とが話し合っていたものだった。

第一次大戦休戦協定がきた。ヴェルサイユ条約が戦争の終決を告げた。一九一八年スペイン風邪で沢山のフランス人が亡くなった。ボーヴォワール一家は無関係だった。シモーヌが教室に入ると生徒が一人いなくなっていた。ザザだった。突然すべてが色褪せ、興味が感じられなくなった。何がおきたのだろう。彼女は病気なのだろうか。一大事を自覚した。「ザザなしでは生きていけないわ。」

ザザがついに戻ってきた。会話がまるで離れていたことなどなかったように再開した。ザザの不在を通して生き延びた友情に、ある重大なニュアンスが加わった。友達は近ごろの心配事を彼女に打ち明けるだろうか。

シモーヌの父の状況は難しくなっていた。ジョルジュ・ド・ボーヴォワールは弁護士の事務所に戻る気力を失っていた。彼は当時「金融広告」と呼ばれていたものに加入した。この仕事は彼を苦しめた。しかし妻や娘たちに生活の糧を与えねばならなかった。彼は、あいている時間のほとんどをカード遊びに費やし、競馬に熱中し、さらに家族の中で囁かれていたことによれば、ほかの女性たちと過ごしていた。

ふたたびパリへ

サルトルはラ・ロシェルでの最後の時を過ごしていた。第二学級の終わりには義父との関係は最悪になっていた。物語作家としての早熟な才能を少しも失わなかったサルトルは激《げき》しやすく攻撃的になっていた。彼の実の父をかつて識っていたということを鼻にかけているこの男、この見知らぬ闖入者は彼に権威を揮おうとして彼の憤りをかった。義父がサルトルに情容赦もない科学の授業を買って出たとき、事態は一層悪くなった。結果は散々だった。既に文学を志向していた若者は義父への嫌悪を数学や物理学に結び付けざるを得なくなった。後に偉大な研究者たちと接する機会を得たとき、彼は当時のことを思い出したに違いない。

ある日、彼は家族がパリに戻ることになったことを知ってほっとした。カルチエ・ラタンの扉が再び彼に向かって開かれた。哲学者アラン〔一八六八―一九五一年。『幸福論』など〕が教えるアンリ四世校の教室に彼は戻り、友人ポール・ニザンと再会した。シモーヌとエリザベート・マビーユがそうであったように、サルトルはライバルを持つ喜びを知った。彼と首席を競い合う聡明で鋭い知性を持つこの友人と話をすることを学んだ。この日以来彼はもう孤独を感じなくなった。友達の輪は急速に広がった。競争はしかし依然としてつらいものだった。エコール・ノルマルに入学するための待合室ともいえるこの学校では文科への入学試験準備《カーニュ》クラスに入り、いつの日か選抜試験に臨む機会を得るには首席たちのなかにいなければならなかった。

シモーヌが古典文学に出会い、青春期の最初の苦しみのなかにいた頃、サルトルは友人たちが彼に話してくれた著書に没頭していた。リセから数メートルの所にサント＝ジュヌヴィエーヴ図書館があった。彼は「うっとりと[23]」プルーストを発見した。同じく、後に実際に思いがけなくすれ違うことになるジャン・ジロドゥー〔一八八二―一九四四年。フランスの心理性の劇作家、小説家〕も。

子供時代を出たシモーヌは成人女性の現状に気づかされていた。既にサルトルの未来は王道として描かれていた。彼は作家になるだろう。ボーヴォワール家の若いお嬢さんたちの未来はあまりぱっとしたものではなさそうだった。

「来る日も来る日も昼食や夕食の準備、毎日毎日の皿洗い、果てしなく続きどこにも行き着かない時間、こんなふうに私は生きるのだろうか。(……)いいえ、と、お皿の山を食器棚にしまいながら私はつぶやいた。私の人生は私のもの、必ずどこかに行き着くわ。[24]」

若いサルトルにこうした心配事はなかった。シモーヌは娘に生まれたという窮屈な自分の運命に激しく逆らっていた。だからと言ってフェミニストなんて思ってもいなかった。そうした問題が起きることすらなかった。無意識のうちではあったが彼女を救ったのは父だった。満たされず気難しくなっていた彼は妻に対しても娘に対しても厳しく当たるようになり、家族は怠けたり行き当たりばったりではやっていけなくなっていた。破産した彼には家族に与えるものは何も残っておらず、そのことを彼女らに報せた。

「おまえたち、ねえ、おまえたちは結婚しないでね。持参金がないんだから、働かなくちゃならないよ。[25]」

自分の言葉が長女に、やがて彼女自身のものとなる未来にどれほどの心構えをもたらすことになるのか予想だにせず彼は言った。

ジャン＝ポールもシモーヌもまだ恋愛の機会はなかった。どういうものか知っていただけだろうか。サルトルは若い娘たちを誘い、彼と同様そうしたことに疎い仲間たちにそのことを吹聴した。どれほどのこともたらさないのに少年たちはこうした空威張りを敢えてした。ドジール塾では女子生徒はこの問題に関して詳しいことは学べなかった。シモーヌとザザは夢を交換しあい理想のカップルについて果てしなく議論した。シモーヌは慎重に耳を傾けた。両親の不和と父親の不品行、やりきれなさと憂愁に沈む母親の姿を見ているシモーヌには愛の行き着く先に不安を抱いていた。ひと組みの男女の行き着くところがいつも悲しみと後悔なのだとしたら、一体何になるのだろう？

かつてあれほど愛し優しかったあの父が軽蔑したり苦しめるためにしかフランソワーズ・ド・ボーヴォワールに口をきかなくなった。二十世紀初頭の家族として親密であるにはほど遠い一例。シモーヌは自分の人生には全く違った観方をしていた。共に分かち合える愛へと彼女を誘い夢中にさせる尊敬すべき男性を彼女は望んだ。

「知性と教養と威厳で私を魅了する男性が現われる日を待ち望むわ。[26]」

同じ頃、父のお陰で彼女はもう一つ別の発見もした。珍しく彼が家族とともに宵を過ごしたときのこと、彼は戯曲を読んだりお気にいりの作品について語ろうとサロンに座っていた。人生に失望させられてはいたが、作家たちはまだ彼のお気に入りだった。[27]文学もお芝居と同じく彼を夢中にさせるものだった。心ならずも彼の熱意は長女に伝えられた。その結果は言うまでもないことだ。

「『将来何になりたい？』という質問に私は即座に答えた。『有名な作家よ[28]』。」

こう明言するとシモーヌは後はペンと小さなノートを持つだけでよかった。

ザザとのライヴァル関係は彼女を輝かせていた。二人ともクラスの先頭にたって跳ね回っていた。文学のほかに新しい情熱が彼女を生き生きさせていた。数学だった。この抽象的な世界は彼女を魅了し、後に論理学や哲学にとても役立った。出なくてもよいとされている取るに足らない授業にもほかの多くの女子生徒と同様、彼女は出席した。

「聖トーマスによる真理を私たちは教えられた。[29]」

サルトルと彼の未来のパートナー、シモーヌの受けた教育の間のなんたるひらき。彼の方は知識に到達するにも一種の神授権を持っていた。彼は本を自分で選んで手に入れることが出来たし、熟考し議論し異議を唱えることが出来た。それは既に〈一家の主人としての子供時代〉であった。そのことについて彼はのちに中編小説を書いている。若い娘の彼女の方は無味乾燥な真実に満足しなければならなかった。多くの同輩の前で繰り返し言い続けられ暗唱させられたこと、即ちなによりも結婚の心構えをすること、刺繍をし、家事を整え、皿洗いをすること、それが彼女たちの真実だった。こうした教育はお嬢さんたちに考えることをなんとしても学ばせないという重要な目的をもっていた。

ボーヴォワール家の姉娘はこのことにあまり耳を傾けなかった。つまらない授業を越えて学んだことを深く掘り下げ、世界を理解し、世界と会話したいと思った。学びたいという彼女の思いはすべてを一掃した。この清らかなエネルギーをすべての先入観に向けて広げていくつもりだった。のちに女性に対する社会の固定的な取り決めや女性像といったものに数百ページを費やして決着をつけさせたパワーでもある。バカロレアの時にそんな道程は考えられもしないことだ。哲学だけが選ぶことの出来る道のように彼女は思った。

「私はいつもすべてを知りたいと思っていた。哲学がこの願いを満たしてくれると私は思った。何故なら哲学の目指すものは現実の総体だから。[30]」

この頃、サルトルは『病む天使と素敵なイエス』を書いていた。哲学はまだ彼を夢中にさせてはいなかった。彼は一層文学にのめり込んでいた。友人ニザンと共に彼はアンリ四世校からルイ・ル＝グラン校に転校した。よく考えた上でのことだった。フランスで最も評判の高いこの二つの学校の間では情け容赦のない戦いが繰り広げられていた。エコール・ノルマルに入る選抜試験の準備にはアンリ四世校よりもルイ・ル＝グラン校の方が有利だった。二人の高校生に迷いはなかった。彼らは跳んだ。

一九二四年、シモーヌは数学と哲学の二つのバカロレアに合格した。同じ年、サルトルは初めての大きな喜びを味わった。シモーヌより年上の彼はリセでの最終学年を終えようとしていた。

サルトル、ノルマリアンとなる

合格だった。一九二四年度に選ばれたエコール・ノルマルの幸せ者のリストのなかにサルトルは自分の名前をみつけた。十九歳の誕生日を迎えたばかりだった。合格者数は多くはなかった。文学科が二十九人、理学科が二十三人だった。フランス全体でたった五十二人。若者はユルム通りをパンテオンの方へ軽やかに登っていった。遂に義父の権力から解放されるのだ。エコール・ノルマルで彼は給料を得るだろう。それはささやかな額だったが、長いあいだ待ち望んだ自立生活を享受するのに十分なものだった。

栄えある学校に入ったのはサルトルだけではなかった。偉大な友人、ポール・ニザンとアンドレ・エルボーも共に合格を分かち合った。ルイ・ル＝グラン校の進学級《カーニュ》のグループがユルム通りの部屋で再編されるわけだ。彼は煙草を吸いながらスフロ通りまで歩き回った。余りに早く亡くなってしまった祖父の夢が実現したのだ。

彼の使命のパート・ワンが果された。教師になることから先ず始められるだろう。作家になるにはまだ根気良く続けねばならないだろう。あとは哲学の教授資格《アグレガシオン》試験の準備をし、書くという彼の仕事を粘り強く続けさえすればよかった。彼と同期の理系の生徒にはほとんど注意をはらわなかった。押さえがたい嫌悪を強く感じざるを得ないこうした分野に優れている秀才たちに一体何を言えただろうか。彼が全く聞いてもいなかった数学の定理を説明する義父ジョゼフ・マンシーの居丈高な口調をまだ彼は忘れていなかった。散歩のあいだ、パンテオンの反対側のサント＝ジュヌヴィエーヴ丘通りを通らないようにした。というのもそこにはあの嫌な男がそこの学生だったというだけのことで、名前を聞くだけで身の毛がよだつエコール・ポリテクニックが建っていたからだ。しかし彼はこの二つの学校が互いに関係しあっていることを知っていた。エコール・ノルマルとエコール・ポリテクニックの学生は同じ時期に試験の準備をしたし、フランス革命後、同じ教授が二つの学校で教えてもいた。またカルチエ・ラタンの丘の有名な地下道についてはよく語られたものだった。ノルマリアンたちがユルム街の地下酒場やカタコンブを通ってポリテクの大学生をからかいに行った話をルイ・ル＝グラン校の生徒たちは何度となく聞かされていた。ゲームの勝利はどちらがいつ相手校を襲うかを見抜くことにあった。

どうしてエコール・ノルマルなのか。一七九四年、若い共和国の理想を伝統とし、百科全書派的精神に基づく「国の知的骨組みを再建する」必要があった。それはナポレオンによって実現され磨きをかけられた。エジプト遠征のあいだ彼がずっと考えていたことは科学と文学を融合させて帝国の機構を造りあげることであった。帝国のこの機構は素晴らしい実りをもたらし白眉ともなった。この威厳ある建物から輩出した多くの作家の名を挙げるのは難しくないし、同時にまた科学者も忘れるべきではないだろう。サルトルやニザンやアランといった人たちのそばに、その年、後のノーベル化学賞受賞者のルイ・ネールや数学者でアンリ・カルタンと共にやがて数学のフランス学派の栄光を作りあげるブールバキ・グループの創設者の一人、ジャン・デュドネを加えることができる。

男子校出身のサルトルは男たちの世界で勉学を続けてきた。一九二四年、最も優秀な女子学生たちが彼女たちに振り当てられた試験に合格してセーヴル〔パリ近郊の磁器で有名なところ〕の女子高等師範学校に入学してきた。自然には恵まれているけれども辺鄙な郊外では、知的な交流や出会いに満ちたカルチエ・ラタンの雰囲気を享受することはできない。プチ・ブル出身のこうした女子学生たちは自分たちの勉学を高水準にまで到らせるためにはしばしば偏見と戦わねばならなかった。合格すると即、彼女たちは最早「結婚できる人」とは見做されず、「青鞜婦人《バ・ブルー》」と奇妙な渾名をつけられて孤独な一生をおくるよう強いられた。女性たちにとってそれがどれほど真実だったかはジェルマン・ド・シュタエルが「名誉は幸福の輝かしい死」と言ったことからわかることである。

＊

サルトルはこの聖別を享受した。彼は文学への決定的一歩を果したところだった。「高等師範学校《エコール・ノルマル》（……）その最初の日から私の独立が始まった。その通り幸福な四年だったと言っても過言ではない。[31]」

ニザンと彼は部屋を共同で使っていた。輪は再び強く結びつけられた。特に好きな主題について勉強するだけだった。それ以後哲学が彼を夢中にさせた。アランの昔の生徒だった影響からデカルトやスピノザに没頭した。文学では他の作家たちの誰よりスタンダールを好んだ。エコール・ノルマル時代、彼は日曜毎に、母親と義父のところで昼食をとった。年老いたポリテクニックの卒業生はサルトルが共産党に賛成の立場をとっていると遠慮会釈もなく非難してこの若いノルマリアンと対立した。[32] 実際は同僚や友人レイモン・アロン〔一九〇五―八三年。哲学者。『レ・タン・モデルヌ』誌創刊号の寄稿者の一人〕と対照的にこの若者は政治にはほとんど関心がなかった。

バカロレアを手中にしてシモーヌはリセ生活に終わりを告げたことにほっとしていた。このあと彼女は学生になるのだ。自立のあかしとして。しかしセーヴルの女子高等師範学校の入学試験の準備をするのは問題外だった。彼女の教育はまだすぐそばで監視されていた。彼女は哲学の学士の準備をヌイイ聖十字学院とカトリック学院ですることに決めた。彼女の人生の流れを変えるような言葉を聞いたのはこのような恐ろしく因習的な世界の中でであった。確信に満ちたカトリック教徒のガリック教授は連帯した人々の世界を信じていた。

「この世には一人一人が兄弟である無限の共同体しか存在しない。すべての境界とすべての隔てを否定すること、自分の階級から自分の肌から抜け出ること。この言葉に私は電気に打たれたようなショックを受けた。(33)」

彼女は難なく試験に合格した。何日ものあいだすっかり図書館にこもって過ごしたヌイイ聖マリア学院で準備したアグレガシオンにいたるまで。彼女の母はほんのわずかのお小遣いしか娘に与えなかったので、シモーヌは食べるものがほとんどなかった。もしなにか食べたければおとなしく家にかえって昼食をとる、さもなくば、肉ぬきのサンドイッチで我慢しなければならなかった。このように最も気力を必要とする数年間というもの彼女はずっと空腹を抱えたままだった。

国立図書館の魅力はもっとも強かった。魅力的で知的な若者、ルネ・マウの周りにグループが出来ていた。とても滑稽で優秀な若いノルマリアンたちの群れのなかで最初に話したのは彼だった。シモーヌはマウに連れられてユルム通りに行った。一九二四年入学のエコール・ノルマルの文学科の同期生たちすべてとすぐに親しくなった。数名を除いてのすべてと。

「サルトル、ニザンそしてエルボーたちのグループが私には依然近付きがたかった(……)彼らの評判は悪かった。サルトルは頭は悪くないのだが、三人のなかでもっとも恐ろしくしかも飲むというので非難されていた。[34]」

出会い

褐色の美しい髪、青い瞳、繊細な顔立ち、優雅な体つきの女性の訪問は、しかしサルトルの考え深い眼差しを逃れてはいなかった。公園のベンチに腰掛けてマウときびきびおしゃべりをしているこのざらざらした生地の衣服を身にまとった輝くばかりに美しい教授資格試験の女子受験者に、彼はすぐ気付いていた。部屋を出て二人の前を通ったとき二人は彼が階段を駆け下りる音を聞いたはずだ。彼らはサルトルの行く手を遮ることもなく彼が歩いて行くのを目で追った。当然彼が誰であるのか彼女は知っていた。彼は彼らに一言も声をかけず一瞥すら与えないまま、ボーヴォワール嬢の前を急ぎ足で通り過ぎると、池を一周した。密かに彼女と会うことは既にはっきり決められていた。

ジャン゠ポール・サルトルとついに会う約束をしたことを報せた日、ルネ・マウは嫉妬を爆発させた。サルトルを彼女に紹介するのは彼だけだというのだ。どんな場合でも彼抜きでそこへ行くなんてことがあってはならない。彼女は渋々彼のわがままに従った。しかし、会うのをやめるには遅すぎた。

彼は空しく彼女を待つことになるのだろうか。メディシス通りの安っぽいカフェには光があまり差込まなかった。ひいたコーヒーの香りが辺りに漂っていた。気難しそうな給仕が入れてくれたばかりの黒っぽい飲み物をサルトルはちびちび飲んでいた。カップの中でスプーンを神経質にまわした。ボーヴォワール嬢は遅刻していた。長く待たせるつもりだろうか。

若い女性が入ってきた。金髪ですらりとしたその女性はすっきりしたデザインの木綿のドレスを優雅に着ていた。ドレスはほっそりしたウェスト、ふっくらした胸、申し分ない彼女のからだつきをみせていた。しかし彼女は彼が待っている人ではなかった。がっかりして彼はまた考えごとに戻った。コーヒーを飲み終える間もなかった。彼のテーブルの前にその金髪の若い女性が立っていた。苛立った彼は無愛想に立ち去るように言ってこの闖入者を追い払おうとした。この小柄な男は口説いたりする気はなかった。彼の興味はただ一人の女性に向けられており、彼女はそこにはいなかった。

「私はシモーヌの妹です。」

一体どういうことなのか。呆気にとられ、腹もたったが、なんとか気を取り直して彼女に席に着くようすすめた。エレーヌはびくびくしていた。とても滑稽だという評判のこの男は悲しげな様子だった。彼女は息を整えた。一言ひとこと慎重に用意した嘘をついた。

「シモーヌは残念がっています。あなたにお断わりする間もないほどの急な家の用事で田舎へ行かなくてはならなくなりましたの[35]。」

眼鏡の奥から彼は彼女を観察した。妹は姉と同じく美しかった。疲労が彼を押し包んだ。一緒に話すことの何もないこの娘と午後中ずっと過ごさなくてはならないとはなんという不運だろう。何故シモーヌは来なかったのか。そんなに彼は醜いのか。彼の人柄について彼を避けたくなるようなことを何か聞かされたのだろうか。無言のままエレーヌを映画に誘い、その後ほとんど言葉を交すことなく二人は別れた。

時間は大切だった。大学教授資格試験《アグレガシオン》が三週間後に始まろうとしていた。前の年の失敗の痛みがまだひりひり尾を引いていた。家族を前にしてのなんたる恥辱。嫌われ者の義父は軽蔑の目で彼をじろじろ見た。あんな侮辱はもう許すわけにはいかなかった。青い目をした褐色の髪のあの若く美しい女性も同じ受験生だったから尚更だった。マウとニザンは彼女の知性を絶賛していた。二十一歳で彼女は初めての受験に臨んでいた。このような試験に合格するには若すぎる！　彼は二十五歳で挑戦していた。ボーヴォワール嬢を失望させたくなかった。図書館に籠もって、彼女はもうありもしない約束のことなど考えもしなかったし、休みなく勉強を続けた。

「彼をどう思った？」

と彼女は妹に尋ねた。

「おかしいことなどなかったわ。」

と疑わしげな不満顔でエレーヌは答えた。

彼女にしてみれば簡単な説明しか受けず、サルトルを見分けなければならないことが一番大変だった。「眼鏡をかけた醜い男、と言われたのが、店に入るとテーブルを前に座っている醜い男が二人いた。彼女は一人ずつ声を掛けねばならなかった。(36)」

アグレガシオン合格

掲示板の前でサルトルは喜びの叫びをあげた。哲学の口頭試問受験の資格を獲得したのだ。筆記試験の論文の一つは〈自由と偶発事〉をめぐるものだった。そのような主題で試験に落ちたりするはずがあろうか。

「これからは僕があなたの面倒をみましょう！(37)」

サルトルはシモーヌに彼女が試験に合格したことを伝えたところだった。彼は彼女に口頭試問の準備を一緒にすることを提案した。彼はニザンと既に一緒に勉強しているのだが、ライプニッツ〔一六四六―一七一六年。ドイツの哲学者、数学者〕について自分たちと一緒に議論しあえないだろうか。

やきもちの一向に衰えないマウに相変わらず伴われていたシモーヌは震えながらノルマリアンたちの部

屋に入った。しょっちゅう大騒ぎをする、好色の酒飲みと見做されていたこの男は彼女を怖じけさせてもいたが、また同時に不思議がらせてもいた。彼の受け答えは辛辣でその知性は恐るべきものだった。彼に立ち向かう勇気が彼女にあるだろうか。彼女の真価を示す時は今をおいてない。彼女はこのグループに受け入れられるだろうか。

躊躇なく彼女はライプニッツについての議論に身を投じた。

実のところ、サルトルはどちらかというとほとんどライプニッツのことなど考えていなかった。彼は急に身近になったシモーヌのうっとりするほど美しい身体から思い描かれるもの、優しい唇や忘れな草色の瞳のことばかり考えていた。彼女の美しさに心打たれて、彼は見直し作業に専念出来なくなった。目立ちたくてたまらなくなった彼は自分の言葉やユーモアで彼女を魅了したいと思った。借りを作りたくなくて、彼女は哲学上の自分の立場を懸命に守った。独特の話し方の彼女の声、少しつっけんどんな早口、時にあえぐような彼女の声はなお一層サルトルを混乱させた。辛うじて平静を保っていたが、彼女にもう一度会いたい、そしてもう二度と彼女を離さないでいたいと願っていることにすぐ彼は気付いていた。

この日以来、シモーヌはカストールになった。この渾名は恐らくサルトルの発明ではなかったのだが、その死までずっといつも使い続けたのは彼だった（……）彼の友人のエルボーによって命名された〈カストール〉は英語の〈beaver〉〔ビーバーはフランス語ではカストール〕に負っている。そしてグループでの彼女の驚くべき仕事ぶりはその愛称に相応しいものだった。

口頭試問の日、審査員を前にしてサルトルは慎重だった。何としてでも独創的でなければならないとは考えもせず、フランス語の使い方を心得ていること、哲学することが出来ることを彼は証明した。二十一歳の非常に美しく感じの良い若い女子学生はサルトルに続く二位の成績で合格者名簿にのった。初めての受験でシモーヌ・ド・ボーヴォワールは審査員たちの目を見張らせる神業で合格し、フランスで最も若い哲学の教授資格者となった。一位のサルトルの地位を危うく奪うほどだった。

「サルトルが明白な長所、つまり知性と教養を極めて明快に示すとすれば、時にはあいまいなやり方で、哲学者とは彼女である、と皆が認めることに躊躇はしなかった。(38)」

肝心な情報が審査員には欠けていた。筆記試験と口頭試問の間に二人の人生は引っ繰り返ったのであった。二つの才気が巡り会い、そしてまさに認めあった。

リムーザン

ヴァカンスが近づいて、サルトルは自問していた。やがて彼は兵役に行くだろう。学生生活の素晴らしい時間を分かち合ったばかりのこの若い女性は、それまで彼がものにした女性とまったく比較にならなかった。彼女とは何時間でも哲学や文学について議論ができたし、栄光ある彼の夢も打ち明けることができた。彼女と同様彼女も作家の仕事を通して世の中に認められることを考えていた。彼女は妹であり、女友達であり、心を許せる人であり、この世の彼の分身なのだろうか。

「ヴァカンスはどこへ行くの？」

「リムーザンの祖父母のところへ。」

彼はしばらく黙っていた。

「あなたに手紙を書けるだろうか。」

彼らはジョッキーの店で落ち合ったのだが、煙草の煙とジャズの響きにちょっと茫然自失といった風だった。シモーヌはコップを置いた。彼らはほんのちょっと前に知合ったのに、すべてがすごい速さで進んだ。

彼らの頭は共通のもくろみで既に一杯だった。彼のいない夏はあまりに永い！　彼女はばつが悪くなって一言短く、ええ、と言うと急いで席を立つと後も振り返らずに出て行った。

たちまちパリはサルトルにとって索漠とした所となってしまった。彼はリムーザン行きの列車に乗った。目的地に着くと、彼はサン＝ジェルマン＝レ＝ベル＝フィーユという宿命のような名前のついた村のホテルに一部屋を借りた。かくしてある朝、小説に出てくるようなもっとも純粋に伝統的なやりかたで、垣根のかげに隠れて彼女の通るのを待った。こんな風に愛する男に彼女は出会った。彼の出現を知ったら両親はなんと言うだろう？[39]　彼女に会う、そのことだけのために野原を横切って毎日四キロの道を徒歩でやってくる恋人でなくてはならなかった！　彼は緑の草木や牧場や畑が大嫌いだった。こうした葉緑素はすべて彼をいらいらさせた。両腕に食糧を一杯持って樹の下に隠れて待っている彼女のもとへと、彼は朝早く起きて足早にやってくる。彼女はプーペットや従姉と共謀して、彼に食糧を用意した。三人の若い娘たちは競い合って沢山のジャムをぬったパンやホワイトチーズを彼に食べさせようとした。丘や薮のくぼみでシモーヌはまるで森の精ドリュアスのようだった。ラヴェンダーと真新しいナプキンの甘い香りがこの秘密の逢引きに無邪気さを添えていた。

シモーヌはずっと前から家族の住まいで過ごすヴァカンスを楽しみにしてきた。しかしその年は祖父が亡くなり、一人の男性が彼女の人生に加わったわけだった。家はもう同じではなくなった。彼女自身、すっかり変わった。

避けられないことが起きた。ジョルジュ・ド・ボーヴォワールがこの恋人たちを見付けてしまった。語気が急に高くなった。

「娘の評判を落とすのはもう沢山だ。恥知らずのこんな逢引きを続けさせるわけにはいかない。家族皆が非難されているんだ。パリに帰りたまえ。娘をそっとしておいてくれたまえ。[40]」

シモーヌの父は何も解っていなかった。眼鏡をかけたこの若者のために彼女は父のことを忘れていた。特に父は若者の醜さに驚いていた。サルトルも父親の至上命令に驚いた。彼は牧場を変えることで満足した。やがて彼の分身となる女性と木陰で会話を続けるために一層慎重にすることにした。それまで平行だった彼らの人生がついに一つになった。

第二章　自由の恋人たち

ザザの死――サルトルとの契約

「一九二九年九月、パリに戻った私を魅了したことは先ず何よりも自由であるということだった。[1]」

経済的自立はシモーヌ・ド・ボーヴォワールがずっと夢みてきたことをかなえさせてくれた。自分の人生を思いきり生きる力と選択の自由を手に入れたことであった。当時、二十一歳の若い女性にとってそれは快挙だった。ドジール塾の学友たちは結婚というかたちでしか救いは得られなかっただろう。だが彼女は違っていた。手始めにシモーヌは祖母の家に一部屋を借りた。新しい生活は彼女を喜びで一杯にした。サルトルやザザや妹は気兼ねなく彼女を訪問できるのだ。

一つ気がかりなことが起こった。ザザが重い病気にかかったのだ。シモーヌの秘密や将来の夢などすべてを語りあってきた心からの女友だちは信心深い家族から自由になることが出来なかった。彼女が愛した男性との結婚を家族は許さなかった。悲しみからザザは病気になった。そして急激に病気は重くなり遂にザザは亡くなった。脳膜炎ということだった。二十歳で愛のために死ぬことがあり得ることを隠す方便だったのだろうか？

ザザの棺を前にして、シモーヌは自分は逃れ得たこの幽閉が原因の破滅的結果のおぞましさを見つめていた。

「私たち二人は待ちうける下劣な運命に対し一緒に戦ってきたのだから、私の自由は彼女の死と引き替えに手に入れたものなのだと長い間、考えていた。(2)」

彼女自身の計画を最後までやり遂げるのはなおさら当然のことだった。孤独と友情の一瞬一瞬がとてつもない刺激となっていた。その微妙な響きと将来への期待のすべてを彼女は味わっていた。若いサルトルの未来に自分の未来が結びつけられていると感じていた。そのサルトルは彼女以上に文学に陶酔していた。強烈な或るものが彼らのあいだで響きあっていた。二人の関係はありきたりの規範では計れないものとなろう。暗黙のうちに彼らは将来への約束を交わしていた。お互いの理解ということでは、その強靭さと持続する時間の長さのみが表《おもて》にでることになるだろう。結婚は緊急の課題ではなかった。サルトルは早くからそのことに注意を促した。

「私たちのあいだの愛は必然的なものだが、偶然の愛も知るべきだ。(3)」

彼らの関係についてはなによりまず自由であるべきだという彼の考えに彼女はなにも言わずに耳を傾けた。回転の迅い彼女の知性はかれの言葉からいくつかの結論を引き出した。ほかの女性たちと一緒にすごす機会を失いたくないのだろうか。いいでしょう。彼女の方でも新しく発見すべき世界や恋があった。彼女の母親のようにたった一人の男性の下に閉じこめられて一生を過ごすなんて問題外だ。サルトルの提案から彼女には別の生きる道が開かれた。結局のところ、愛する人を前にして自分の自由をずっと失わずにいられるという陶酔した気持ちに比べれば、この別の生き方の不確実さ困難さなどはそれほど大したことではないように思われた。

非‐結婚《ノン・マリヤージュ》の要請に、彼は二年間のテスト契約といったものをつけくわえた。というのも彼女と別れることも排除するものではなかったからである。この契約の中ですべてを交しあうことを彼は提案した。どんな場合でも真実をお互いに語ろう。

シモーヌは承諾した。シモーヌは、両親の結婚が長い年月の後にどのような茶番劇と成り果てたか、青春期に見てきた。もしサルトルの提案が、彼女が嫌悪したひそひそ話しや噂話、作り笑いといったものと縁を切ることを意味するものならば、彼女は全く賛成だった。この男性とのあいだには結婚よりもっと強い〈書く〉という絆がこれから作りだされようとしていた。彼のもとになにものにも拘束されずに彼女は自らを委ねた。

＊

サルトルは煙草に火をつけた。夜の帳がパリの街におりてから数時間がたっていた。ダンフェール＝ロシュロー大通りを疾駆する車の騒音が遠くに聞こえていた。翌日、彼は一年半の兵役につくため出発することになっていた。友人のレイモン・アロンは陸軍士官学校《サン・シール》要塞の新兵教育軍曹だった。制服を嫌っていた彼だが着ざるを得ない。

ベッドのなか、彼の傍らで毛布に身をゆだねてシモーヌは眠っていた。彼らが出会ってまだ数か月しか経っていなかったのに、もう互いに別れなくてはならなかった。これほどつらいとは彼は思ってもいなかった。シモーヌ・ジョリヴェという恋人を得て、ときに彼は一時の気紛な気持ちの逆りに苛まれることもあった。この夜彼の抱いた苦しみは、そんなものとは比べ物にならなかった。彼らにとって別れは引き裂かれることであった。薄闇のなかに彼は黒い巻き毛と青い目の天使のように美しい顔を見極めた。どれほどたったらこのように彼の傍らに身を任せる彼女と再び過ごせるのだろう。彼は彼女の唇や頬に触れた。そっと彼女を抱き締めた。起こさないようとりわけ注意して。彼女なしでどうやって、本当にどうやって生きていけるだろう。

翌日の明け方、低い声で彼は彼女に囁いた。

「僕に手紙を書くのを忘れないで。」

「あなたも、ね。」

*

ザザが逝き、サルトルは発ち、シモーヌは独りぼっちになった。数か月のうちに彼女の生活は大きく変わった。画家を志望する妹のプーペットだけが残っていた。夜、モンパルナスのカフェで声高らかに彼女たちは夢を語り合った。一人は作家になるだろう、そしてもう一人は有名な画家に。

今からすぐにこの夢の実現に取りかからねばならない。しかし世界が統合化されようとしている今、どこに書くための言葉を見出しえようか。彼女が陶酔している自由を、小説という企てとして実現する術は、彼女はまだ見出し得てなかった。手帳のページには喜びや希望、落胆や悲しみの言葉が倦むことなく埋め尽くされていた。自らの世界を創り出すことができるという予感が彼女の中に潜んでいた。あるアイデアが彼女の中で息づいていたが、それは大きすぎてまだ捉えきれなかった、がいまに書き表わすことができるはずだ。エネルギーが彼女には不足していた。講義の準備や時に彼女より年上でもある生徒たちとの交流が彼女をくたくたに疲れさせていた。想像力の方が先んじて彼女の希望はなかなか実現されなかった。

そんなことは大したことではなかった。幸福と発見のときが積み上げられつつあった。パリが彼女に心を開いてくれていた。結局のところ、サルトルはそう遠いところにいるわけではなかった。時々は彼に会うことはできたのだ。毎日曜日に、彼はパリに戻ってきた。

ニザンとアロン、ル・アーブルのサルトル

資本主義の世界は暗い年を経験していた。おびただしい数の倒産と失業者。一九二九年の暗黒の木曜日とウォール街の株価暴落が複数のヨーロッパ経済の崩壊を引き起こした。いたるところでストライキが起こった。暴動は流血のうちに鎮圧された。若いレイモン・アロンはこうした緊迫した状況に無関心ではいられなかった。社会党に入党した彼は、サルトルとボーヴォワールの二人から友愛のこもった軽蔑を受けた。「改良主義は我々に嫌悪の情を抱かせた。社会は激動によって一挙に包括的に変化するのみである。[4]」

アロンもまた政治に全く精通していないこの二人のお人好しを、同じく寛大に観ていた。彼らとは哲学を論ずる方を好んだ。アロンは観念主義に向かい、一方サルトルは、「極力、現実の方に目を向けた。[5]」しかし現実が政治的なこととなると、彼もまたシモーヌと同じくらいに曖昧だった。二人の恋人は探究し合った。無駄な議論はひとつもなかった。彼らはニザンと会い続けていた。彼はマルクス主義者になっていた。ボルシェヴィキ的革命は競争相手をつくりだしていた。沢山の知識人が共産党に入党した。ジャン＝ポール・サルトルとシモーヌ・ド・ボーヴォワールにとって、自由の第一義は個人としての自由であった。二十五歳の彼らには他の人たちを理解し彼らと意思を疎通したいという願いは強かったものの、それが彼らを政治へと駆り立てることにはならなかった。しかし彼らの眼前で恐怖政治体制がスターリンのもとソヴィ

エトで、ヒットラーのもとドイツで、ムッソリーニのもとイタリアで今しも築かれつつあったのだ。

兵士サルトルはサン＝シールを去ってトゥールに移った。彼はパリから、そしてシモーヌから遠く離れてしまった。運の悪さを喜びに変えようと、サルトルの休暇のたびに彼らは再会し外国文学や映画を一緒に見出し鑑賞した。

＊

別離は彼らの生き方に運命的なリズムを与えていた。あたかも非常事態の出来事が彼らの自由な結びつきに時間的にも空間的にも耐えられる試練を与えるかのようだった。兵役が終わったとき、新たな別れが二人の恋人たちを待ち受けていた。サルトルはル・アーブルのリセに、シモーヌはマルセイユに教師として任命されたのだ。

マルセイユはサルトルにとって地の果てのように思われた。愛する女性に会いに行くために座り心地の悪い座席に腰掛けての十一時間の列車の旅。彼女の存在、声、肉体、活気ある話し振りが彼には恋しかった。恋しさのため時に途方もなく激しい身体的苦痛を感じることもあった。治療法は結婚することだっただろう。彼らはそのことは望まず、この自由の契約を取り交わした。高い犠牲を伴う自由だった。紙の上に彼の日々の話や、彼の思想や、いくつもの疑問を猛烈な速さで出來るだけ詳しく書くことだけが、カストールとの間の距離をなくし、彼女を常に身近に感じ続ける唯一の方法だった。どれほどの手紙を彼女に書き送ったことか。恐らく何百通もの手紙だった。彼は毎日手紙を書き、時に朝一通、夕方また一通と苦しみを和らげたいという涙ぐましい気持ちから彼女に書き送った。彼の小説や戯曲のなか以上に、愛情や敬愛の気持ちや自由でいることの約束を彼は彼女に向って表現した。「僕の愛する人、僕のいとしい愛する人、僕の魅惑的なカストール」という書き出しでいつも手紙は始まっていた。さらに一層優しい言葉で手紙は締めくくられていた。言葉で、彼は彼女を腕に抱きしめ口づけをし愛情を確信させたのだった。

いったい作家は愛する一人の読者のためだけに書いたのだろうか。ずっと後に彼の眼の病いで仕事が不可能になったとき、彼はそのことを告白することになる。これらの手紙は後の世の人たちのためにも書かれたものであると。(6) すでに彼は名声を夢見ていて、死後には最も個人的な彼のすべての著述したものと同様、これらの手紙も公にされることを当時すでに想定していたのだった。彼のペンの冗漫さが育む作家としての夢。

カストールから離れていても、またそばにいても彼は著述という仕事を続けねばならず、子供の頃からそうありたいと夢見てきた作家にならねばならなかった。同時に気晴らしもしなくてはならなかった。未だ自分の職業にはなってなかったものに何時間も割いた後で、女性たちと一緒に過ごす以上に好い気分転換はあるだろうか。その場限りの偶然の出会い。これから書こうとする小説のために経験や逸話を吸収した。続いて彼はそれらを事細かに心を許せる遠くの友に書き送った。

プロヴァンスのシモーヌ

講義を終えるやいなや、シモーヌはプロヴァンス地方の探索によく出掛けた。生きることへの激しい欲求は自然の探索へと彼女を駆りたてた。断崖をよじ登ることも辞さない遠出は一行程で二〇キロから三〇キロ歩く健脚ぶりで丘陵や入り江を巡り歩いた。彼女はまた著述するという約束も守った。こちらの試練にはサルトルという男が彼女を支えていた。そのころまでの初期の小説風の試作はほとんど実らなかった。触れている主題が不自然すぎた。友人ザザの話を物語りたいという思いに彼女は囚われていた。ペンを置くと自分が失敗に向かっていることをさとった。原稿を読み直しているうち、いつもの彼女の明晰さでその原稿が何の意味ももっていないことを突如悟るのだった。

学ばなければならないことの大きさがはっきり見えたのだった。何事にも時機があるものだ。この時機、彼女は若さと自由を享受していた。彼女は愛し、愛されていた。いつの日にか多分、書くことが彼女には重要で必要なこととなるだろう。もっともサルトルが彼女の青春期の使命をそう簡単に諦めさせはしないだろうが。

『メランコリア』草稿

ル・アーブルの孤独な生活のなかで、サルトルはついにイマジネーションの世界を創作した。「偶発性の理論」に触発されて『メランコリア』を一気に書き上げ、それは後に『嘔吐』と呼ばれるものとなる。「僕は一本の樹を見ていた。(……)大聖堂がどんなものであるかわかったのはビュルゴスであった、そして一本の樹がどんなものであるかわかったのはル・アーブルでだった。[7]」

ル・アーブルの教室は静かだった。哲学の青年教師が教室にはいってきて、鞄を置くとその日の授業を始めた。静寂は長くは続かなかった。教師は生徒たちに情熱とユーモアで語りかけた。リセを出ると彼は生徒たちをカフェに連れて行った。革新的教育センスを持ったこの教育者は一体何者だろう。すぐさま数名の生徒たちが彼と親しくなった。リセ付きプロテスタント系の司祭の息子、ジャック＝ローラン・ボストはその中でもサルトルの最も忠実な友人となった。やがてカストールにとっても大切な友人となるはずだ。

さらにもう一人別の少年がこの哲学者の人生に登場し、彼の作品のなかに入ってきた。リヨネル・ド・ルーレは背が高く髪はブロンドで物腰はスマートで、青い目はいきいきとしていた。彼はやがてサルトルから離れられなくなる。この優秀なリセの生徒はル・アーブルのちょっとした噂話を彼に語って聞かせた。住む家も、館もスイスの別荘も賭けで失ってしまった大金持ちの彼の家族の話をした。

「サルトルは彼を〈僕の弟子〉と呼び、大変好感を抱いていた。(8)」

数年後にはリヨネルは彼らの人生の中に決定的に入り込んでいくだろう。

サルトルは何ページにも渡ってさまざまなエピソードを清書してフランス南部に手紙にして送った。彼はまだ自分の哲学がどの方向にむかうのかわかっていなかった。フッサールやヘミングウェイの書物を通して世界に目を開き旅をするだろうということがわかっていた。彼は既にモロッコに行ったし、スペインやイタリアにも行った。彼は再び出掛けたくなった。そしてドイツを選んだ。

一九三二年ベルリン

九月、彼はベルリンに開館したばかりのフランス学院に向けて出発した。街の住み心地は全く好くないものだった。彼の最初の小説作品への考察や想い出を持ち運んでいた。アルザス人として過ごした子供時代に嫌うことを学んだこの国に初めて滞在しようとしていた。とりわけ哲学の故郷にサルトルの足は赴いたのだ。彼はこの国の言語や心理学を知っていると思っていた。列車での旅は考察する好い時間だった。

さらに一年、カストールと離れて過ごさねばならなかったが、彼女は我慢してくれるだろうか。そんな心配はむしろ杞憂だった。彼女はサルトルをとても大切に思っていた。彼女の手紙、愛情の証拠、活発さ、優しさがすっかり彼を安心させていた。彼が柔軟な精神を必要としていることは誰よりも一番よく分かっていただろう。着いたその日から、日中はフッサールに、夜は若きベルリンっ娘たちの征服に夢中になった。

彼の周囲で歴史は動き始めていた。一九三三年一月、ヒットラーは総裁に任ぜられた。ベルリンの街々で一万人のナチス党員が彼の政権獲得を祝った。[9]二月のライヒシュタークの火事は、新たなフューラー（総統）に政党の禁止とおよそ百五十の新聞の発行を停止させることを可能にさせた。[10]サルトルは街の通りを考え事に没頭しながら大股で歩き回った。彼の思想体系の元となるものを彼はさぐっていた。ドイツ文化が彼にしみ込む機会はほとんどなかった。実のところ、ドイツはある意味でも、また他の意味でも彼にインスピレーションを与えることはなかった。根気よく彼は書き、削除訂正し、自分の原稿を修正した。『嘔吐』の第二のヴァージョンと『自我の超越性に関する試論』を書いたのはナチスが街の辻々で警備するベルリンにおいてだった。

ナチズムの危険を前にしてサルトルの無分別をどう説明したらよいのか。

「ベルリン学院の滞在者たちは総体としてのフランス左翼の眼でしかナチズムを見ようとしなかった。遠からずナチズムは瓦解すると信じ込んでいる反ヒットラー主義の学生や知識人たちとしか付き合わなかった。サルトルらには、反ユダヤ主義は真剣に不安に思うには余りにも根拠のない愚かすぎる偏見と思えた。[11]」

彼の友人たち、レイモン・アロンやモーリス・ド・ガンディヤックはヴェルサイユ条約の平和が砕け散ったばかりだということを彼より先に知っていた。三十歳になったサルトルは政治が彼の人生の流れをいかに決定づけることができるかをまだわかっていなかった。しかしながら魔にとりつかれていたこの国を離れてほっとしたことを彼は認めた。

オルガ

シモーヌはようやくその日の講義を終え、ルーアンの中心街のカフェで若い娘の話に耳を傾けていた。その娘の経歴にシモーヌは魅了された。オルガ・コザキエヴィッツは怠けることの推奨者で努力の蔑視者であった。一人の極めて風変わりな少女がシモーヌの人生に入ってきたばかりだった。

ザザの代わりになれるような存在にやっと出会えたのだろうか。シモーヌはまだそんな風には思えないでいた。ザザとはお互いの読書について、考え方について、希望について、失望について意見を交わし合ってきた。オルガはとても若く、何よりもシモーヌが話すのを聞く方を好んだ。彼女のゆったりした態度はカストールの気持ちを落ち着かせた。彼女らはやがてお互いに離れられない存在になった。この出会いでどのような運命となるか、シモーヌはまだ知らなかった。

さし当たり、ドイツに出発するまでの日数を数えてみた。「親指トム」と合流するのに夏を利用する予定だった。そして彼はル・アーヴルの教壇に、彼女はルーアンの教籍にもどるはずだった。こう考えて彼女は身を震わせた。知り合って五年、別離のあらゆる苦しみを乗りこえてきた。マルセイユ、ル・アーヴル、ベルリン。何と長い不在！　どれほど多くの情熱的な手紙の交換！　こうした書簡のおかげで朝食から夕食まで生活を共にして来たような印象をお互いに持っていられた。

そしてサルトルは？　コーヒーを飲み終えながら彼女は思った。彼女の新しい友人をどのように思うだろうか？

＊

オルガはサルトルがベルリンで一度関係を持ったことがある若いフランス女性を思い出させた。若いオルガは何にも意欲を持っていなかった。サルトルとシモーヌは彼女をル・アーブルに来させて、そこに住まわせることにした。彼らは哲学の講義を彼女にした。上の空で、彼女は聴いている風を装っていた。集中することが出來ず、夢想することだけが好きな彼女は働くという考えすら軽蔑していた。彼女の無為の才能、怠惰の能力はサルトルを魅了した。やがてオルガの振るまいの一つひとつ、眼差しの一つひとつに彼は計り知れない重要性を与えるようになった。カストールと共に作り上げようとしたトリオの関係は苦しみを伴わずには行かなかった。サルトルはこの年若い怠け者の娘のために自分の仕事を投げ出してしまうのだろうか？

「ジャン＝ポールがこんな女の子に本当に興味を持っているっていうの？　信じられないわ。」

この奇妙なトリオの最近の逸話を姉が話して聴かせるのを、カフェのテラスに座ったエレーヌは不安げに聞いていた。

「あなたが想像する以上よ。」

帰宅したシモーヌは明白な事実に屈服せざるを得なかった。ジャン＝ポールはまさしくオルガに魅了されていたのだ。

「今朝、オルガの口から出た言葉が何か解る？　ほんと、私は重い病気に罹りそうだ、身体が麻痺してしまいそうよ……。カストール、僕たちはまだこのお嬢ちゃんのすべてを知ってなかったんだよとサルトルは言ったの。(12)」

シモーヌもジャン＝ポール同様、オルガの魅力には抗しがたかった。今まで感じたことのない心の高ぶりが彼女と出合うたびに身内を駆けめぐった。心臓が次第に高鳴った。自分の感情をたぶらかそうとしても無駄だった。オルガの手を、次いで腕を、そして顔をそっと触ってみた。彼女はなされるがままだった。指先に愛撫を待つ気持ちが感じられた。

「愛してるわ」とシモーヌは囁いた。

オルガは黙って眼を伏せ顔を差し出した。人生が彼女にもたらすもの全てに対してそうであるように欲望にも率直になされるがままだった。唇が重ねられた。

カストールとオルガを結ぶ明々白々の情念はサルトルを感動させていた。二人の女性が笑ったり馴れ合いの愛情たっぷりの眼差しを交わし合っているのを彼は眺めていた。ある宵、サルトルはオルガと二人だけで出掛けてもよいか尋ねた。彼らの原則に忠実に従って、カストールは承諾した。過ぎ去る日々の流れに何かを捉えようとすることなど一切せず無目的に心地よい投げやりさで人生が過ぎてゆくこの若い女性の不思議な魅力に惹かれていたのは彼女だけではなかったに違いない。サルトルにしてもオルガを激しく熱望した。彼はそのことを彼女に伝えた。彼は彼女を思うままに独り占めすると幸せな気持ちで寝入った。娘は眼が覚めると彼女を待つカストールのもとへ向かった。再び彼女たちは激しく愛し合った。彼らに幻想を抱かせることになったトリオはこうして作り上げられることになった。

彼らが味わった完全なる自由の証はしかし日々の生活の試練の中で長く耐えるものではなかった。二人の恋人たちとオルガの間の情熱は無意識のうちにジェラシーに彩られるようになった。トリオは崩壊した。オルガは苦い思いを抱いて別の人の腕へと去った。愛の三部作の試みは挫折した。性の自由の代償として与えられた苦しみは耐え難いものであったし、彼らの麗しい相互理解をそこなうものであった。

オルガの怠惰と彼らの二人の関係を鉛色にする非常に独特なやり方は少なくとも一つポジティブな結果をもたらした。彼女の個性はシモーヌの最初の小説のヒロインの人格を作るのに役立ったのであった。彼女は『招かれた女』のグザビエールとなる運命だった。九年後の一九四三年に刊行されるこの小説のジェラシーの筋立てに彼らのトリオの経緯と挫折が貢献している。

同じ時期、サルトルは『存在と無』の考察と執筆を丁度始めていた。シモーヌは彼女の全能力と傑出ぶりを取り戻していた。夜、カフェでカストールと向き合って飲みながら彼が試みている理論を発展させることが彼は大好きだった。彼女の反応の素早さがいつも彼を驚かせた。彼女の洞察力、稲妻のようにすばやい警告、彼の哲学体系の不安定さを指摘して彼を狼狽させるその知力は彼をわくわくさせていた。はるかに深く、褪せることのない魅惑そのものであった。彼は彼女の知性に感服していた。彼ら二人ははるか遠くを観ていた。明晰さとゆったりした五感で世界を感知していた。彼らに抵抗できるものはなにもなかった。

オルガはすぐに哲学に興味を失った。失望したサルトルは彼らの仲間に加わったオルガの姉のヴァンダに関心を移した。彼女にデッサンの才能があると知ったサルトルは彼女にアトリエで絵のレッスンをしてくれるようにエレーヌに頼んだ。いつも協力的なエレーヌは承知した。ヴァンダは到着するとプーペットがイーゼルの前で忙しく立ち働いているさまを眺め、長椅子の上に横になると叫んだ。

「ああ、プーペット、あなたが働いているのを見ているだけで疲れてしまうわ！」[13]

「姉妹のうちのどちらがより怠け者か私には全くわからなかったわ」と愉快そうにエレーヌは結論した。

シモーヌに初めての小説の筋立てを提供した彼女たちはそれ以降も、彼女たちを支援する義務があると思っているサルトルの人生の中に落ち着いたのだった。奇想天外であると同時に魅力的なこの娘たちを一体どうすればいいのか？　何もしない前から哲学も絵画も挫折してしまった彼女たちはサルトルのお陰でやがて俳優になる。その後二十年間彼女たちのために根気よく彼は働いたのだった。彼の最も良く知られた戯曲は彼女たちに役を与えるために書かれたのだった。運命の成り行きを賞賛するほかない。これらの戯曲は彼の最も華々しい成功作品のなかに入っているのだから。

『嘔吐』の出版

一九三六年八月、ベルリンでヒットラーはオリンピック競技会の開会式を行い、そのとき人種の不平等性を賞賛した。競技場は群集で一杯になった。スポーツの英雄たちを拍手しにやってきた外国からのお客は、ナチの勝利を目撃することになった。三年前からユダヤ人に対する差別政策がとられてきたが、いまや彼らは排斥されていた。しかし競技会の終わりには、ドイツの指導者たちはその有能さと持てなしぶりを国際オリンピック委員会の責任者たちから称賛された。かくして一九三六年八月は終わった。

その年の春、フランスでは人民戦線が選挙で勝利した。女性であるシモーヌは投票権を持たなかった。サルトル自身も投票をしなかった。彼らは運動を見守ることで満足していた。デモに加わり列を作ってパリの敷石道を歩くということもしなかった。

「外に向かっては平和を守るために、内に向かってはいつか真の社会主義にたどり着けるだろうということで人民戦線の運動に期待していた。（……）しかし私たちの個人主義は（……）私たちを目撃者の役割に止めた。[14]」

パリに戻るとサルトルは最初の書物『想像力《イマジネール》[15]』を出版した。小説を書くのが自分の運命だと信じこんでいた彼は哲学者として登場することになった。そんなことはどうでも良かった。彼は『メランコリア』を清書した。今度は本物の小説だった。これは受け入れられるだろうか？　ニザンは彼をガリマール出版社に紹介しようとしていた。子供の頃の夢が現実になろうとしていた。三十歳になっていたが、サルトルはこの長い時を待っていたのだ。

数ヶ月後、ジャン・ポーランとブリス・パランの二人の編集者と彼は会った。彼らは一杯傾けた。彼の本を褒めて幾箇所か修正するよう勧めた。[16]まもなく彼は契約書を受けとることとなる。カストールに一刻も早く手紙を書きたくて彼は帰宅した。「僕は今日、作家のようにさっそうと歩いている。[17]」出版者に唯一気に入らなかった『メランコリア』というタイトルは、『嘔吐』に書き換えられたわけである。

この頃、シモーヌは小説集『教権の優位』を完成しつつあった。女性がそれぞれの人生を美化するのに想像力に頼るよう し向けられているというのがこの本の主要なテーマである。それはザザを甦らせる試みでもあった。いまや彼女の同志（＝サルトル）が属することになった作家クラブに彼女も遂に加わるのだろうか。それは大きな問題だった。判決が下された。サルトルの支援にも拘わらず、彼女の作品は拒否された。ドームの椅子に座って幻想をうち砕かれたカストールはコニャックを飲んでいた。

「私は作家ではないのよね？」

サルトルは彼女の苦い思いに心を動かされてグラスを置くと励まして言った。

「いやいや、もちろん、作家だよ！　しかもあなたは書き続けるよ。ガッカリしないで。さし当たりあなたがするべき一番良いことは書き始めたこの小説に没頭して書き続けることだよ。」

この慰めの言葉を彼女はほとんど聞いていなかった。カストールの苦しみに全く無関心に彼らの周囲をエレガントな女性たちやネクタイを締めた男たちが通り過ぎて行った。サルトルのように出版された本と共に三十歳を祝うということは彼女にはなさそうだった。モンパルナス通りの反対側には彼女とプーペットが生まれた建物が見えた。とんでもないわ、怒りと共に彼女は呟いた。若いときの夢をあきらめるものですか。

「明日からまた書き始めるわ！」

そして彼女はお代わりを注文した。

リヨネル

彼らの周囲の仲間たちもまた思いがけない人生の出来事を知った。サルトルの〈弟子〉、リヨネル・ド・ルーレがエレーヌと結ばれたのだ。サルトルが彼らを引き合わせていた。最初プーペットは馬鹿にしたような様子だった。

「彼には興味が持てないわ。私には若すぎるわ。」

この若い女性は人生について教えてくれるもっと成熟した男性を好んだ。サルトルは彼女の話を楽しんだ。プーペットは色事の秘密を彼にうち明け、彼はそれをすぐに手紙でカストールに書き送った

著名であることは人の心を捉えやすくするものだと、サルトルの方でも理解した。ある大作家はさりげなくエレーヌに言い寄った。ジャン・ジロドゥーは若い娘のアトリエに通じる階段を大急ぎで駆け上がった。くれぐれも誰も彼に気付かないように！　力と官能で彼女に飛び掛り彼女を愛撫し愛の言葉を囁いた。この言葉を後にサルトルは物思いに耽って聴くことになる。「素晴らしい恋人よ！」とエレーヌは評した。そして彼女は、「彼は私に沢山のことを教えてくれるの」といたずらっぽく付け加えた。

カストールから遠く離れて、サルトルはこうして女性の反応についてのＡＢＣを学び、非常に前途有望な彼の恋の未来を準備しつつあった。

＊

リヨネルは母親からぞんざいな扱いを受けてきた。大金持ちの母親は賭け事に財産を費やしてしまって息子に充分な生活の資を与えられなかった。彼は初期の結核に罹ったが、快復した。一年後もう片方の肺

が、次いで脊柱が侵された。恐ろしい診断が下された。ポット病に関わるものだった。戦前では一生麻痺の状態になるかもしれない病気だった。呆然として、エレーヌは二人の恋人たちにこのことを知らせた。

「生き延びても、麻痺は残る。でもそうでなければ彼は死んでしまうのよ。」

「泣かないで。彼に会いに行くから。」サルトルとカストールは約束を守った。ベルク〔北フランスの都市。結核療養所がある〕に赴いた彼らは若い結核患者たちが木の板の上に横たえられて街中を搬送されている非現実的な光景を見ることになった。彼らの人生は横になった姿勢で過ぎていく。

彼の生徒のこととなるといつもそうであるようにサルトルは友情の深さを示した。リヨネルは哲学の勉強を続けていた。「親指トム」はハイデッガーについて彼と議論した。辛抱強く、最近の彼の哲学的考察について開陳した。再び出発するとき、目に涙を浮かべてプーペットは彼らについて歩き、気持ちの安まったリヨネルは彼らに微笑んだ。

「あなたたちが訪ねてくださって、どんなに嬉しかったことでしょう！」と彼は呟いた。

作家にとって全ては題材となる。こうした訪問はリヨネルのためであったとしても、文学にも貢献したのだった。かつての彼の教え子が彼に語った結核患者たちの世界からサルトルは幾度かインスピレーションを得たのだった。『嘔吐』のシャルルのなかに彼の姿を見る気がする。直接結びつかないとはいえ、彼の信念や気質に相反する右よりの男のモデルに使われたことで彼は傷ついた気がしていた。板の上に釘漬け状態のまま、彼は政治参加の重要性について思い巡らしていた。病気が回復すると第二次世界大戦がほどなく始まろうという時、彼は社会主義者たちに近づくことになる。

サルトルはつっけんどんに言い放つ。

「政治に間違っても関わり合っちゃ駄目だ！　それよりむしろ自分の哲学思想を掘りさげることに専念

したまえ！」

「このことはお互いに矛盾しません。僕は人民戦線に近しいものを感じています。」

「もちろん。だがあなたのエネルギーを無駄に放出しないように！」

彼をからかったが、この青年が実際、真剣だとそれでもサルトルは考えていた。

＊

スペイン戦争は彼らを恐怖に陥れた。彼らの友人フェルナンド・ゲラッシは国際義勇軍に参加するため出発した。『ヌーヴェル・ルヴュー・フランセーズ』に発表されたサルトルの新しい小説『壁』は、この抗争から着想を得ていた。しかしそれは政治についての現実的な考察と言うよりも、「存在についての瞑想」[18]に関するものだった。

とはいえサルトルは危機の上昇を推し量り始めていた。カストールはと言えば、彼女は自分の人生に政治が関わることは、まだ過小評価していた。サルトルはミュンヘン協定に反対を表明した。

「いつまでもヒットラーに譲歩してはいられない。[19]」

それに反してシモーヌは気分が軽くなっていた。波乱は過ぎ去った。彼女の未来は輝いているように見えた。サルトルのそばにいる幸せと著作を続けることを妨げるものは何もないはずだ。

サルトルの不安には根拠があった。戦争が勃発すれば動員されるだろう。彼の哲学者としての、そして作家としての未来が確実なものとなろうとしているこの時に前線に出発させられるのは余りに馬鹿げているというものだ。

彼はまた女性たちにも認められていた。成功は女性たちを惹き付けた。愛人を見つけるにも彼に熱意を示す人たちのなかの最も美しい女性を選ぶのに苦労するほどだった。カストールはそのことを甘受する術を学んだ。知性の面ではものにした女性たちの誰一人として彼女に適う女性はいなかった。彼女の目には単なる無鉄砲でしかなかった。

もっとも、彼女はそれほど嘆く必要がなかった。

サルトルの昔の教え子で、お気に入りの〈弟子〉、ジャック=ローラン・ボストは美男子で魅力的だったが、彼女と心地よい時を分かち合っていた。彼らのつき合いは十年ほど続いた。この美しい男はサルトルが他の女性との愛のアヴァンチュールに酔いしれている時、シモーヌをしばしば慰めた。

サルトルはそのことをとても喜んでいた。恋人たちは互いの自由を受け入れた。彼らの間には均衡が出来上がっていた。彼らの優しさと愛が全てを耐えていた。

画竜点睛を欠くことが一つだけあった。ガリマール出版に提出されていたシモーヌの小説の最初の何百ページかがまたもや落胆させる結果となった。数ヶ月来、彼女は休みなく新たな草稿のために努力してきた。失敗に終わったオルガとの恋のトリオから着想を得て書いた小説だった。嫉妬と文学の世界が小説の筋立てとなった。アガサ・クリスティ風の小説仕立てだった。どの登場人物も相手の考えていることが分からず、小説は殺人で終わっていた。

『招かれた女』

コンチネンタルのタイプライターの上にかがみ込んでエレーヌは大急ぎでタイプを打っていた。たばこの煙の充満するミストラル・ホテルの部屋では恋人たちが、彼女のそばで『招かれた女』の草稿を読み返していた。妹は頭を上げると呟いた、疲れていた。

「なんて字が下手なんでしょう！　あなたの字は私の字よりずっと読みにくいわね。」

「黙って」と原稿の訂正に没頭しているシモーヌは言った。「続けてよ！」

サルトルは読みとりを続けていた。彼の方はテクストの内容に注を付した。エレーヌは溜息をついた。

彼女は『嘔吐』の原稿をタイプしたときの方がはるかによかった。「親指トム」は少なくとも自分の原稿を訂正すると、きちんと書き直しをした。ある日、彼女は彼に尋ねた。

「お仕事の中ではどんなことがお好きなの？」

「清書かな。僕は清書するのが好きだ。[20]」

彼は煙草に火を点けた。彼は幸福を感じていた。『嘔吐』[21]は成功だった。初めてのこの作品でアンテラリエ賞（一九三〇年に創設された文学賞）を受賞しそうにさえなった。文学界への華々しいデビューは彼を希望で満たした。今、彼は現象学的心理学について数百ページほど書いていた。無数の計画が頭の中でひしめき合っていた。いくつかの中編小説とまた別の小説を思い描いていた。

彼はシモーヌを長い間観察した。気づかずに彼に欠けているものをシモーヌは彼にもたらしたのだった。子供のころ彼は自分のそばに妹がいたらと思っていた。カストールは彼の恋人となり心を許せる友となった。しかし同時にプーペットに見とれることも好きだった。彼は年上の兄のような優しさを自分に感じていた。彼ら二人より若いプーペットは熱く陽気な口調で何人かの恋人との冒険を彼らに語った。シモーヌは苛立っていた。この長編小説は彼女の人生のチャンスとなるだろう。エレーヌはスピードを上げた。作家になる道はまだ遠かった。

＊

シモーヌはまだ行ったことのない左岸のカフェに入っていった。サン＝ジェルマン通りに面した一階の部屋には詩人のジャック・プレヴェールが友人たちに囲まれて座っていた。隣のテーブルには演出家たちが赤いソファに腰掛けて煙草を燻らしたり飲んだりしていた。建物は人で一杯でグループはそれぞれに自分たち専用のテーブルがあった。やがて二人の恋人たちも毎日そこで落ち合った。ドームのあとでル・フロールやレ・ドゥ・マゴが新たに彼らのいつも出会う場所となった。サルトルはそこに行くのが習慣となった。『嘔吐』はこの半世紀の注目すべき小説の一つだと囁かれていた。彼の書くもの一つ一つ、中編小説の一作一作が熱狂的に受け入れられた。

カストールと一緒の夜、彼は一日の出来事を語った。著述の時間は生産的なものだった。彼の中編小説の何冊かが世に出た。『壁』と題された短編集の最後の物語を彼は書き終えようとしていた。

「カストール、今度は小説の構想を練り始めている。」

「とても良いことね。それを続けるべきだわ。」

シモーヌはきっぱりとしていた。先立つ二年間、彼女は「親指トム」に小説を書くことに集中するよう積極的に勧めていた。「そうよ」と彼女は有無を言わせぬ口調で言った。「あなたは哲学者には絶対ならないで。あなたは小説を書く方がいいのよ。(22)」

エネルギーに満ちあふれたサルトルはもっと広い視野で眺めていた。小説の世界を創造することがどうして彼に哲学作品を考える妨害にならなければいけないのか。この二つの計画を同時に成功させることができるということをいつかカストールも認めるだろう。もちろん、彼女は良き助言者であり彼の著作に建設的な批判をしてきてくれたが、初めて彼は彼女が勘違いしていると考えた。彼は哲学と小説の両方に同時に気持ちが向かっているのを感じていた。名声の扉が開きかかっていた。

重い問いかけが残っていた。スペイン戦争が猛威を振るっていた。共和主義者たちは劣勢になっていた。この年、ヒットラーはズデーテン地方〔ボヘミア北部〕をドイツに併合した。〈歴史〉が彼らの計画を滅茶苦茶にするのだろうか？

コレット・オードリー

新しい友人が彼らの輪に加わった。マルセイユの同じリセで教えていたコレット・オードリーにカストールは出会っていた。活動家の彼女は社会党内でも中心的な重要な役割を担っていた。彼女とサルトルの議論は活発なものだった。二人の恋人たちと違ってオードリーの方は極めて若かったにもかかわらず政治参加への重要性を認識していた。他の人たち同様、彼女はスペイン戦争における共和主義軍にすべての希望を託していた。フランコ軍が前進していることは彼女を混乱に陥らせた。両陣営で何十万人もの人々が死んだことは彼女を憤激させた。

一九三九年三月、国粋主義者たちの軍隊がマドリッドとバルセロナに侵攻した。スペイン戦争は終わった。戦争するだけの価値あるものだったのだろうか。フランコが政権の座に着くためにこれほど沢山の死者を出さねばならなかったのだろうか。シモーヌはどう考えていいのかもうわからなかった。サルトルと共に人民戦線の成立を三年前に目撃者として彼女は見守った。いまや彼らはその脅威が彼らに直接関わるのを感じていた。コレット・オードリーとカストール、この二人の平和主義者はフランスが戦争状態に陥るなんて考えられなかった。

「戦渦の中のフランスの方がナチ化されるフランスより悪いんじゃない？」

サルトルは頭を振った。

「僕の原稿を食べるよう強制されるのは嫌だね。ニザンが小さなスプーンで目をえぐり出されるのは御免だ。[23]」

カストールには信じることができなかったが、サルトルは彼女を納得させた。戦争は避けられそうもなかった。彼女は身震いした。第一次大戦中、少女だった彼女のまわりには父を、兄弟を、叔父を戦争で亡くした友たちがいた。ヴェルダンでの大虐殺はまだ皆の意識に残っていた。あんなことはもう二度とご免だ！と人びとは言った。そして今や「あんなこと」が再び始まろうとしていた。

ル・フロールでは、鏡の上に電灯を灯していた。その優しい光の下で暢気な幸福感に浸って人々は煙草を燻らせ、飲み、喋り、高らかに笑っていた。どれほどの期間か？　召集年齢にあるサルトルの若い生徒たちのことをシモーヌは思った。「親指トム」は出発しようとしていた。ニザンもボストも同じく。一人リヨネル・ドゥ・ルーレのみが余りにも病弱で召集を免れるだろう。

「突然〈歴史〉が私に襲いかかった[24]（……）」

今度こそ政治的自覚が本当に彼らを打った。

別のニュースが彼らの動揺を深刻にした。七月三〇日以来、取り戻しを狙ってヒットラーはポーランドの街、ダンチッヒへの圧力を強化した。八月二三日、皆が呆気にとられるなか、モスクワでスターリン立ち会いのもと、ドイツとソヴィエトの外務大臣が不可侵条約に署名した。

ドイツやイタリアのファシズムに対し戦いを呼びかけたフランスのコミュニストたちは一日で潜在的スパイになってしまった。コミュニストの活動家たちは態度表明を迫られ、『ユマニテ』紙〔共産党機関紙〕は発禁となった。

「条約は、コレット・オードリーが正しいことを証明した（……）ロシアは自国のみの利益に傾いてほかの帝国主義の大国のようになってしまった。[25]」

独ソ不可侵条約が締結されて数日後、第二次世界大戦が勃発した。

サルトルの出征

寒い夜、サルトルはエッセ＝レ＝ナンシーの第七〇軍団に加わるため出発した。彼は義父の育った世界を思い出すことだろう。「親指トム」はヒエラルキーと慣習が大嫌いだった。彼は伍長のもとに身を置き数々の命令に従わねばならないだろう。自分たちの身の上話をしたがる他の召集兵たちと頻繁に接することになるだろう。引き替えに彼は自分の内面を外に向かって明かすことになるだろう。実際は何を話すのか？とりこにした女たち、お気に入りの女性、毎日の著述で埋められるページのこと。彼は恋の征服のことは説明したくなかったし、カストールのことも、出版の成功についても話したくなかった。兵舎に向かって走るトラックのなかで醒めきった彼は安らぎを望んでいた。

＊

シモーヌは悲しみのうちに一人パリに留まった。彼女を取り巻いていた男たちは皆、出発してしまった。恐怖が彼女を凍りつかせた。もしサルトルが殺されたら？　手紙を待つしかなかった。マルセイユとル・アーブル、ル・アーブルとルアンを繋いできた手紙はこの度はさらに一層重要なものとなった。今度はサルトルが死ぬ危険性があった。

彼女にとっても彼にとっても書くことが唯一つの救いであった。この「奇妙な戦争」の間に彼らの間で毎日ずっと書き続けられたページはおびただしい数にのぼった。その冗長さは彼らの恐怖や孤独を和らげた。来る日も来る日も、人生の出来事や、希望や悲しみを彼女は日記に書き記した。アルザスと南フランスの間、彼女から遠く隔たった所に移動したサルトルは、初めて同じ方法に着手した。子供時代について手帳を一杯に充たし、そして毎日の出来事を丹念に記した。

手紙に加えてこの仕事は彼の気晴らしになった。書くことは退屈を紛らす最高の特効薬となった。朝から全くわけのわからない命令や取り消し命令や伍長の叫びのあとで、落ち着いた気分になってカストールへ最初の手紙を書いた。一瞬一瞬をユーモアと滑稽さを交えて事細かに書き記した。彼は自分が強く感じたこと全てについて書いたが、最も重要なこと、書くのに必要なものを要求することを忘れなかった。

「心からあなたを愛しています、親愛なる僕の可愛い身分違いの妻よ……僕の恋人よ、まだ送っていなかったら至急小包を送ってくれたまえ。もうインクもないし(今日で最後のカプセル)、書く紙も本ももうないのだ。[26]」

カストールからの便りが来ない日は一日彼を不安にした。手紙が来ない不安を訴える手紙を送った後、同じ日に、不確かな郵便事情のせいで三通も四通もの手紙を受け取ったりした。丸く繊細な彼の字体で充たされる手帳を彼女はいつも彼に送っていた。

彼の一日は他の女性たちに手紙を書くことでも費やされた。シモーヌ・ジョリヴェやオルガ、ヴァンダが彼女たちへの手紙を受け取っていた。毎日数十ページになった。郵便物が一旦出来上がると、彼は小説に没頭した。この奇妙な戦争は彼に暇な時間を与えた。後に彼はそれを「猶予」と呼ぶ。

カストールはカミーユ＝セー女子高等中学校での講義を再び始めた。頭の中にはただ一つのこと、最初の休暇でサルトルに再会することだけを考えながら。その間、彼女は前線に男性を送り出している世の女性たちと同じ行動をとっていた。即ち、煙草や食糧の入った小包を送ること。書物や、ノートや何枚もの紙が小包を重くしているという違いはあったが。

＊

サルトル一族の土地、アルザスのブリュマートに宿営していたとき、彼は若い女性の訪問を知らされた。カストールが彼と再会することに成功したのだ。大いに感動した彼は彼女を見るのがやっとだった。三ヶ月以来会っていなかった。数日来の髭でサルトルは見るも哀れな風貌だった。親指トムが望むことはただ一つ、彼女を腕に抱くことだったが、でも、どこに行ったら好いのだろうか？　宿のカストールの部屋は凍るように冷たく、兵隊は九時前に宿営に戻らねばならなかった。[27]翌朝、サルトルは朝食のとき彼女と再び合流した。カストールは一晩中起きていた。食卓にはアルザス風のコーヒーが湯気をたてているポットがあった。食卓に着くと、彼はいきなり尋ねた。

「あなたに渡した何百ページかを読む時間があった？」

まさしくサルトルだった。彼女は彼をじっと見つめそして微笑んだ。彼は髭をきれいに剃っていた。夏の夜、眠りに落ちたパリで別れた時のままの彼をやっと彼女は見いだした。

「もちろん、読みましたとも。素晴らしいわ！　一人の人物について幾つか気が付いた点があるだけよ[28]（……）」

サルトルは冷え切った彼女の手を自分の手で包んだ。彼は生き返った気がした。やっと、自分の仕事について話せるのだ。彼女は彼が聞きたかった言葉を誰よりも話せ、誰よりも彼を勇気付け、愛情と尊敬の籠もった批判を与えることができた。

「あなたの協力は僕にとって貴重だ。私のカストール。とても貴重だ。」

思いがけないこの訪問は数日間続いた。サルトルは彼女をカフェで何時間か独りにした。[29] 彼女は見つけた彼の手帳に没頭した。彼女を安心させるに足るものがそこにはあった。著述するという彼の天命を戦争は少しも阻害していなかった。何ものもサルトルが書くのを阻むものは決してないはずだ。それでも不安はなおあった。彼らの意志と無関係な出来事が数ヶ月で彼らの生活を一変させた。未来は彼らに何を準備しているのだろうか？

まわりを見回しても、兵隊たちはほとんど忙しそうにはみえなかった。アルザス人たちは仕事に精を出していて、訳知り顔で彼女に微笑んだ。彼女は恋人に会いに来たのだ。男の方は幸運だった。彼女はとても美しかった。パリに向けて再び発つ前に、彼女はこの戦争が続きそうかどうか彼の考えを尋ねた。

「サルトルもまた、戦闘はないだろうと考えていた。近代絵画に主題がなく、音楽にメロディーがなく、物理学に物質がないようにこの戦争は殺戮のない現代戦争だと彼は考えていた。[30]」

＊

兵舎の薄暗い大部屋でサルトルの著述したもの全てに、ある思想がしみ込んでいた。即ち自由という観念。彼に付きまとっているこの観念をどのように表現すればよいのか？

『自由についてフッサール的理論と実存的理論の間で、僕は自分の思想を確信しにくかった。』

奇妙な戦争が前進すればするほど、彼の哲学と人生の土台となる自由の理念は一層必要なものとなった。人は自由に選べ、そして自分の行為に責任を持つ。自由はすべての鍵である。カトリック教の支配がまだ強いフランスでは、運命論に対峙するものとしてこの観念を据えたいと彼は思った。人間の行動を決めるのは神ではない。一人ひとりの人間は自分の生成流転に対して自由である。彼の考察は発展していった。奇妙な戦争を通じて、彼は「存在と無、存在と生成、自由の観念と外界の観念[31]」らの関連を身をもって知ったのだった。

彼の主要な哲学の著作の兆しはこうした寒々として居心地の悪い状況のなかで芽生えていたのだった。

＊

歴史の急速な進行をどう表わせばいいだろうか。『招かれた女』の文章を整頓しながらシモーヌは自問していた。彼女の小説の中に戦争の歴史と自分たち自身の思想の変化を入れたいと今、彼女は望んでいた。休暇で戻ったサルトルが彼女にアンガージュマン（知識人の社会問題への参加）について語った。戦後は、サルトルも無為にとどまれないはずだ。カストールは彼の言葉に熱心に聞き入った。彼女もまた、無関心ではいられないと感じていた。様々な出来事が彼女の書く小説より早く進展していた。苦しいけれど心を豊かにする試練。彼女の自信は十分だった。この作品を書き上げるには時間を要するだろうが、彼女は仕上げるだろう。

戦争があってもなくても、いつか彼女は作家になるはずだ。

＊

「泣かないで、ほら！」

カフェ・フロールのテーブルに肘を突いて、エレーヌはむせび泣いていた。快復期にあったリヨネルはポルトガルの母のもとに出発していた。いつの日かまた彼に会えるだろうか。シモーヌは溜息をついた。

隣の席の人たちがじろじろ見ていた。この光景は滑稽にみえた。けれど妹の気持ちもよくわかる立場だった。サルトルもまた遠く隔てられていたのだ。ハンドバッグからハンカチーフを出すと妹に差し出した。

「涙をお拭きなさい。あなたに提案があるの。」

エレーヌは頭を上げるとコーヒーカップを握り、手を温めた。コーヒーは熱かった。いつも彼女を護ってくれる姉、シモーヌを信頼をこめて見つめた。絵を描くためのアトリエの家賃までシモーヌは引き受けてくれていたのだった。

「決まりよ。リスボン行きの切符をあげるわ。休みの終わりまであちらに居られるだけのお金もね。」

「無茶よ！ お給料もそう多くないのに。サルトルに送る小包にも沢山出費しなければならないのに！」

シモーヌは寛大に微笑んだ。

「私に任せて。そしてあなたは出発の用意をしなさい。向こうでも絵が描けるでしょ。さあ泣くのを止めて。そんなふうなあなたをもう見たくないわ！」

サルトルとボストに次いで、プーペットも去ろうとしていた。ル・フロールを出ながら、今度は自分が涙にくれる番だと思った。元気に妹の腕を取った。一九四〇年五月のことだった。未来は彼らに何を用意しているのだろうか？

捕虜サルトル

一九四〇年五月十日、エレーヌはリスボンに着いた。同じ日、ヒットラーに促されたドイツ参謀本部はこの奇妙な戦争を終結させつつあった。フランス人が平和に庇護されて暮らしていけると思っていたマジノ線〔陸相マジノは、独仏国境沿いの防衛のためにマジノ線を築く〕は放って置いて、ドイツ軍はオランダとベルギーを侵略した。三週間のうちにフランス軍は創意と恐るべき決断力のある敵に破れた。まもなくドイツ軍はパリに侵入するだろう！　数週間後、八十人の議員を除いてヴィシーに避難した議会は、全権をペタン元帥に委ねることを可決した。一名を除く全てのフランスの判事が彼に宣誓した。五年間、レジスタンスたちに有罪判決を下し、（ナチスからの）フランス解放への協力者たちを裁いたのはこれら同じ判事たちである。パリでは敵に通じていると疑われほとんどは逃走中だったコミュニストの幹部たちがカムバックするとパリの軍事政権に『ユマニテ』紙再発行の許可を求めた。

ひと月ほどのうちに、サルトルとカストールにとってのフランスは姿を変えてしまった。

「私は一つのことしか考えられなかった。サルトルから切り離されないこと、占領下のパリでネズミのように捕らえられてしまわないこと。（……）サルトルが捕虜となり、いつ帰れるかも分からず、ひどい状況で生活するだろうこと、彼のことは何も知らされないだろうことが分かった。[32]」

シモーヌは動向に従いパリを離れた。フランスの道のあちこちにやみくもに放り出された多くの難民の中の一人だった。数日後、彼女はパリに引き返した。サルトルに再会できるかもしれないという希望が彼女を首都に引き戻したのだ。休戦協定が調印された。親指トムは戻ってくることができるだろうか？

＊

ドイツ軍の捕虜となったサルトルには情報が届かなかった。彼の活動には全く変化はなく、カストールに手紙を書き、彼からの便りを待っている他の女性たちにも手紙を書き、かかりきりの小説を仕上げていた。彼の一番の心配の種は郵便物の遅れにあった。手紙はますます配達されにくくなっていた。カストールは死ぬほど心配しているはずだ。フランスが体験している崩壊状態の中で途方に暮れている彼女を思い描いた。「私の小さな君がおばかさんのようになって動揺していると思うとうんざりだよ」[33]と、彼は手紙に書いている。

小説の完成に腐心していて、自分の境遇については彼はほとんど心配していなかった。それは賭けであった、というのはなんとしても成功させねばならなかったからだ。『嘔吐』以来新しい世代の作家としての期待を肩に担っていた。失望させることはできなかった。

「出来るだけ早く小説を完成したい、そしてこの小説をもう話題にしたくない……。」[34]

こうした言葉をしたためながら、力いっぱいカストールを力づけたいと彼は願っていた。その他については、待つだけだった。七月四日、収容所発の最初の彼の手紙を彼女は受け取った。十万人ほどのほかのフランス兵士と同様、サルトルも捕虜となっていた。速やかな帰還をカストールは期待していたのだったが、事態は全くそうではないはずだ。何ヶ月もの別離が予想されていた。今回は休暇もなく、手紙さえわずかも来ないだろう。

シモーヌは、国立図書館でヘーゲルを読み耽った。歴史は彼女を力づけた。彼女はヘーゲルを批判的な眼差しで読んでいた。「先へ読み進めば進むほど――彼を賛美しつづけながら――だんだんヘーゲルから離れていった。今では自分が同時代に骨の髄まで結ばれていることが分る。この相互依存関係の裏側にあるものが、責任であることを私は発見した。」[35]

歴史は彼女を力づけると同時に、彼女を押しつぶしていた。ヴィクトール＝デュリュイ高校での授業が再開していた。彼女は小説を書き直したり、女友達のオルガや青年ボストに再会していた。生活がいつもの流れを取り戻していた。

収容所では、どこにも行き場がない状態で、サルトルもまた自分の時間を計画的なものにした。

「捕虜収容所《スタラグ》のなかで、僕はエコール・ノルマル以来の集団生活の形を再び見出した。結局のところ僕はここで幸せだったと言える。(36)」

彼は友達をつくった。そのなかにはイエズス会士やカトリックの神父もいた。(37) 予期せぬ仕事は彼に新しい地平を広げた。クリスマスのために、『バリオナ』と題した戯曲を彼は書いた。ローマ人によるパレスチナ占領がその主題だった……。彼はこの芝居の演出をし、俳優を選び、台本を書いた。退屈への反作用だったのか。彼は非常に愉しみ、自由の身になったなら、彼の作品には戯曲も含まれるであろうことを知った。占領下のパリに独りぼっちでいたオルガとヴァンダが彼女たちの女優としての職業が一九四〇年の敗戦に負うものであることを知るのはもっとずっと後になってからにすぎない。

彼は本当に退屈する暇があったのだろうか？　疑うことは可能である。沢山の書簡の手紙の合間に、彼は小説を書いていた。収容所の雑役や捕虜仲間とのおしゃべりとともに月日は可成りな速さで流れて行った。

＊

やがてシモーヌはポール・ニザンの消息を得ることになる。サルトルの若い頃からのこの友人は独ソ不可侵条約が調印されたその時、共産党を脱退した。スターリンとヒットラーの同盟関係を彼は受け入れられなかった。ニザンは一九四〇年に殺された。そのことを知った彼女は失神しそうになった。彼は親指トムと同じ年だった。サルトルもまた、敵の弾丸のもとに死にはしないだろうか？　彼女の政治教育は出来事の成り行きから続いていた。彼女はあるコミュニストのもとに赴き、そこで安心させられた。サルトルは危険な状態にはいなかった。しかし彼女がニザンの死に声を挙げ動揺したとき、男の声の調子が変わった。

「条約のあとに共産党を離れるなんて彼は裏切り者に違いない……。私は抗議し、立ち去った。胸がむかむかした。しかし私はこうした中傷が及ぼす影響力をまだ測ることが出来ないでいた。(38)」

このパルチザン的な邪険さは、やがて彼女に対しても、サルトルに対しても行使されることになる。思想というものは人を殺すことが出來る。が、死ぬに値する思想もあるということが当時の彼女にわかったことだった。もっと後になって、彼女たちが攻撃される事態になったとき、彼女には闘う態度ができあがっていた。自分の信念を守るためにもはや恐れるものは何もなかった。

サルトルの解放

シモーヌは震える手で封を切った。どんな知らせをもってきてくれたのだろうか？　三月の始めから、サルトルは近く戻れそうだと伝えてきていた。毎日毎日が彼女には無限の永さに思えた。身を落ち着けていたデンマーク・ホテルの部屋を彼女は出られなかった。ついに彼は解放されるのだろうか？　昨日まで彼は遠く離れたところにいた。彼は不在だった。ほとんど抽象的ともいえる存在だった。そして一夜にして彼はここに、ここに確かにいた。彼らが置き去りにしていったその時点からの彼ら自身の歴史を再びはじめることに夢中だった。手紙の方が辛うじてサルトル本人より先に着いていた。彼女の前に彼が立ったとき、彼らの手は重なり合った。信じられない気持ちで彼女は彼を見つめていた。三十五歳のその日は、彼は捕虜であったのだ。彼ら二人を痩せさせた試練は今は彼らを若返らせたかのようにさえ思えた。

一年半の間に、彼らは二度再会した。語るべきことが山ほどあり、埋め合わさねばならない愛情の大きな波があった。収容所で書かれた手紙はきわめてぶっきらぼうなものだった。やっと取り戻したお互いの間の親密さを一瞬一瞬味わい尽くそうとしていた。もう出発も、別れもないだろう。サルトルはパリ近郊に職を得るだろう。もう離れ離れに地方に教えに行くことはないだろう。戦争のお陰で彼らは真剣に結ばれようとしていた。

サルトルは成長していた。迷うことなく行動することを彼は決意していた。いつ実現するとも言えない仮定的な解放は期待していなかった。長い間の捕虜生活は彼に熟慮する時間を与えた。哲学は行動に取って代わることは出來ない。少々煮え切らない態度を示すシモーヌを説得するつもりでいた。彼は使命感を抱いていた。ドイツの占領に対して闘い、自由を声を高くして強く主張する。彼は話したり書いたりするだけでは満足しなかった。行動し、友人たちに警戒する心を目覚めさせた。モーリス・メルロ＝ポンティや、ずっと彼に忠実な若者ボスト、そしてジャン・プイヨンと連絡を取った。ジャンの他にドミニック・デサンティと言う二人のコミュニストたちとも再会した。レジスタンスのグループを早急に作りたいと彼は思った。ビラを発行し、それを配布して、彼と考えを共にする人たちとのネットを拡げようとした。彼が選んだ名称は以後の彼の生涯の道筋を要約するもの――「社会主義と自由」であった。

この若い知識人たちのグループの特徴は、「大胆さ」[39]にあった。彼らはホテル・ミストラルのカストールの部屋でしばしば会合を開いた。彼らの目的はビラを発行することにあった。よろしい。道具が必要だった。道具を手に入れたとたん、その使い方が全く分からないことに気が附いた。

一九四一年六月二一日、ドイツ、ハンガリー、ルーマニア軍はソ連を攻撃した。東欧で戦争が再び勃発した。今度は戦いは世界的なものになった。コミュニストの祖国が直接攻撃を受けた。諜報員リヒャルト・ゾルゲ〔一八九五―一九四四年。ドイツのジャーナリストでソ連に通じたスパイ。日本で逮捕、処刑〕の警告があったにもかかわらず、スターリンにとっては驚きがすべてで、軍事的災害に最初のショックを受けた。

レジスタンスの小さなグループは効力を持たなかった。サルトルは著述に再び没頭した。『嘔吐』の成功以来、あれほど待たれていた新しい小説についてはまだ話題に上らなかった。きわどいシーンがそこには描かれていた。このような状勢の時にスキャンダルを招くような出版を誰が敢えてするだろうか？　サルトルはまた書き直した。夏の終わりに遂に最後の稿を仕上げた。色々な主題のなかでもとりわけタブーとされてきた妊娠中絶のテーマに彼は触れていた。

＊

姉たちの原稿をタイプするはずのプーペットはもはやそこにはいなかった。彼女はポルトガルのリヨネルのそばに留まっていた。国境が封鎖され、いつパリに戻れるかわからなかったが、シモーヌは余り心配していなかった。妹の置かれている状況は多分自分たちよりもましだと思っていたから。しかしプーペットはそんなふうに留守をし続けていいというわけにも行かなかった。というのはシモーヌとプーペットの父親が病に倒れたのだ。前立腺の手術のあと速やかに快復するはずだった。実際はひどく意気消沈した父親は、ドイツ軍の占領やフランス軍隊の敗北から立ち直れなかった。結核と悲しみが原因で父親は亡くなった。[40]

彼の傍らに座ってシモーヌは父の最期の苦い言葉を書き留めた。

「お前は若いときから自分で生計を立ててきたが、お前の妹には随分お金を使わさせられたよ。[41]」

プーペットは聞かない方が良かった。シモーヌがアグレガシオンに合格後、父親には極めていまいましく思えた彼女の公務員になったときの、彼の愚弄するような不愉快な小言を彼女ははっきり憶えていた。彼は自分の矛盾を生き、矛盾の中で自己を形成した。聡明な娘を自慢に思うと同時に娘が自由を喜んで受け入れるのを見て激怒した。さらにはカストールは今では母親の世話もしなければならなかった。

信仰厚いフランソワーズ・ド・ボーヴォワールは末娘からの便りもないまま、寡婦になった。彼女を騙し、愚弄し、軽蔑した夫、最期まで神父を呼ぶことを拒否しとおした夫を埋葬したところだった。

以後は彼女はその性格をすっかり知り尽くしている長女の権威下におかれた。彼女の名前や人生が文学史にやがて記されるなんて思ってもみなかった。彼女は夫によって不信心を体験した。今や娘によってスキャンダルに瀕していた。『招かれた女』の女主人公の名はフランソワーズという名前であった。

＊

夏が近づいていた。久しい以前から待った彼らがやっと相まみえた最初の夏であった。

「ここにとどまらないでいよう。僕たちのヴァカンスを非占領区で過ごそう。」

「でもどうして？」

ミストラルホテルのベッドに横たわってシモーヌは『分別ざかり』の最後のページを読んでいた。帰還して以来、サルトルは活動しつづけていた。戯曲の執筆にもとりかかりたいと話してもいた。いま、彼は境界線を突破したいと考えていたのだ。

「僕たちに共鳴して加わりたいと思っている他の知識人たちが大勢いるだろう！　彼らと連絡を取り、ネットを大きくしたいと僕は考えている。」

自転車を使って解放区に出ることに成功した彼らは、対独抵抗運動家《レジスタン》たちを集めるための巡回を開始した。グラース（南仏の一都市）でサルトルはアンドレ・ジッドと再会し、カフェのテラスに彼と並んで腰をおろした。うんざりした様子でジッドは、フランスは袋小路に入り込んでしまっていてそこから引き出せるものは誰もいないと明言した。苛立ったサルトルはアンドレ・マルローとの約束を口実にジッドに別れの挨拶をした。

「では、ご機嫌なマルローであるように！」[42]と別れ際にジッドは言った。『人間の条件』の著者は『嘔吐』もサルトルも嫌いらしかった。二人は全く正反対だった。一人は、小柄な醜男で政治的にはなんら重要な生き方はしてこなかった。もう一方は、美男で魅力的でインドシナでの色々な体験から自己を築き上げてきた人物であり、スペイン戦争では顕著な行動をとってきた人物であった。彼は武器の価値と力による人間関係を知っていた。マルローは反乱や内戦の軍事的悲劇的様相を体験していた。この二人の新参者によって不確かな企てに引きずり込まれるままになるわけはなかった。パリに戻る直前、サルトルは彼にとっては言葉が唯一の効果的な武器であることを理解した。彼は直ちに彼の最初の本格的な戯曲、『蝿』の原稿に着手した。

＊

秋はサボタージュとドイツ国防軍への初めてのテロ行為が重大な事件となっていた。報復としてフランス人の人質が銃殺された。幾つかの文化的活動が厳しい監視のもとに再開された。ある人たちにとっては対独協力の一つの形態であり、一種の降伏であった。またある人たちにはヴォルテール以来のフランス人が好んで採用してきた武器、無礼を以て占領軍に対する挑戦の手段と見た。猫とネズミの戦いのように占領者の目の前で無邪気に小金を賭けるなんてことをするにはある程度の無分別が必要である。初めはびくびくだった。一九四二年の演劇シーズンの出出しはジャンヌ・ダルク神話から着想を得たクロード・ヴェルムールの戯曲であった。『ジャンヌは我らと』[43]は愛国心に溢れた声明を演劇の中で表現するという素晴らしい主題をもつ戯曲だった。

占領軍に対するレジスタンスに効力ある行為をするにはペンしかないことを確信したサルトルは、『蝿』

の執筆に専念した。サルトルが著述《エクリチュール》という彼本来の領分以外で行動しようとしたとき、「社会主義と自由」のグループは、既に挫折してしまっていた。想像の筋立てのなかでの著者の考えをどのように具現化したらいいのだろうか。世界に向かって放ちたい希望のメッセージを二人の応答からなるせりふに託すということが片時も彼の心から離れなかった。

「ジュピター――私に仕えさせるためにお前に自由を与えた。

　オレスト　――そうかもしれない。然しその自由がお前に敵対した。どうしようもないことだ。どちらにとってもどうしようもないことだ。[44]」

　それは大したことではなかったが、しかし占領下のパリでは大きな意味をもった。サルトルにおいては演劇作品の一つひとつが時機に適ったものとなるだろう。

　遂に彼は哲学的記念碑となる『存在と無』の執筆に取りかかった。既に彼は宇宙に於ける人間の状況を定義づける総括を彼の貴重な手帳の中にメモしていた。彼はこの膨大な作品を小説よりも速いスピードで書いた。寒さと空腹にもかかわらず休み無く書いた。オルガ、ボスト、カストールそして彼からなる小さなグループは精神的に支えあった。シモーヌもまた深く信念を傾けていた小説を完成しつつあった。彼女は構想とせりふを修正した。戦争がそこに現前した。政治も同様に。

　グザヴィエールがピエールに政党に入るつもりにはなれないと説明したとき、主人公は反論して言う。

「それじゃあなたは羊でしょう。社会と闘うには社会的な方法しかない、とピエールは言った。[45]」

　目下の所、それ以上言うことはほとんど不可能である。彼女の原稿が検閲に服さねばならないことを彼女は知っていた。一文一句が読まれ、ほのめかしや暗示は分析されてしまうだろう。

　カフェ・ド・フロールで彼女は毎朝最初の客だった。ストーブのそばにシモーヌは陣取った。カフェのギャルソンたちの行ったり来たりするきびきびした動きを観察していると、彼らの親しみ深い機敏さに彼女は励まされるようだった。遂に彼女は四年間掛けたこの作品を完成させた。ホッとして彼女はペンを置いた。今度の小説は成功したように思えた。好評を博すだろうか？

カミュ

一九四二年十一月、連合軍はモロッコに、次いでアルジェリアに上陸した。地中海沿岸侵入へのあらゆる試みを防ぐためにドイツ軍は自由地帯を占領した。

一九四三年六月二日、シモーヌはシテ島の劇場に入った。彼女の胸は高鳴っていた。サルトルの初めての戯曲がパリの民衆に公開されようとしていた。オルガがエレクトルの女主人公を演じていた。シモーヌは気分が軽やかになった。

ヴィシーの批評家たちは騙されなかった。後になって、占領下の首都でこの芝居を上演させたことでサルトルを非難した。尚悪いことに、上演はヴィシー政権によってシテ劇場と改名した旧サラ＝ヴェルナール劇場でだった。むしろサルトルとシモーヌにとっては彼らが実行することが出来た唯一の効果的レジスタンスの行為だったのである。「自由」と言う言葉がパリのど真ん中ではっきりと発せられ響き渡った。上演後一人の男が作家のサルトルに近づき自己紹介した。彼はアルベール・カミュ（一九一三—六〇年。アルジェルア生まれのフランス人作家。不条理の作品を書く）と名乗った。彼らの初めての出会いだった。

戯曲は期待したほどの成功は得られなかった。然し数日のうちに、サルトルは有名人となった。戯曲が彼に驚くべき共鳴箱を与えてくれた。人々は口々に彼の名前を口にした。彼の傍らにあって、カストールも感動していた。作家として彼女はまだ人に知られてはいなかった。サルトルを通してしか知られなかった。いつの日か作家として知られるようになるのだろうか？　読者を持つ心地よさを彼女も味わえるのだろうか？

ガリマール出版社のブリス・パランとジャン・ポーラン〔一八八四—一九六八年。フランスの作家、批評家〕は彼女があれほど心に掛けた小説の原稿を読んでいた。『蝿』の初演数日前のある晩、サルトルはル・フロールでシモーヌと合流した。彼は息を弾ませていた。

「カストール、こんどこそやったよ！　あなたも僕たちの仲間だ！」

カフェの奥に座って、彼女は持っていたグラスを置いた。彼女の手は震えていた。会話のざわめきのなかで、彼女は呟いた。

「もう一度おっしゃってくださる？」

「あなたの原稿が認められたんだよ！　とっても良いと編集者たちは言っているんだ！」

有頂天になって、彼女の傍らの座席に彼は倒れ込んだ。

「僕の可愛いカストール、あなたはいつも僕を信じていた。そして僕もあなたをいつも信じていた。僕が間違ってなかったことがよくわかるよ！」

彼女の初めての小説が出版されようとしていた。彼女は幸福に打ち震えていた。子供の頃の夢が何年もの努力の甲斐あって、実現されようとしていた。希望に満ちた青春時代の手帳、拒絶された初めての小説のページ、その『招かれた女』の書き直しに費やされた月日、時間を思い浮かべていた。ドイツ軍の軍服の占領下のパリで、空腹にも関わらずこれほど幸せを感じたことは嘗て無かった。サルトルは彼女の方に身を屈めた。

「素晴らしい作品だ。あなたの最初の本として。確信するよ！」

彼はすぐにも彼女にキスをしたかった、彼女を腕に抱きしめたかった。彼のカストールをこんなにも鼻高高に感じながら。

『招かれた女』の成功

実際、好奇心をそそられる新しい展開に富む年だった。出版されるや、『招かれた女』は大きな成功をおさめた。ゴンクール賞に彼女の名前が引き合いに出されさえした。作家国民委員会は対独協力を非難されることなく彼女が賞を獲得することもできるかもしれないと知らせた。しかしながら彼女は賞を逸した。数ヶ月前、『存在と無』が遂に世に出ていたが、厳めしいこの著書はほとんど人目を引かなかった。(46) リセや大学の学生たちがこの本を話題にしていた。しかしサルトルはこの種の作品に関しては一般受けすることなど期待していなかった。彼は再び書くこと《エクリチュール》に没頭した。『分別ざかり』に続くものを書きたかったのだ。その新しい小説は『猶予』と題された。

小説的な拡がりは歴史の混乱に甘んじにくい。『猶予』が出版されたとき思いがけないいやな出来事が待ち受けていた。コミュニストたちは著者を、彼らにいわせれば計り知れない「プチ＝ブル」として警戒した。サルトルの「社会主義と自由」のグループが挫折した理由の一つでもあった。共産党のような巨大な宣伝機構を彼は後ろ盾に持っていなかった。ニザンの名誉を忠実に守ったサルトルにスターリン主義者は即不信を示した。レジスタンス国民会議に繋がる作家国民委員会にサルトルは入ってくれるのだろうか？

ニザンに敵対するコミュニストたちの存在にも関わらず、彼は承諾した。国民委員会はカストールにも同じ申し出をしようとは思わなかった。レジスタンスの中にあっても性差別はある種の発議権を禁じていた。著述《エクリチュール》は戦争と同様専ら男性の仕事なのだった。

『出口なし』

占領下において、生徒たちの両親からの抗議でシモーヌ・ド・ボーヴォワールは大学から追放された。彼女の教育と最終学年のクラスのある女生徒たちの同化されたシモーヌへの接近は当時の風潮に反していた。

占領時代は実際また、シモーヌのなかに若い娘たちに対して感じる愛情と、サルトルへの愛情の両性愛を確信させた。しかしこのタブーをうち破ることは最期まで彼女にはできなかった。ジャン＝ポールの捕虜時代彼女は女友達との友情で慰められた。そのアヴァンチュールについては親指トムへの手紙のなかに語っている。

フランス解放で復職の機会が与えられたが、シモーヌはジャン＝ポール同様、文学に没頭するために教職から去った。

サルトルは至る所から急がされていた。ヴァンダは今度は自分に相応しい役をと彼に要求していた。彼女の妹はサルトルに『蝿』のエレクトルの役を書いてもらっていた。[47] どうして彼女のために別の戯曲を書いてくれないのか？　そこでサルトルは書いた。演劇は彼を愉しませた。こうして彼は自分の不実の償いをしたのだろうか？　彼は二週間で彼の最も著名な作品となる戯曲、『出口なし』を書いたのだった。

有名になったせりふ、「地獄、それは他人」は、初めて彼の同時代の人々の心に響いた。この言葉は、彼によれば、この上ない誤解を引き起こす羽目になった。この言葉に対する多くの分析とは逆に、他者との関わりが不可能だと彼は言いたかったのではない。「他者との完全な依存関係に身を置いたとき[48]」にのみ、他者との関わりが不可能になるという意味だった。

この地獄に占領時代への当てこすりを見るべきだろうか？　戯曲は感心にも沢山の解釈を生じさせた。サルトルとカストールにとって、占領下のパリで、「他者」とはドイツ人に他ならなかった。

この戯曲の創作は数々の争いを引き起こした。主役を演じるはずだったアルベール・カミュはこのゲームを断念した。芝居の上演がかっさらわれたのだった。他の有名な俳優たちは自分の妻や女友達に女性の役を得させようと争った。ヴァンダは自分の科白を今かと待っていた。戯曲は彼女のために書かれたのではなかったか？　ついに彼女はもっと有名な女優たちのために演じる役を失った。

一九四三年に書かれた『出口なし』の初演は一九四四年五月、旧コロンビエ劇場で行われた。サン＝ジェルマン＝デ＝プレの中心にあるこの詩情豊かな小劇場はシテの劇場よりずっとサルトルに合っていた。上演初日は度々警報で中断されたが、[49] 舞台で語られる科白の一つひとつが自由の幕劇のように響き渡った。劇場に足を運ぶことが一つのアヴァンチュールになった。始まりは大体見当がつくのだが、どのような結末になるかはほとんどわからないのだった。どんなことがあっても芝居の結末を知らねば収まらなかった。観客は裏切られなかった。そして芝居に喝采を送った。

自由を奪われた人々が直面する地獄はフランス解放後の数日間で、サルトルに有無を言わせぬ名声をもたらした。国民作家委員会の支持を得て、彼の戯曲は数ヶ月の後には対独抵抗運動《レジスタンス》の最も強力な象徴とされた。

パリ解放

その間、サルトルとシモーヌはアルベール・カミュと再び一緒になった。彼は彼らの計画の幾つかに協力しようとしていた。カミュは対独抵抗運動《レジスタンス》に加わり《アンガジェ》、レジスタンスの大きな運動である『コンバ』紙の危険な冒険に参加した。『コンバ』は又非常に活動的な非合法の新聞でもあった。発行当初から一万部数を印刷した。一九四四年五月には、二五万部に達していた。[50]

ガリマール社でもカミュはサルトルとカストールに会った。彼らはもう離れなかった。他の知識人が企画した夜会に一緒に居る彼らの姿があった。ミシェル・レリス、ジョルジュ・バタイユとシルヴィア・バタイユ、ジャック・ラカンとピカソもいた。この「夜のお祭り」はすでに解放の希望が近いことの証しであった。サルトル自身も当時、『コンバ』紙に作品を書いていた。ドイツの抑圧は強化されつつあった。カミュの近親者の女性が逮捕された。作家たちは諦めなかった。

『出口なし』が大成功を収めた数週間後の一九四四年六月六日、連合軍部隊がノルマンディに上陸した。その前夜、ピカソやドラ・マルも出席する夜のあつまりがミシェル・レリス宅で催され、サルトルとカストールはそこで夜を過ごした。前線が近づいていた。「八月十一日、新聞やラジオはアメリカ軍がシャルトルに近づいていると報じていた。私たちは急いで荷づくりをすると自転車にまたがった。[51]」

彼らはパリ解放の時に間に合うように戻った。この歴史的日々のルポルタージュを彼らはもう依頼されていた。『コンバ』は地下運動から抜け出ようとしていた。一つずつナチの旗が公共の建物から外され、すぐさまフランス国旗の三色旗に掛け替えられた。群衆に交じって二人の恋人はシャンゼリゼ大通りを下るド・ゴールを見た。自由を取り戻した歓喜に叫ぶ数千人のパリジャンたちに混じった匿名の二人の恋人。

陰鬱なこの数年間、サルトルとカストールは二人とも名声を獲得した。ド・ゴールの率いる人々の行列を歓呼して迎えながら、歴史が自分たちの人生に入り込んできたことを遂に彼らは理解したのだった。今度は彼らが歴史を作り出すことになるなど考えてもいなかったのだが。

第三章　契約を交わした男女

サルトル、アメリカへ

「あなたは何と幸運なんでしょう！」カフェ・ル・フロールのテラスでいささかの陰険さもない羨望をこめてカストールはサルトルを見つめていた。数日のうちに、彼は生涯の夢を果たそうとしていた。彼女は彼の方に体を傾けると、いつも別れるときにはそうするように囁いた。

「手紙を書いてくれるわね？」

一九四四年、ドイツの占領から解放されたパリジャンたちはジャズやレコードやアメリカの小説を再発見していた。コミュニスト以外のフランスの知識人たち皆がそうであったようにサルトルとシモーヌも、ニューヨークとそこに住む作家たちに眼差しを注いでいた。アメリカからの招待は当時、認められたことを意味し、将来の名声を約束するものだった。

一月、アメリカ合衆国国務省[1]の招きで、フランス人ジャーナリストのグループがアメリカ文化発見のため二ヶ月間の予定で合衆国に飛び立ったのだが、その中心にサルトルがいた。かくして彼は政治的に対立する二つの新聞、即ち『フィガロ』紙と『コンバ』紙の特派員になったのだった。

招待されたジャーナリストのなかに女性は一人も入っていなかった。戦争はまだ完全に終わってはおらず、大事な仕事は男性に占められるという状態がかつてないほど続いていた。サルトルにはこれは初めての飛行機旅行以上に問題であったし(2)、シモーヌにとっても彼と一緒にやってみたいとどれほど願っていたことか。

サルトルはしかし、いまシモーヌと一緒ではないということを差し引いても、新しい世界にたどり着きたくてうずうずしていたし、この魅力的な大陸を観察し、理解したいという願いが沸沸と湧き上がってきていた。パリではシモーヌがサルトルのいない生活に馴染まなければならなかった。

リスボン

エレーヌから手紙が届いた。二人の姉妹はもう五年も会っていなかった。リスボンのフランス学院で働くリヨネルと共にポルトガルに逃れていたエレーヌは、父の死を六ヶ月も経ってから知らされていた。いまエレーヌは姉にすぐにも会いたかった。

「シモーヌがポルトガルで巡回講演を持てるよう準備しないか？」とリヨネルが提案した。

この提案はサルトルが出発して以来シモーヌが陥っていた憂鬱から彼女を救い出すのにおあつらえ向きであった。シモーヌは狂喜してこの申し出を承知した。放浪者ユリシーズの帰りを待ちながら貞淑なペネロペを演じる話を紡ぐなど、考えるだけでも彼女にはいらいらすることであった。シモーヌは、自分が知っていることを伝えたり、他の思考法を発見したりすることが大好きであった。だから、彼女にとってこの誘いに逆らえようがなかった。

リスボンへ向けて、彼女は列車に乗った。初めての飛行機旅行はこの次に残しておこう。配給制の敷かれた街から戦場を経験しなかった国へと向かう旅となった。着く早々、肉屋のまな板の上やショーウィンドーの思いがけない豊かさを見てシモーヌはショックを受けていた。妹が気分でも悪いのかと訊ねるほどであった。

妹は食糧を山のように準備していた。野菜、新鮮な果物、林檎、そして連合軍が到着したにも拘わらずパリではまだ手に入らなかったチョコレートまで。

シモーヌは妹を優しく抱いた。リヨネルは、数年前ベルクで、他の結核患者たちと一緒に板の上に横たわっていた男とは全く別人に見えた。かれの脊柱の手術はこの分野では初めての成功例だった。姉妹二人が一緒に微笑んでいる様子を彼は眺めていた。

「ところでド・ゴール主義者たちのために働いているって本当？」とシモーヌはあれほど寛大に迎え入れてくれた義弟に率直に詰問した。

エレーヌは驚いて飛び上がった。姉の声のこの響きは彼女の怒りを顕すものであることはあまりに明白だった。リヨネルは手に持っていたワイングラスをテーブルの上に置いた。彼も年をとった。もはやかつてサルトルが優しくからかったあのリセの生徒ではなかった。数年間の戦争が彼をすっかり変えてしまっていた。戦前、サルトルやシモーヌに皮肉られても社会主義者たちのグループの戦列にたった一人加わったことを彼は忘れてはいなかった。実際、何と言っても家族の中の誰より彼は先ず最初に彼が政治に参加することの大切さを理解する人間であった。彼にとって議論は必要なかった。行動こそが大切だった。

「本当です。自由フランスのために僕は働きました。」

ポルトガルの首都で何がたくらまれているか、シモーヌは意識していただろうか？　第二次世界大戦中のリスボンはジュネーヴとまったく同じく、あらゆる情報部の戦略的中心であった。連合国や枢軸国にとってもそうであった。ヴェールマッハトの戦略情報部に属しながらクリークスマリーネを守備するドエニッツ海軍大将、アプヴェール隊長のカナリー海軍司令官はスペインやポルトガルの海岸を熟知する申し分のない船乗りだった。

大西洋での戦闘が猛威を奮っていた大戦中の数年間、サラザール博士〔一八八九―一九七〇年。ポルトガルの首相、独裁者。スペイン内戦で陸相、外相を兼任〕のポルトガルは交戦中の全ての国々の工作員が交錯し偵察しあう場所となっていた。愛国者で、ド・ゴール派に近かったリヨネル・ド・ルーレは自由フランスの業務に就いていた。連合軍の海軍船団を多数撃沈したドイツ海軍のUボートはスペインのガリス港やポルトガルの港に寄港し食糧などの補給をした。ドイツ海軍にとってヴィゴやポルトーやリスボンは、中立で好意的な港だった。戦闘から戻ったドイツ潜水艦の乗組員たちにはこうした港は休息のできる避難所だった。第三帝国の艦隊の動きに関する海事情報は貴重な武器だった。

ヨーロッパにレジスタンスを組織するため占領下の大陸あるいはロンドンから到着した情報局のフランス人、イギリス人の工作員たちもまた、リスボンを通過した。いろいろな方面へ通路を組織することは戦略的で危険の多い任務であることが明らかだったが、リヨネルは勇気と同時に慎重さを要求するこの任務に彼の人生の数年間を捧げたのだった。(3)　彼はシモーヌから諭される必要はなかった。

シモーヌは深く吐息をついた。沈黙のうちに昼食を終えた。マルクス主義と階級闘争に神経を振り向け、社会主義の偉大な実現に魅力を感じていた彼女にはド・ゴール将軍率いる「ブルジョワ軍隊」にリヨネルが参加したことが理解できなかった。しかし、即座に昔の自動制御装置が上手に働いた。とりわけシモーヌ自身より辛い子供時代を送った妹を傷つけないために。いまは作家として広く認められた姉のピカピカの名声によって妹は壊れやすくなっているかもしれなかった。

「占領時代、初めて姉さんの消息を知ったのは、リスボンのメイン・ストリートにある本屋で『招かれた女』を見つけたときだったのよ。そのとき私がどれほど驚いたか、わかるでしょう？」

シモーヌは微笑むとすぐさま言葉を継いだ。「あなたの最近の絵を見せて頂戴。」

南部の太陽の光を浴びた、白くて広々したアトリエに彼らは入った。画布にはポルトガルの農民や漁師たちの日常生活の光景が描かれていた。隣り合って置かれた画布には貧しいけれど陽気な農民社会の祭礼や習慣が、誇りに充ちて描かれていた。ポルトー付近の塩田は力強さと光に満ちた調和を作り出していた。

シモーヌは妹にこの道を追求することへの称賛と励ましの言葉を与えた。姉の心の葛藤に気付かないいま、エレーヌは喜びで顔を赤らめた。シモーヌの意見はリヨネルの意見とともに彼女にとって最も重要なものだった。事実、彼女は自分の道を歩み続けこの分野で独自の作品を完成させ、現在ではポルトガル国家の文化遺産の一部をなしている。

サルトルのことを忘れようとして、シモーヌは隣国のスペインと同様厳しい独裁政権に従順に従っているこの国の住民の生活を観察し始めた。極端な金持ちがいる一方、他方には極貧の人々がいるこのギャップについて告発する記事を彼女は書いた。リヨネルが準備してくれた講演会で得たお金で、彼女はパリでは手に入らなくなっていたドレスやスカートや靴やストッキングそのほか諸々のものを買うことができた。

夕方、カフェのテラスにプーペットやリヨネルと共に腰掛けた彼女は、決して別れたりするはずのないこの幸せで美しいカップルを眺めていた。妹の素朴な幸せを前にして幽かな嫉妬を感じたであろうか？サルトルはあまりにも遠くに感じられた。

ドロレス

一体全体実際どれほどサルトルがシモーヌから遠ざかっていたか、彼女は想像できただろうか？　合衆国に惹きつけられる心、この新しい大陸が彼の想像力に及ぼす影響力は、戦争の数年間が自由を奪ったことと相俟って彼の生来の好奇心を刺激し、発見することへの彼の喜びを激しく増大させるのに一役買ったのだった。たとえどんな小男で醜男であっても女性の同伴者無しで長い間過ごすことはこの作家にはとてもできないことだろう。ニューヨークの暇をもてあました沢山の女性――彼女たちのうち仕事を持っている女性は当時ほとんどいなかったはずだ――がこの非常に楽しいフランス人をからかいたがったし、一緒に出掛けたがったりしていた。滑稽で生き生きした彼の会話、ときによって他者に思い遣り深くなることのできる彼の才能、彼の優しさは素晴らしい効果を上げた。要するに、この「フランス人」は人々を魅了したのである。

とりわけ一人の若い女性が彼の注意を引いた。小柄なブルネットのドロレスはヴァンダやオルガといった彼の他の恋人たちよりもカストールに体つきが似ていた。もともとドロレスはフランス人で、医者だった夫と別れていたが、街の文化的階級のなかでたちまち必要欠くべからざる存在になることができた女性だった。

一緒に数夜を過ごすと、サルトルは驚くべき強さで一つの欲望に捉えられ、感情が予期せぬ様相を帯びていることに気づいた。怖くなるほどの激しさで彼は愛を味わっていた。彼の人生はどうなるのだろう？　彼女を残して戻る勇気が彼にあるだろうか？　作家としての仕事がヨーロッパのパリ左岸で彼を待っていたはずだ。彼はそのことを知っていた。そこそこの彼の英語力と文化の基盤などは、フランスで彼が掴もうとしている文化的政治的役割に匹敵するものを合衆国で得ようとしても無理なことを物語っていた。アメリカの作家たちもフランスでは同業者たちと同じ栄誉を受けることはできないだろう。マルクス主義に触発された彼の立場はアメリカ知識人集団からは急速に認められにくくなっていた。出立の準備をするしかなかった。それは即ち、彼の新しい恋人との別れを意味していた。

しかし、どうやってドロレスへの思いを断ち切るか？

＊

シモーヌは両腕にフランスでは手に入らない贈り物を抱え、お土産一杯でポルトガルから戻った。共に楽しい時を分かち合った幸せなカップルと彼女は別れてきた。彼らはしかし幸せを確信するのに彼女を必要とはしていなかった。あれほど愛着を抱いていたサルトルと結ぶ絆を本来の姿に立ち返らせ、今度は彼女が幸せになる番だった。

辛い再会だった。一通の手紙が彼女を待っていた。サルトルはまだ戻っていなかったのだ。彼は真剣で一徹な全き愛情を示して別の一人の女性を愛していた。彼女と感じる一体感によって、パリでカストールと経験したことのないようなことを彼はしようとしていた。ニューヨークで彼はドロレスと一緒に生活していたのだ。そしてアメリカでの滞在を引き延ばしていた。

チョコレートもプレゼントもお土産も全てが意味を失った。彼女は全部壊してしまいたかった。その当時住んでいたホテル・ルイジアナの窓から全部放り投げたかった。一九四五年一月九日、彼女は一人で自分の三十七歳の誕生日を祝った。サルトルが戻らないことになったら？　自分の結婚を告げてきたら？

選ばれた最高の人の印としてプロポーズに代えて彼が彼女に申し出た非婚の契約を他の女性のために捨

てるとしたら？　ピューリタンのアメリカは、カトリックのフランスよりまだ少ないけれども、非公認の結婚に対して鷹揚だった。大西洋の彼方での結婚はエキゾチズムがあり、未知の魅力があり、シモーヌに敵うところのものではなかった。

彼女にとってこの敗北を生き延びる唯一の方法は、ただもう白い紙面に言葉を並べ続けることしかなかった。文体は長く、右に傾斜して書かれた。シモーヌの文面は判読しにくかった。彼女の文面のページはしばしば読みづらく、手紙はきちんと分かれていない文字群のために親指トムをいらいらさせた。彼女はそんなことは意に介さなかった。一切を決定的に無視した。

『他人の血』

生き抜く意欲は新しい小説、しかも以前より政治的な小説に取り組む意欲を彼女に起こさせた。『他人の血』の中で、シモーヌはレジスタンスの悲劇的事件の一つを表現しようとした。主人公のジャン・ブロマールは民衆に報復が降りかかるリスクをおかしてサボタージュを続けるか否かのジレンマに直面させられる。ブロマールは全ての人が自分自身と同様、隣人にもいかほど責任があるか推しはかった。

女主人公には彼女の妹、エレーヌの名前を付けた。彼女の作品には珍しく女性が公然と政治的社会参加を果たしている。『他人の血』の中で、エレーヌは命を代償にして自分の選択を引き受ける。アンガージュマンへの賛歌はまた、ユダヤ人の状況の持つ問題に取り組むことにもなる。長い間シモーヌを苛んできたものを気づかせるのに主人公の引き延ばしを利用した。マントの裏側、彼女の眼前で黄色い星が最盛期を迎えていたその時、戦争の数年間、彼女は何をしたのか？　彼女のつつましい生活はあまりに大きすぎる歴史の中で展開されていた。目の前に展開される事柄の真価をかつて誰が見定めただろうか？　人生を救える具体的な行為をする時を認識できないまま、サルトルと彼女は自由という偉大な思想を擁護したのだった。

「ユダヤ人たちが列車に詰め込まれていたとき、私は爪にマニキュアを塗っていたのだ！」[4]

『招かれた女』と同様、主人公は自身の優越のいやしがたい気後れにのみ囚われる。著述を始めたもう一人の女性主人公デニーズを作家でもないのに彼は厳しく批評する。彼の批判は決定的である。この女性の文章は不条理で滑稽である。

まだ女性の状況の研究に打ち込んでいないシモーヌは他の女性の創作家に対して優しくなかった。『他人の血』はその後の発展を当時予想もできなかった政治的アンガージュマンへの最初の一歩だった。

＊

彼女が原稿を完成したとき、サルトルが合衆国から帰国した。シモーヌの喜びは長く続かなかった。それまで彼女が見たこともなかったような上機嫌さと感動を籠めて、ドロレスの名前が彼の口から次から次へと語られた。これほど彼を幸せにできるこの未知の女性は、一体どんな力を持っているのだろう？

続く数ヶ月もの間、彼女にはいささかの慰めももたらされなかった。

「これからは毎年二ヶ月を彼女と合衆国で過ごす」と親指トムは彼女に宣言した。シモーヌは一言も発せずに聴いていた。

他のテーブルに座っているカフェの客たちの楽しそうな様子が、彼女を泣きたい気分にさせた。著述に捧げる時間以外の時を、カストールはサルトルのほかのフランス人の女友だち、取り分けヴァンダ、オルガと分かち合ってきた。行きずりの若い女優たちが彼の戯曲の一つで役を獲得しようと夢見る様を、傍らで公平に見ていることも受け入れなければならなかった。いま、その上、彼女から愛する人を規則的に奪おうとする危険を孕んだはるかな新大陸が現れたのだ。まだ未知のアメリカ、ニューヨークが苦い後味を彼女にすでに味わわせていた。

後に矢張り『回想録』のなかで、関わりのあった人々の名前を、時に応じて変えながらサルトルや自身のアヴァンチュールを彼女は語った。ドロレスにこの名誉は与えられなかった。カストールは彼女にファーストネームさえ認めなかった。彼女の唯一の身元は無意味な頭文字、「M」の文字――malheur（不幸）あるいは malédiction（不運）のM？

ビュシイ通りのホテルの自室に閉じこもり、著述とアルコールという忘れるための二つの方法の間を揺れ動きながら、シモーヌは彼女の青春に涙した。未来はこれまでになく暗くみえた。彼女はこの時、間違いを犯した――この間違いはすべての恋人たちに共通するものではなかろうか？『或る戦後』のなかで彼女はこの間違いについて書いている。自分の運命を明らかにしたいという願いが、より一層のことを知りたいと思わせるに到った。サルトルと昼食に出掛けたとき、取り返しのつかない問いかけをしてしまった。

「『あなたが一番惹かれるのははっきり言って誰なの？　Mそれとも私？』

『僕はとてもMに心惹かれている。だけれども僕が一緒にいるのはあなたとだ』とサルトルは答えた。私は息を呑んだ。(5)」

絶望の核心に触れた彼女は、その日の昼食は何一つ喉を通らなかった。サルトルは彼女を諦めるのだろうか？　愛を否定するのに言葉を用いなければならないのだろうか？　人生で最も長く辛かったこの食事の後で彼らが交わした説明について、『娘時代』のなかで言及している。

彼がパリにいてくれることは、しかし彼女をホッとさせていたに違いない。彼の人生の最初のパートナーにして、すべてを分かち合える彼女に彼が惹かれていることを証することに他ならないから。そのことが彼が帰ってきた唯一の理由なのだろうか？　サルトルをパリに帰らせた複雑な理由をシモーヌは例の洞察力で解き明かした。彼女の知性は彼女に幻想を抱かせなかった。彼は合衆国では作家としての生活を送れないという、ただそれだけの理由で戻ってきたのだった。共に過ごした十五年のお陰で、彼の仲間たちの誰よりも彼の愛情関係の優劣を見分けることができた。その時彼は遠く、非常に遠くに行ってしまっていたのだが。

　第二次世界大戦は、まだ終わっていなかった。フランス人たちはフランス解放を祝うこと、連合軍の決定的な勝利宣言を待っていた。ナイトクラブは再開された。この素敵な恋人たちは、著述をするためにル・フロールやドゥ・マゴに陣取る習慣を取り戻した。サルトルは階段を数段降りるだけでサン＝ジェルマン＝デ＝プレ広場に出られた。すべてが秩序を取り戻しつつあるようだった。

*

『他人の血』は成功だった。カストールは喜ぶのがやっとだった。一体何になるだろう？　サルトルが彼女以外の女性を夢見ているというのに。それぞれがそれぞれにアメリカに取り憑かれていた。占領時代の数年間は、しかし、彼女がすでに知っていたことを確信させた。即ち著述することは直ちに充足感を彼女にもたらすということ。書かないでいることは彼女を不安にさせた。

「旅行あるいは特別な出来事が起きているときを別にすると、書かないでいる日は灰のように味気ないものだった。[6]」

　その後、彼女は有名な小説家になった。つまり予定通り彼女の仕事を続けることだろう。

パリに一時帰国したエレーヌが出会ったのは、青白く痩せた姉の姿だった。部屋で二人きりになるやいなや、彼女は怒りを爆発させた。

「二人の人間のため意気消沈しかかってなんかいないでしょうね！　青春時代の夢を捨てようとしていないわね！　そんなことあなたらしくないわ！」

シモーヌは妹の方に目を上げると、弱々しく微笑んだ。

「心配しないでね。私は立ち向かうから。」

きびきびとした動作で彼女は方眼紙の束をつかみ取ると書き始めた。今度は——彼女の人生のこの瞬間？　に驚くべきことだが——主人公、レイモン・フォスカは時代を貫いてその孤独を踏破したのだった。その分野では比類無いアカデミー・フランセーズの会員という彼の立場は孤独と退屈のなかに過ごす喪服を着たような結婚から彼を彷徨わせる。『人はすべて死す』について語りながら、後にエレーヌは姉の作品について話している。「私が好きなのはこの作品です。私たちが不死身だとしたら人生はどんなにつまらないものかをこの作品は示していますす。私たちが死ぬべき存在であるということはなんという幸運でしょう！」(7)

二十年後、デンマークの夫婦がこの本に深い感動を受けた。デンマークの現王妃、マルガレーテと彼女の夫、アンリ・ド・モンペザがペンネームでこの作品を協同翻訳したのだ。しかし二人の秘密はすぐに広く知れわたった。

『レ・タン・モデルヌ』

合衆国から戻ったサルトルは演劇と文学の両方にチャンスを獲得した。『嘔吐』の成功後、いくつかのエピソードからなる新しい小説を彼は書いた。『自由への道』というそのタイトルは運命的なものを感じさせる。小説を書く仕事は戯曲の創作に引き継がれ、彼は次第に戯曲に惹きつけられた。例によって丸く可愛い字で彼は白い紙の上を猛スピードで書き進んでいった。サン＝ジェルマン＝デ＝プレのパリが待っていた。彼らはお互いの文章を批評し合った。もう一つの計画が彼の心を捉えていた。アメリカに戻る前、彼らの人生を大きく変えることになる一つの提案をサルトルが示したのだった。

「ねえ、カストール、僕たち二人にとって重大なニュースがあるんだ。」

彼らはカフェ、ドゥ・マゴにいた。シモーヌはウィスキーの入ったグラスを置いた。青白い光がサン＝ジェルマン＝デ＝プレ教会を幽かに照らしていた。いつもより重々しい声で「親指トム」は言った。

「ガリマール社が素晴らしい提案を申し出ているんだ。雑誌を創刊しないかというんだ。僕たちはそこで一緒に仕事ができるんだ。」

「なんと素晴らしいことでしょう！」

サルトルの合衆国滞在中、シモーヌは計画を首尾良く成功させるために働いた。レイモン・アロン、ミシェル・レリス、モーリス・メルロ＝ポンティ、アルベール・オリビエそしてジャン・ポーランからなる役員会がすでに召集されていた。アンドレ・マルローは申し出を断った。

サルトルは雑誌の編集に没頭した。二人の恋人たちはいつもながらの熱心さで計画に臨み、全力を傾けた。雑誌が陽の目を見るとき、フランスの知的生活の中でこれから掴むことになる地位は確実なものになるだろう。アンドレ・ジッドは『新しいフランス雑誌』を志さなかったか？　賭けの力量はあった。『レ・タン・モデルヌ』という名前はチャールズ・チャップリンに敬意を表して付けられた。〈フランス解放〉への希望を具現するものであった。サルトルはシモーヌの傍らで彼女と共に編集役員会のリードを取った。

夏の間中、彼らは文学の復帰を不安な思いで待った。

リヨネルとエレーヌ

秋は彼らの希望の裡にあった。サルトルの小説『自由への道』の第二部『分別ざかり』と第三部『猶予』が同時に出版された。そして遂に一九四五年十月一五日、『レ・タン・モデルヌ』誌の第一号が書店に並んだ。シモーヌはその最初の一冊が見たくてたまらなかった。第一号は出産に似通っていた。サルトルがアメリカに滞在していた四ヶ月間、彼女は全精力を傾けてこの雑誌に打ち込んだのだった。彼らの全存在を賭けた大事件の一つだった。

最初のページに掲載されるサルトルの文学宣言をシモーヌは手で直した。パリ中が待ちこがれていた。遂に雑誌を掌中にし、最初の数ページをめくったとき彼女の心臓は高鳴った。気絶しそうになって彼女は自分の目を疑った。ブーメランのようにアメリカが彼女の眼の前に戻ってきた。「宣言」の頭にドロレスの名前が燦然と輝いていたのだ。サルトルは彼ら二人の共同の仕事を他の女性に捧げていた！『存在と無』の著者が著作を彼の恋人たちの一人に捧げるというのは初めてのことではなかった。しかし今度はそれとは全く別だった。数人の作家友だちを除いて、その時までパリでは、アルベール・カミュや彼らの小さなグループの親しい人たちはミステリアスであると同時にはるかなるこのライバルの存在を誰も知らなかった。

この名前はビンタのようにページをふさいでいた。信じられない忘恩行為で、無益であると同時に屈辱的な侮辱を彼は彼女に与えていた。サン＝ジェルマン＝デ＝プレのカフェでは会食者たちがサルトルの文章を称賛し、通りかかったシモーヌをせせら笑った。もし女性がそのような侮辱を仲間の男性にしようものなら、人々は彼女を打ちのめすだろうに！　しかるに男が厚かましくもそんなことをすると、陰口に飢えたパリジャンたちはおおっぴらにそのことを存分に楽しむのだった。

＊

戦争の危険を避けて、リスボンで始められたリヨネルの仕事は輝かしい成果を上げたが、より公式的な枠のなかでウィーンまで続くこととなった。彼の知性と世才は驚くべき効果を生みだした。

出発前、エレーヌとリヨネルはパリで数ヶ月を過ごした。二人はサルトルの声明の力強さに正当な価値を認めて絶賛した。

「作家はその時代の状況の中に在る。彼が語る言葉は影響を持つ。彼の沈黙も同様である。（……）われわれの心を配る対象を作るのはわれわれの時代の未来である。（……）裁判に勝つのも負けるのも今のこの時であり、われわれの生きているこの時代である。(8)」

リヨネルは自由フランスの任務に参加した自分の行為が、結果的に承認されたことをこの宣言に感じた、皮肉でもからかいでもなく。

シモーヌは緊張して青ざめてみえた。雑誌と小説の成功にも関わらず疲労が彼女を呑み込んでいた。戯曲『穀潰し』の上演準備に没頭していた彼女は、堪え難い苦痛をサルトルに味わわされたことについて沈黙を守った。「宣言」に書かれた献辞を見て泣いてしまったエレーヌは、このことに関して告白があるものと待ってみたが無駄だった。シモーヌは話さなかった。今まで庇護してきた妹と役割交換をして、こんどは自分が妹に護ってもらおうなどということは考えもしなかった。今は打ち明け話をする時ではなかった。姉が妹に心中の苦痛を改めて語ったのは二十年後、彼女たちの母親が亡くなってからであった。

職を求めていたリヨネルは、『ル・モンド』紙の創設者ユベール・ブーヴーメリーの支援で外務省の情報担当参事として廃墟となったウィーンに派遣された。

「率直に言って、あちらで何をするつもりなの?」とシモーヌはそっけない口調でエレーヌにたづねた。二人がドゥ・マゴのテラスで一杯飲んでいる時だった。

「報道に携わる予定なの。」いつもの穏やかな口調でエレーヌは答えた。

「でもどうして軍服を着ることを承知したの?」

「将校だけが受け入れられるんですって。あちらの状況はとても緊迫しているのよ。ウィーンは正式に解放されているのだけど、事実はソヴィエトが町を支配しているのよ。これはとてもデリケートな任務なの。」

神経質な身振りでシモーヌはもう一杯ウイスキーを注文した
「それにしても軍服を着るなんて! 大佐として行くなんて!」

彼女の口調は次第に辛辣になった。エレーヌは青ざめ、夫の弁護をしようとした。

「聞いて頂戴。彼には仕事がなかったの。彼に相応しい仕事はこれだけだったの。サナトリウムで数年間を過ごしたために彼は自分の研究を続けられなかったの。彼の立場に立ってみて頂戴!」

シモーヌは肩をすぼめた。

「私にわかることは、あなたたちが体制側に組み込まれているということ。あなたたちはブルジョワとして一生を終わるのよ!」彼女は妹をやりこめるとマホガニーのテーブルに激しい勢いでグラスを置いた。

今度はエレーヌが爆発する番だった。抑えた涙に途切れがちな声で言った。

「あなたが言ったことは間違っているし、不当だわ! あなたも自分が言ったことが本当だとは思っていないわ! リヨネルも私もブルジョワ的なところはこれっぽっちもないわ!」

薄化粧をほどこした青い瞳から涙があふれた。

「さあ、あなたを苦しめたいわけじゃないの。でもやはり大佐のリヨネルのことを考えるとね！　外務省から派遣されるリヨネルなんて信じられないわ。結局私が何を言っても事態は全く変わらないでしょうね。さあ、駅まで送っていくわ。」

打ち拉《ひし》がれたエレーヌは沈黙していた。言い争っても無駄だった。サルトルやシモーヌにとって社会との融和は彼らの世界と相容れないことだった。たとえどんな悲惨なことになろうとも、アウトサイダーであることと神聖で侵すべからざる自由以外は評価しないのだった。

『第二の性』に着手

東駅から戻ったシモーヌはサルトルと彼女の文学的成功と悩みを再認識した。第二次世界大戦以前には女性の状況について関心をもつようになるとは予想もしていなった。もっとも、一九四一年まではサルトルも彼女も政治的アンガージュマンの必要性について認識すらしていなかった。彼らの唯一の信念はノンポリ的個人主義に根ざした哲学的自由だけであった。戦争とドイツの占領時代が彼らに考え方を変えさせた。『レ・タン・モデルヌ』第一号の一年後、シモーヌ・ド・ボーヴォワールはその後『第二の性』として発表されることになる事柄について考えはじめた。

フランスではド・ゴール将軍によって女性に選挙権が与えられた。一九四五年の市議会議員選挙で初めてこの権利は行使された。左翼のインテリたち、同輩たちは自分たちの立場から政治やアンガージュマンや社会主義に心を砕いたが、女性の置かれている状況に関心を寄せるものはいなかった。合衆国ではうんざりする務めから女性を解放してくれた電気洗濯機や新製品のおかげで女性は「解放されている」とみなされていた。これは進歩だったが、何も解決はしなかった。今世紀の後半にみられるようになるフェミニストの自覚を予見させるものではなかった。

シモーヌ・ド・ボーヴォワールは仲間たちの一人として人々に認められてはいたが、かれらの輪のなかでは当時特殊な女性であった。彼らと哲学や文学や政治について同等に議論をしたアグレガシオンの年から全力をつくして勝ち取った地位だった。だからといって女性的じゃないのではない。彼女はドロレスのことでつらい思いをしていた。どうしたらいいのか？　サルトルとできるだけ人々の前に現われること。サン＝ジェルマン＝デ＝プレで最も有名なカップルの破局などという噂を抑え、カップルが独りだけで人々の前に現われることのないプランを遵守すること。ちょっと運が良ければ、あちら、海のかなたでドロレスが彼女の恋人がシモーヌのそばで日々の生活を取り戻したという記事を『ニューヨーク・タイムズ』紙で読むことだ。彼女を落胆させることができるだろうか？

ポール・クローデル

サルトルは奮闘していた。大戦後の政治の世界で彼は熱心に戦っていた。ペンが彼の武器だった。『レ・タン・モデルヌ』の各号は規則的なペースで発行されるようになった。原稿を読み、次号の内容を決め、論説委員会にはからねばならなかった。そうしたことはすべて時間がかかることで、シモーヌも同様であった。疲れ果てた彼女はサルトルのアメリカでの恋愛問題へのトラウマから回復できず、目に見えて痩せていき、夜になるとアルコールに溺れた。賭けは身に合っていた。彼女はそれにすべてを捧げた。彼らの言葉の一つ一つが若者たちに影響を与え、反対を唱える者たちからは激しくて陰険な反応を引き起こした。

一九四五年、戦争で廃墟となったフランスでは、ド・ゴール将軍が憲法制定議会によって首相に選ばれた。混乱下にあった当時は共産党が政治的にもイデオロギーでも大きな影響力を持っていたことが特記されるが、選挙でもたびたび二六％以上の票を獲得していた。ド・ゴールは国家の権威を立て直しレジスタンス活動家の武装戦闘組織に武装解除をさせた。ヨーロッパのほとんどの国でのあとの数年後、彼は女性への選挙権を獲得したばかりであった。そのことはすぐさま日和見主義の反発をかった。女性はド・ゴールが大好きで男どもを非難した。彼にすれば事は簡単で、暗い時代に何年にもわたって女性たちが自分の役割をしっかり担ってきてくれたことへの感謝の気持ちからであった。戦前の婦人参政権論者たちと同じ結論に達したわけでもある。それでも女性の解放はなお数年の間、理論上だけの状態に据え置かれたままであった。

カトリックの作家たちにも言い分があった。アカデミー・フランセーズの内部でも、権力層の中でも、多くの言い合いがあった。自由へのこの賛歌、また実存主義のこの哲学は不品行に駆り立てて、フランスを崩壊に導くだけだというのだ。

ポール・クローデルはこの国を注意深く見守っていた。フランスの極東駐在の大使を務めて以来、外交手腕を彼は発揮してきた。彼の文学作品は同時代の多くの人々の心を打った詩に代表される。かくして彼はフランス文化の威光に貢献した。彼の姉、カミーユが彫刻家として師匠にして恋人であるロダンの作品に匹敵する作品を造り上げるという唯一の過ちを犯したために精神病院に収容される羽目に陥ったとき、彼女を病院に閉じ込めるようなことがどうしてできたか、クローデルに尋ねてみようとはそのとき誰も思わなかった。社会から追放され、最も基本的な自由すら奪われ、病院に閉じ込められたまま死んだ姉について彼は些かの気遣いもしなかった。

創造したり自分の人生を選ぶなどということはクローデルのような人間には我慢ならないことに思えた。

ストックホルムの審査委員会はジッドには相応しいとした栄誉をクローデルには考えすらしなかった。『ル・モンド』紙はうまくいっていなかった。そんなことはどうでもいい。彼は書くことができたし、怒りの声を挙げることも、抗議をすることもできた。彼はかれの作品を託していたガリマール社の編集者が彼の作品を「極悪人や悪者の仲間」(9)に入れて出版するのを見るのはイヤだと訴えた。

同性愛や多様な恋愛関係、規格から外れた存在とされるものすべてがこの一九四六年には左翼にとっても右翼にとっても我慢ならなかった。スターリンの監督下ソヴィエト連邦の大旅行を終えて戻ったとき、『ソ連からの帰還』の中でジッドは大胆に語らなかっただろうか？ 進んだ習俗に異議を唱える作家とフランスを宗教とモラルで具現した非常に因習的なクローデルとの間で猛烈な争いがガリマール社で始まった。

罵詈雑言と栄光、著述と恋愛はサルトルの生涯を充たすものだった。シモーヌもまた青春時代から強く願ってきたこの名声を味わっていた。他者との繋がりは愛し愛されることに等しいという『娘時代』のなかでよく書かれている彼女の最も大切な願いが著述によって具現化されている。読者たちは男女を問わず、彼らの人生や希望や悲しみの物語を彼女と共に分かち合いつつ情熱的に、また怒りを込めて書き送った。期待をはるかに越えた感謝、彼女が願ったものは手中にあった。だのにこの突然こみ上げる涙はなぜ？ 毎晩アルコールに逃げるのはなぜ？

サルトルのアメリカ

その冬、パリの騒乱から遠く離れてサルトルと共に過ごすムジェーヴでのスキーのことや、彼と一緒に過ごすことの待ち遠しさを彼女は自室のソファに腰掛けてサルトルと話していた。「親指トム」の態度の何かが彼女に警戒心を抱かせた。今度はどんな打撃が与えられようとしているのだろうか？

サルトルは咳払いをした。かれは普段より一層やぶにらみになっていた。彼は目を伏せ突然背を屈めて身構えた。テーブルのふちでそっとパイプを叩くと咳払いをして声の通りをよくした。

「ねえ、カストール。今年はクリスマスをそこで過ごせないよ。」

シモーヌは無表情を保とうと努めた。彼は彼女の手を取ると優しく愛撫し告白を決意した。

「大西洋横断は長い。僕は十二月末に客船に乗らなくてはならない。」

彼女は自分の手を彼の手から引き剥がした。

「またアメリカに行くの！」

「そうだ、カストール。だけど僕はまた戻ってくるよ。約束する。」

「いつ？」

涙が目からあふれた。ハンカチを取ると冷静さを取り戻そうとした。サルトルは不器用なやりかたで励まそうとした。

「数ヶ月で。春までには何があろうとも。いいかい、すぐに過ぎてしまうよ。僕が居なくても雑誌のことに関わって過ごせると僕は思うよ。」

むなしさと孤独が彼女の前にあった。クリスマスも新年もたった独りで迎えることになるのだ。この新たな試練を生き延びる力があるだろうか？　悲しみに打ちのめされながらも考え事に専念し、お酒に溺れないように夜を過ごした。成功のうちに二冊の小説を出版したが、今新たな挑戦の時が始まった。

アグレガシオンでトップの成績を残し大戦中飢餓で亡くなったノルマリエンヌの女性哲学者シモーヌ・ヴェイユ〔一九〇九—四三年〕以後、ごくわずかの女性たちしか哲学者の世界に果敢に挑もうとしなかった。

女性は想像の世界を小説の形で世に提供するためにペンをとることに甘んじてきた。正真正銘哲学的な思考を女性が練り上げることなど誰も期待していなかった。ルールを確固たるものにしたシモーヌ・ヴェイユは例外であったが。『招かれた女』の作者はどうやってそのことにのみ思いを馳せ、到達しえたのだろうか？　一九二九年に、フランスにおいて最も若い哲学の教授資格者《アグレジェ》となった彼女が、いま『両義性のモラルについて』において、実存主義に関する視点を表明しようとしていた。

だが、愛する人が彼女以外の人と遠く離れた所で幸福を味わっているとすれば、どうやって平静に著述などできようか？　カストールは言葉と格闘し、息切れしつつも持ちこたえた。この本はサルトルの不在を頭から閉め出し、ドロレスであろうが他の誰もが辿り着けない高みに対話を保つことがサルトルなしでも可能であることをはっきり示すためのものであった。この本はたいへん書き辛かったようで、また読みにくい本であった。『回想録』のなかで、この本が自分でも好きになれなかったことを彼女は告白している。

一九四七年の冬は寒さと悲しみのうちに日々が過ぎ、週が過ぎ、月が過ぎた。一年前、右派と左派の保守派はド・ゴールを辞職にいたらせていた。第四次共和制の始めの数年はインドシナ戦争に特徴を持っている。

シモーヌには果てしなく長く思えたこの時期もサルトルには非常な速さで過ぎていった。ニューヨークではアメリカ人の大学教員たちと出逢い、共同生活の別の形態を見いだす。彼は夢見た名声を得た。いまや名声は、講演や会見やラジオやテレヴィジョンと共にそこにあった。ネオンやタクシーや博物館、ウォール街、すべてが数年にわたる戦争の陰鬱さと食糧配給チケットの後では、とても輝かしいものに見えた。

カミュ

チュニジアやアルジェリアでの巡回講演に招かれたシモーヌは好い気晴らしになると即座に承諾した。友人アルベール・カミュの街、アルジェを見たくて待ちきれない思いだった。さらにもっと強い願いは出掛ける前に彼と話をすることだったようだ。しかし彼女がデルドル・ベール[10]に語ったところによれば、彼女が本題に触れようとすると、彼女は軽くあしらわれた。真面目な話をカミュと交わそうとするといつもカミュはそうであった。カミュは男同士での議論の方を好んだのだ。

シモーヌはこうした屈辱には慣れていなかった。ソルボンヌ時代から彼女は仲間と対等に対話をしてきた。並はずれた文体の、レジスタンスの勇気ある過去を持つこの若く魅力あふれる作家は彼女に横柄な口をきくのだ。『コンバ』紙の創始者は、彼女を家事従事者かなにかに対するように素っ気なくあしらった。彼の言葉の一つひとつが、彼の目には彼女が一人の女としてしか写っていないことを物語っていた。いわば彼は彼女を無視していた。彼の魅力に彼女が跪きそうだということを見抜いていたのだろうか？　その生き生きした考え方、知性あふれる発言等で会話に割り込もうとあらゆる努力をしたにも拘わらず、彼女は存在していなかった。数ヶ月後、サルトルが女性同僚について作品を書くことを提案したとき、ひりひりするような苦い経験を彼女は思い出したことだろう。さしあたりカミュの男性優位主義は伝統の重さと見回す方法の真価を見定めさせた。講演やスピーチの中で、彼女は実存主義の息吹を伝えようとした。自分で選んだ人生をおくること、愛すること、もう愛さないことを自分で選ぶよう要求した。

夜、部屋に閉じこもってノートと向かい合った。ノートは常に彼女の傍らに在って、歯止めの役割を果たし、少し後には彼女の未来を構築するのに役立った。ポルトガルの後ではチュニジアやアルジェリアで、他国の文化や悲惨なニュースを発見した。いつの日か、この旅がアルジェリア戦争の隠された動機と争点を理解するのに役立つことになる。

大きな本

春になって、サルトルは合衆国から帰ってきた。彼は人生で一番幸せな冬を過ごしてきたところだった。帰国は彼にはショックだったのだろうか？　彼は病気になった。お多福風邪に罹り、何週間も床に伏せった。カストールや友人たちとの会話を再開する必要があった。ときどき彼らを愉しませるためにシモーヌの前であることも忘れて、先頃までのアメリカでの滞在での楽しかった想い出等をついうっかり話したりもしていた。逸話は繋がっていった。語られる言葉の一つひとつが拳固の一撃のようにシモーヌを突き刺した。

政治や『レ・タン・モデルヌ』誌は彼らの人生のほかへの関心の的をたちまちに灰燼に帰した。共産党との関係はこみ入っていた。共産主義と自由は結びつきがたいものだった。それでもサルトルはプロレタリアートの独裁と実存主義を両立させようとした。西と東の緊張が高まっていたとき、この行為は世界の行動における合衆国の資本主義やウォール街の役割に対立することでもあった。知識人の中では非常にありふれたことだったが、かくして彼は矛盾をはらんだ状況に身を置いたのだった。即ち、アメリカに招かれ大学を通して認められることを何より願いながら、そのアメリカに対立する。

サルトルはカストールを注意深く観ていた。彼女はパレ・ロワイヤルの庭園を横切って図書館通い〔パリ国立図書館。リシュリュー通りにある。現在も一部、機能している〕を再開していた。

年齢と病気のせいで太ってしまったコレットが、文学好きのパリを相変わらず震撼させていた。シモーヌは幾度かアパルトマンの方に目を遣った。そこにはかつてスキャンダルを巻き起こした作家が住んでいた。コレットに受け入れられるということは認められたと言うことだった。名声への扉は開かれた。

＊

『第二の性』に関する試論をやり遂げるのは一苦労だった。古代文明の時代からの文献を読んで、また読んで熟考する。彼女が動き回っていた世界が、どこまで男性たちによって思い描かれたものであるかが毎日分かるのだった。サルトルと彼女が結んだ自由の契約は、自由が男性にしか許されない社会で一体どうやって機能するというのだろうか？

何時間もずっとリシュリュー通りの古めかしく勤勉な雰囲気の中で彼女は座り続けた。セネカ、プラトン、アリストファネスなどの古典の書物を検討しながら、彼女は叫びたかった。女性に関する侮辱的な言葉が次々、何世紀にもわたって、本から本へと続いており、誰一人としてそのことに抗議しようともしなかったのだ。彼女は黙って自分の気付いたことを熱に浮かされたように書き留めた。あまりにも女性を嫌悪し、この被虐者をもっと眠らせておこうと多くの称賛の言葉を用いてきた。苦悩と試練にも拘わらず、彼女が選び取った人生を体現する機会であり挑戦の時であるとこのとき彼女は判断した。

「十五分後に閉館します！」

アナウンスの声に、シモーヌは我に返った。コピーから目を上げると、不承不承でノートを閉じた。朝来たときと同じ道を再び辿った。パレ・ロワイヤルの灰色の屋根の後ろに太陽が隠れた。サルトルとボストにその日に発見した事柄を話そうと左岸への一歩を踏み出した彼女を厳しい寒さが捉えた。

ある夕、コメディ・フランセーズの前の、後にコレット広場と呼ばれる広場のカフェで疲れた彼女は立ち止まった。男と女に共通の話がヴォードビルの筋立て以上にうまく行っており、この話は舞台で面と向かって上演されていた。賭けはフェイドーあるいはマリボーがそのことについて詳しく語った以上だった。ル・フロールやレ・ドゥ・マゴのカフェで魅力あふれるカミュと彼女が交わした会話の想い出は、自分が当然受けるに相応しいと思っていた彼からの関心を女性だからという浅はかな理由のもとに彼が示さなかったことで非常に彼女を刺激した。彼も他の誰も、彼女が女性たちの歴史を書き、彼女たちの苦しみを語ることを邪魔することはできなかった。言うなれば決心した彼女をもう誰も止められなかった。彼女はボナパルト通りに近付き、徒歩でサン＝ジェルマン＝デ＝プレに向かって登っていった。

「素晴らしい顔色だね！」ボストと議論を交わしながら、パイプを燻らしていたサルトルは称賛の声を挙げた。「カストール、今日はどんなことがあったんだい？」

彼女は顔を赤らめた。彼は戦前と同じむさぼるようなまなざしで彼女を見つめた。カフェ・ドゥ・マゴには黄色種タバコとチョコレートの香りが漂っていた。彼女は頬を紅潮させて赤い革張りの椅子にぐったりと座り込んだ。

「ウィスキーをちょうだい！」

著述に没頭しているときでも、これほど美しく魅力的な彼女を見たことがなかった。サルトルは微笑むと熱っぽい声で囁いた。

「カストール、今度の新しい本は成功だね。」

どの点で自分の言葉が正しいのか、彼には分かっていなかった。シモーヌは一気にウィスキーのコップを飲み干すと、叫んだ。

「大きな本になると思うわ……。」

二人の男性は目を見交わした。ドロレスはサルトルのハートを征服したかも知れない。だが誰がシモーヌの知性に敵うことができるだろう？

一瞥を彼女はしっかり捉えた。ドロレス、それは彼女の知らないアメリカだった。ウィスキーのお代わりを頼みながら、イライラした彼女は自分に言い聞かせた。彼女の目が霞んだ。

『実存主義はヒューマニズムである』

アメリカへのノスタルジーはサルトルが、エッセイや戯曲や伝記など幾多の最前線で働くことに支障を来すことはなかった。コミュニストたちとの関係は困難になった。プロレタリアの独裁と相容れない自由の哲学をどうしたら彼らは受け入れられるというのか？『レ・タン・モデルヌ』誌の創設者は取っつきやすい観点を取りたいと思った。『実存主義はヒューマニズムである』の刊行はこの方向で進められた。

今度はあらゆる方面で信仰者たちにショックを与えた。この撰集で神の不在を改めて高らかにそして強く主張し、同じ理由でわれわれの行動はそれぞれ自由であり、それぞれに責任があることを主張したのだった。彼はカトリック教徒たちにまたもショックを与えた。スターリン主義者たちの間では、「ヒューマニズム」の語義が非難された。著書は明晰さと平易さだけが取り柄だった。哲学的なこの試論と並行して、『墓場なき死者』と『恭しき娼婦』の二つの戯曲が完成された。戦後のパリでは配給制と物資不足が商店を空っぽにしていたが、劇場は満員だった。サルトルには注文が殺到した。

彼は占領時代の沈黙を弁明する目的で、また別の作品に取りかかった。シモーヌと同様サルトルも、時に適った行動を取ることを怠り、強制収容所に抑留され不確かな運命を辿る恐れのあった若く美しいビアンカ・ランブランを見捨てたことを悔やんでいた。その若い娘はこの二人の恋人たちの無頓着さを決して許さなかった。(11) この辛い時期を祓うために彼は『ユダヤ人問題についての諸考察』を刊行し、その中で人種差別を告発し、ユダヤ人は他からの眼差しによってのみユダヤ人たらしめられるのだと主張した。

才能のすべてを傾けて書かれた強く、鋭い書物は多くの世代に痕跡を残してきたが、一九六八年五月、学生たちがダニエル・コーン＝バンディット〔著者と同じ大学出身。現在は政治家。ユダヤ人〕を支援したとき、彼らは、「われわれはすべてユダヤ系ドイツ人である」というスローガンにその運動の起源を思い起こさせたほど、この書物に拠って立つところは大きかった。

反ユダヤ主義がまだ根強い国、ドレフュス事件からまだ日が浅い頃、こうした書物は憎しみの暗い道に明かりを差し込ませた。

ル・フロールで、サルトルやシモーヌは他の著名なカップルたちと知り合った。二十五歳の、美男で大柄な、素晴らしい才能に恵まれた、ボリス・ヴィアンはサン＝ジェルマン＝デ＝プレのナイト・クラブでトランペットを吹いていたが、彼の書く小説は若い世代を次々と魅了した。彼は冗談を言うのが好きだった。そして年長者たち――サルトルは四十一歳になったばかりで、シモーヌは三十九歳だった――と出掛けるのが好きだった。彼の妻のミシェルと彼らは特別なカップルを作っていた。シモーヌはミシェルを観察した。彼女は知的というのではなかったが、人が言うように「金髪美人」で、ボリスの二人の子供の母親で、その気取りのない陽気な性格は人を魅了した。サルトルはそのことに無関心ではなかった。シモーヌはそのことに気付いたがすぐ安心した。ミシェルは作家になるつもりはなかった。サルトルの恋人たちの誰よりも美人だったが、とは言え、オルガとヴァンダの中間に収まるだろう。カストールは彼女について心配なことは何もなかった。

シモーヌのアメリカ行き

「誰のことを考えているんだい？」と、ある夜カミュはサルトルに尋ねた。

シモーヌはまだ彼らのテーブルに来ていなかった。男と男の間の話だった。サルトルの返事はためらうことなく噴き上がって来た。

「ドロレスのことさ。」

「それでもすぐには出発しないんだね？」

「そう、だけどできるだけ早くそうしたいと思っている。」

カストールが到着した。彼らは口を閉ざした。サルトルは様々な予定に精神を集中しようとしていた。スイス、オランダ、そしてイタリアまでが巡回講演を要請していた。イタリアのコミュニストたちはフランス人たちより熱心に彼を歓迎していた。彼はあんなに彼を幸せにしてくれた先の冬のことを相変わらずいつも考えていた。彼女にどうしたら再会できるだろうか？　彼は友人たちにわめき散らして不思議がらせていた。彼のただ一つの願いは、大西洋の彼方に向けてできるだけすぐに出発することだった。合衆国だったら何処にだって講演に出掛けるつもりでいた。彼女がいない時間は長く思われるのだった。かつてカストールが居なかったときそうだったように。

ある秋の午後、国立図書館での一日に疲れ果てて、でもいつもより楽しそうにシモーヌはル・フロールに到着した。ページが溜まるに連れて彼女は生き甲斐を取り戻していった。この日は、プレヴェール〔詩人。シャンソン『枯葉』の作詩者〕と彼の友人たちが居るのにも気付かず、軽々した足取りで二階への階段を登った。ホールの奥に相変わらずの煙の暈に包まれてサルトルが居た。彼女は彼の正面に座った。ぎくしゃくした声で彼女は誇らしげに叫んだ。

「実はね、今度は私がアメリカに講演に招かれたの！」

彼女はウィスキーを注文すると、しっかり手に握りしめて付け加えた。

「こんなこと考えたこともなかったわ！　アメリカ人に招かれて彼らにフランスについて語る最初のフランス人女性の一人になるのよ。」

とっさには、「親指トム」は反応しなかった。突然彼の顔が明るく輝いた。

「それは素晴らしい。カストール、僕はあなたのためにとても嬉しい。」

ひとつの考えが脳裏をよぎった。彼の抱える問題の解決にもなりそうだった。シモーヌだけが合衆国に向けて出発し、その間ドロレスにパリに来るよう説得できれば、理想的と言うものだ。そしてニューヨークとその楽しみを知っているのは最早彼だけではなく、カストールもまたアメリカに権利があるのだということ。

出立までの三ヶ月、突然パリはシモーヌにとってあまりにも小さなものに思えた。すべてをやり遂げるのに時間が足りなかった。先ず第一に学位論文《テーズ》と同様、重要で膨大な超人的な企画であるこの著作を、何といっても内密にやり遂げねばならなかった。どうあっても最後まで努力しなければならなかった。

サルトルとカストールはクリスマス休暇を楽しい雰囲気の中で共に冬のスポーツをして過ごした。彼らはそれぞれ自分の好きなことをすることができて嬉しかった。彼女は遂に合衆国発見に出発できるし、彼はドロレスをパリに呼び寄せることができる。二人は改めて四ヶ月という長い期間別れることになる。話し合ったり、対話をしたり、お互いの話を聴いたり、お互いの考え方を照合したりすることもせずに、一学期以上ものあいだを過ごそうとしていた。しかしながら最近の数カ月というもの彼らの関係に重くのしかかっていたものから解放されて彼らは幸せそうだった。サルトルはドロレスのパリ到着を待ちきれないでいることを隠さなかった。シモーヌは独りで過ごさねばならなかった前年の冬のことを考えていた。一年半以内に彼らは六ヶ月間離れることになるだろう。

カストールは微笑し続け、平静さを保とうとした。彼女の最大のライバルが彼女の不在中彼女のテリトリーに入り込もうとしていた。誰よりもニューヨークとそこに住む知識人たちをよく識るフランス人女性。しかし彼女の領分ではシモーヌが最も強く、彼女は自分で良くそのことを知っていた。ドロレスには著述ができない。ドロレスは彼女のように招かれて、静まりかえった会場で注意を込めて聴こうとする聴衆を前に講演をすることは決してないだろう。「可愛いボスト」、友人であり愛人であった彼だがその忠実さと愛情をもってしても、サルトルがドロレスの美しい眼に対してその年、次々シモーヌに味わわせた打撃を慰めうるものではなかった。その彼を後に残して彼女は出発しようとしていた。恐るべきカップルのその年のクリスマス休暇をボストはオルガと過ごしていた。たとえシモーヌの出発を見送るのが悲しいにしても、彼女が彼のところに戻ってきてくれることは彼にはわかっていた。サルトルは多様な関係を自分に認めて貰うためにカストールにも彼のことで鷹揚だったから。

シモーヌがコンステレーション機に乗ったのは一九四七年一月も終わろうとするときだった。この度は、前年味わったような悲しい初飛行ではなかった。三年前ヨーロッパを解放しにやってきた「ボーイたち」の、その神話の国を今度はとうとう彼女が旅しようというのだ。シャンパンにうっとりとした彼女は心地よい半睡状態の数時間の後、巨大都市の明かりを発見した。先ず、霧の中からニューヨークの摩天楼の鼻先が突き出ているのが見えた。それはまるで彼女の到着に映画のキャスト紹介の風体を添えているかのようだった。

ハンドバックから万年筆と手帳を取り出すと、カストールは書き出した。すべてを見、何一つ忘れず、印象を積み重ね、目に入った姿を一覧表に書き込もう。こうした毎日の行為の積み重ねは後にアメリカについて語るときの助けになるだろう。息を切らし、あたりに目を凝らしながらタラップを降りた。

彼女がニューヨークに降りたとき、ドロレスはまだその地にいた。この女性がやがてサルトルと落ち合おうとしていることについてはシモーヌは考えまいとした。何よりも先ず身を落ち着けて、それから街を闊歩することが大事なことだった。大学教員や知識人たちが沢山住むグリニッジ・ヴィレッジに彼女は宿を取った。小さなブティックや雑多なカフェ、チェスをする人々がいるワシントン・スクエアが彼女の最初の宿泊地だった。

次に彼女はミシガン湖畔一周をすべきではないか。彼女はある作家のアドレスを渡されたところだった。合衆国の最も大きな街の一つからの招待に応じることは望むところだった。まあ良いでしょう。彼女はシカゴへ行くかも知れない。街のたった一つの名前だけを彼女は憧れていた。二世紀ほど前にはアメリカ・インディアン語源学によれば「野生玉葱の土地」でしかなかったこの街について、どれほど沢山の作家たちが書いてきたことだろう。農産物取引の集散地、アメリカの畜殺場、ギャングと販売禁止品の中心地、ミシガン湖畔のこの街は非常にロマネスクな犯罪の匂いを発散させていた。冬、アル・カポネの街はブリザードが吹き荒れ、湖からは霧の厚い渦が立ち上った。夏は息苦しかった。

シカゴは次々と流れ込む移民たち、殊に一九一七年十月の革命の少し後にロシアやウクライナからの移民たちの波がもたらした多様な文化都市になっていた。シカゴのオーケストラと美術館は世界的な名声を獲得しており、大学はノーベル賞受賞学者を輩出していた。サルトルの世代のノルマリアンで、今世紀の最も著名な数学者の一人にして、哲学者シモーヌ・ヴェイユの兄でもあるフランス人のアンドレ・ヴェイユは一九五〇年、ここで教えたのだった。

一九四七年二月、シモーヌの見たシカゴは冷たい風が街に吹き込み、並木道を風が吹き舞っていた。いつも真面目なシモーヌは約束の講演準備をしていた。アメリカを一層よく知る機会にもなり、彼女のいつもの洞察力や知性や教養がこの理解に役立つ好い機会になるはずだった。着くと、彼女は連絡を取るようにと渡されていたある作家の電話番号を回した。

電話のダイヤルは運命の小さな輪ではなかろうか？　イリノイ州の凍えるように冷たい冬のこの日から彼女の前には新しい世界がひらけたのだ。新しい愛、別の一人の男。彼の名前はネルソン・オルグレンといった。彼は伝説通りの好青年で、しかも著述することができた。

彼はすぐさまカストールの質問責めに遇った。彼女は「アメリカ人の生き方」について、この国の自由と正義の度合いなど、すべてを知りたかった。当時のアメリカは作家たちの言葉によって世に語られていた。特に、ドス・パソスやフォークナーやヘミングウェイたちによって。後に『アメリカその日その日』の中で、観察者として、幻想家として、物語作家としてのシモーヌの質が明確にされることになる。

ネルソン・オルグレン

持ち前の熱中しやすい性分から、彼女は講演を契機としてアメリカを北から南へ東から西へと訪ね歩いた。沢山の聴衆が彼女の講演を聴きに集まった。人々は彼女を通して、異端の匂いを漂わせる哲学者、ジャン＝ポール・サルトルの愛する女性がどういう人か見たいと思ったのだった。聴衆は彼女がサルトルと同じぐらい政治への関心を持っているかどうか尋ねた。彼女の英語はとてもきついアクセントが特徴だったが、そんなことは少しも心配にならなかった。生きること、発見することへの欲望を満たす交流や対話こそが重要なのだ。大きな被害を戦争によって受けた大陸に育ったフランス人女性の眼差しをこの新しい世界の上に投げかけた。労働組合の役割と、実用主義のアメリカ左派のヒーロー、フランクリン・D・ルーズベルトのニューディール政策の成功はマルキストたちの図式を不安定にした。

解放されたアメリカ人女性の神話は寧ろ欺瞞ではなかろうか？　疑問は提示されねばならない。女性たちが戦争の害をあまり受けなかったこの国、家事用具が家庭の中の最も辛い仕事の荷を彼女たちから軽減してくれるこの国、この国はなんと人を夢中にさせてくれる実験場であることか。彼女たちはヨーロッパの女性たちと同じくらい責任ある地位を獲得しているか、もっと実際的な平等を獲得しているか？　すぐにシモーヌは職を求めることが彼女たちにとって最優先されていないことに気がついた。東海岸の最も名門の中学校《コレージュ》の若い女性たちでさえ夫を持ち子供を持つことについて話していた。

知識人たちとの無数の出会いが彼女のために用意されていた。その最も注目されるものは、後にサルトルと共同でその著書をフランス語に翻訳したリチャード・ライトとの出会いであろう。外観の裏に隠された黒人たちの状況と人種隔離の現実を、彼女は彼によって発見した。戦争は終わったばかりだったし、強制収容所の存在が脳裏を離れてはいなかった。アメリカの大学社会の中に陰険で驚くべき反ユダヤ主義が見いだされたことは彼女が予想もしなかったことであった。

ネルソン・オルグレンは彼女を周遊旅行に伴った。彼らの情熱はふくらんだ。彼は少しずつ彼女の思考と著述の中に入り込んだ。彼女のお陰で、オルグレンの名前はやがて大西洋を挟む両岸で知られることになるだろう。アメリカの恋人は彼女に自然の真価を、樹木や途方もない広さの国に注ぐ日の光を教えた。

「アメリカを愛すること、愛さないこと。この言葉には意味がない。アメリカは戦場である。その争点がすべての方策を拒むとき、アメリカ自身一戦交えるのに夢中になることができるだけである。（……）」[12]

わきかえる大陸と比較すると、パリやフランスはとても小さく窮屈で田舎に思えた。彼女が溌剌とした筆致で描いたアメリカ人の習慣についての鋭い描写からは、暗黙の批判の中にも、彼女の新しい恋人にも通ずるこの国に対する本当の優しさがチェックされる。ドロレスがニューヨークに住み、完璧な英語を喋っても何にもならない。著述を通してサルトルが発見したこの国の雰囲気を彼女は書き写すことができない。しかしカストールにはそれができるのだ。シモーヌは今一度、自分の優位を印した。親指トムは結局彼女の知性の資質を何より愛したということをある日思い起こすことになるだろう。精神は肉体より強いのだ。彼女はそれを確信していた。

フランス人には当時大西洋を渡る機会がわずかしかなかった。パリに戻るとき、シモーヌ・ド・ボーヴォワールは鞄の中に『アメリカその日その日』の原稿を携えていた。この本はたちどころに成功の陽の目を見ることになった。

『文学とは何か？』

パリではサルトルが『文学とは何か？』を出版したところだった。一九四七年、作家のもつ役割について知識人たちの間で激しい論争が闘わされていたとき、このエッセイの著述に彼は没頭していた。一九四五年以来、彼は課題を明確に定義しようとしてきたが、この問題についてその時代の「状況に」あることを想起させた。このエッセイは誹謗文書、挑発と受け取られた。サルトルによれば、ヴォルテールや百科全書派のように、作家は社会の灯台になる役割を担うべきである。もう黙っていたり、良心に反する妥協をしたり、沈黙はいけない。この言葉は強く鳴り響いた。しかし占領時代に黙っていたこと、ドイツの圧制下で彼らの戯曲を上演したことで多くの人たちがサルトルとシモーヌを攻める機会を逃さなかった。

イデオロギーの闘いは外交構想上の冷戦と同様緊迫したものだった。右派と左派の間の争いに留まらず、極左のコミュニストと実存主義者間でも激しい論争が闘わされた。一九四七年、ネルソン・オルグレンへの初めての手紙の中でカストールは、夜、サン゠ジェルマン゠デ゠プレの地下酒場で闘わされる二派の激しい論争について語っている。論争はたった一言から火蓋が切られ、それぞれが自分は「右より」であることを告白してしばしば夜明けまで延々と続いていた。

『レ・タン・モデルヌ』誌の指導性をきちんと示したサルトルは絶大な影響力を掌中に収めていた。釣り合いをとって、コミュニストたちは雑誌を創設し、その責任を十月革命の主義信条に忠誠を誓った作家ルイ・アラゴンに託した。かくして彼は『フランス人の手紙』の首領としての地位に就いた。

当時のフランスでは共産主義の考え方の重要とするところ——つまり主人公、ソ連への積極的な賛辞——はかつてないほどのものだった。エルザに向けて書かれた二つの詩の間に、ルイ・アラゴンは偉大なスターリンに叙情詩を書いたが、フランス文学界から決定的に消し去られることを恐れて誰も批判しようとしなかった。

サルトルはブルジョワ小説の書き手ということで非難されていた。『自由への道』はプロレタリアの独裁を褒め称える人々への挑発として鳴り響いた。親指トムは裏切り者なのか？　彼の小説の中では積極的な主人公は問題になっていない。知らない間にブルジョワに利する行為をしているという嫌疑を掛けられ、——大いなる資産階級、構わないじゃないか？——絶えず身の証《あかし》を立てねばならなかった。

「批評がその言葉で何をいいたいのか決して明らかにしないまま、私を文学の名において弾劾するからには、彼らへの最もよい返事は先入観を持たず書く芸術を検討することである。[13]」

「話すこと、それは行動することである。[14]」

批判に対して嘴と爪で対抗するのを差し控えると、場違いなことを書く覚悟でサルトルは進んでコミュニストの語法に従った。

「フランスの作家について話す。ブルジョワとして依然とどまっている唯一の作家、ブルジョワが支配した百五十年間に壊され、俗悪化され柔和にされ、『俗物性』で一杯になった国語に甘んぜざるを得ない唯一の作家について。その俗物性のどれもが、気楽さと投げやりとの小さな吐息のように見える。[15]」

ページがすすむにつれ、彼の仲間たちが彼らの嫌うブルジョワたちと共犯関係にあることを告発している。しかしこの告発によって逆に共産党との共闘に至らなかった。それどころではなく、十ページほどのところで、作家は何故共産党と一緒になるべきではないかについてサルトルは明らかにしたからだ。彼はコミュニストたちが脅しを用いるだけでなにも明らかにせず、なにも行わないことを非難した。彼らが手段とする侮辱的な方法をサルトルは批判した。

「反対者には決して返事をしない。信用を失墜させ、警察であり、知的サービス機関でありファシストである。[16]」

トレズの党がかつての仲間と衝突したとき波乱に満ちた政治の状況への厳しい返答。一九四七年五月五日、ポール・ラマヂエは政府からコミュニストを放逐した。その二ヶ月前、三月十五日アメリカ大統領ハリー・トルーマンは全ヨーロッパの国家に権力を握る地位からコミュニストを追放するようしむけた。モスクワでは四列強がドイツとオーストリアの運命について妥協点を見つけることができなかった。合衆国では国務長官、ジョージ・マーシャルが大陸の共産党陣営組み込みを阻止しようとヨーロッパ支援策を画策した。

ヨーロッパを監視監督するための努力が払われている最中、サルトルの提議は物議を醸した。他方にくみすることも一方にくみすることも拒否する、西にも東にも与しないということはサルトルとカストールを共に社会のアウトサイダーの位置に置くこととなった。

＊

サルトルは妥協を拒否した。和解した二人の恋人はフランスを離れて、スウェーデンやラップランドに旅をした。サルトルはドロレスのことを考えていただろうか？　ネルソンはシモーヌがいなくて淋しかっただろうか？　恐らく。ネルソン・オルグレンへの手紙の数々がそれを証明している。この旅はサルトルには勝利であり、二人の作家たちには時機を得た和解であった。世界をまたにかけての移動の中で、彼らは十八世紀のフランス人哲学者たちとの連続性を象徴していた。これまでフランスが思想の世界で目覚ましく創造してきたことが彼らによって体現された。

スウェーデンやデンマークで寄せられたサルトルへの称賛と敬意はカストールへのそれよりも大きかった。『招かれた女』の著者が確固たる名声の恩恵に浴しているというのなら、作家のアンガージュマンについて宣言したのち彼女の仲間が受ける名声の恩恵はそれよりはるかに大きい反響を得るわけだった。ジャーナリストたちや、批評家たち、知識人たちからの質問は彼に向けられた。ほんのわずかの発言にも魅せられ静まりかえった聴衆は聞き耳を立てた。彼の傍らでシモーヌはノートを使って、いつもの仕事に従事した。一旦仕事を果たすとその日は完全に有効に使うことができた。一瞬一瞬が観察と喜びと交流の源となった。ラップランド訪問は新しい景観を発見する機会になった。シモーヌはいつも自然に対して非常な愛情を抱いたが、サルトルは相変わらずそれには深い憎悪を抱いた。

秋、フランスに戻るやいなや、シモーヌはあらためて合衆国へと飛ぶことになった。六ヶ月以内での彼女の二度目の旅行は悪条件の中で始まった。飛行機のエンジンが止まり、タイヤが破裂した。(17)彼女は最期の時を思った。壮挙は危うく実現しかねないところだった。シカゴでは九月の太陽の下でネルソン・オルグレンが彼女を待っていた。そのとき彼女はかくも急いで戻ったのは彼のためだったことがわかった。一年の間隔で、彼女はサルトルよりも多く大西洋を渡った。

親指トムは依然ドロレスに深く惹かれていた。今やパリに順応しシモーヌのテリトリーにも慣れたこの女性無しには過ごせなくなっていた。大西洋の反対側でカストールが幸せになり愛されていると思うことで、彼も気分が楽になっていた。このアメリカ人は確かに彼よりハンサムだった——むずかしいことではない——が、彼はカストールを永いあいだ感動ばかりさせていられなかった。彼だけが歴史や出来事の上に影響を及ぼすようなユニークな感覚を彼女に与えることができるのだ、彼の不安がすっかり消え去ったわけではなかったが。彼の人生のなかでこの二人の女性とどうやってバランスを取ったらいいだろうか？　幸いなことに政治的生活や著述がすぐに再び優位に立って解決不可能な愛情問題から彼の気持ちをそらせた。

戦争はそうしたとき、再び非常に近くに感じられた。

冷戦

中央ヨーロッパ支配を巡っての合衆国とソ連の闘いは激化した。少数派にしか相当しない社会党員たちからの接触を受けて、サルトルは政治的なグループを作ろうとした。が、大した成功はなかった。

二つのブロックの間の緊張は増大した。数週間前にはソヴィエトはチェコスロヴァキアの高官たちがマーシャル・プランに関するパリ会議に参加することを禁じた。内務省に対する支配力を利用して、共産党員たちはプラハで影響力を握った。彼らは追放キャンペーンを打って穏健派で〈ブルジョワ〉呼ばわりされた閣僚に辞職を迫った。〈プラハ・ショック〉はヨーロッパを震撼させ世界を冷戦状態に陥らせた。スターリンの強権発動に、無力な偵察者のアメリカ人たちはマーシャル・プランの設置を急ぐことしか解決策を見いだせなかった。

パリではコミュニストたちが喜んでいた。左翼と知識人たちは自問していた。ピカソ、アラゴン、エリュアールは「兄弟」国の国際的支援を得て光り輝いていた。同じとき、仕事机に落ち着いたサルトルは、コミュニストたちとの間に生じた緊張したムードを一層緊迫化させることになる戯曲『汚れた手』を完成させた。

台本は事件の砲火の最中に書かれたように見える。中央ヨーロッパの架空の国家で、共産党のメンバーたちが戦闘的な態度についての見解で対立していたが、彼らの一人は効率を上げるために、ためらわずに『汚れた手』となったという風に判断できるようになっていた。

それは行き過ぎだった。カストールによれば、[18]サルトルはこの新しい作品を彼のかつての恋人たちの中の二人に役割を与えるために書いたので、コミュニストたちには耐え難い密告と映った。共産党に関する批判のすべては「銃殺された七万千人の党」への侮辱とされた。一方、シモーヌは見知った役者たちが演じるこの戯曲の上演を楽しんだ。知らず知らず彼女の初めての小説に霊感を与える女性となったオルガとその姉ヴァンダがこの度は舞台に立っていた。サルトルは彼女たちに責任を感じていた。彼らに嫉妬を感じさせている——彼女たちにも——ドロレスとの新しい恋を許して貰う必要があったのだろうか？　数年の間に絶え間なく大きくなり複雑化し続けたサン＝ジェルマン＝デ＝プレ界隈での彼と女性たちの世界が平和であって欲しいと願ったからだろうか？　フランスの文学や政治が「親指トム」の愛情の悩みよりひょっとしたら長続きするかもしれない。戯曲が完成したとき彼の新しい習慣に従ってこの戯曲を彼女に捧げるという彼流のやり方でドロレスが彼のお気に入りであることを彼の恋人たちみんなに思い起こさせた。

共産党がチェコスロヴァキアで権力を握ったころ、革命的民主主義同盟に起源を持つデイヴィッド・ルセットのグループにカミュと共に彼は加わり、記者会見や総会に臨んだ。この哲学者は、市民にある役割を持っているという幻想を抱いた。これは古代からすべての思想家が夢見たことであったかもしれない、しかし、この夢は長くは続かなかった。対立がすぐに現れた。政治に関するこの不幸な見習い期間は、政治は一つの職業であり時間を要することであるということを彼に教えた。

サルトルほど政治生活に興味を引かれてはいなかったが、すべて彼の思考の進め方に従っていたカストールは『第二の性』を念入りに仕上げることができた。一九四八年ネルソン・オルグレンとメキシコとグアテマラを旅するために再び大西洋を彼女は渡った。

出発前、彼女は『汚れた手』の初日に臨んだ。若きフランソワ・ペリエがユーゴの役を勝ち取っていた。彼女が激烈なものになるのではと恐れていたコミュニストの反応は即座に現れた。翌日の『ユマニテ』紙にギ・レクレリクは次のように書いている。

「不可解な哲学者、吐き気を催させる作家、非常識な劇作家、第三勢力へのデマゴーグ、それらがサルトル氏のキャリアの程度だ。[19]」

攻撃はあらゆる方面から起きた。一九四八年十月三十日、カトリックの宗教庁からの政令でサルトルの著書は禁書扱いとされた。[20]

右翼と極左からは全員一致で嫌悪され、占領時代以降の若者たちからは満場一致の支持の中、サルトルはせっせと記事や戯曲、エッセイ、小説などを書いて働いた。実存主義は時代の風潮に入り込み、解放の哲学となった。

クラフチェンコの事件が起こったのはこの時だった。

その四年前、一九四四年ソヴィエトの高い地位にある人物が脱党をした。あるとき合衆国で『私は自由を選んだ』というたいへん象徴的な題名の回想録を出版した。この本の中で彼は左翼がこれまで敢えて批判できないでいたジョセフ・スターリンが犯した残虐行為の数々を告発した。ソ連の労働キャンプの存在をヴィクトール・クラフチェンコは暴いた。政治犯などの強制収容所が明るみに出された。

出版界で大きな成功を得た著名な作品となった。出版されるやフランス共産党（ＰＣＦ）のメンバーたちは直ちに証言の信憑性を打ち壊そうとした。西ヨーロッパでの出版はモスクワにとって危険であることを意味していたのだ。

ナチの収容所の発覚から時を経ずして、輝かしい赤軍の代表が批判の矢面に立たされていた。ルイ・アラゴンが指揮する文学雑誌を通して反撃が起こった。一九四七年十一月十三日、『フランス文学』誌上で自称アメリカ人――匿名の同業者にして――がヴィクトール・クラフチェンコはこの著書の本当の著者ではないと主張した。ＣＩＡの前身であるアメリカ諜報局ＯＳＳによってすべての証拠書類がでっち上げられた偽物の証言であるというのである。

共産党から力ずくで押しつけられたものを前に、フランス左翼がびくびくしているとき、少し前からアメリカ市民となったヴィクトール・クラフチェンコは、だれもが驚いたことに、『フランス文学』を名誉毀損で訴え、積極的に訴訟の準備をした。訴訟は危うく実現できなくなるところだった。フランスの土を踏みさえしないうちに、殺してやるという脅迫を受けたからだ。彼の友人たちも圧力を受けた。しかし、彼は無視してオルリーに降り立った。警察の護衛を受けながら四ヶ月間彼は誹謗者たちに立ち向かった。おおっぴらに記者会見期間中、共産党とソ連の大使館はとりわけ挑発的言辞を重ねた。世論を操作しようとする彼らの試みはあまりに粗野で不作法だったために失敗に終わった。

パリジャンたちは毎日討論に参加するため群をなして移動した。来る日も来る日もクラフチェンコは彼の誠意と彼の言葉の信憑性を明言しなければならなかった。脅しにかけては熟練したソ連人たちは、強制収容所《グーラグ》のかつての生き残りたちも証明は不可能だろうと考えていた。それは間違いだった。二つの証言が裁判をひっくり返した。サルトルと同じ政治グループのメンバーのダヴィッド・ルッセの証言とドイツ・コミンテルンの職員の妻、マルガレート・ビュベル＝ノイマンの証言であった。彼女の夫は一九三七年スターリンによって暗殺されていた。同年、彼女も「人民の敵」として収容所に送られた！　彼女は茫然自失する人々を前に、一九三九年八月独ソ条約が調印された後、スターリンはドイツ共産党員たちをヒットラーに引き渡したことを話した！　かくして彼女はソヴィエトの収容所から真っすぐラヴェンストックの強制収容所へ移されたのだった。

かつて共産党員で、対ナチスへのレジスタントだった女性がソヴィエトによってヒットラーに引き渡されたというこの証言は、すでに恐怖に覆われた会場にまさに爆弾のような効果を生んだ。こうして神話は崩壊した。この収容所の存在を巡ってフランスの知識人たちがお互いに中傷しあっていた。しかし、犠牲者たちのこの証言は裁判所の判断で勝訴した。ヴィクトール・クラフチェンコは訴訟に勝ったのである。(21)

意見が炸裂した。サルトルとシモーヌも無関心ではいられなくなった。ダヴィッド・ルッセは事ある毎にソヴィエットの独裁の現実を彼らに思い起こさせた。しかしながらクラフチェンコによってもたらされた新事実や、ダヴィッド・ルッセの証言にも関わらず、サルトルはフランコによるスペイン、サラザールのポルトガルなど然るべきファシスト体制は、合衆国によって支援されているという主張を述べ、こうした状況ではソ連の敵として自認できないと反論した。

「レーニンや、トロツキーや、マルクスにおいてはなおさら、彼らの語る言葉に健全でないものは一言もなく、今日でもなおすべての国の人々に語りかけ、われわれの身に起こることを理解するのに役立つ言葉を語りかけているのだ。(22)」

哲学者にして人々の保護人、圧制に苦しむすべての人々の保護人であるサルトルは自明とされていることや事実を認めようとせず、十月革命の理論や神話に忠実であり続けようとした。パリでは否定されたコミュニストの強制収容所は、他の一線ではまばゆいばかりの効果を示した。長征と辛く苦しい闘いの後、毛沢東は北京で権力を掌中に収め、アジアで最も大きな国、中原の皇帝にマルクス・レーニン主義体制を受け入れさせ、そこでは人々がコントロールされることになる。

コミュニストたちは不安を抱くには及ばなかった。彼らは不公正に対する闘いの基準としての役割を担っていた。世界は破滅と核戦争へと真っすぐに突き進んでいた。

こうした緊張の中、『レ・タン・モデルヌ』誌は女性たちに向けて書かれたカストールの記事を連載し始めた。

『第二の性』第一巻の衝撃

女性たちが置かれた状況は、広い世界に向かう関心を抱かせるものではなかった。男性のものとされている政治に関する題材だけが真面目なものと見做されていた。ヨーロッパを分断し、モスクワとワシントンを対立させ、アジアに共産党革命を起こしたこの事態は、フェミニストたちの諸要求を不確かなものとして軽んじた。女性たちは選挙権を獲得したばかりではないか、何をこの上不満を言うことがあろうか？

第三次世界大戦の危機感が知識人や政治家の上にのしかかっていた。他の人たち同様、サルトルもこの恐ろしい事実を考慮して考え、行動していた。

『第二の性』の第一巻は一九四九年四月に発行された。数日間のうちに、フランス人は最も大きな溝は、超大国間にあるのではなく、女の子と男の子の辿る運命を分かつところにあることを大きな驚きと共に発見したのだった。社会のメンバーの半分をマイナーな条件の中に押さえつけているその巧妙な仕組みを敢えて率直に書き記す批判の眼差しによって男性と女性の私生活が分析されていた。理論や抽象的な対立とはほど遠いところで、カストールは日々の生活について語ったのだった。

衝撃はひどかった。ほとんど堪えられなかった。一体どんな権利があって、シモーヌ・ド・ボーヴォワールは、女性たちの生涯が彼女たちに信じ込まされているものとは異なると主張できるのだろうか？　数年間にわたる研究の後、世間の古い抑圧の働きを告発したこの女性に対して、あらゆる陣営が見事なチームワークで同盟を結んだ。教会の代表者たちの嫌悪と激しい怒りがマルクス主義のそれと同様シモーヌに浴びせられた。全員が一致して彼女に敵対した。

反応の激しさ、彼らの下劣さは彼女の言葉によれば、想像をはるかに超えていた。カトリックの作家で、後のアカデミー・フランセーズのメンバーにして一九五二年のノーベル賞受賞者でもあるフランソワ・モーリヤックは、『レ・タン・モデルヌ』誌のメンバーに次のような恐るべき言葉を書くまでに至ったのであった。

「今では私はあなたの女友だちの恥部について何もかも知っているよ。[23]」

時のジャーナリストや思想家たちの目には、羞恥心がなくスキャンダラスに映ったこの本に対して、彼らはあらゆるきわどい冗談を駆使して攻撃した。幾つかの「きわどすぎる」パッセージの再録は敢えてしない女性向けの雑誌に対しても含めて、シモーヌは自己弁護をしなければならなかった。彼女に身の証が求められた。

数週間、国際的な政治はもうどうでもよかった。しかしながら、その作品は時代を支配しているイデオロギーと一致していた。シモーヌは彼女の仲間が褒めそやすマルキストや社会主義者たちの意見に賛意を表明していた。が結局ソ連の女性たちの状況については慎重だった。彼女は次のように書いている。

「男性と女性が平等である世界を考えるのは容易である。何となればソヴィエトの革命が約束していることがまさしくそのことであるのだから。[24]」

〈コミュニスト〉という言葉は用いられていなかった。時のエスプリに従うという結論だった。二十年後、女性解放運動に積極的に関わったとき、シモーヌは正直にそのことを批判した。彼女の本が出版されたとき、コミュニストたちの支持が得られるものと、無邪気にも彼女は思った。起きたのは反対のことだった。彼らによれば、共産主義の国では男と女の間の不公平は廃止されているから、『第二の性』は〈ブルジョワ〉にだけ向けられるものであるというのである。とはいえ一九一七年以来、党の書記長が女性だったことは一度もなかった……カストールの古くからの友人フランソワーズ・ド・オボンヌはこのことに気付いていた。

「一九五三年から一九五九年まで、ジャネット・ヴェルメーシュ[25]が体力の消耗の気遣いもなく、取り分けフェミニズムに警戒を促しもせずに一度だけでも演檀にのぼり、女性たちにアジ演説をしたなんて聞いたこともないと思う。[26]」

カフェでは批判が沸き起こっていた。男たちはせせら笑っていた。ジャーナリストたちは世紀の最も大きなスキャンダルの一つに対し報復の言葉を並べ立てた。カストールはタブーとされていたことに敢えて言及したのだった。すなわち、性、非合法の妊娠中絶、女性の経済的自立。

教会はすでにサルトルの著書を禁書目録に指定していたが、シモーヌの著書もそこに加わった。この上ない栄誉と言えた。日曜日のミサでは説教の中で神父がキリスト教と貴族階級の起源を否認するこの不信心の女を弾劾するのを信徒たちは聴いた。恥がこの罪深い女の上に落ちることだろう。ドジール塾は不名誉に見舞われた。

この本の歴史的、哲学的、社会学的側面は故意に無視された。攻撃は専らシモーヌ・ド・ボーヴォワールが仕事のことと性のことについて語ったことに向けられた。女性が経済的自立を断言し、自分の性を自由に生きることを願うようになるなんて、フランスが失われてしまう！

この本の第一巻の冒頭の銘句にシモーヌは人間のすべての状況のもつ両義性を思い起こさせる彼女の仲間の次のような言葉を記した。

「みなと同様半ば共犯、半ば犠牲者。[27]」

他の作家たちに対するこの作家のひどい批判に誰もいつまでも拘わってはいなかった。シモーヌは彼らが働くかわりに媚びを売りたがることを非難し、顰蹙をかうことを恐れるといって責め、彼らに真剣さが足りないことを非難した。コレットとヴァージニア・ウルフだけが非難を免れた。

しかしながら読者たちは勘違いしなかった。エッセーは解放として感じ取られた。郵便物が殺到した。これまで口に出さないまでも強く感じていることを書きあらわすことができる人を、遂に彼女たちは見いだしたのだ。シモーヌ・ド・ボーヴォワールは彼女たちにエネルギーを与え、副次的以外の仕事を捜す力を与え、それまで男性に取って置かれた仕事や昇級などを求めて扉を叩く力を彼女たちに与えた。

友人にして恋人であるジャック＝ローラン・ボストにシモーヌが献呈の辞を贈ったことが分かったときに、ジャン＝ポール・サルトルは一切コメントをしなかった。『レ・タン・モデルヌ』誌の第一号が出版されたとき彼女が味わった侮辱にお返しがしたかったのだろうか？　二人の共同作品に彼女の名前が記されるかわりに他の女性の名前が印刷されているのを見た時、彼女が味わわされたのと全く同じ気持ちを彼にも味わわせたかったのだろうか？　女性についてのこの大きな著作は予想もしなかった人物に捧げられたのだった。

サン＝ジェルマン＝デ＝プレの常連たちはこの献辞戦争後、背徳的なこうした情人たちの名前を紙面に載せて大いに愉しんだ。彼らの名前は多くの人たちがうらやむような貫禄でプロモーションされる幸運を享受し、パリの文学サロンでよく知られるところとなった。著述する人たちは出版社を見つけたいと願いさえすれば良かった。

＊

シモーヌが他の人に敬意を抱いたとき、サルトルは彼らの出遇い初めの頃のような親しさを再び彼女に感じていた。彼女が自分の著書を擁護するラジオの放送を彼は聴いていた。辛うじて呼吸を整えながら、でも決して止まることなく生き生きとしたぶっきらぼうな声で、彼女は批判を一つ一つ崩していった。彼女は闘いが好きだったし、誰も恐れていなかった。左翼と同様右翼の保守主義者たちに今度は彼女が立ち向かっていた。そのいつもと変わらぬパートナーの力強い態度にサルトルは無関心ではいられなかった。

彼らの周囲の一部の人たちは自問していた。サルトルはシモーヌと連帯し続けるのだろうか？　サルトルがスキャンダルな本と著者に対して見解を異にし、たとえありふれた無関心といったようなものでも彼が示すことを彼らが望んだとすれば、彼らは夢破られるわけであった。哲学者はカストールに忠誠を示し、公にも彼女を支持することを示した。こうしたときに、彼女を称賛せず愛さないことがありえようか？

フランスで初めて女性の置かれている状況が日々の生活のなかで捉えられ、敢えて書かれた。何世紀にもわたって女性たちが堪え忍んできた抑圧が、明白で手厳しい論理のもとにカストールによって告発された。「大多数の女性が、世界の動きからは外れたところに置かれている。何故なら、そうしたことは男性だけに関わる資格があると見做されているからである。文化的な伝説は、男性にとって女性を品物の状態に押さえつけるのに役立ってきた。結婚と家族が女性の抑圧の場所だった。人は女に生まれるのではなく、女になるのだ。(28)」

＊

この本は四十カ国語に翻訳され、数百万冊の売れ行きだった。外国でもカストールは有名になった。

ネルソン・オルグレンはパリ行きを決意した。五月、『第二の性』の第一巻が出版された数日後、彼は到着した。フランス語を充分読めなかったのでフランスで物議を醸した言葉の内容がわからなかった。オルグレンは最愛の人に再会するため、彼女の国と文化を見いだすためにやってきたのだ。かつての米兵は、以前来たときはフランスを大急ぎで横断したのみで、微笑みながら彼にワインを勧める若い娘たちの想い出しかなかった。

オルグレンは彼の唯一のライバル――あの親指トム――と知りあいになろうとしていた。オルグレンはシモーヌと結婚したいと願っており、サルトルもシモーヌを「必要」としている。このライバルは、愛する女性の恋人であるオルグレン自身の中編小説のフランス語訳を『レ・タン・モデルヌ』誌に発表しようと奮闘してくれてもいるのだ。しかもニューヨークに愛人までいる男なのだ。何という御しがたいこのフランス人カップル！

喉は締め付けられ、心臓を高鳴らせながら、自分がこれからどこに行くことになるのか分からないまま、ネルソン・オルグレンは飛行機から降りた。カストールの家でサルトルは彼を待っていた。パイプを口に、力強く彼は握手をした。斜視の視線は捉えにくかった。サルトルは苦労して英語で自分の考えを語った。ネルソンはフランス語を話さなかった。気短かにいらいらしながら、シモーヌは通訳の役割を演じねばならなかった。彼女の言うところによると、この役割はあまり気に入らなかったらしい。

非常な速さで彼らは行動の渦に巻き込まれていった。『女ざかり』の中で彼女が語っているように、オルグレンは至る所で受け入れられ可愛がられた。彼自身はパリやサン＝ジェルマン＝デ＝プレでもう一つの生き方を発見した。

シモーヌは彼女を中傷する人たちが驚くのを尻目に二人の作家とフランスを後にした。二人はイタリア、チュニジア、アルジェリア、モロッコを旅した。フランス人は依然この領土を支配していたが、植民地解放のときは近づいていた。カストールは『回想録』のなかで詳しい叙述は省いているが、現地人の置かれている状況について語っている。彼女の恋愛関係にとってすべてのもの、彼女を取り囲んでいるものを観察し、取り分け幸せな想い出を記憶に止めた。『第二の性』第二巻はまだ発行されていなかったが、原稿はすでに出版社の手元に渡ったも同然だった。彼女は書くことがなくなったような気持ちになった。

オルグレンは不確かさを抱いたまま再び合衆国への飛行機に乗った。この出発で傷つけられた気がした。彼にまた会えるのだろうか？　彼はまだ彼女を愛しているだろうか？　家庭を築くために他の女性を求めるのではないだろうか？

途中着陸のニューヨークでオルグレンはピューリッツァ賞の受賞を知らされた。(29) 名声は広まっていった。地方の作家が突然名声を獲得したわけであった。サルトルもシモーヌもまだ当時文学賞を受けてはいなかった。おまけにフランスを含めこの賞はとても権威あるものだった。オルグレンはカストールの腕を抜けて、栄光の腕に抱かれた。彼は遂に認められたことを感じた。メランコリーや孤独にうち勝つのにそれは十分だったろうか？

コミュニストたちと一緒に仕事をしたいと願う人たちと他の人と働きたく思う人の間で論理的に分裂した革命的民主主義同盟の最後の数日をサルトルは過ごした。著述をするという最初の仕事に戻りそこからもう出ないという方法しか残されていなかった。哲学者が政治の生活に入り込むということは結局失敗だった。だからといって街での見張りの役を捨てたわけではなかった。一九五〇年以来、朝鮮戦争と共に政治が彼のもとに戻ってくることだろう。

"Do you work ?"

それでもサルトルは自由を感じ、幸福だった。彼は心静かにアメリカの恋人と旅をすることができたし、カストールは再びオルグレンとシカゴで一緒になった。ドロレスと彼は、シモーヌが前年ネルソンとくまなく探索したメキシコとグァテマラに赴き、ついでハイチとキューバに到達した。そこでサルトルはアーネスト・ヘミングウェイに出逢った。会談は成功しなかった。(30) ドロレスは沈黙していた。結局、政治的な見地を分かち合え、根気よく議論し、彼の著述に助言することのできる女性と旅をすることを彼は好んでいたのではなかったか？

シモーヌはと言えばピュリッツァー賞で気をよくしたオルグレンが再び書き始めることを期待していた。アメリカの作家はサルトルやシモーヌのような集中力を知らなかったか、あるいは自分の作品を同様の集中力で書こうとはしなかった。決して折れない彼ら。常になお仕事をした。それは彼らの運命だった。サルトルは仕事机に朝三時間、夜三時間座ることを義務づけ、記事を書き終えたときしか飲まないように決めていた。カストールは国立図書館で、時には図書館員たちより早く到着し毎日を過ごした。自由な生活の外見の下で、サルトルとカストールは実際偉大な働き手だった。仕事の鬼であったのだ。千ページ以上になるエッセイを書くために費やされる何という探究の時間！　何という思索と著述の時間であることか！　彼らに生きる理由を与える日々のたゆまぬ努力が持つ意味について、ドロレスやオルガその他、サルトルの女友たちは無知だった。カストールは、彼女の真面目さが作品を継続することをオルグレンが理解しないことが残念だった。

愛する女が送る手紙の中で、彼女は絶えず白いページへの道を彼がたどるようしむけた。彼女は執拗に彼を攻撃した。彼女の挨拶はそれにつきた。一九四九年十二月二日、彼女は彼に次のように書いている。

『Do you work ????』(31)

いずれ劣らぬ大きさの四つの疑問符で囲まれ、強調されたこの質問には、カストールの、生きる理由と生きることについての思索の本質がこめられている。『第二の性』の中でほとんどの女性が書く行為と魅力を混同して、彼らの仕事の成果に真剣さをほとんど認めないことを告発したところだった。

オルグレンは一つの規則に従うよりもむしろ、アメリカ人の「本当の」生活を語ってくれると思われる酔っぱらいや娼婦たちを伴ってバーで幾晩も沈没する方を好んだ。

仕事をする。もっと、そして、いつも。多くの人が眠れぬ夜を体験する、これは作家の運命ではないだろうか？　一つの記事、一つのエッセイ、長編小説一編をものするのに人生でどれほどの刺激剤をサルトルは服用しただろうか？　書くことは気むずかしい呼吸作用である。生きる試みを正当化する唯一のものである。サルトルとカストールはこの点に関してピッタリ一致していた。

第四章　悲痛な冷戦

フランス解放を契機に、政治が彼らを捉えた。そして最後まで離しはしなかった。彼らは占領時代の自分たちの無関心と沈黙の埋め合わせをしようとした。ナチズムが台頭し始めたころの彼らの政治への盲目ぶりはひどいものだった。それ以後、彼らは他者の苦しみに心を配り、注意深くあろうとした。ファシズムと独裁に対する闘いが彼らの方針となったのである。

合衆国滞在中、彼らはマルクス主義的な批判力で鍛えられた視線でアメリカを観察した。黒人に対するアメリカ人の明らかな人種差別、作家リチャード・ライト（一九〇八―六〇年。最も優れたアメリカの黒人作家の一人）が自分の属する身分階層の人々に注ぐ衝撃的な眼差しは、彼らの一人ひとりにその分け前があるはずの自由なこの国に対して距離を置くようにこの二人に示唆していた。

サルトルのスケジュール

サルトルにとって、ドロレスと過ごした夏は、彼が思い描いていた幸せな過ごし方とは違っていた。どんなことがあってもサルトルと一緒に過ごしたいという恋人の執拗な要求は、彼をうんざりさせた。ドロレスだけは理解できなかったが、昔の恋人たちも現在の恋人たちも、彼の世界から追放されることを恐れて、サルトルの生き方、すなわち正確なスケジュールの中の割り当てられた時間だけ彼女たちは占有できるのだという唯一にして多元的なサルトルの生き方については、敢えて問題にしようとしなかった。そうした生き方をサルトルは厳格に守っていたのだった。事を図るのもなすのもサルトル〔「事を図るは人、事をなすは天」の諺にかけてある〕、いつも彼は意のままにしてきたのだ。彼女たちはと言えば、彼の宮廷に滑り込み、彼から寵愛を得てお気に入りの一員となることの幸せを可能な限り受け入れてきたのだ。

彼の恋人たちに対して暗黙の了解として受け入れさせたもう一つの条件は、カストールとは絶対対立しないということだった。これは容易に受け入れられたとはいえなかった。それでもできれば彼は、彼女たちがシモーヌと最も良い関係を結ぶよう努力することを期待していた。この点に関してドロレスは無視しようとした。

「私を愛しているんだから、私たち結婚しましょう」と、彼女はしばしば言った。

サルトルは彼女を両腕に包み込むと、手を愛撫し長い間抱きしめた。が、腕時計を見た。カストールがバカンスから戻ってきていた。

「それにしても私のところから出て行って、彼女にまた会おうだなんてできはしないわ！」とドロレスは激しい勢いで叫んだ。「あなたはこれからは私と一緒よ。」

サルトルは目を伏せて答えなかった。彼は通りに出ると、ラ・ビュッシュリー通りのアパルトマンに向かって急いだ。暖かな光がサン=ジェルマン=デ=プレ教会を包んでいた。

部屋でシモーヌが彼を待っていた。彼女はヴァカンスですっかり日焼けしていた。どんな知らせを彼は自分に告げるのだろうか？　友人たちが忠実にも彼女に教えてくれたドロレスの要求は彼女を脅えさせていた。この何年ものあげく、もし結婚の要求にサルトルが譲歩するとしたらどうしよう？　何といっても要求するのがドロレスなのだから。

ドアがノックされた。彼女は弾かれたように立ち上がると、ドアを開けた。タバコを口にしたサルトルが彼女の前に立っていた。その微笑はいつもと同じものだったが、思慮深いその眼差しはたちどころに疲れた目の下の隈を目立たせた。

「僕の可愛いカストール」と、キスで彼女の顔を被いながら彼は囁いた。「あなたにまた会えてどんなに幸せだろう！」

シモーヌは彼の腕の中に滑り込むと今度は彼女が彼にキスをした。彼の喜びは偽りには見えなかったが、でも、どこまで？　サルトルは頭を上げると彼女の顔を愛撫しながら、彼女が恐れていた言葉の一つを付け加えた。

「あなたに話さなければならない……。」

ベッドの縁に腰を掛け、カバーをしっかり掴んで審判を待った。

「何があったの？」

思い切って言ったのだが、その声は震えていた。「もうへとへとだよ。ドロレスは僕が彼女と結婚することを願っているんだ。」

彼は息を整えた。彼女の人生を馬鹿馬鹿しくもひっくり返すかも知れない判決を、胸が締め付けられる思いでじっとシモーヌは待っていた。何秒かが過ぎた。果てしなく思えた。ついに彼女は力を振り絞って尋ねた。

「どう決めたの？」

「ドロレスは僕が彼女と結婚するまでパリを離れたくないんだ。僕はここにもういられない。僕のカストール、僕を助けて欲しい。逃げよう。僕は誰とも結婚したくないんだ。僕が愛しているのはきみなんだ！」

シモーヌは黙って聞いていた。勝利感を味わうよりさきに突然、疲労感のようなものが彼女を襲った。手強く恐るべき女性との闘いはついに彼女の方に軍配が上がったのだろうか。それを信ずる勇気はなかった。

「本当に私とパリを離れたいの？」

「そう、しばらくの間、僕ときみだけで。彼女が僕と連絡を取れないぐらい遠くに。そして僕たちは会っていなかったのだから、お互いに話すことや分かち合うことが一杯あるよ。お願いだ、出かけよう！」

カストールは静かにベッドから立ち上がった。彼女は恋人の肩に手を置くと、しっかりした声を取り戻して単刀直入に応じた。

「いいわ。わかったわ。」

ドロレスとの絶縁の状況は長い間おもて沙汰にされなかった。シモーヌの『或る戦後――ある女の回想』のなかにはこの件に関して一行の記述もない。このことについての詳細が初めて明らかにされたのは一九八四年になってからである。(1) その著書の中でアニー・コーアン＝ソラルとデルドル・ベールはドロレスからの圧迫を逃れてカストールと共に一ヶ月間、誰も連絡の取れない田舎に逼塞していたサルトルの隠遁生活を明らかにした。

再会した二人の恋人たちは愛し合い、お互いを信頼しあい、著述に打ち込んで共に過ごした。

ミシェル・ヴィアン

実際、危ないところだった。果てしなく続くその夏中、カストールはネルソン・オルグレンと幸せな時を過ごしていた。彼女から遠く離れていたサルトルは自分の著述、仕事について語る相手がいなかった。この大切な交流が無いことがサルトルにはとてつもなく淋しく思われた。カストールは彼の人生に欠くべからざる女友たちであり、最も貴重な支えであった。

新しい関係に入る前に彼はよく考えるべきではなかったか？　今後は彼はもっと慎重になるだろうか？　その秋の初めの数週間、彼の心を魅了した一人の男性、ジャン・ジュネについての著述にサルトルは没頭した。最も大胆な書物の一冊を彼ら二人に捧げたこの同性愛者について、彼は何を語ろうとしたのだろうか？　サルトル同様、彼もまた『泥棒日記』のなかでよりも、彼の人生において反逆者だったといえる。なぜなら、サルトルが越え得なかったタブーに対して勇敢に立ち向かったのだから。ジャン・ジュネ論を書くことは、ブルジョワを攻撃し、彼の義父のイメージを思い起こさせる連中を侮辱する機会をサルトルに与えた。

東西冷戦の最中、彼は書きためていった。持ち前の鋭さで彼は攻撃した。彼の周囲で世界は新たな危機に瀕していた。六月二十五日、午前四時北朝鮮の軍隊が三十八度線を越えた。ニューヨークではアメリカ人たちが安全保障理事会を召集した。ソヴィエトの代表は討議を欠席した。中国は毛沢東の勝利にも拘わらず、国民党が代表だった。国連の最初の決議は北鮮軍が三十八度線から撤退することを求めた。しかし、北鮮軍はこの決議に従わなかった。六月二十六日、「軍事攻撃」を被って闘っている南朝鮮を援助するようにという第二の決議が国連加盟国に向けて発せられた。その夜、朝鮮への軍事介入の軍司令官としてハリー・トルーマン（一八八四―一九七二年。F・ルーズベルトの急死で一九四五年アメリカ大統領に就任）はマッカーサー将軍を指名した。

ヨーロッパの首都では人々の精神が高揚した。北鮮軍は南下していた。七月末に北鮮軍は南海岸に到達した。トルーマンは徴兵復帰と兵役期間の一年延長を決定した。アメリカ空軍は北朝鮮を爆撃した。同時にソ連は合衆国の他国への内政干渉を告発した。ワシントンではホワイトハウスが困難な状況を迎えていた。アメリカの名誉が掛かっていた。

マッカーサー将軍とオルトン・ワーカー将軍がソウルを奪回して北朝鮮の国境に到達するまでに三ヶ月を要した。

その間、ヨーロッパの首都ではコミュニストたちが騒いでいた。パリでは知識人たちがソヴィエトの侵略を予期していた。アルベール・カミュはサルトルと対立した。彼はレジスタンスに参加する用意があると言明した。(2) サルトルは困惑していた。

「ねえ、カストール。僕たちは合衆国に惹かれていた。アメリカはフランスを解放したしね。それが今度は……。」

「そう、彼らは私たちが嫌う体制を擁護しているわ。」

さらに、シモーヌはこのことに関して書いている。

「七年前にはたいへん穏やかな様子だったカーキ服のこの大きな兵隊たちを私たちは愛していた。彼らは私たちの自由そのものだった。いま、彼らは独裁と腐敗を支持する国々を地球上の隅々まで擁護する（……）蒋介石、フランコ、サラザール、バティスタ……。彼らの軍服が脅かすのは、私たちの独立なのよ。(3)」

危機はフランスを二分した。クラフチェンコやダニエル・ルーセによって告発されたソヴィエトの強制収容所の話はずっと昔のことのように思えた。しかしわずかその前年のことだったのに。

しかしながらその年の六月、シカゴに飛びたつ日をシモーヌは指折り数えていた。うるさくそしてよく揺れるプロペラ機での長旅の後、彼女はくたくたに疲れてはいたが幸せに満ちてネルソンの家に到着した。しかし彼女の恋人の腕は以前のようには彼女を迎えてはくれなかった。彼女は不安になって食い下がった。彼は頑固に目を伏せたまま答えなかった。

「もうあなたを愛することができない。」とうとう彼は締め付けられたような声で白状した。「あなたの生活はシカゴではなく、パリのサルトルのそばなんだ。僕はこれからさきもずっとあなたにとって愛人に過ぎないだろう。」

彼女は勇気がくじけた。彼女が手紙の中で「わが夫」と呼んだ人の妻になることを拒否したのは本当だった。三ヶ月もの長さとひき替えにまだ彼女が愛している、けれども今は見知らぬ人となったこの一人の男の前に、彼女はいた。この試練に打ち勝つ力が彼女にあるだろうか?

サルトルは彼女を待ってはいなかった。パリでボリス・ヴィアンと別れたミシェル・ヴィアンを慰めて彼女の傍らで平和なときを過ごしていた。

親指トムはドロレスとの絶交が引き起こしたショックに不意打ちを食らったような状態だった。彼が本当に必要としているのはカストールだったが、彼女と一緒にいる幸せも、彼の悲しみから救ってはくれなかった。女性と別れてもこれまでなにも感じなかったことに驚いていた彼だったが、今度は恋人の喪失を残酷なまでに味わっていた。矛盾した感情に振り回されている自分に違和感を感じていた。秩序がすっかり回復されることに彼は幸せを感じたし、決定的な一歩を踏み出してアヴァンチュールに出かけられないことを残念に思っていた。非婚の法律は、要するに結婚と同じくらい束縛するものである。彼の意に反して彼を縛りつける心の繋がりからも遠く逃げ出したい気に彼はさせられた。

再び元気になるには何が彼に必要だったのか？　著述はもちろんだが、政治であった。泥棒で粗暴で強力な影響力を持つ作家ジャン・ジュネに関する彼の仕事同様、東西の緊張は彼の頭を捉えていた。しかしドロレスを忘れる最も良い薬は、彼を愛してくれる新しい女性との巡り会いだった。

ネルソン・オルグレンがパリにいた間、カストールとサルトルはよくヴィアンたちと出掛けた。ミシェルはサルトルとオルグレンの通訳をつとめた。いま、彼女はボリスと別れたところで、昔の独身時代の名前、ミシェル・レグリーズを名乗っていた。波打つ髪は金色に輝き、伸びやかに成熟した姿態からは優しさとユーモアと美しさが滲み出ていた。ブリュネットのドロレスとは反対の彼女は、『汚れた手』の作者に彼が別れたばかりの女性のことを思い出させなかった。彼女こそ彼の立ち直りに必要な女性だった。

ミシェルは他の切り札も持っていた。自身の魅力や、教養や優しさの他に彼女はサルトルらの友人たちのグループの一員だった。カストールは彼女を高く評価していた。この二人の女性の関係はおそらく礼儀正しいものになるはずだ。サルトルは生き返ったのを感じていた。シモーヌは夏をミシガン湖のほとりで過ごしていたので、彼は自由にミシェルとヴァカンスを過ごしに出掛けた。彼はフランスを離れたくて仕方がなかった。そして心配があった。ソヴィエトと合衆国との間の緊張は高まっていた。海がサルトルとシモーヌを隔てていた。彼女の帰国は間に合うだろうか？　宣戦が布告され、その場に止められたら、どうするだろうかと彼女自身も自問した。親指トムから遠く隔てられ、もう彼女を愛していないこの恋人からも追い帰されたらどうしたらいいのだろう？

オルグレンとの別れ

秋になって彼女はパリに帰ってきた。彼女を見るなり、サルトルは何か深刻なことが彼女の身に起きたことを悟った。目の下の大きな隈が泣いたことを物語っていた。

「カストール、疲れているようだね。」

彼女は隠し立てはしなかった。

「オルグレンと私の仲は終わったの。もうアメリカには行かないわ。」

ドロレスとやっと別れたところだった彼は、カストールの苦しみにも敏感だった。思いやって彼は彼女の手をとった。食事をする客とタバコの煙で一杯のカフェ、ドゥ・マゴではかれらに注意を払う者は誰もいなかった。サルトルは彼女のためにウィスキーを注文した。

「悲しむんじゃないよ。僕たちは一緒だよ。それが一番大事なことなんだ。僕たちの仕事が待っているよ。僕たちの雑誌は君が必要なんだ！」

エネルギーに満ちあふれ、緊張も解けて、かれらの思想を守るために全世界を相手に闘う覚悟を整えて、彼は感激に輝いていた。

「あなたの夏を話してくれないか。」

涙がカストールの両頬を伝った。

「じゃ、それはまた今度に。今日は、フランスと合衆国の間に高まってきている不安な緊張について話そう。この緊張は非常に深刻なものになりそうだね。」

彼の言葉が彼女を元気づけた。カフェの馴染みのざわめきの中で彼は話し、彼女は耳を傾けた。パリがこれまでになく温かく彼女を迎えてくれているようだった。多分いつの日か彼女はシカゴを忘れることができるだろう。彼女は四十二歳だった。この年齢でまだ恋愛が許されるものだろうか。

一九五〇年十月、ヴェトミン軍はトンキンの半分を占領した。フランス軍に重大な損失と敗北をもたらした結果、植民地解放の夜明けが広く告げられた。二人の恋人たち以外の他の人々も決起し、不正やブルジョワや大資本家に対抗する彼らを支援しようとした。十二月、北朝鮮の逆襲は恐慌の開始を招いた。今度は第三次世界戦争へ進むかもしれない。サルトルはこれまで以上に自分がコミュニストに近いと感じた。彼サルトルとカストールはもはや『レ・タン・モデルヌ』誌にアメリカの小説家の文章を載せ続けることに意味がなかった、新たなページが開かれたのだった。

パリの舞台

カフェで彼らは友人たちと長い間議論しあった。ナチに対して連合軍が勝利してから数年にして、希望は崩れ去った。再び取り戻した自由な世界で、もっと良い世の中になることを知識人たちは期待していたのだったが。それの代わりに、唯一つコミュニストの占拠が予想された。

「ロシア人たちがパリに入ってきたら私は子供たち二人と自殺するわ」と、フランシーヌ・カミュは彼らに言った(4)。

カストールは肩をすくめたが、本気で不安になった。

エレーヌとリヨネルは、戦争中破壊され、いまはソヴィエトの支配下にあるウィーンで三年間を過ごしたところだった。旧ソ連赤軍がオーストリアの首都に到着した時は、あらゆる年齢の女たちが兵士から暴行されたのだった。ウィーンでは誰もそのことを隠さなかった。エレーヌはこの件について数多くの証言を収集していた。ソヴィエトの占領という考えが頭から離れなかった。フランス人のなかには備蓄をする者たちがいた。

ある夜、アルベール・カミュがバルザール〔カルチエ・ラタンにある学者や知識人たちの通いのブラッスリー〕で彼らと一緒になった。学校《デ・ゼコール》通りに面した、騒がしく煙の充満したブラッスリーで彼はサルトルに質問した。「ソ連が占拠した場合、あなたはどうするでしょう?」「プロレタリアに対する闘いは絶対、受け入れられないね。」

「プロレタリアも良いけど、それが絶対的信仰になっては駄目だよ!(5)」

カストールはうつむいた。プロレタリアもクレムリンの官僚もどちらも彼女には大したことではなかった。数日後、彼らの友人の別の誰かが「自殺(6)」を勧めた。

カストールはオルグレンに、手紙を書き続けていた。彼が彼女をもう愛していなくてもよかった。距離があっても、友人となりうるのではないか? ヨーロッパに生じている緊張や強制収容所や追放の不安について彼女は書き送った。リヨネルに従ってベオグラードに滞在中の妹にも書いた。「アメリカの卑劣さと共産党の狂信の間でこの世界の中でどんな場所が私たちに残されているのかしら(7)」。

不安と闘うには彼らには言葉しか残されていなかった。サルトルは『蠅』の中でオルガに役を与えていた。しかし彼女は演出家と気が合わなかった。批評家たちは酷評した。サルトルは彼が助けてやりたいと思ったかつての恋人の涙と悲嘆を分かち合う羽目になった。彼女は絶対成功しないだろう。それは彼女の欠点なのか?

済んでしまった作品にぐずぐず言っている暇はなかった。彼はまた別の作品を書き、それが大事なことだった。彼は毎日書き、書きためたものは『神と悪魔』になった。困難な日々が予想された。ルイ・ジュヴェは気難しく横暴だったし、ピエール・ブラッスールは若い女性たちに関心があった。リハーサルは絶え間ない諍《いさか》いの場となった。台詞のカットが要求された。サルトルは怒りを爆発させ、サン゠ジェルマン゠デ゠プレ界隈を震撼させた。ルイ・ジュヴェは数カ月後、舞台の上で亡くなる。カストールはネルソンへの手紙の中で「戯曲を書くのは絶対止めなさい。苦労でたいへんな目にあうから」(8)と締めくくっている。

何を書くか？　この質問は『第二の性』の原稿をガリマール出版社に手渡したあと彼女が自問したことだった。大きな反響を呼んだエッセイを書いた後で読者を退屈させないように、ジャンルを変えることは絶対的なことだった。

『レ・マンダラン』

困難に満ちたこの期間を忘れるために、あるいは多分彼女自身はっきりさせるために、カストールは六百ページもの長い道のりを紙に記した。これが新しい小説の取っ掛かりになった。このように彼女は『レ・マンダラン』を書き始めたのだった。

彼女が「がらくた」と名付けた下書きのなかに、まず戦後の知識人たちの困難な役割を語りたいと彼女は思った。次いで彼女がアメリカ人の恋人との経験からインスピレーションを得た恋の情熱にまつわる話をそこに付け加えたいと願った。彼はどう思うだろうか？　『アメリカその日その日』の中では彼の名前はまるで行きずりのようにN・Aというそれとわかるイニシャルでしか記されていなかった。いまや彼は彼女の小説の中で主要な人物の一人となっていた。彼はどのような反応を示すだろうか？

この計画はカストールに、当時の知識人たちが自問していた諸問題に数々の答えをもたらす機会を与えようとしていた。著述は何をもたらすか？　政治的参加との関係は？　両極から疎外されているこの世界にあって社会をもっと公平なものに変え得るにはどうしたらよいだろうか？

＊

ノルウェーへの旅の道中、シモーヌは『レ・マンダラン』の原稿を恋人に読ませた。目の前のテーブルの上に置かれた分厚い紙の束の上にかがみ込みタバコを口にくわえたサルトルは一ページ一ページを読み取っていった。途中で休むことなく彼は読み続け最後のページに辿り着いた。それは彼らの間ではいつものことだった。

カストールもまたいつも彼の原稿を最初に批評した。生き生きとそして素っ気なく彼女は彼を何ら容赦しなかった。しばしば彼はうるさがって、激しく口応えした。しかし明くる日、彼女に理があることを彼は認めるのだった。どれほどの作品が彼女のお陰で磨き上げられたことか！　彼もまた彼女のために同じことをし、会話は全く緻密なものとなった。

ライトブルーの光がノルウエーの空に輝いていた。そよ風が吹いていた。草原や林を抜けて習慣となった散策にカストールは出掛けていた。サルトルは相変わらずの葉緑素嫌いだった。風景を前にしても彼は決して感嘆したことがなかった。彼にとって唯一地平線とは言葉やインクで充たされた白い紙だけだった。日焼けしてシモーヌが散歩から戻ってきた。のどが渇いていたので、一杯の水を飲むとついでウィスキーを注文した。審判が下されようとしていた。仕事、疲労、緊張、疑問の数カ月がサルトルの一言で裁かれようとしていた。

「良いね。でも会話と本全体の構成を作り直さないといけないね。」

「全部やり直さなければいけないのなら、良くないというわけね。」

うんざりした声で彼女は答えた。

サルトルは彼女をガッカリさせようとは少しも思っていなかった。彼は彼女の仕事の能力と粘り強さ、エネルギーをよく知っていた。この原稿を彼女はもっと良くすることができるだろう。彼は信じていた。彼女はそうするだろう。

カストールはまだチョット抵抗し、そしてウィスキーのお代わりを頼んだ。

「本当にすっかりやり直すべきかしら？」

「もちろん違うよ。でも僕たちの時代の疑問や共産党との対立や、右派からも左派からも閉め出された僕たち知識人たちの状況をもっとよく感じさせることが君にはできるはずだよ。それはよいスタートだよ。もう一度やってみなさい。君にはできるはずだ。」

サルトルは自分のグラスを握りしめ一気に飲み干した。この女友だちが書いたものを読んで、その中に登場するデュブリュイという人物が彼自身に他ならないのがわかったところだった。彼女の小説に彼が登場するのはこれが初めてではなかった。『招かれた女』で彼は感じのよい人物に書かれていた。最新作の行間から彼については優しさと穏やかさを書こうとしているのが感じられた。彼のポートレートは、小説化されていても、いつも英雄的なところがあった。そのことで一体不平を言えるだろうか？

「ねえカストール、政治的な争点についてはもっと良く書けると思うね。君の本の会話の部分は時代の問いかけを代弁するものになると思うよ。」

「いいわ、書き直すわ。」

カストールとネルソン・オルグレンの恋愛の場面については彼は何も言わなかった。まるで自分には直接関わったことではないかのように読もうとしているようだった。彼らはずっと以前からお互いの恋愛沙汰については一切隠し事はしてこなかった。

サルトルは彼女に原稿を返しながら感動していた。彼女は著述しているあいだ、あまりにも美しかったから。

元の妻と再婚しようとしていたオルグレンに書き送った手紙の中で、彼が直接関わっているこの原稿について彼女は話した。

アメリカとノルウェーの間で彼女は「あなたの本」と書きなぐっている。内気で遠慮がちなこの男性のために彼女はプレゼントとしてこの本を用意したのだろうか？　いずれにしろ、彼はフランス語はほとんど読めなかった。公にされた彼の人生の物語を発見するには英語に翻訳されるまで待たねばならなかっただろう。ずっと後でそうなることだろう。そのことを知っていて彼女は心穏やかに彼らの情熱の最も内密の波乱に至るまで方眼紙の上に書き記すことができたのだった。

どのようなタイトルをこの本に付けたらいいだろうか？　彼女は『嫌疑者たち』という題を付けようと考えた。『レ・タン・モデルヌ』誌のメンバーに加わったばかりの情熱的で、にこやかな若い男が『レ・マンダラン』(9)〔清朝末期の高等官吏の意〕という題を提案した。彼の名はクロード・ランズマン〔ユダヤ人としてドキュメント映画『ショア』を作成、ヒットラーのユダヤ人虐殺を糾弾〕といった。

題名は気に入られた。このタイトルは二人の恋人たちを面白がらせ、すぐに採用された。彼ら自身の置かれた状況の皮肉さがかくして白日の下に曝された。レ・ドゥ・マゴのマホガニー製の柱に掛けられた中国の高級官僚の二つの彫像への暗黙のほのめかしであることを彼らはもちろん思っていた。歴史におけるもう一つの皮肉。このマンダランという言葉は、十四年後の一九六八年の五月、学生たちによって「マンダランたちを倒せ！」と言う叫び声に再び採用されることになった。

カストールは何度も原稿を手直しせねばならなかった。朝鮮戦争、サルトルとコミュニストの仲直り、ネルソン・オルグレンとの絶縁など次々起きた出来事が原稿の中に書き加えられていった。デュブリュイとアンリの二人の男性登場人物がコミュニストとの関係においてお互いがとった距離についてもっとよく理解できるよう、サルトルは彼女に求めた。(10) それは容易ではなかった。さらに二年以上の歳月が掛かった。

共産主義への接近

列強間の核競争の脅威は薄れた。トルーマン大統領がマッカーサー将軍を南西太平洋連合国軍総司令官から解任したからだ。マッカーサーの中国に対する攻撃企画は行き過ぎだった。新興の中華人民共和国に対して核兵器に頼ろうとする彼の態度はトルーマンを恐れさせた。西洋世界はほっとした。戦争は回避されたようだった。

それに先立つ二ヶ月前、八十一歳でアンドレ・ジッドが亡くなった。このことはこの作家の世代の終焉を告げるものだった。サルトルは賛辞を書くよう求められた。彼はすすんで書いた。自らの同性愛を隠さなかったこの作家はサルトルと同様、敵が多く、とりわけカトリックの二人の作家、フランソワ・モーリヤックとポール・クローデルに敵対していた。

ジッドの死の翌日、二人の恋人たちの共通の女友だちがフランソワ・モーリヤックに次のような電報を打った。「地獄はなかった——楽しみたまえ。クローデルにも伝えてくれ給え。署名アンドレ・ジッド」サン=ジェルマン=デ=プレ界隈はこの件を大いに愉しみ、『まむしのからみあい』の著者は気分を害した。コレットもまた人生の黄昏を迎えていた。女性についての試論(『第二の性』となるもの)を準備していたとき、カストールはあまりたびたび彼女のアパルトマンの窓の下を通ったものだから、彼女と知り合いのような気になっていた。ある夜、二人で音楽を聴きながら、サルトルはカストールの腕に手をおき、真心のこもったくぐもった太い声で言った。「明日、シモーヌ・ベリオーのところへ夕食に行こう。」彼は一息入れて付け加えた。「コレットも来ることになっているんだ。」

彼はカストールの顔が引きつるのがわかった。「あなたも行くよね？」微笑みながら彼女に近づいて彼は尋ねた。

「行くわ。」

別の女性作家との出会い？　いいじゃない。でもどうやりとりすればいいかしら？『第二の性』を読んでも『クローディーヌ』の作者は感動していなかった。とはいえ、シモーヌがまだドジール塾の生徒だった時代に、すでにコレットは順応主義制度と闘っていたのだ。

カストールはもはや新米文学者ではなかった。安楽椅子のなかでじっと身動きもしない年老いた女性に、彼女はひるまなかった。出会いは短く強烈だった。どちらも譲歩するような女性ではなかった。かたくなな眼差し、濃いアイシャドーのコレットは冷ややかな声で尋ねた。

「動物はお好き？」

「ノン」(12)、言葉少なに彼女は答えた。

これがすべてだった。

サルトルとコレットは精神でも知性でも競い合った。カストールはその日記のなかで文学におけるこの女性ライバルの魅惑の力を認めている。「(……)彼女は彼にとって自分がこの夜の呼び物であることを知っていて、威厳に満ちた純朴さで自分の役割を引き受けた(……)ブルゴーニュ出身者特有の丸みを持った彼女の声はその言葉の鋭さを鈍らせはしなかった。彼女にあっては言葉は泉から溢れるように淀みなく流れ、そのもって生まれた一流さと比べるとコクトーの輝きも細工されたもののようにみえた。[13]」

政治は権利を取り戻した。反共主義は一大マスコミキャンペーンを引き起こした。ド・ゴール将軍率いる連合は血に染まった両手を下地にしたフランス国民連合〔RPF、第四共和政体に反対してド・ゴール将軍が旗揚げした政党〕のポスターで、次のように宣言している。

「警告――共産主義者はフランスで市民戦争を起こそうとしている（……）政府は反逆者たちの行動を黙認している！（……）フランス国民連合の仲間に加わりたまえ[14]」

その三年前、一九五二年五月二十六日にドイツ民主共和国は、ベルリンの壁の前身となる壁を二つのドイツの間に築こうとした。東ドイツ側では旧第三帝国時代の首都の周囲に森が五キロにわたって破壊され広大な荒れ地が出現していた。電話連絡網が絶たれた。共産党の呼びかけに応えて、北大西洋条約機構（NATO）の軍隊の指揮官がヨーロッパに到着することへの抗議デモがフランス中で起こった。

マチュウ・リッジウェイ将軍が、彼の部隊に韓国上空で細菌兵器を使わせたことで告発された。コミュニストたちは彼を「リッジウェイ・ペスト菌」と渾名した。パリではデモが禁止された。共産党の総書記の地位にいたモーリス・トレスが脳に障害を受けたため、ジャック・デュクロが当時彼の代わりをしていた。ほかの百人ほどの中で彼も逮捕された。彼の車が捜索されて、リボルバーの拳銃と棍棒のほかに二羽の鳩が発見された。死んでいた。

食卓に供するために多くのフランス人が鳩を狩るが、そのような権利はジャック・デュクロにはないのだろうか？「ノン（ない）」と警察は明言した。敵にメッセージを届け、国家の安全を侵害し得る伝書バトだと判断した。かくして「伝書バト陰謀」がおこった。食い道楽のためにジャック・デュクロは逮捕され投獄されたのであった。

サルトルにとって、ひどすぎる話だった。鳩事件は彼自身の事件ともなった。これはついている！　怒りを爆発させ人間の持つ権利の基本原則を一層強く明言する機会だ。意見の自由と専横の拒否。二世紀前のボーマルシェが検閲官たちを一刀両断したように彼は自分の怒りの高みにまで作品の調子を高揚させた。敵はついに射程距離に入った。正義の味方の役割を担うことができて彼は生き返った気がした。彼は事件を笑い物にし、共産党に再び近づいた。

反共主義者のキャンペーンが二年前『汚れた手』の中で告発した人たちと彼を結びつけることになった。一九五二年から一九五四年の『レ・タン・モデルヌ』誌の数多くの頁上で『共産主義者たちと平和』(15)と題した一連の記事を掲載し、そこでサルトルはこの新たな友人たちを擁護した。この名高い雑誌の中に『血を見なければならない』と題された記事はクロード・ランズマンの署名入りであった。その記事は共産党の指導者たちの逮捕を告発するものだった。

一九五二年七月二日、サルトルとシモーヌは暑さに打ちひしがれながら、まだパリに留まっていた。彼女はアメリカの恋人にフランスのストライキの失敗とデュクロが逮捕されたことを語っていた。彼女の結論はサルトルのそれと一致していた。

『『レ・タン・モデルヌ』によって私たちは一層共産党に近づきました。彼らを好きというのではもちろんないのだけれど、他の人たちと闘うには彼らと共にいた方がいいという確信があるからです。(16)」

激しい反共産主義のアメリカでは、シモーヌとサルトルは危険な「赤」とレッテルを貼られるようになるのだろうか？　彼らがアメリカ領土に入国することはすぐにも禁止されるかも知れなかった。

彼らの考えはやがてこの問題から方向転回することになるだろう。

クロード・ランズマン

その夏、イタリアの小さな村のカフェのテラスに座ってシモーヌは、彼女の生活に新しく起きた大変動について知らせようとネルソンに手紙を書いていた。彼女の飾らない美貌と目の覚めるような知性は二十七歳のハンサムな青年クロード・ランズマンを感動させたようだった。当時彼女は四十二歳だった。

彼女の激しい気性、その魅力、低くて熱のこもった声をランズマンは愛していた、そのことを彼女に告げ、彼の愛の証を彼女に示した。イタリアに発つ二日前に彼らは恋人同士になった。

「私はむせび泣きました、あなたと別れて以来味わったことのないようなむせび泣きです。誰かが私を愛したがっていて、それはあなたではない。受け入れれば貴方にもう一度さよならをいうことになるわ……」[17]

クロードは彼女を肉体と融和させ、彼女と過ごすために時間と愛情を惜しまなかった。ランズマンと愛し合うようになって、ユダヤ人問題は今までとは全く違う重要性をもって彼女の目に映った。彼のお陰で、人種差別や反ユダヤ主義に対して闘うことが彼女の闘争の一つになっていった。宗教を否定し、日日女性を圧迫してきた宗教の卑劣な仕組みを否定する真摯な無神論のこの女性を若者は愛した。しかしながら彼はユダヤ人であるという彼の条件から自らを定義していた。彼の家族のつらすぎる境遇からそれ以外の状況を考えることが彼にはできなかった。強制収容所に抑留された人の話が夜な夜な彼にとりついた。ユダヤ人以外の人間（goys）[18]を不信感をもって観察した。占領下では彼らのうちの余りにも多くの人たちが自分たちの家族を見捨ててきた。

彼はシモーヌを力強く情熱的に愛した。不正に対して立ち向かっていく強さと情熱にも似た感情で彼は彼女を愛した。彼女は新しい感動と希望に充たされてイタリアへのヴァカンスに旅立った。

アラゴン

サルトルは政治にいっそう身を投じ、活動を倍加していた。作家国民委員会のメンバーとして彼は一九五二年十一月十五日、「冷戦に反対するマニフェスト」[19]に署名をし、十二月にはウィーンで開催された「平和を求める人々の会議」の開幕の口火を切って発言することを引き受けた。この参加は以前のものよりさらに本質的なアンガージュマンを引き起こすものだった。ソヴィエトが多用する「平和」は彼に疑問を起こさせなかった。後に、軍拡競争において西欧諸国を丸め込む目的でこの言葉が使われたことを人々は知った。紋切り型のイデオロギー的目的の戦略的言葉に属するものだった[20]。

カストールと彼はしっくり調和していた。お互いの立場を表明し合って、議論しあい、影響し合った。その夜、クラシックや現代音楽を聴きながら運命の喜びを味わった。彼の問題点を明らかにしながら、サルトルはほっとしていた。彼と同時代の思想家たち——カミュや、メルロ゠ポンティー——との議論はいつも仲違いに終わった。彼のパートナーだけが真に彼を理解していた。彼女は「会議」には参加せず、コミュニストたちのためには一切文章を書かなかった。この役割は彼に委ね、彼の政治的な著述は自分のものでもあるとみなしていた。シモーヌは政治的なものは書かなかった。こうしたやり方で彼ら二人はうまくやっていた。一九五五年に一度だけシモーヌは『レ・タン・モデルヌ』の特別号にペンを取ろうとしたことがあった。それはピエール・マンデス゠フランス内閣崩壊後、「左翼」のための特集号だった。その号に「今日の右派の考え方[21]」という忘れられた記事を発表した。今世紀末まで左翼の良識となろうとしていた者を覆したばかりの人間たちの下劣さと凡庸さを彼女はサルトル同様告発した。

東では事件が次々起こっていた。一九五三年三月二日、フルシチョフ、モロトフ、マレンコフがモスクワ近郊に「人民の叔父さん」を訪ねた。彼は自分のダッチャで休んでいた。スターリンは夜仕事をし、朝眠った。彼は正午頃目覚めた。彼らはベルを鳴らしたが、答えはなかった。衛兵たちはドアを打ち破るのをためらった。が、遂に彼らは床に横たわっている彼を発見し、敬意を払って長椅子の上に彼の身体を移した。意識をなくしていても彼は恐れを抱かせたのだ。

三日後、ルイ・アラゴン〈共産主義者の詩人〉はサルトルとの昼食に遅れて到着した。彼は動転していた。[22]同志スターリンの死のニュースが伝わったところだったのだ。実際、何という奇妙な詩人！　エルザに詩を捧げるアラゴンが同じ筆で「人民の叔父さん」に捧げる賛歌を書くなんて。

フランス文化学院の院長の職に就くため、ミラノに戻る途中、リヨネルとエレーヌはパリに立ち寄った際、エルザとかの詩人と一緒に夕食をとった。

「こんな美しい愛の言葉をあなたに書いてくださる人を夫に持つなんてなんて幸運なんでしょう！」と、エレーヌは隣に座っているエルザに感激して言った。

エルザはなにも答えなかった。彼女は黙って食事を続けた。そして突然エレーヌの方に身を傾けると耳元に囁いた。

「本当は、彼は彼（スターリン）しか愛していないのよ……。」

フランスの知識人たち誰もが共産主義の頑張りぶりとその躍進について話している間、クレムリンの指導者たちは厳しい警察体制がもたらした恐怖の中に生活していた。スターリンの死後三ヶ月、かの粛清を組織した大物ベリアが仲間たちによって処刑された。ライバル間のこうした肉体的抹殺を政治執行部のなかで行うのはこれが最後になった。国際共産主義の指導者たちはお互いの喉を切るようなことは止める取り決めを交わした。

サン＝ジェルマン＝デ＝プレでの哲学論争からははるか遠く、ソヴィエトでは生き延びるための基本法則が密かに立てられ、のちにニキータ・フルシチョフにスターリン主義のプロセスをぐらつかせることになった。沢山の反政府と見做された人たちが解放された。人間らしさを大切にする社会主義への希望がよみがえった。

ランズマンとの同棲

「モスクワ、レニングラード、ウズベキスタンに行くよ」と、サルトルはカストールに告げた。彼はソ連の作家たちとの会見に招かれていた。彼女抜きで。共産主義者たちは『第二の性』を受け入れなかった。彼らによるとこの作品は「ブルジョワ」的であり、労働者階級の女性たちに関するものではないというのだった。結婚しない女性の状況はご立派なプロレタリアが従うべきではない、反道徳的な例に過ぎないというのだった。

ラジオや新聞の記者たちが哲学者の大旅行に同行した。高官待遇を受けたサルトルは、魅惑的な女性たちに囲まれて旅をした。彼女たちは彼の行動を逐一監視していた。宴会に出なければならず、小さな身体にも関わらず、ウォッカを何杯も飲み干さねばならなかった。それは同席者たちへ名誉を与えることであったが、彼の肝臓を蔑ろにすることでもあった。親指トムは彼の役割を最後まで果たしたので、滞在の終わりを病院で迎えることになった。

サルトルと過ごしたヴァカンスから戻ったシモーヌは七月に別れたままの若いランズマンに再会した。彼は次第に彼女の気に入った。彼はといえば、すべての恋する人の如く、彼女の生活から離れたいとはもう思わなかった。彼と共に彼女は別の愛を知った。彼の巧みな手の下で、忘れていた激しい喜びが甦るのを感じていた。

オルグレンとの絶縁でいつも痛めつけられていた彼女はある朝、驚いて目覚めた。彼女の傍らにはランズマンが眠っていた。彼女は首を彼の肩にすべらすと、そのままじっとしていた。四十歳を超えてもまだ彼女は愛することができた。結局オルグレンとは彼らの過ごしたすべての時間にしても一年にわずか三ヶ月というはかない期間を共に分かち合ったに過ぎなかったのだ。この点についてかつて継続の喜びを彼女は味わったことはなかった。クロード・ランズマンとカストールは一つ屋根の下で暮らすことに決めた。サルトルとさえも体験したことのなかった、共同生活というアヴァンチュールに彼女は身を投じた。

サルトルは彼らの身の上を理解をもって見ていた。カストールとの関係はそんなことで損なわれることはないだろう。彼はそのことを知っていた。彼女が彼に抱いている愛情を彼は知りぬいていた。この青年は若い。いつか彼は、家族を持ちたいときっと願うようになり、同年代の女性と巡り会うことを願うようになるだろう。二十七歳、この哲学者の経験に太刀打ちできる者ではなかった。ランズマンはすべてこれからだった。

シモーヌは新しい恋を始め、新たな小説を完成した。その時代のものとなる野心的な小説だった。彼女はこの小説に戦後を描いた。ドイツからのフランス解放の希望に満ちた結末を、同時に政治へのアンガージュマンと実存主義の躍動を描いた。

インドシナ半島

冷戦の緊張はインドシナ半島に移っていった。サルトルとカストールは当時フランスの植民地だった第三世界の活動家の代表たちと会った。彼らは自国の独立を要求していた。二人の作家は無関心ではいられなかった。植民地主義との闘いに彼らの得意の武器、ペンを使った。植民地戦争とみなしていたこの戦争を攻撃するためかれらは『レ・タン・モデルヌ』誌の一九五三年（第九三号）八―九月号を「ヴェトナム」と題した特別号とし、そこに欄を開設した。この号では三つの項目でそれぞれ語られている。「一、腐った戦争、二、自由ヴェトナム、三、戦争から平和へ。」

事実、この件はとりわけ東西問題に関わりがあると彼らは感じていた。この問題がアジアにも起きていたのだ。翌年、一九五四年五月付けの彼らの雑誌のディエン・ビエン・フーの敗北について割かれた論説の中で、ヴェトナム軍はレジスタンス軍であり、「この結末は健全であり、この敗北は正しい」と述べて、改めてこの戦争を否定した。この日から、独立派のグループ、特にアフリカ人たちがこの二人の作家たちに今までよりいっそう近付いてきた。かれらは第三世界の代弁者となり自由のシンボルとなった。アルジェリア戦争中、かれらの態度はこの役割を堅実なものとした。

マッカーシズム

一九五一年、アメリカのエセルおよびジュリアス・ローゼンバーグ夫妻が、ソ連（旧ソ連）に原子力の秘密を渡したかどで告発され、死刑を宣告された。十二人の人たち、アルベルト・アインシュタイン、バートランド・ラッセル、その他の人たちが寛大な処置を呼びかけた。ヨーロッパ中で、熱狂的なデモが行われた。ローゼンバーグ夫妻は助かるだろうか？　サルトルはそう確信していた。ミシェル・ヴィアンとイタリアを旅行しているあいだも彼はまだ希望をもっていた。カストールとランズマンが彼らとヴェニスで合流した。サン＝マルコ広場に面したカフェではこの二人の被告のことしか話さなかった。

一九五三年六月十九日、ジュリアス・ローゼンバーグ夫妻は電気椅子に掛けられた。アイゼンハワー元帥、ヨーロッパへの連合軍上陸の偉大な勝利者は恩赦の要求を拒否し、裁判はこの方向で進められたのだった。

「抵抗しなくてはいけないわ！」と、シモーヌは憤慨した。

サルトルにはヴェニスのあの眩しい空も、船もオークル色の宮殿もカヌーも橋ももう一切目に入らなかった。打ちのめされて彼は部屋に閉じこもると、当時エマニュエル・ダスチエ・ド・ラ・ヴィジュリーが主宰していた『リベラシオン』に掲載させるための記事を書いた。[23] カストールやミシェルやランズマンたちが静かにヴェニスの街をぶらついている間、彼は紙面の上に思いのままの怒りをぶつけた。

知識人たちの重圧なんて何というこっけいさ！　無神論者アインシュタインも法王の化身のような人も法廷の決定には一切影響を与えることはできなかった。数日の間、ヨーロッパは息を止めた。冷戦は頂点に達していた。軍備競争、政治、経済、プロパガンダ、情報操作の戦争。技術進歩がクレムリンとホワイト・ハウスのタカ派たちにとりついていた。エセルとジュリアス・ローゼンバーグ夫妻は法廷で重要な役割を演じたのだった。彼らは高い代価を支払ったのだ。

ローゼンバーグ夫妻事件の夏以後、合衆国では国家安全の逮捕名目でマッカーシー上院議員の「魔女狩り」がその最初の犠牲者を求めて開始された。一九五三年十一月、サルトルとシモーヌは不安な便りを受け取った。作家、研究者、知識人、ジャーナリスト、劇作家たちへの尋問が続いた。ハリウッドの俳優たちさえ免れることはなかった。反アメリカ合衆国活動委員会の質問に応じることを拒否した人たちは仕事を失った。チャールズ・チャップリンはカリフォルニアを去ってヨーロッパに逃げなければならなくなった。もはや何ものもこの厳しい取り調べを止められないようだった。冬は悲しく、オルグレンの便りは失望させるものだった。不信という悪魔とカフカ的訴訟にさいなまれるアメリカで、彼の計画を成し遂げるのは今までになく不可能に思われた。

ある晩、サルトルがオルガとレ・ドゥ・マゴの中国の二人の官僚《マンダラン》の像の下でおしゃべりをしていると、カストールが疾風のように現れた。黄色種のタバコとショコラの香りがホールに満ちていた。彼女は温まろうとウイスキーを注文した。彼女の様子が余りに動転しているようだったので、二人の友人は不安になった。

「アメリカのニュースは心配だわ。毎日インテリたちは仕事を奪われて、路頭に迷っているわ。ネルソンが逮捕されたらどうしよう？」

「でもどうして彼がつかまるの？」サルトルとオルガは同時に叫んだ。

「ローゼンバーグ夫妻の味方をしたからよ！」

「それは彼だけじゃないよ。それにわれわれが彼を守るよ！」と、サルトルは反論した。

この言葉はあまり彼女を安心させるものではなかった。突然オルグレンがとても弱く、とても孤独に彼女には感じられた。人を寄せ付けない海と大地が彼らを隔てていた。幸せだった想い出が頭の中でひしめきあっていた。シカゴ、愛と優しさに満ちた夜、旅、田舎の風景、湖のほとり、彼が彼女にプレゼントし、いつもはめていたメキシコ製の指輪。必要となったら彼は何処に亡命できるだろうか？　二杯目のウイスキーを飲みながら彼女は自問した。

実際は幸運にもオルグレンは尋問も逮捕もされなかった。

『レ・マンダラン』ゴンクール賞

一九五四年、四年の努力の後、彼女の小説『レ・マンダラン』の発売が多くの広告を使って発表された。即座にゴンクール賞が彼女にと噂された。この賞は余り女性に与えられることはなかった。愛情の物語を土台に、シモーヌは政治や哲学や社会についての密度を持つ希有な本を読者に提供したのだ。『第二の性』の発行以来、彼女の小説は非常に期待されていた。本文はフェミニズムの称賛だといえたか？　そんなところは全然なかった。確かにヒロインのアンヌは結婚した女性を体現していた。彼女は自立していて、自分の望むように自分の人生を送る自由をもっている女性だった。それでも彼女と接する男たちの人生と同じほど幸福な人生ではなかった。主人公は人の噂になる危険はなかった。小説に登場するほかの女性たちは恋愛関係のなかで自由になることができず途方に暮れていた。彼女たちの一人は狂気に陥った。

結局、『第二の性』の鋭い筆調の後、『レ・マンダラン』は人々をほっとさせた。これは大きな成功だった。一九五四年十一月、シモーヌはゴンクール賞を獲得した。

コレットは一九五四年八月三日息をひきとった。シモーヌが受賞する前だった。動物たちの友はだから自分の君臨する選考の場で態度を表明することはなかった。一人の作家が死に、新しい作家が誕生した。サン＝ジェルマン＝デ＝プレの彼方では、世界が音を立ててきしみ続けていた。

＊

ラ・ビュシュリー街十一番地のアパルトマンで、シモーヌは七年を過ごしたところだった。ジャン＝ポール、ネルソン、クロードとの幸せな時間の数え切れない想い出の七年でもあった。いま彼女はノートル・ダムを離れて、シュルシェール通りに落ち着こうとしていた。アールデコ建築の白色をした新しい建物の前でシモーヌは叫んだ。

「私が子供時代を過ごした街に帰ってきたわ！」

「本当だ、でもカストール、なんという帰還だろう！　その間に君は自分の夢を実現させた。『第二の性』の発表後、みんなは君を嫌悪した。でもいまこの受賞ですべての人から認められたわけだ！」

彼女がこれからその死の日まで生活し、愛し、著述することになるアパルトマンへと、彼女の腕を取るとサルトルは入っていった。

第五章　服従の拒否

アルジェリア

「服従の拒否」、『レ・タン・モデルヌ』(1)誌の序文につけられたこのタイトルは蜂起を呼びかけていた。作家にとってペンを執る以上によい方法があるだろうか？

インドシナ、もっと近くではアルジェリアでの悲惨な敗北はシモーヌやサルトルの頭を一杯にし、彼らに大変革をもたらした。八年にも及ぶアルジェリア戦争の間、フランス人はドレフュス事件のときのように対立し、分裂した。もっと悪いことに今度は、兵器や爆弾の音や、内戦騒ぎがパリの通りや国内のあちこちの街で起きていた。

サルトルとボーヴォワールはこの度は大きな役割を担った。彼らは「レジスタンス」では、誇るに足るようなことはなにもしなかったのだが、今度はすべての人びとの大儀を護る用意をして最前線に立っていた。「服従の拒否」、この言葉が一九五四年から一九六二年にかけての彼らの信条《クレド》となる。

彼らは『レ・タン・モデルヌ』誌毎号の巻頭言の初っ端から、手厳しい文章を浴びせて政府を糾弾し、ド・ゴール大統領と彼の内務大臣、警視総監のモーリス・パポンを相手に幾月もの間、闘った。論文は共同執筆の形をとってT・Mの名で署名されていた。だがこの殺人的な文章において敵に死を宣告する才能溢れた著述界の機銃兵が誰であるかは、すぐ判ることだった。

サルトルの攻撃の卓抜さは周知のことだった。彼は大喜びしていた。

「フランスは北アフリカを今やテロによって統治せざるをえない。さもなければ消えるか……。北アフリカで戦争が始まった、その戦争を止めるか、あるいは逆に避けられないものとするかは政府にかかっている。(……)この戦争に対して、われわれはノンと言う。(2)」

『レ・タン・モデルヌ』誌は、アルジェリアの独立を願うパルチザンたちのスポークスマンの役割を直ちに担うこととなった。フランスで、アルジェリア民族主義者たちとの連帯組織網を作ったヨーロッパ人たちを、「荷物運搬人《ポルトゥール》」と呼んだが、彼らを支援したサルトルとボーヴォワールは不名誉な立場に身を投じる危険を犯していた。闘うための召集兵をアルジェリアに送った左翼を彼らは批判した。そのため軍の志気をくじいたとして社会主義政府から彼らは糾弾された。これからアルジェリアがたどる避けがたい運命についてサルトルもシモーヌも明断に判断していたのに、東ヨーロッパでの抑圧やその独裁については驚くほど無頓着のままであった。ソヴィエト連邦の影響下にあり、ワルシャワ条約〔一九五五年、ソ連、ポーランドなど八ヶ国の加盟による東欧諸国の相互安全保障条約。条約軍はチェコ侵攻。九一年解体する〕によって軍事的に結びついていたこれらの国々は、知識人たちを含めた国民を、抑圧する空気のなかにおいていた。にもかかわらず、より良い世界、より公平な世界を追求する象徴である共産主義に自分たちの立場は近いのだということをサルトルもシモーヌも示していた。彼らの希望は東欧にあった。どのくらいの期間だろうか?

ソ連軍、ブダペスト侵攻

一九五六年十月二十三日、ブタペスト大学で学生たちがデモをおこなった。続く数日間、市民も参加して、ソ連軍の引き上げと選挙や報道の自由を含む民主主義体制への復帰を要求した。

一九五五年に罷免されたイムレ・ナギが、実権を取り戻した。十月二十四日、十万人のハンガリー人たちが、街の真ん中で彼に敬意を表した。しかしハンガリー共産党の幹部たちは彼らのモスクワとの連帯を再び主張することに決めた。ハンガリー軍は反乱の動きの際には、人民の側に味方した。同じ日の夜、ソ連軍の戦車がブダペストを包囲していた。

続く数日間、ハンガリー人たちは持ちこたえた。病院は負傷者たちであふれた。赤軍部隊や戦車をまえに武器を持たない人民に抵抗の力はなかった。十一月一日、破壊された血みどろの街で、ヤノス・カダールは新政府の樹立を宣言した。彼は彼の訴えに応えてくれた兄弟国、ソ連に謝意を表した。恐怖に震え上がった多くの人たちがソ連の強制収容所への一斉送致を恐れてオーストリア方面に逃げた。

ブダペスト駐在のソ連の若い大使、ユーリー・アンドロポフは彼がよく知っているハンガリーの幹部の一人を招待した。たいそう綺麗だった彼の妻をアンドロポフは褒めていた。幹部は招待を受け入れ大使館へ赴いた。彼は食事を味わう間もなかった。地下牢にそのまま入れられ、そこに閉じ込められた。アンドロポフの数々の裏工作の最初の活動が成功したのだった。彼の未来は保証された。後に彼がＫＧＢ〔ソ連国家保安委員会〕の指揮をとったとき、若き日のミハエル・ゴルバチョフを側近として呼び寄せた。

西側諸国の衝撃は大きかった。教会では司祭たちがハンガリー動乱への連帯と同情を呼びかけた。カフェや家々で人びとはラジオのニュースに耳を傾けた。フランス人たちはまたもや買いだめに走った。第三次世界大戦が起きるかも知れないという恐怖が人びとの頭から離れなかった。

すぐに今度は、フランスの共産党員たちが大忙しとなった。サルトルが夜を過ごすことにしていたカストールのところにはハンガリーに関する情報があちらこちらから入ってきた。友人知人からの電話はひっきりなしに続いた。自由の使徒は反駁するだろうか？　ハンガリー国民を擁護するだろうか？　確かに彼は唯一の人民の党、共産党に近いところにいた。しかし人びとの権利と自由にたいするこの侵害を前に沈黙を守ることはやはりできなかった。

サルトルは「歴史が生み出した共産党はこのうえなく公平な知性を表明するものである。間違いを犯すことは稀である！[3]」と書いていた。今度は明白な事実に屈しなければならなかった。共産党はひどい間違いを犯したのだ。ブダペストの事件に憤慨したこの哲学者は、『エクスプレス』誌〔一九五三年創刊の週刊誌〕に自分の考えを表明することを選んだ。「ソヴィエト官僚政治の指導者の一部には友情を抱くことはできない。そこに支配するものは恐怖である。[4]」

イヴ・モンタンやシモーヌ・シニョレ、その他共産党の同志だった人たちが今度はフランス共産党と袂を分かった。多くの知識人たちの行動も同様であった。左翼には沈痛な空気が支配していた。合衆国に対しては全く希望は持てず、ソヴィエト連邦には失望していた。デモや、ソ連の強制収容所に関するニキータ・フルシチョフの暴露も、シベリアの強制収容所送りになっていた多くの人たちの帰還もクレムリンの考え方を何ら変えはしなかった。

一九四五年以来、人権の擁護に身を投じてきたサルトルとシモーヌは、声とペンだけを駆使してきた。シュルシェール通りのアパルトマンの客間でランズマンとサルトルの間に腰を掛けたカストールは声をあげた。

「反旗を翻したハンガリーの人たちに対して、私たちの連帯を表す方法を見つけなくてはいけないわ。」

サルトルが即座に応じた。

「僕たちの力の及ぶ範囲で、しかも効果的なことと言えば、『レ・タン・モデルヌ』誌の特別号を準備して、その中で彼らに言葉をかけて励ますことだ。それにこれからは不当で不公平な行為の犠牲になっている他のすべての人たちのためにも我々はそうすることだろう。」

一九五七年一月、ハンガリー特集号が発行された、これは数百ページもの厚さとなった。二人は休まず働き、同時に政治的経済的社会学的でもある記事を次々に発表した。共産党との協力関係は、ブダペストへの戦車侵入により中断した。

そのほか、フランスの左翼に関するもの、アルジェリアと拷問に関するもの、イスラエルとアラブとの紛争に関するもの、一九七〇年代の女性たちとフェミニズムに関するもの、と特集号が続いた。『レ・タン・モデルヌ』誌はその時どきの人びとの関心を集めている問題について、優れた考察を必ず示し、それぞれの問題はフランスという国を越えて広く人びとに思想や思考について議論のきっかけを与えた。

サルトルが『レ・タン・モデルヌ』誌の創刊号で規定したような知識人や作家の役割がこうして実行されていった。権力側やコミュニストたちからは嫌悪されつつ彼らは篭城軍の立場にいた。嫌悪や罵声も彼らを怯えさせはしなかった。

「慣れてしまったわ」と、カストールは友人たちに言っていた。

『娘時代』の誕生

壁面を本が覆い尽くした黄色の客間を優しく青い光が照らしていた。夜になっていた。シモーヌはサルトルにウィスキーを注ぎ、自分の人生物語にもういちど取り組んでみたいと話した。彼はすぐ熱中した。

「あなたの子供時代について書くのは素晴らしい考えだ。躊躇《ためら》うことはないよ。」

この計画は十年前からあたためていたことでもあった。しかし、自分の想い出を書くという最初考えていた計画の代わりに、彼女がまず着手したのは、女性のおかれてきた状況についての総体的な研究であった。女性についてのこうした仕事から、『第二の性』は生まれたのであった。しかし、いまや彼女は彼女自身の場合を語る、最初の計画に立ち戻ってもよかった。

「でも、この計画には問題があるの」と、彼女は言った。「母も妹も従兄姉弟たちも皆生きているでしょう。私がこれから書くものを読んで、彼らが傷つけられたように思うかも知れない。」

サルトルはウィスキーのお代わりをした。ジャズの旋律が客間に響いていた。こんな風に文学について語れる時はサルトルにはこの上なく幸せなひと時だった。

「書きなさい、カストール。後は成り行きに任せよう。」

こうして『娘時代』となるべく本は生まれたのだった。子供時代の想い出を書くことによってサルトルがまだ考えたこともなかったことを、シモーヌはやり遂げたのだった。

四十年前に再婚することで彼を裏切った母を、サルトルは引き取って彼の権威と庇護のもとにおいた。義父が亡くなるとすぐ、彼は母と再び暮らし始めたのだ。彼にとって最初の女性であった彼女はそれからは何一つ不自由のない暮らしをした。その後すぐに彼の愛する者の順番に加わったシモーヌとは、家や子供を分かち合うことはなかったが、二人で共にするホテルの部屋や、書物や数々の計画を分かち合った。

一方、フランソワーズ・ド・ボーヴォワールは、老後を娘と一緒に過ごす幸運にはかけらも浴さなかった。シモーヌは自由を愛し他人のほんのわずかの視線にも耐え難いほどであったし、単純な母親の視線についてはなおさらだった。当時娘たちの教育は、男の子たちの教育よりはるかに息の詰まるものだった。シモーヌはサルトルよりもたいへんな目に遭ってきたのだ。自由への彼女の走破する道のりは、サルトルよりももっとずっと長いものだった。

アルレットの登場

サルトルは机の上に置かれた手紙の山をげんなりしながら眺めていた。彼の秘書のクロード・フォー(5)が返事を引き受けていた。その中で一九五七年三月の日付の一通の手紙が彼の注意を引いた。ヴェルサイユの受験準備学校《カーニュ》〔特にエコール・ノルマルへの受験準備校をいう〕に登録し通っている若い女性からの手紙で、セーヴルの女子高等師範学校《エコール・ノルマル・シュペリユール・ド・ジューヌ・フィーユ》の受験準備をしているということだった。彼女は自分が取り組んでいる『存在と無(6)』についての勉強に関して彼の意見を聞きたがっていて、是非サルトルと会いたいと願い出ていた。

この願いをどうして断れようか？　おそらくは未来の女子師範校生《ノルマリエンヌ》になるだろうこの若い女性に会うということがすでに彼の気持ちを惹きつけていた。若い人を手助けし、彼女に彼の知識を伝え、さらには彼女を魅了してしまうというのはなんと胸躍ることではないか？　彼が自分の高等師範学校《エコール・ノルマル・シュペリユール》時代の数年間について思いを巡らしているところに、その女性はベルを鳴らして彼のアパルトマンに入ってきた。そして、そのまま彼の人生にとどまった。

カストールはまだこのことを知らなかった。でもアメリカ人のドロレスの後に、彼女は今度は自分の娘といってもいいほどの年齢の女性との新しいライバル関係に立ち向かわざるを得なくなる。十八歳の優雅で繊細なアルジェリア系ユダヤ人のアルレット・エル・カイムはのちにサルトルの女性たちの中でただ一人この哲学者の名前を所有する女性となる。

この年、アルベール・カミュはストックホルムでノーベル文学賞を受賞した。彼はサルトルより八歳年下だった。一流の仕立てのタキシードを着て、晴れ晴れと演説をしたあと、長い拍手が続いた。名誉は彼を恐れさせなかった。『嘔吐』の作者、サルトルは、四十四歳の若くて美男子で才能あるこの男に与えられた名誉に嫉妬を感じなかっただろうか？　彼の著作はさほど政治的でもなく議論の的になるものでもなかった。むしろ象徴的だったというべきだろうか？　『レ・タン・モデルヌ』誌上に掲載された『反抗的人間』の辛辣な批評以来、二人はケンカ別れをしていた。サルトルはそれについて書くことを拒否したが、評論家フランシス・ジャンソンと同意見だった。それ以来、カミュと彼が話し合うことは一切なかった。

ニザンとその青年期の一件以来、サルトルは真の友情を経験したことがあっただろうか？　メルロ＝ポンティやカミュとの知的共犯関係はしばらくしか続かなかった。友だちかライバルか？　多分両方少しずつだったといえるだろう。青年サルトルは自分の野心を隠さなかった。彼においては友情は政治的な同意見から生じるのだった。そうでなければ即、却下された。このような選択のもとでは、政治が知識人たちに尚一層強い印象を与えるような場合、男同士の友情は遠ざけられてしまうものなのだ。

カストールの文学賞受賞は彼の気分を害するものではなかった。それどころかサルトルはこの受賞を誇りにした。しかし文学的政治屋などの既成秩序が下す裁定に人びとや作家たちが従うことは彼を傷つけた。人間の悲惨さについての大袈裟で教訓的な話は彼を警戒させた。こうしたおめでたい順応主義は彼を苛立たせた。思い遣りは彼には、疑わしく、利己的で安易なものと映った。彼にとっての関心事は抑圧された人びとを守ることであった。今まさにアルジェリアの地が、カミュの大地が戦場になろうとしていた。

思い遣りの前に行動のときであった。

＊

「もうこの国に住みたくないわ」と、カストールは呟いた。

日没の薄明かりの中、彼女の前のテーブルには新聞が広げられてあった。そこには最新のアルジェリアでの事件が報じられていた。

「よくわかるよ。とはいえ戦わなければいけないのはここでなんだ。」

彼は目を上げないで自分の言葉を締めくくった。彼はこうも付け加えられただろう。『僕が愛するのはここなんだ』と。アルレットは今では女主人たちのタイムスケジュールに、ほっとさせるような優しさと礼儀正しさで従っていた。彼の若い女友達はそれまでの誰よりも大切な位置を彼の人生に占めることができた。彼女はまだ二十歳にもなっていなかった！　しかし彼は明白なこのことを彼のパートナーに押しつけないように気遣った。もうとっくにシモーヌは気づかざるをえなかったのだが。腫れたまぶたが彼女の不安を暴露していた。

シモーヌにとって幸運にも、彼女といつも生活を分かち合う若いランズマンがそばにいてくれた。彼はカストールより十七歳年下だった。アルレットとサルトルの歳の差は三十六歳……。震えがおきた。『レ・タン・モデルヌ』誌にこの若い女性の名前が、カストールの名前のそばに出るように速やかに事は運ばれた。アルレットは幾つかの報道記事を書き、ついで映画欄を受け持った。

平然とシモーヌは彼女の新しい本のアンソロジーを同誌に発表した。アルレットを含めてサルトルの女性たちの誰一人として、この雑誌で彼女のライヴァルになれるものはいなかった。そのことが少なくとも慰めであった。

ランズマンの悩み

ランズマンがシモーヌのアパルトマンを去る日が来た。二人の愛に夢中になって過ごした五年間だった。彼らは世界中を旅して廻った。彼は彼女に笑顔を取り戻させ、彼女の肉体を彼の率直で熱烈な情熱で制圧して、彼女をすっかり変えてしまった。オルグレンとの愛を育んだあのミシガン湖畔の小さな家に別れを告げて以来、永久に諦めたと思っていた官能の甘美な喜びをシモーヌはランズマンの腕の中でいま一度味わった。

クロード・ランズマンは彼女に狂おしいほど尽くした。彼と交わす口づけや愛撫や喜びは、アメリカの恋人の優しく美しい肉体を忘れさせてくれた。燦然と輝く若さのただ中にいて、自分がシモーヌの最後の恋人かもしれないと思うことが彼にあっただろうか？　彼が少しずつ遠ざかるのを感じたとき、彼女は自分の女としての人生の残りは、男の腕の中に抱かれるといった単純な慰めには、もうサヨナラを言っているように思った。

クロードが同じ世代の女友達と一緒に暮らしたがったことを、彼女はよく理解していた。彼女の家に身をおいていても、作家としての彼女の生き方の険しさに彼は折れなければならなかった。午前中、彼女が小さな書き物机に向かっている間、彼はじっと黙っているしかなかった。書くことになると、愛は二の次になった。窓に沿って置かれた飾り棚の上の沈黙する軍隊のように整然と並んだ幾十ものさまざまな色合いの人形と同じくらい慎ましくしている術を、若い恋人は学んだ。さまざまな人形は、シモーヌが旅から、探検から、異文化から、わくわくする他の世界からの思い出の品として持ち帰ってきたものであった。こうした胸ときめかせる他の世界無くしては、彼女の重要で普遍的な作品は生まれてこなかったであろう。

彼女の時間の使い方はサルトルと同じく、軍隊のように厳密だった。この時間割がなかったなら二人ともどうしてあのように長い作品が書けただろうか？　元気いっぱいの若者が、自分の考えも常に自由に言わせて貰えないこうした厳格な生活の仕方に、どうして堪えることができたか不思議に思うことさえできる。カストールの人生を通じて彼が彼女の傍らにずっと忠実に居ることにより、彼はその謎を解く鍵を与えた。この最後の恋人も又、彼女と狂おしい恋を生きたのだった。彼女と別れることはもっとよい状態で彼女のもとに戻ることに他ならなかった。そしてすぐさま友達の中で第一の友となった。彼女が生きている限り、彼は彼女にさよならを言うことはできないはずだ。

＊

ネルソン・オルグレンははるか遠くシカゴの彼の家に住んでいて、この五年間ほとんど便りもなかった。彼女はフランス人の恋人の若々しい腕に抱かれることで彼、オルグレンのことを忘れようとした。けれどもあんなに大切な愛は絶対忘れられないのでは？

サルトルとアルジェリア戦争と『女ざかり』の執筆に彼女の日々は埋められていた。ミシガン湖畔の彼方で、ネルソンは英語に翻訳された『レ・マンダラン』を読んだ。ページを読みすすむにつれて、二人だけに秘められた最も幸せなひとときが世界中の人びとの目に誇らしげに曝されているのを見つけた。こんな不謹慎がどうして許されようか。ネルソンが飲酒や常軌を逸した振るまい、その他冷戦のさなかの無礼といってもよい政治的信念のお陰で人々から孤立していることが自分の国では知られていたが、彼もまた著述することに救いを求めていた。

ときおり、彼はカストールからメッセージを受け取った。だんだん間遠になり、詳しい内容のものではなくなっていったが、いつも優しさに満ちていた。彼はもう彼女の〈クロコダイル〉でも彼女の〈恋人〉でもなかったが、〈とても親しいあなた〉であり、一度などは、本当にただ一度だけ、〈いつまでもとても親愛なるあなた〉[7]であった。

合衆国ではマッカーシー議員がその詮索作業を止めねばならなくなっていた。大統領選のキャンペーンは難航しそうだった。保守派のリチャード・ニクソン、あるいは若く有能な民主党のジョン・F・ケネディ、この二人のうちのどちらがホワイト・ハウス入りすることになるのだろうか？

パリではサルトルの最新の戯曲『アルトナの幽閉者』の上演がポスターのトップを飾っていた。またもや戯曲とそれに続く一連の気苦労。俳優たち、演出家たちとの果てしなく続く喧嘩。どの女性役者を選ぶかがほんとうに苦労の種となった。作者の昔の恋人も最近の恋人たちも、舞台に出たがって喧嘩をした。彼のいずれかの戯曲で役を演ずることは、この劇作家の寵愛振りが認められたこと、と彼女らの目には映ったからである。

一九五九年九月二十三日、ルネサンス劇場での戯曲の初演を、平然とシモーヌはサルトルの傍らで見物した。ジャーナリストたちは舞台の上の非常に美しい女優に称賛を送っていた。女優はランズマンの妹で最近、サルトルのお気に入りになったエヴェリーヌ・レであった。カメラマンたちは、一階席の作者サルトルと彼のカストールにフラッシュを浴びせかけた。

その前年彼女は五十歳の誕生日を祝った。この十年でシモーヌは二つの大きな情熱を体験し、幾多の恋のアヴァンチュールと世界の様々な地点で非常な幸福を味わった。彼女は恋愛にはもうなにも期待していなかった。サルトルは、ジャン・ジロドゥーや彼以前の多くの人びとのような名声を享受していた。それを彼女は目の当たりにしていた。そしてその名声を彼女も分かち合っていた。彼女には、栄光と友情のすべてが残されていた。

キューバ革命

キューバではフィデル・カストロとチェ・ゲバラがバチスタ政権を打倒した。堕落した独裁者とその体制は賭博や売春やドラッグといった様々なスキャンダルに巻き込まれていた。最後にロマンチックな革命が勝利した。ワシントンはこの結果に落胆していた。カリブ人たちの第一の都市で、初めて合衆国の支配がおよばないところに権力が奪取されたのだ。最初はコミュニストの政治体制ではなかった。しかしこの国に対するアメリカの孤立政策がカストロを急速にソヴィエト陣営に近づけさせた。

冷戦のさなか、さらにはアルジェリア戦争の真っ最中に、サルトルとボーヴォワールは『レヴォルシオン』誌の提案に応じてキューバに赴いた。サルトルが記事のなかで「革命の蜜月期」と呼んだ国を早く実際に見てみたかったのだ。

ハバナの髭の人物の目には、サルトルとカストールの来訪は、軍事力によって権力を奪い取った反乱政府が国際的に認められたということを意味していたし、一方自由を愛するこの恋人たちには、一国の解放を支持することと思えたのだった。おびただしいメモやたくさんの観察や印象をパリにもち帰る予定で彼らは例の手帳を携行していた。カストールは『女ざかり』のなかでこの大旅行について書いている。サルトルは一九六〇年の夏のあいだ『フランス・ソワール』紙に「砂糖畠に吹くハリケーン」と題する長いルポルタージュを発表した。二人の作家の感激がサルトルのペンの下に再現された。

「抑圧や飢餓や貧しい暮らしや失業や文盲に対する六百万人の闘いを見守り、そこからその仕組みを理解し、展望を見いだすということはたいへんワクワクする経験であった。[8]」

民衆の感激に支えられ、心を揺さぶられた彼らは三日間、熱意あふれるフィデル・カストロと行動を共にした。カストロは群衆の中に立ち混じることに本当の喜びを感じていた。数年間に及ぶアルジェリアの独立を求める闘いやプラスチック爆弾に死の恐怖を味わってきた彼らは、ハバナの街の陽気な気分に励まされた。若いチェ・ゲバラも彼らをとても温かく歓迎した。籐椅子にすわってこの革命家は葉巻を薫らしていた。鍛え上げた筋肉質の大柄な彼は髪を波打たせ、愁いを帯びたまなざしをしていた。彼はもっとよく聞こえるようにとサルトルの方に首を傾けた。彼らはバルザックについて話したのだった！　押しつぶされそうな暑さと報道陣の好奇心、建物の外でサルトルの名をシュプレヒコールする群衆のどよめきを二人は忘れようとした。

既に知っている事柄がこうして確認されるさまを哲学者は見守った。アメリカの影響下にあるこれらのラテンアメリカやカリブの国の若者たちはフランスのとくに十八世紀や十九世紀の作家たちに、真に魅了されていた。サルトルの方では、フランス革命の理想、つまり自由、正義、友愛の念を具現化していた。キューバ革命はしかしまだ男性だけのものであった。テレビ放送で自分の考えを伝えて以来、サルトルは街なかで彼と認められると人びとの喝采を浴び、名前がシュプレヒコールされた。著書があり敬意を受けながらも、シモーヌは一歩後退した立場におかれていた。彼ら二人のうちの彼だけが自由を象徴していた。しかしサルトルだけに向けられた歓迎に差別を意識しないほどカストールは幸せだった。感激している群衆の光景は、パリに戻りいま一度闘いを続けようとしている彼らを勇気づけるのだった。

彼女はまた別の理由でも密かな満足を味わっていた。キューバへの最初の旅行にサルトルはドロレスを伴った。二度目の旅行がはるかに成功であることはいうまでもなかった。ドロレスや他の女性たちははるか遠くに感じられた。彼らに向けられた喝采のなかで、サルトルとカストールはかつてないほど密に結びついているように見えた。人生の如何なる試練にも万難を排するカップルとして認められ、祝福されているようだった。

ラム酒もパーティーも葉巻もサルトルが著述に割《さ》く時間をひねり出す妨げにはならなかった。暑さにもかかわらず、『フランス・ソワール』紙のためのルポルタージュの他、彼はエコール・ノルマル校時代の友人ポール・ニザンの著書『アデン・アラビア』の再版のための序文を大急ぎで書いた。

「僕は二十歳だった。二十歳が人生の最も美しいときだなんて誰にも言わせない。(9)」

ニザンのこの言葉は本の冒頭にあった。アルジェリア戦争時、さらに一九六八年五月、フランスの若者たちは自らの言葉としてこの言葉を捉え直すことになる。

シルヴィ

パリではアルレット、ミシェル、ヴァンダそしてオルガたちがサルトルの帰国を待っていた。シモーヌは人生に新しい一ページを開けるかのように彼女のアパルトマンの扉を開けた。沢山の郵便物が彼女を待っていた。カストールは彼女のテーブルの前に座った。電話はいつもの朝のように留守番契約に接続されていた。彼女は方眼紙の束と手帳を取り出し大急ぎで書き始めた。再び彼女が頭を上げたとき、昼だった。

原稿が山と積まれた。手記のこの分冊は前作よりさらに重要であることを予測させていた。遠大な企画だった。誰の感情も害してはならなかった。サルトルやオルグレンについての描写は彼らの気に入るだろうか？　親指トムは草稿を読みなおすだろうが、果たしてネルソンは何と言うだろうか？

ページの間から一通の手紙がすべり落ちた。彼女は手紙を読んだ。ルーアン出身の女子校生がセーヴルの女子高等師範学校の入試の準備をしていた。シモーヌの作品について会って話したい旨書かれていた。

彼女は手紙を置いた。仕事の進捗具合もよかった。この女子校生に会う時間は出来るだろう。

サルトルは、サン＝ジェルマン＝デ＝プレの彼のアパルトマンで秘書とともにアルレットを迎えた。カストールはといえば、彼女はいまだかつて助手の存在を必要としたことはなかった。彼女は受け取った沢山の手紙には自分で返事を書き、カフェで面会した。だからシルヴィ・ル・ボン〔哲学者。ボーヴォワールの養女となる〕と初めて会ったのはモンパルナスのカフェだった。女子校生は長年ずっと感動してきたシモーヌの作品についてその著者と話したがっていた。ところがその代わりにカストールはこの若い女性に彼女の人生について質問したのだった。

「政治に関心を示さず、新聞を読まないことで彼女から非難されたことをよく覚えている」[10]と、のちにカストールの養女となった彼女は語っている。

他の人に質問をし、彼らから学ぶ。シモーヌとサルトルは彼らを取り巻く親しい人たち、ときには偶然出逢った人たちの経験から様々なものを汲み出した。彼らの好奇心と興味は尽きることがなかった。十年後、フェミニストの女性の友人たちともシモーヌは同様に振る舞った。対話相手の話やその人生にひたすら興味を示して、自分の仕事に言及することは決してなかった。

シルヴィとの出会いはシモーヌの生活を愉しいものにした。数年前にアルレットが受験準備をしていた同じエコール・ノルマル校に向けて準備中のこの若い娘は知的で生き生きして面白かった。ラスパーユ通りからラ・クーポールの方へ下って行きながら、二十年前に死んだ友たちのザザのことを、シモーヌは思い出していた。彼女の人生で最も悲しい出来事だった。それ以来、彼女はザザとの間にあったような強くて信頼できる友情をむなしく求めてきた。『招かれた女』のヒロイン、オルガに出会ったときもザザの時のような全面的に交換しうるものに巡り会った印象はなかった。三十年もの間求めてきた自分の分身に出会ったような印象を抱くことはなかった。そして一見、この十八歳の若い娘ではこの空虚感を埋めるには余りに若すぎる感じだった。他の出会いが続いた。次第にシモーヌのなかでカトリックの教育によって守られてきた慎重さといったものが消えていくのが感じられた。シルヴィはセーヴルに合格した。そこは、サルトルがかつてあんなに幸福だったユルム街のエコール・ノルマルの女子校にあたるというところだった。女子高等師範学校の建物は、シュルシェール通からメトロで三つ目の駅に当たる現在のブールヴァール・ジュルダン〔パリの十四区にある大きな通り〕にあった。希望の星が瞬いていた。彼女が背後に埋もれさせたと思っていた過去が不死鳥のように甦ってきた。カストールは若いシルヴィと、恐らくこれからもっとたび会うことになるだろう。

「カストールに新しい女友達ができたよ」と、サルトルはアルレットが待っているアパルトマンに戻ったとき呟いた。それは良かった。常に大きくなる文学上の成功にも拘わらず、彼は近年、彼女の悲しみを感じていた。家につくと彼はピアノの前に座った。鍵盤の上を指で短い曲を即興で弾いた。彼は荷が軽くなった気がしていた。カストールがシルヴィと過ごす間、彼はこの若い女友達と共に過ごすことができるだろう。アルレットは彼の傍らに優しくそして注意深くじっと立っていた。彼は夜まで演奏した。

「百二十一人声明」

数年来、アルジェリア戦争のことが彼らの頭を占領していた。五年間で彼らは相当の敵を作ってしまった。キューバに赴く前、サルトルとシモーヌはアルジェリアで戦っている兵士たちに不服従を呼びかける「百二十一人声明」に署名をした。戦争をしている国にあってはこれは許される範囲を逸脱する行為である。故意に論争調で署名者たちは宣言していた。

「われわれはアルジェリアの人びとに対し武器を取ることを拒否する行為を評価し、それは当然のことと判断する。同様に、圧制に苦しむアルジェリア人たちを援助し庇護しようとするフランス人たちの行動を評価し、当然のことと判断する。(11)」

作家や俳優や科学者たちが署名した。マルグリット・デュラス(作家)、アラン・レネ(映画監督)、シモーヌ・シニョレ(映画女優)そしてローラン・シュワルツ(数学者)の名前があった。抗議や叫びや国家の報復措置。政府の反応は素早かった。兵士への逃亡の呼びかけをド・ゴールは無視してやり過ごすことはできなかった。

この破廉恥な行為の責任者としてジャーナリズムは誰を名指しするだろうか? もちろん親指トムだろう。このような策謀を企てることができるのは彼だけだ。権力者側は困惑した。どうやって彼をやっつけようか? 世界的著名人で国家元首のように受け入れられているジャン=ポール・サルトルは神聖不可侵だった。彼の行動は、多くの解放運動、特に第三世界の植民地での解放運動に希望をもたらすものだった。

このとき、彼とカストールはパリから遠く離れたところにいた。熱狂的な歓迎を受けたキューバ滞在の後、彼らはブラジルに旅行中であり、そこでもまた英雄《ヒーロー》のように迎えられていた。俗悪な犯罪人として、彼らをそこまで追いかけて行くことはやはりできなかった。彼らの留守中に、『レ・タン・モデルヌ』誌の十月号が押収された。当誌が検閲機関によって屈辱的な条件をのまされることは初めてのことではなかった。三年前のある号でも、アルジェリアのマキ〔第二次世界大戦中の森林などを拠点にした対独レジスタンス運動〕に関するイタリア人ジャーナリストの記事を掲載しているということで発行が禁止されたことがあった。

『パリ・マッチ』誌が「サルトル、内乱の市民兵器」という見出しを載せた。帰国すれば彼らの生命は危険に曝《さら》されるのだろうか?

「カストール、僕たちはフランスに帰らねばならない！」

ブラジルの湿気の多い暑さのなかでベッドにぐったりと横たわっている連れあいをじっと見つめて言った。友人宅での数日間で快方に向かいつつ、彼女は腸チフスのような症状からすこしずつ立ち直り始めていた。

「ランズマンはスペインを通って車で帰るようにと言ってきているわ。オルリー空港では騒動が起こるかもしれないって。」

声明に署名した人たちに科された処罰については彼らの友人たちが知らせてきた。数学者ローラン・シュワルツは一日で、理工科大学《エコール・ポリテクニック》〔ナポレオンの創設。グランド・ゼコールの一つ。国防省付属の教育機関〕の教授の職を奪われた。彼の行為は軍の志気を損なったのだった。教員たちは停職になった。それは始まりにすぎなかった。

「『百二十一人声明』のリストは公務員、官吏関連のすべての場所に張り出された（……）サルトルは最も狙われていた。[12]」

フランスに帰国するのに、彼らはピレネー山中の税関事務所を、真夜中に問題もなく通過した。パリに着くと、彼らは他の署名人たちのように取調べを受けることを要求した。政府はそれにはに固執しなかった。のちに裁判所で会う約束が取り付けられた。

結局、サルトルもカストールも投獄されることはなかった。噂ではド・ゴール将軍が反対したということだった。

「ヴォルテールを逮捕しはしない」と、彼は付け加えたことだろう。[13]

しかし、他のやり方で彼らは攻撃された。やがてそのことを彼らは体験することとなる。同じ月、カストールの『回想録』の第二巻、『女ざかり』が発行された。スキャンダル、サルトルとの出会いの話、戦前の思い出、読者は新事実が明かされることを渇望していた。同世代の人びとは作家のアンガージュマンによって支えられているのを感じていた。シモーヌと幾夜かを過ごすと、オルグレンはアメリカへ再び出発した。サルトルもシモーヌももう外出しなかった。レストランでは客たちが彼らを罵ったかもしれなかった。しかし、彼女の成功があった。出版される前から四万冊もの本の予約が既に書店に寄せられたのだった(14)!

プラスチック爆弾

ド・ゴールはアルジェリアに独立を認めた。秘密軍隊機構〔OAS、アルジェリアの独立に反対した〕の爆弾が炸裂するなか、エヴィアンで交渉が始められた。数名の大学関係者のアパルトマンが狙われた。女性や子供たちは長い間ショック状態になった。パリ郊外のブーローニュでOASがアパルトマンの階を間違えた。アンドレ・マルローのアパルトマンに隣接するアパルトマンが爆弾で破壊され、四歳の小さな娘、デルフィヌ・ルノーが片方の目を失明した。歴史はみじめに口ごもっていた。アルジェではそれより数ヶ月前に一斉蜂起が失敗に終わっていた。

「百二十一人声明」参加者はフランス側アルジェリア人のならず者にいつも狙われていた。そのことを物語る手紙がある。

「『百二十一人声明』の速やかな清算を告げるものをブールデは私たちに見せた。サルトルのアパルトマンが狙われる可能性があった。彼は母親をホテルに移すと、私のところにしばらく仮住まいした(15)。」

一ヶ月後、サルトルとカストールは夏のヴァカンスをイタリアで過ごそうと用意をしていた。出発の朝、サルトルの住居だった建物の玄関ホールで爆弾が破裂した。

それは最初の合図だった。

ド・ゴールはアルジェリア人への政策を変更した。OASは国家元首にもアピールの署名者たちにも敵対するようになった。フランスは内戦の瀬戸際にいた。一九六二年八月、大統領の車は七秒間も何十もの物を投げつけられる目にあった。バンパーや窓ガラスが壊された。プチ・クラマールへのテロ行為が世論をおびえさせた。

ド・ゴールとその夫人の生活はスピードを落とさず運転する運転手の勇気によって支えられた。車から降りるとき、ド・ゴール夫人はガラスの破片を手で掃く仕草をした。

サルトルとシモーヌはうろたえた。自由フランスの退役軍人とその妻の冷静さが彼らの心を打った。今度は彼らに手っ取り早い行為を仕向けはしないだろうか? 退役軍人たちは「サルトルを撃て」と叫びながらシャンゼリゼ通りを下ってきたのではなかったか?

身を隠すことを余儀なくされて作家は地下に潜った。分刻みに予定を割り振られた彼との約束は混乱した。彼と居合わす誰もが死の危険と隣り合わせだった。彼は何度もアドレスを変えねばならなかった。

「どうぞ気をつけてくださいね」と、夜になるとカストールは彼に言うのだった。

「もちろん気をつけるよ。僕は生きていたいからね。それにあなたにも危険が及んでいるから十分用心しなさい!」

彼は彼女の手をとると、かつて手紙の中でよく使っていた優しい言葉を言った。「僕の可愛いカストール、僕のほんとに可愛い……」

シモーヌはアルザスへ出発した。毎年九月にはエレーヌとリヨネルを訪ねた。彼らは最近自分たちで手直ししたアルザスの民家に住んでいた。

サン＝ジェルマン＝デ＝プレからそう遠くないサン＝ギローム街近くの隠れ家でサルトルは仕事に再び取りかかった。紙面に言葉を書き並べていると彼は生き返った気がした。彼は仇敵フロベールに立ち戻っていた。長く終わりのない計画がまだ成就されないまま残っていた。そういうものと考えるまでに、何千枚という紙を彼は使った。今日なお、自問するかもしれない。彼のフロベールを全部読んだ人は何人だろうか？

そんなことは大したことではない。書くことはこの上ない満足を彼にもたらした。『感情教育』の作者の典型的な「ブルジョワ」ぶりを懲らしめ、彼の世界に入り込んで彼の着ている殻をもっと脱がせることは、ある人の秘密を知って、その人を殺害することではないだろうか？　生き生きした文体でサルトルは十九世紀と二十世紀のあいだを行きつ戻りつした。勇敢な近衛騎兵は自分についてもっとよく語るため他の作家のイメージを一刀両断したりはしない。それは自伝ではなく文体の訓練だった。彼の読者たちがあれほど何年も待ち続けた本が出るまでのことだった。サルトル自身による彼の物語。

親指トムはまだその必要を感じていなかった。五十五歳、彼は自分たちの思い出を語る役割はカストールに任せていた。明晰であると同時に忠実なファンの彼女は彼に捧げた愛情と崇拝を紙面の上に投影した。そのポートレートは美化されていた。公平無私で、自由な恋人たちの神話を造り上げていることがわかった。

カストールはこうした回想録では非常な成功をおさめた。同じような主題で彼はなぜ試してみないのか？　一つのパッセージが欠けていた。彼の子供時代の回想である。それについては彼が話してくれた切れ切れで固定された部分しか彼女は知らなかった。

＊

一九六一年十月十七日、ＦＬＭはアルジェリア人たちに首都の通りを大挙して行進するよう呼びかけた。

鎮圧は残虐だった。死者のことさえ話された。警視総監モーリス・パポンの行為が非難された。OASは爆弾を仕掛けつづけ、知識人たちとゴーリストたち両方を混乱に巻き込んだ。

どこに住んだらよいか？　もう誰も彼らに住まいを提供したがらなかった。今やシモーヌのアパルトマンも彼のアパルトマン同様粉々にされる恐れがあった。解決法は一つしかなかった。身を隠すこと。執筆すること。執筆し、隠れる。つきとめられないよう住所を変えること。サルトルはフロベールに関する著述から頭をあげるとカストールに明日OASへの抗議デモに参加することになっていることを思い出させた。

「気をつけないといけないわ。デモは禁止よ。」

押し合いへし合いと叫び声と息苦しさ。寒さと風の中の大きなデモにつきものの宿命。厳しさと怖さではみな似たようなものだった。サルトルもカストールもカフェに逃げ込みたかった。カフェの店主はシャッターを降ろしながら叫んだ。

「このことについて小説を書きなさい。そこに私を登場させなさい。でもそれは私にはなんの得にもなりゃしない……。私には三人の子供がいます。私は政治はやりません。政治は特権階級の楽しみ事ですよ。」(16)

フランス兵たちによって瓶の破片で暴行を受けた若いアルジェリア人女性、ジャミラ・ブパシャに関する証言をジゼル・アリミ〔女性弁護士。フェミニストの立場にたつ〕と共に出版して以来、シモーヌは命を脅かす脅迫を受けていた。アメリカに戻ったネルソン・オルグレンに宛てて、あらゆることが起こりえた二月についてユーモアをこめて彼女は語った。

「なつかしいミミズクさん（……）十二人の借家人たちはあなたの浴槽で入浴し、あなたのオーブンで料理をし、あなたのベッドで寝ています（……）あんなにたくさんの人たちがプラスチック爆弾で爆破されたというのに、この人たちのおかげで私はまだプラスチック爆弾で爆破されていません。[17]」

ソ連旅行

一九六二年七月、アルジェリアはついに独立した。カストールは落ち着ける住まいを再び見出した。そしてサルトルもラスパーユ通りの新しい家に落ち着いた。彼らの闘いは成功で飾られた。でもどんな犠牲を払って？　全体の総括は重いものだった。ほどなく相容れない二つの部分に分かれてしまった国。個人の総決算は険悪だった。破壊されたアパルトマンからいつも不死鳥のようによみがえるサルトルにたいする執拗な憎悪。

旧フランス帝国時代のすべての植民地一つひとつが厳しく独立を要求した。喜ぶほかなかった。こうした国のある人たちのあいだでサルトル―ボーヴォワールのカップルの人気は絶大だった。解放者、自由の護り手。多くの人びとがこれから実現させようとしている希望そのものだった。

東欧では、軍備を撤去することなくはるか遠くから彼らを眺めているだけで満足していた。キューバ革命や毛沢東の出現に敬意を表して、サルトルはコミュニストたちの会合に参加しようとしたが駄目だった。ソ連政府の耳には挑戦と聞こえる「実存主義」とか「自由」といった我慢ならない言葉を親指トムは話すからであった。

有力者たちの目には、サルトルとボーヴォワールはまたほかの重大な欠点を持っていると映った。彼らは世界中の男女が強く感じていたことがらを簡単な言葉で表現する才能に恵まれていたからであった。人びとの権利のなかで最も大切な自由への願い、不正や独裁にたいして戦いたいという思いが彼らにはあったからだ。

彼らの中国とキューバへの旅行は両国の社会主義体制によって格好の宣伝として使われた。両国の最高権力者は党を引っ張っていくのに彼らの旅行を利用した。サルトルとボーヴォワールは危険かつ制御不可能な存在になるかも知れなかったから、この武器はもろ刃の剣でもあった。

彼らを支配下におくには広く魅力を行使する以上によい方法があるだろうか？　ソ連の作家たちのやることなすことすべてを見張っているクレムリンは外国の作家を信用したりはしなかった。自国の領土に彼らを入らせる前に防諜機関は彼らの生活や信条について厳密な検査を行った。

レーニンとスターリンの国への有名カップルの旅は六月に行われた。最も好い季節だった。心地よい暑さがモスクワの広い並木道を支配していた。夜には軽やかなそよ風が訪問者たちを爽やかな気分にさせた。六年前のフルシチェフによるハンガリー動乱鎮圧は遠い昔のことのようだった。ソ連から数人の学生がパリに到着したことは、その頃の言葉の「雪解け」への希望をフランスの左派の人びとに抱かせた。ソ連の知識人たちは西側に一週間か十五日間滞在するためにたいへんな苦労をして、やっとビザを取得したものだった。帰国してからは、旅先で出会ったはずの危険な資本主義者たちとの会見について一つひとつ説明しなければならなかった。

こうして数人のロシアの科学者たちが鉄のカーテンの向こう側からやってきた。しかし最も偉大な数学者たちは——彼らしか引き合いに出せないが——ビザ取得には非常に苦労をした。党のメンバーだけが出発を許可された。

二ヶ月の滞在期間中、シモーヌとサルトルは最も改良主義の知識人と最も保守的な知識人たちの間におきた討論に立ち会う機会を得た。『ある戦後』のなかで希望の使者のような東への旅行について数ページにわたってカストールは語っている。

「冷戦が始まったとき、私たちはソ連を選んだ。ソ連が平和政策をとり、非スターリン主義化をすすめて以来、好みだけにとどまらなくなった。その立場その可能性が私たちのものであった。[18]」

彼らの前で収容所に強制収容されることについて言及さえした。男たちや女たちが彼らの家族の思い出を話した。同じ頃一人の男性が『収容所列島』をひっそりと書いていた。その抜粋はのちに『レ・タン・モデルヌ』に発表されることになる。カストールは親愛なるネルソンに送った手紙の中でこのことに触れている。

「私たちは当時とても非難されていた若い作家たちと出会い固い友情を結びました。彼らの一人、ソルジェニツィンはスターリン主義の強制収容所を告発しましたが、彼の才能は真実で一流です。フルシチェフに支持された愚かで古くさいアカデミー会員たちによって起こされた闘いに巻き込まれていますが、この闘いに勝利するという希望に彼ら若い作家たちは諦めずにしがみついています。[19]」

この滞在期間中、シモーヌはずっと一歩後ろにいた。彼女は親指トムの妻と紹介されたときは何も言わなかった。周囲には道徳主義の雰囲気が漂っていた。結婚以外の愛は存在しなかった。結婚していない彼らの関係について本当のことを言ったら、どんな悪い例を若者たちの目に示すことになるか！　ソ連の指導者たちの目に彼女は怪しく映った。『第二の性』は一九九八年まで稀覯本のままだったのだから！　そのような作品、ブルジョワ、デカダンが、すでに十月革命で解放されたとはいっても、ソ連の女性に関わりを持つなんて途方もないことだった。

しかし熱気溢れる討論と、もてなしに魅了され感動した彼らはこの国の（……）そして彼らの通訳の魅力のとりこになった。作家協会の秘書の若い女性は輝くばかりの美貌と知性の持ち主だった。彼女はこの二人の知識人の作品をフランス語版で手に入れて読んでいた。サルトルの我慢は長くつづかなかった。サルトルは、カストールの目にはいつもの彼の無思慮な行為とみえる度はずれた友情をこの若いソ連人女性とのあいだにむすんだ。彼は彼女にあらゆる美点を見いだした。自由と近代化の息吹を吹きかけようとするこの時代の最も「大胆で」且つ「対立する」作家たちについて彼女は熱心に紹介した。

彼女の若さと開かれたソ連についての彼女の確信が恋人たちを魅了した。つかの間の幸福にかれらは基本的な質問をするのを忘れていた。どんな奇蹟をつかってこの若い女性は彼らに始終ついて歩く権利を得たのだろう？　歩み寄りにもかかわらず独裁者のように機能するこの国では外国人とつきあう許可は必ず反対されるものである。実際ＫＧＢの官吏だけが西欧人たちと話す権利をもっていたのだから。

こんにち、ＫＧＢの古い文書がモスクワで半ば公開されている。そこでアメリカの作家ジョン・スタインベックのソ連滞在中の一挙手一投足がことこまかく記録されているものを読むことができる。赤の広場近くのルビアンカの陰気な建物の奥に積み上げられたカードのなかに彼のささいな言葉や考え反応が細心細密に書き留められている。

ジャン＝ポール・サルトルに関する書類にはどういう内容が集められているだろうか？　このことは問題にする必要がある。通訳への愛情から彼は一九六二年から一九六六年まで、しばしばプライベートにモスクワへの旅を重ねたからである。他のフランスの知識人と異なって、彼はソ連への入国ビザを難なく手に入れることができた。サルトルはコミュニストたちと絶交していたのではなかった。彼はそれが実現される以前からペレストロイカに希望を託していた。

鉄のカーテンの反対側から、よりよい世界と二つの大国のあいだの対立がなくなる夢を彼は追い続けていた。一九六二年七月、全体的軍縮と平和をもとめる世界会議に彼は出席した。両大国に正式に軍縮を求めることが必要だった。事実はソ連にたいする防備を低くするよう西側に訴えることであった。ワシントンではケネディが国の指揮をとり始めたところで、近いうちにヴィエンヌでフルシチェフと会うことになっていた。軍縮が実現しそうにみえた。

美人の通訳は熱っぽく浮き浮きとサルトルのそばを片時も離れなかった。クレムリンはそのことに満足しているようで、彼女が外国の「友人」にたびたび会うことも干渉しなかった。かつてのソ連ではそのような特典には失職や投獄の危険が伴ったものだ。政府の高いところからの許可がなければこのような自由は得られなかっただろう。

愛情の籠もったこうした出会いは有終の美を飾ることができた。フルシチョフが解任されブレジネフ、コスイギンが政権の座に就いた一九六四年、親指トムは彼の子供時代を回想した自伝『言葉』を発表したが、この若いソ連女性はその第一頁に登場するという名誉を贈られた。この自伝は彼女に捧げられたのだった。それと知らずにKGBに捧げたのでないとするならば？

一九六三年十月からジャン＝ポール・サルトルは彼の雑誌にまだ無名だったアレクサンドル・ソルジェニツィンのための寄稿欄を設けた。ソ連の指導者たちが人間の権利、なかでも書く自由が最も基本であるということに心を開くようしむけたいと彼は願った。

ソ連へのたびたびの旅行のあいだ、国際作家共同体をつくろうとソ連の同業者たちの支持を彼は探しもとめた。しかしこの発意はソルジェニツィンが告発した例の「組織」の窮屈な見張りのために失敗に終わった。

＊

ある午後、ラスパーユ通りで隣り合ってカストールとサルトルは書き物をしていた。とつぜんサルトルはタバコをもみ消すと、両手で顔をおおった。部屋にはタバコの煙が充満していた。煙が彼の目を痛めたと思い、シモーヌは窓を開けた。しかし身体を屈め震えている彼を見て彼女は動転した。いったいどうしたの？　最初のうち彼は答えようとしなかった。彼が指をひろげたとき、彼の健康な方の目が真っ赤に充血しているのがわかった。

サルトルの人生で最もつらい闘いが始まった。まだ六十歳にもならないのに、いまいましい彼の目がその弱点を彼に思い起こさせた。五十年もの間、ただ片方の目で何千枚もの頁を書きつづけてきたのだ。今、彼を裏切ったりさえしなければ！　彼には完成せねばならない仕事がたくさんあった。なかでもあの呪われたフロベールについての著作は諦められないだろう。『レ・タン・モデルヌ』誌のため書かねばならない論文に彼は没頭していた。各号の序文は思想界や政治の世界の出来事を紹介していた。

「少し休まないと！」

「問題ないよ、カストール。僕には書かなきゃならないことが一杯あるんだ。」

そして彼は『言葉』の執筆にふたたびとりくんだ。時間が欲しい、それだけが彼の願いだった。酷使され、疲弊してもそれでも忠実に彼の健康な方の目は、なお数年間親指トムをささえた。しかしカストールが老いのことを考えたのは間違っていなかった。それは兆候だった。はじめは時々、やがて不安をともなう規則正しさで、その兆しは彼らに老いを思い起こさせるのだった。

＊

一息つく暇もなく、彼らはたびたびソ連に出掛けた。サルトルは講演でくたくただったが、さらにソ連のテレビでの対談にまで応じた。(20)　そのような場で公に自分の考えを述べさせてくれるのが、むしろソ連側の検閲でなかったのであれば。

もちろん、以前の滞在のときのようにいろいろな出会いや晩餐会や、公式に会見を許可された「友人たち」との出会いがあった。彼らの写真は世界を経巡った。フルシチョフは彼のソチの別荘で、他の作家たちと共にカップルを迎えた。プロパガンダは最高潮に達していた。スターリンのパージを免れ、ベリアを片付けた激しやすくずるがしこい書記長は、その夏がソ連のトップとして最後の夏になることにはまだ気付いていなかった。

西側と同様東側でも、一年のあいだに様々な事件が次つぎ起きた。

一九六三年十一月二十二日、ダラスでジョン・F・ケネディが暗殺された。二人の恋人たちサルトルとシモーヌは彼を好きではなかった。

「あなたたちのひどいケネディ」と、一九六一年四月十四日、シモーヌはネルソンに書き送っている。[21] CIAによる武装軍隊のキューバ侵攻が失敗したばかりだった。ホワイト・ハウスに着任したばかりのリンドン・ジョンソンにもなにも良い兆しは見られなかった。アルジェリア戦争は終結した。しかし新たな戦いが人びとの頭とテレビの画面を占領しようとしていた。ヴェトナム戦争である。

オルグレンの動転

ネルソンは寒さに震えながらドアを開けた。シカゴの街に凍るような風が吹いていた。郵便配達人が入ってきた。彼は凍える両手のはしに持っていた小さな包を差し出した。

「また本のようですね。オルグレンさん。」

郵便配達人の背後で扉が閉まるやいなや、ネルソンは包み紙をほどいた。すると中からはシモーヌの『回想録』の英語版の続編が出てきた。台所に立ったまま、彼はウィスキーを注ぐと、もどかしい手つきで本のページをパラパラとめくった。彼は不安で一杯だった。彼らの情熱的な愛を、『レ・マンダラン』のなかに書いたシモーヌを許すのに彼は何ヶ月もかかったからだった。彼に味わわせた苦しみをあやまりながらも、このジャンルに固有の自由さとすべて人を移し替えた小説であることを、いささかの気詰まりもなくシモーヌは彼に気づかせようとしていた。この『回想録』の出版はなお一層彼を不安にした。彼らの愛にふれずにすますことを彼がどれだけ願っているか彼女はわかっていただろうか？

座る間もなかった。疑ってかかっている彼の目の前に、共に過ごした彼らの生活、彼らの愛の夜々、彼らのキス、彼らの旅、彼らの交わした会話、彼らの喜びと彼らの不和が事細かに繰り広げられていた。何ページも何ページにもわたって。

郵便配達人は遠ざかっていった。怒りと悲しみに狂ったようになって、孤独のうちに台所で彼はわめき始めた。猫たちは恐怖におののいて逃げ出した。流しに積み重ねられていたグラスは激しい勢いでひっくり返り、床に落ちて砕けた。皿は飛ばされ、粉ごなになった。動転した彼は息を整えることもできなかった。

「裏切られた！　裏切り者！」

くずおれるように椅子に座ると彼はむせび泣いた。シモーヌはこれから先も彼女が願う愛の手紙をずっと書き、彼に対して永久《とわ》の優しさと愛を誓うことが出来るだろうが、彼の方ではもう金輪際、彼女に言葉をかけることはないはずだ。彼の信頼と愛はないがしろにされたのだから。彼らの情熱的な愛は彼女の文学のインスピレーションの道具に過ぎなかったのではないか。これからの彼の人生で彼女に面と向かって会うことはもうないだろうし、彼女について読むことも一切ないだろう。

シモーヌがあれほど愛した彼の長い手は今や涙で赤くなった彼の目を隠すのだった。彼はグラスをさがした。グラスは全部割れてしまっていた。彼はウィスキーの瓶を握りしめるとラッパ飲みした。

フランソワーズ・ド・ボーヴォワールの死

「お母様が事故に遭われました……。お風呂場で転ばれたのです。大腿骨頸部を骨折されました。[22]」この悪い知らせを、シモーヌは滞在中のローマでボストから電話で知らされた。翌々日には、シモーヌは病院へ行き、母親のそばにつききりとなった。病室は明るく広々していた。フランソワーズ・ド・ボーヴォワールはシモーヌに微笑んだ。二人の娘が彼女を見守ってそばに付き添ってくれていることが彼女を安心させていた。エレーヌはアルザスから駆けつけていた。母親と妹の間にはさまれて、シモーヌは少女時代をはっきり思い出していた。母親の邪険さ、夫の浮気に直面したときの彼女の悲しみ、絶え間ないぶしつけさ、末娘への意地悪。愛情と怨恨が激しく混じり合った。

七十八歳のフランソワーズ・ド・ボーヴォワールは、戦後ずっと未亡人だった。彼女は姉娘の経済力に頼って生活していた。

「お前は怖いよ[23]」と、彼女はシモーヌに言っていた。確かに彼女を悲しませる原因の多くは自分にあるとシモーヌは思っていた。

信仰をなくした長女を見、彼女の著書のスキャンダラスな内容を知ることは確かに母親を心配させた。

「シモーヌは一家の恥だ[24]」と、いとこが彼女にはっきり言った。

家族。それはシモーヌにもサルトルにも今や大した意味を持たなかった。若いときから彼らは自分たちの好みに合った第二の家族を選ぶという立場を取ってきた。ボスト、オルガ、ヴァンダ、ランズマンそして数人の幸運な人たちが家族を構成していた。五十五歳にして、名を名乗るだけの家族が彼女の日々のリズムに新たに影響をもつようになった。理由も明確に分からぬまま彼女は受け入れた。彼女の思いはサルトルの方へと向っていた。彼は六十歳まで母親と離れなかった。この年老いた夫人は、サルトルの恋人たちの誰か彼かが彼のところに侵入するのを防ぐ防波堤の役目をして彼の役に立っていた。父親の死後、カストールは一家の長になった。彼女の経済的立場がそれを可能にしていた。何の疑問も抱くことなく彼女はその役目を引き受けた。日々が過ぎた。美しい秋だった。母親が胃に焼け付くような激しい痛みにおそわれた。手術が行われた。

サルトルが小刻みな歩みでシュルシェール通りに会いにきた。フロベールに関する何ページもの執筆にその日を費やしたあとで彼は疲れを覚えていた。カストールが少々のアルコールで彼を元気づけるはずであった。呼び鈴が鳴って、扉が開いた。紫色の隈がシモーヌの目の回りにできていた。疲れと悲しみに打ちひしがれて彼女は黄色のソファにくずおれた。

「母は末期の癌なの。」

シモーヌはウィスキーを注いだ。口元にグラスをはこぼうとしたが、手が震えてウィスキーはこぼれた。涙が頬を伝っていた。ハンカチを出そうとする彼女の前にはサルトルの思い遣りにあふれた手があった。気持ちが一杯になって彼女は彼の腕の中に身を投げかけた。彼は彼女を強く抱きしめた。二人とも無言だった。ある日、今度は親指トムがこの苦しみに立ち向かうことになるだろう。シモーヌは涙をぬぐい震えた。子供のときから、死の荒々しさに対し彼女は逆らってきた。が、今や避けられないものへと彼らを導く老いが近づいていることを、母親の臨終を前にして彼女は感じていた。彼女はもう一杯グラスを注いだ。

「あなたをこんなふうに放っておけない。病院についていく。」

病室で彼らはエレーヌと再会した。取り乱し、目を赤くして彼女は彼らを待っていた。プーペットは姉の腕に身を投げかけた。二人の恋人たちだけが彼女にぴったりの子供時代からのあだ名でいまだに呼び合っていた。可哀相なエレーヌ、どんなに彼女は彼らをいらだたせたことか！　偉大な画家の素質を持っていると確信していた彼女は、姉と同じ道を歩もうと願った。しかしシモーヌからみると彼女にはそんな才能がなかった。ボーヴォワール家には一人の有名人がいさえすれば良かった。

今まさに、シモーヌは姉の名声を前にしたエレーヌの苦しみがよく分かった。母親から傷つけられた妹、周知の才能ある画家、だが決して有名になることのなかった画家、妹の絵画展の初日のレセプション（ヴェルニサージュ）は、いつも繰り返される侮辱の場となった。招待客たちは彼女の絵についてエレーヌと語るよりもシモーヌに会いたくてやってくるのだった。

数日間のモルヒネ投与と点滴の後、フランソワーズ・ド・ボーヴォワールは亡くなった。子供の頃でもこんなに妹を身近に感じたことはなかった。若い頃の彼女を知る証人は老いを迎える彼女の証人にもなるのだろうか？　彼女はそれを望んだ。長い人生で初めてその必要を彼女は感じた。

ノーベル賞固辞

サルトルは子供時代の話を書き上げた。好奇心をもってこの作品は待たれていたが、いささかの寛大さも持たれなかった。彼には初めて、きわめて難しい文体を用いることに挑戦した。『言葉』では彼はあえて心の告白の口調を用いたのだ。

秋、この作品が予告された『レ・タン・モデルヌ』誌は数時間で売り尽くされた。ついで本そのものが、数日で売り場からなくなった。珍しく、サルトルは勝利を得たのである。栄光はその裏側も併せ持つ。カストールは既にその経験があった。近親者は『回想録』のなかで自分たちがさらし者にされるのは嫌がるものである。

「プールーは子供時代のことを少しもわかっていないわ」[25]と気分を損ねた母親は断言した。ほかの近親者たちは裏切られたような気がした。しかしサルトルはすでに自主規制の年齢を超えていた。

この本の成功に自信を得て、彼は再びフロベール論の執筆に取りかかった。彼の目がまだ彼を支えようとしてくれている限り歓んだはずである。これから後なにが起きるかについては考えないでおこう。書き物机に向かって過ごす一日いちにちが、盲目に対し勝ち得た一日だった。

このことが、モスクワに再び行き、あの美しい通訳に再会することを妨げるものではなかった。そして彼は新しい戯曲『トロイの女たち』を創作した。『言葉』についての熱狂的な批評は面白がって読んだ。珍しく憎しみのキャンペーンの対象にならなかった。作家の子供時代は誰の心も乱さなかった。

ストックホルムで彼にノーベル賞授賞を計画していることを彼は知った。翌日すぐ、彼は選考委員会に辞退することを知らせる旨を書き送った。手紙が着くのが遅すぎたのか？　一九六四年十月二十二日、スウェーデン・アカデミーは彼にノーベル賞を授与した。サルトルは辞退を固持した。

ストックホルムには冷たい風が吹いていた。パリは激しい雨だった。彼の行為について説明するためスウェーデンのジャーナリストとの会談に応じた後、彼はカストールのもとに避難した。六十歳になってブルジョワ的な戯れに立ち入ることはしなかった！　このことは「百二十一人声明」と同じくらい大きな衝撃だった。多くの人が彼の決意を理解できなかった。ノーベル文学賞が初めて創設された一九〇一年以来、フランスの作家たちは定期的に受賞してきた。これに先立つ四年前、詩人でフランスの外交官のサン＝ジョン・ペルスもこの名誉を拒みはしなかった。もっとも、この礼儀的な敬意はフランス外務省の偉大な外交官には、慣れ親しんできたものだということも事実だった。

サルトルはこの権威ある制度に、画期的な平手打ちを食らわせたのだった。この制度はそれまでたった一度だけこうした侮辱を受けたことがあった。八年前、ソ連の体制下に拘束されていたボリス・パステルナーク〔モスクワ生まれ。『ドクトル・ジバゴ』の著者〕がこの賞を辞退した。ニキータ・フルシチョフは、この同国人作家の作品をブルジョワ的で退廃的であると断言した。ストックホルムにとってボリス・パステルナークの拒否は、拒否の一つではなかった。彼の場合は政治的なものによる決定であって、文学とは関係のないことだった。サルトルの断固とした拒否は彼が自由に自分の意志で決めたことだったために彼に名誉を授けようとした人たちを侮辱することになったのだった。一九六八年五月の騒動、アメリカやヨーロッパで起きた学生たちの運動に先立つこと四年前のこの振舞いは、これから西欧が経験することになる反乱の年を予告するものであった。

カストールは全面的に彼を支持した。彼が不安に思うことはなにもなかった。彼女はいつも彼に忠実だったし、彼女の理解力は無限だった。

この年の写真や映像には、サルトルの傍らを歩くシモーヌがカメラマンたちの前でちょっと後ろに下がり、気難しい顔つきで写っている。この事件は結局彼女には間接的な関わりしかなかった。悲しげで影のあるまなざし。栄光はいつかは苦い味になる。カストールにはもはや絶対に持ち得ない決定的切り札、「若さ」で、これからのサルトルの人生に特権的な位置を占めるのはアルレットであった。

ラ・クーポールで

家を出るときシモーヌは寒さに襲われた。肌を刺すような冷たい風がモンパルナスの墓地に吹き、その上に生気のない青白い空をのぞかせていた。厳しい冬の訪れだった。危うくよろめきそうになる突風から身を護るために、彼女は頭を低くした。ラ・クーポールまでわずか数百メートルのところだった。そこで彼女はサルトルと会うことになっていた。サルトルは既に先に来て彼女を待っているはずだった。その朝は余りに充実した気分で著述をしていたので、彼女は時間のことを忘れていたのだった。彼女の人生でただ一度、親指トムを待たせることになるのだろうか？

息を切らして彼女はいつものテーブルに腰を下ろした。彼はすぐさま彼女にワインを注いだ。彼女は彼に午前中の仕事のことを話した。サルトルは彼女の仕事ぶりを誉めた。その前年に出版された、『おだやかな死』の成功を彼は喜んでいた。同じ年、彼らは最も私的な作品を発表したわけであった。

いつもの速さで彼らの会話ははずんだ。彼らの習慣は好調な進み具合であった。広いホールのぬくもりのなかで彼女は人生への意欲がゆっくり取り戻されていくのを感じていた。彼は彼女にデザートを選ぶよう勧めた。ラ・クーポールのギャルソンが彼らに林檎のタルトを運んできた。シモーヌは最初の一かけらを口にした。

「僕の可愛いカストール、あなたに言わなければならないことがある……。」

長い間聞いたことのなかった口調だった。重大な知らせがあるときの口調だった。無言でその動作をとめると彼女はフォークを皿の縁に置いた。

「僕がどれほどあなたを愛しているか分かっているでしょう……。」

愛の誓い。これは悪いことの始まりだ。どんな破局を彼は告げようとしているのか？

「あなたと僕、僕たちはほとんど同じ年齢だ。僕がこの世にいなくなったら僕の作品を誰が気に掛けてくれるだろう？　このたいへんな仕事を引き受けてくれるのは若い女性一人だけだ。」

カフェ・レストランの話し声などの喧騒がぼんやりした霧の中に薄れていくようだった。緊張でこわばった背中、きっと結ばれた口元、サフラン色のターバンの下の青ざめた顔、シモーヌは冷静さを保とうと努力した。

「アルレットがこの責任を担うことのできる最適任者だろう。だから彼女を養女にしようと思う。」

彼女以外の、彼女より若い女性がサルトルの名前を担おうとしている。彼の原稿を要求する絶対不可侵の権利と共に。親指トムの財産警護の権利。下書きやノート類をくまなく捜し究める権利。彼らの思い出を奪い取る権利。これまで彼女専用だった領域に介入する権利。かつて彼女が要求してきた唯一のもの。

大きなホールの親しみあるざわめきが再び耳元に戻ってきた。自分の決意に自己満足して彼は長々と喋り続けていた。予期せぬ反応があることを多少とも覚悟していただけに、一層嬉しくて。

彼らの文章の一語、一文について共に議論してきたこれまでの数千時間のことに彼女は思いを馳せていた。これからはこの共犯関係も、そしてあらゆる試練を乗りこえてきた彼ら二人の間に結ばれた愛の関係も、彼女だけに分かち合われるものではなくなるのだ。しかし彼の言う通りだった。老いである。彼らは歳を取っていた。老いはアルレットには関係のないことだった。それにアルレットは彼女に対していつもまずまずの敬意をもって接していたのだ。

彼女はフォークを取ると、動揺を一切見せないで、握りしめた手でデザートを最後まで食べた。

フェミニズムに向けて

わずか数年間のうちに、彼女はクロード・ランズマンと別れ、ネルソンは去り、母親は亡くなった。そしてアルレットがサルトルの名前を名乗った。彼女に何が残されているだろうか？　そう、彼女には仕事があった。

それで終わりということは絶対ないことを人生はいつも彼女に証明してくれた。新しい女性の常連が一人、彼女の生活に加わった。ある午後の終わりに、電話が鳴った。陽気な若い声が、閉じこもり勝ちになっていた彼女のメランコリーの枠を破った。女子高等師範学校《エコール・ノルマル・シュペリュール・ド・ジューヌ・フィーユ》に合格し、哲学科の教授資格試験《アグレガシオン》にも合格したシルヴィは、この五年で彼女の最も親しい友人になった。年齢の開きはほとんど問題にならなかった。彼女は彼女を対等に扱った。彼女たちの間では、愛情と信頼と優しさと共犯意識が同時にあった。ザザをなくして以来、ずっと探し続けてきた全面的な友情を、歳を取った今、やっと享受しようとしていた。そのような幸せがまだ望めるのだろうか？　それではまだ人生は終わっていないのだろうか？　彼女は数年来忘れていた熱意で小説の執筆を成し遂げた。

『レ・マンダラン』から十二年を経て、『美しい映像』が刊行された。彼女の最も優れた小説の一つだとサルトルは評した。枠組みが変わった。戦後の知識人層について書くことから、孤独の中に閉じ込められた普通の女性について書くというように対象が移っていった。筋書きは、より心を吐露する内的なものとなった。

誤解だろうか？　フランソワーズ・サガン風、あるいはもっと悪く言えばヌーボー・ロマン風だと彼女は非難された。昔からの彼女の読者は裏切られたような気がした。しかし五年後、フェミニストたちはこの作品を擁護するだろう。

女性解放運動はまだ緊急の問題にはなっていなかった。家族計画《バース・コントロール》とラグルア・ヴェイユ゠アレ博士が、避妊手段としてピルを受け入れさせようとしていただけだった。この骨の折れる闘いでシモーヌは彼らの側についていた。避妊を擁護したために再び孤立と侮辱の立場に立たされたシモーヌは、このことを女性に関する彼女の立場を明確に規定する機会として捉えた。

「それ自体重要性をもつデータとして違いを根本的に縮小する意味において、私は根本的にフェミニストです。（……）『女性の天性』とか『女性の仕事』と呼ばれるもの、あるいはそういった類のどんなことでも私は絶対に信じない。[26]」

フェミニズムは闘いの形態をとるべきかどうか尋ねたフランシス・ジャンソンに答えてやはり彼女は答えている。

「フェミニズムは、個人的に生きる方法であり、また集団になって戦う方法です。[27]」

前触れとなった声明である。

＊

フェミニズムの問題はサルトルや左翼の人たちの関心からは遠いものであった。新たな戦争のことが彼らの脳裏を占め、彼らの話題になっていた。北ヴェトナムへのアメリカの爆撃がいたるところで抗議を引き起こしていた。

ドロレスと仲違いしてからサルトルは合衆国へは行っていなかった。フロベールとモラルに関する一連の講演をコーネル大学から依頼されたサルトルは、大西洋を渡ることを受諾した。この二つの主題が彼を夢中にさせた。コレージュ・ド・フランスが彼に申し出た哲学の教授の椅子を断ったために、フランスでは彼は思うように講義が出來ない状態だった。彼の旧友にして敵でもあったモーリス・メルロ＝ポンティの跡を継ぐはずであった。コレージュの教授に立候補するとすれば、教授たちの票を貰うために教授一人ひとりを訪ねてお願いをするというそんな考えは、サルトルには我慢ならなかった。彼が求める聴衆は彼の読者たちだった。コーネルでは彼の好きなようにアメリカの学生たちと交流する機会を持つことになるだろう。

西側陣営を見るたびに、歴史がサルトルを東側の方に大急ぎで立ち戻らせるようにした。結局、合衆国での一連の講演を彼は中止した。ヴェトナム戦争が彼をソ連にもう一度近づけた。ふたたび今度はヘルシンキで行われた世界平和会議に彼は出席した。そこで彼はヴェトナムからのアメリカ軍の即時撤退を要求する動議を提出した。(28)

パリにもどると、彼はフロベールに専念しつづけた。十九世紀の作品と東南アジアでの戦争への関わりで日々が速やかに過ぎていった。彼はいつもフランスの政治生活に関心を持っていた。ド・ゴールに反撃することがいつも最優先の事柄であった。彼の目にはあまりにも穏健すぎる左翼にたいして、彼はそう高い評価を与えていなかった。彼はフランソワ・ミッテランの立候補を、熱意もないまま支持した。

同じ年、二度目のモスクワ行きを行った。スースロフとずる賢いアンドロポフに補佐されたブレジネフとコスイギンはわずかに残されていた自由の空間を除去した。科学者や作家たちは黙ることを唯一の権利とした。共産党の許可を得ずに西側で彼らの小説を出版したかどで、シニアフスキーとダニエルという二人の作家が有罪宣告をされたところだった。サルトルは彼らにたいして行われた不当な行為を告発した。しかし徒労であった。

『レ・タン・モデルヌ』誌に発表をしていたソルジェニツィンに会おうとしたが、失敗に終わった。カストール自身も彼には敬意を抱いていた。このことは新たな挫折であった。彼が先ず予定されていたノーベル賞を、次の年『静かなるドン』の著者にしてソ連の忠実なスポークスマンであるミハイル・ショーロホフに与えられるようストックホルムの審査員にサルトルが影響を与えたと、ソルジェニツィンは疑っていた。彼はサルトルに会うことを拒否した。公然と愚弄したばかりの審査員の決定に、サルトルがそんな重みをもっていただろうか？　ほとんどありえないことであろう。いずれにせよ強制収容所の犠牲者たちから拒絶されたサルトルは、ソルジェニツィンに彼の誤解をただせないままフランスに帰国した。その上、人間の権利を守るための彼の発言は、クレムリンの指導者たちを前にして効果のないままとなった。

この哲学者はしかしながらいい加減に放っておきはしなかった。一九四五年に発表した『レ・タン・モデルヌ』誌の中の声明に忠実に、世界中至る所で作家たちが創作できる自由を得るために、彼は闘い続けることになる。

第六章　フィナーレ

ヴェトナム戦争反対運動

ナパーム弾で焼け死ぬヴェトナムの子供たちの映像・画像が、テレビや新聞など至るところで炸裂していた。人間の残虐性の耐えられない光景がそこにはあった。いつまでも心に焼き付いて離れないであろう写真の数々。もうこれ以上フランス人たちはヴェトナムで起きている事柄に無関心ではいられそうもない。植物、それと同時に収穫物まで破滅させる枯れ葉剤の攻撃からかろうじて助かったわずかな穀物を食べて農民たちはやっとのことで生き延びていた。ルポルタージュの中に現れる彼らの怒りに燃えた目、やせ細った体躯は戦争反対の演説すべてにまさるものだった。

イギリスの貴族にして哲学者、数学者でもあったバートランド・ラッセル〔一八七二―一九七〇年。大戦後、核兵器反対運動の指導者となる〕は戦争犯罪の国際裁判所創設を提案する決意をし、ヴェトナムでのアメリカの暴虐を裁こうとした。そのためには様々な国から評価の高い知識人が集結する必要があった。彼はサルトルに手紙を送った。しかし、サルトルにはこの考えは余りにも突飛で非現実的に思えたので返事をしなかった。そこでラッセルはこの哲学者の代子とも言えるジョン・ゲラッシ(1)に彼の元で弁護士として働いてくれるよう頼んだ。

　ゲラッシはサルトルに、この裁判所が現実には何ら権威も持つものではないことを説明した。おそらくアメリカの新聞はこの法廷の判決を報告しないだろう。しかしこの率先行動は、ヴェトナム人民が苦しみを克服するのを助けるだろうし、判決は世界中で象徴的な価値を持つことになるだろう、と。この企ては向こう見ずで、革命的なものだった。ニュールンベルグの裁判所と人類に反する犯罪への有罪宣告を別にすれば、オランダのハーグ国際法廷だけが、超国家的正義はありえるという考えを公に示していた。裁判官による裁判ではなく、市民や広く認められた思想上の指導者による裁判所を作り上げることなど予想だにされなかったことであった。

　法律の基礎理念を欠き、外交のあらゆるルールに反するこうした裁判所の設立を、どう世論は受け入れるだろうか？　ゲラッシがその限界とそこに賭けられている事柄について説明したことを評価して、サルトルはこのアヴァンチュールに身を投じることを承諾し、裁判所の議長を務めることさえ引き受けた。カストールは陪審員の中でただ一人、女性メンバーであった。初めての集会がサン＝ニコラ＝デュ＝シャルドネ教会近くの相互扶助《ミュチュアリテ》会館のホールで行われた。サルトルとシモーヌはアルジェリア独立のために以前そこで発言をしたことがあった。植民地戦争から解放されたフランスは、当時前代未聞の経済発展を経験していた。一方ではロスチャイルド銀行の前役員でもあった高等師範校《ノルマリアン》出身者のジョルジュ・ポンピドー首相の助けを受けながら、ド・ゴールが政治を支配しており、また一方では、フランス共産党とその支持者たちが、「ヴェトナムに平和を！」と叫びながら街を行進していた。独立と自由を強く求める人々にたいする残虐行為を告発するために、左翼はサルトルとシモーヌの後に従ったのだった。

この二人の作家の参加のほかに、アジアやアフリカのステップ地帯を回ったルポ作家、またかつてその勇気で有名だったレジスタンスの勇者、ジョゼフ・ケッセルような文学者たち、さらにまた数学者ローラン・シュワルツのような科学者たちが加わった。

闘いは何年も続くことになる。

日本へ

同じ年に二度にわたるソ連への旅行、夏の間のギリシアやイタリア滞在等々、親指トムは旅をし続けていた。ローマから戻るやいなや彼はカストールと日本に向かう飛行機に再び乗った。恋人たちはこれまで一度も日本に行く機会には恵まれなかった。日本の出版社〔当時サルトルの作品を次々に訳し日本に紹介していた人文書院〕が彼らを招待したのだ。彼らの本は日本ではとてもよく売れていた。一体、彼らはどのように迎えられるのだろうか？　二十四時間の飛行を終えて飛行機から降り立ったとき、空港には軽やかにそよ風が吹いていた。騒ぎが起きた。約千人の熱狂した学生たちが彼らを待ちうけていた。彼ら二人は、カメラマンたちとこれらシンパの群衆たちの間をやっとのことで通り抜けた。

映画スターのような質問責めにあった二人は、相次いで記者会見を行った。彼らの通訳者〔その後、ボーヴォワールの作品を訳し日本に紹介した朝吹登水子氏〕は彼らの友人となった。彼女は日本の名門の家柄に属した。

過熱気味の満員の講演会場で、サルトルは知識人の役割について話した。壇上では彼のかたわらに坐って、シモーヌはほとんど口をはさまなかった。数人の女性が『第二の性』で日本の女性の状況についてほんのわずかしか触れていないことをとても残念がった。彼女らの指摘はその通りであった。日本人女性は西洋文明により一層の関心があったからだ。カストールは質問に答えた。そして聴衆の待ちきれない思いを見抜くと、サルトルに話をバトンタッチした。サルトルといえば、不当な行為を一刀両断にする彼の役割を忘れていなかった。重要な集会を有効に活用して、ヴェトナムにたいするアメリカの政策を告発した。

構造主義の流行

パリに戻るとすぐに、沢山あった反戦集会の一つに彼らは出席した。カストールは発表したばかりの小説を批判されたが、引き続いて今度はサルトルが攻撃される番となった。一年のうちに彼は年を取り、ほとんど時代遅れになっていた。ジャーナリストたちは彼らが「構造主義」と名付けた文学の流れに今や熱中していた。この構造主義の総称のもとに、クロード・レヴィ＝ストロースやミシェル・フーコー、ジャック・ラカン、ロラン・バルト、ルイ・アルチュセールといった人たちのばらばらな仕事の群が集まっていた。

サルトルとボーヴォワールは、彼らの政治への参加がどれほど力をもっていても、もはや時代の寵児ではなかった。ミシェル・フーコーは『言葉と物』を上梓した。ジャック・ラカンは精神分析のセミナーを開いた。ほとんど宗教的ともいえる熱心さで、数十人の知識人たちが録音機を持ってこのセミナーに参加し、ラカンの言葉の一つ一つを収録していた。もはや第一線を占めていたのは、サルトルとボーヴォワール以外の声であった。

栄光と衰退の狭間にあって、この恋人たちは古くからの友、アルベルト・ジャコメッティ〔一九〇一―一九六六年。スイス出身の彫刻家、画家〕を失うことになる。またしても死が彼らの心にひどい衝撃を与えた。彼女の母親の恐ろしい臨終の苦しみから三年を経て、カストールは今度はこの彫刻家が病に倒れたことを知って打ちひしがれた。ジャコメッティは彼らと同じカフェにしょっちゅう来ていた。癌であることをジェコメッティに告げるべきか否か？　ジャコメッティの妻はサルトルに助言を求めた。もちろん、告げるべきだと力をこめて答えた。そのことを知ってアルベルト・ジャコメッティは親指トムに感謝した。お陰で真実を知ることができた。ジャコメッティは威厳を持って立ち向かうことができたのだから。

シモーヌは、女性読者たちの新たな期待に応えられるような、次の小説の主題をさがしていた。見通しは暗かった。

サルトルも反撃していた。打倒するには批評の筆の数以上撃つことが必要だった。彼は反抗していたのだ。当時かなり評価されていた雑誌『アルク』のある号で、彼は構造主義を攻撃し、参加《アンガジェ》することを拒否するこれらの作家たちをからかった。親指トムの歯はまだ硬く丈夫で、彼はさえた弁舌と血気と皮肉でもって噛みついた。

他の人間ならこうしたことは当然警戒してかからなければいけなかった。彼は『レ・タン・モデルヌ』誌に、「フロベール論」を発表し始めたではなかったか？　フロベールの見事な著作、遺作、文学への訣別は、サルトルに辛辣で生き生きしたページを提供し、訣別の代わりに文学に金字塔を与える機会を与えてくれた。最も純粋で最もクラシックなフランス語による評論は読者を魅了した。人々はそこに論戦家にして哲学者である『言葉』の作者を再び見いだしていた。彼はそこに十九世紀文学についての痛快な、タブー無しの見方をもたらした。その概略を思い描くには読み返しさえすればよかった。雑誌に書かれた一節の一つの題名は、「フロベールにおける階級意識(2)」である。副題は「特殊なものとみなされるブルジョワジー論」とあって、たいへんなお題目なのだ。

「一八三〇年までブルジョワジーは自己を普遍的な階級と見做していた。ブルジョワになることは人間であることを明言することであった。（……）しかしながら早くからフロベールはこの盲目的慣習から抜け出て、距離をおこうという気になっていた。失望させられ、細かく分析され、愚弄され、彼が願う神を奪われ、家族や両親の友たちや同級生や先生を通して社会全体から常にその社会に属するようにし向けられていることを子供は漠然とながら感じていた。(3)」

戦闘のさなか、サルトルはその戦いを利用して同時代の人々にフランスの歴史を語った。六十一歳になっても彼はまだ余力を持っていた。

ヴェトナム、そしてユダヤ人問題

もはや政治から解放されることはなかった。彼は執拗にヴェトナム戦争に抗議し続けた。抗議運動はヨーロッパやアメリカの大学のキャンパスに広がっていった。翌一九六八年、運動は最高潮に達した。

イスラエルとアラブの争いも彼を心配させるもう一つの課題であった。占領時代の数年間とユダヤ人の若い女友だちビアンカ・ランブランをその悲しい運命に委ねてしまったことへの後悔の気持ちは遠いものになったように思えた。彼ら恋人たちのどちらもがユダヤ人問題を心の中に抱えて生きていた。アルレットとランズマンはこの問題をその身に生々しく感じていた。

『彼は反ユダヤ主義者だわ』と原稿から顔をあげるとアルレットは時々言っていた。(4)」

アラブ諸国とイスラエルの間で戦争が起こされる懸念があった。近東の平和のために尽力することが彼らの新しい目標となった。二つの国の左翼の友人たちがサルトルとボーヴォワールに仲介を懇願してきた。イスラエルの左翼とエジプトの左翼の間で対話成立にまでこぎつけられたのではなかったか？　いいだろう。彼らの雑誌はこの歩み寄りを手助けできるだろう。

サルトルたちが積極的に関わっているヴェトナムについてのラッセルの法廷の記者会見が行われたとこ

ろだった。数日後、クロード・ランズマンに伴われて彼らはエジプトに飛び、パレスチナの難民キャンプを訪れた。ナセル〔一九一八―一九七〇年。当時のエジプト大統領〕との会見のとき、彼はカストールにエジプトの素晴らしいお面をプレゼントした。エジプト訪問の後、彼らはイスラエルの地を踏んだ。しかし二つの国が話し合ったり意思を通じ合わせることは不可能にみえた。彼らは失意と不安を抱いてパリに戻った。ユダヤとアラブの知識人同士でも議論が不可能のようだった。三ヶ月後、彼らの悲観的な予想の正しいことが如実になった。六日戦争が起こったのである。

フランスに戻ったとき別の落胆も生じた。ラッセル法廷がフランスでも開かれるようにと懇願したサルトルに対し、ド・ゴール将軍は丁重に断ってきた。「大家先生《メートル》」という呼称を使うなど丁重すぎるとさえ言えた。親指トムは慇懃無礼さに苛立った。カフェのギャルソンだけに許される彼への呼び方だと後にサルトルは書いている。ド・ゴールはアメリカ人たちに不快感を与えるのを避けたかったのだろうか？　フランスは北大西洋条約機構（ＮＡＴＯ）を抜けて、連合国の強い憤りを既にかっていた。パリにラッセル法廷を持つことは合衆国からはまともな挑発と受け取られるだろう。ド・ゴール将軍がアメリカ人たちとのあいだを悪化させたいと思っているはずはなかった。裁判の所在地には、あとは東と西のあいだで関係がより中立な国を選ぶことしかなかった。五月、サルトルとボーヴォワールはストックホルムに飛んだ。あまり根にもたないスウェーデンは自国でラッセル裁判が行われることを引き受けた。多くの証言の聴聞のあと、ヴェトナムでのアメリカの政策に有罪判決が下されたことは言うまでもない。

＊

飛行機のなかでサルトルはカストールが手帳を取り出して熱に浮かされたように書き出したのを見た。

彼は彼女に何について書いているのか訊ねた。

「中編小説集よ。」

「中編小説？　このジャンルに取り組むのは三十年このかた初めてだね！」

シモーヌは年老いた女性像を表現したいと思っていた。とどのつまり、彼女がその状態に達していた。彼女たちの不安、悲しみ、孤独を書くことができると感じていた。

彼女の傍らに座って、彼は彼女を観察していた。彼女の言うとおりだった。かれらは老いの傍らを進みつつあった。彼としては、若い女友人たちのネットで護られていることを感じていた。もちろん彼女にはシルヴィの友情があった。が、彼女はそれで満足だったろうか？　彼女のまなざしは彼のまなざしより度々暗くなるのだった。

彼は自分の成功を確信しているようだった。彼女はといえば、自分が成功していることはそれほど分かっていなかった。彼女の読者たちは最近の彼女の小説に失望していた。愛されるために書く、と彼女自ら言っていた。今度の新しい作品はきっと読者たちの愛情と信頼を取り戻させることだろう。本が出たあとに彼女が受け取った手紙は彼女に大きな喜びをもたらした。根気よく彼女は秘書や手助けも借りずに一通一通の手紙に返事を書いた。どれほどの女性たちを彼女は精神的にも経済的にも助けたことだろう。どれほどの原稿をガリマール社に手渡したことだろう。彼女はもう思い出せなかった。万年筆を片付けながら、老いは愛されることを妨げたりしないはずだわと彼女は呟いた。

飛行機はオルリー空港に下降し始めていた。

文化大革命

ヴェトナムとイスラエル‐アラブ紛争の中で、他の政治的事件も彼らを心配させ、彼らの注意を惹きつけた。フランスから飛行機で数時間のギリシャで大佐たちによる軍事政権が権力を握った。国王コンスタンチンは国外に追放された。知識人たちは投獄され、島々の強制収容所に入れられ、拷問された。彼らの中にミキス・テオドラキスがいた。政治体制が整えられ、アメリカによって承認された。二人の作家にとって、これはワシントンが独裁を支持したということの新たな証拠であった。フランコ、サラザール。そして今やアテネ。今度は誰の番だろうか。

鉄のカーテンの向こうでは、作家のシアニアフスキーとダニエルが断罪された。サルトルはモスクワへの道をたどりたいとはもう思っていないようだった。

中国では文化大革命が猛威を振るっていた。知識人たちは罵声を浴びせられ、田畑に送り出され、書物は焼かれた。中国の最も素晴らしい数学者の一人についての話が語られている。まだ学生だった彼は、その才能と発見によって尊敬されているかつての高級官吏《マンダリン》の年老いた学者のもとに避難した。この学者は彼の書斎がむちゃくちゃに壊されているのを目の当たりにした。彼の年齢とその名声ゆえに、紅衛兵たちは彼を殺すまではしなかった。研究続行ができるようにと、学生はその学者に質問し始めた。本がなくてもたぐいまれな記憶力のおかげで、学者は人類の歴史上、最も偉大な定理についての証明を口述した。文化革命が終結したとき、この学生はこの国の自慢の一つとなった。

中国が知識人たちを否認している一方、自由と正義に夢中になった一部のフランスの若者たちは、ソ連での人権侵害に嫌悪感を抱いて、『北京情報《ペキン・インフォメーション》』の定期購読を申し込んだ。ほとんどが裕福な家庭に育ったこのリセの生徒や学生たちは毛沢東とその後継者の林彪の栄光を称揚しながら記事を読んだ。どのページにも赤い小冊子『毛沢東語録』をふりかざす熱狂的な群衆の写真が掲載されていた。この若い学生たちのなかにノルマリアンの新入生たちがいた。
彼らのことがやがて話題になることだろう。

『危機の女』

シモーヌは疲れてペンを置いた。その朝、彼女は三つの中編小説を完成させた。この小説は『危機の女』を構成するはずであった。読み返すと、文章が暗いように思われた。ヒロインの二人は創作ができないことが明らかにされるか、あるいはそれぞれの夫から捨てられるかしていた。この撰集の最後の小説は『独白』で、主人公は狂気に陥っていた。

彼女はいまだ嘗てこんなペシミスチックな作品は書いたことがなかった。彼女の母親との別れについて書いた本、『おだやかな死』にもこれほどの絶望は表れていなかった。しかし彼女は満足していた。彼女が書いてきた女性たちの人生は、激しい感情にさいなまれていた。今度の本で読者は自分の姿を認めることだろう。彼女は、遠くアルザスにいる妹のことを突然思い浮かべた。エレーヌは立て続けに仕事をしていた。自分の本の出版に際して版画を制作しないか提案してみようか？　彼女はすぐに電話した。ついに母親の死後四年たって、彼女たちは協力して仕事をすることができた。

「ずっと前から、エレーヌが私の未発表作品に挿し絵を描いてくれることをエレーヌも私も望んでいた。ちょうどいい長さの作品がなかっただけである。(5)」

年齢のお陰だろうか？　アルザスの奥に逼塞して絵の世界に逃げ込んでいる妹と顔を合わせてもかつてのようないらだちを感じることは少なくなっていた。彼女の影のなかで生きなければならなかったプーペットの苦しみがどれほどであったかあらためて彼女は察することができた。

エレーヌの手による十六枚のデッサンと共に豪華本が印刷された。雑誌『エル』が本の幾ページかを出版したがった。プーペット以外のイラストは入れないという条件でカストールは承諾した。二人の姉妹は読者の評価を共に待ち望んだ。読者は決定的だった。

「この小説はミーハー向きだ！」と、批評は言った。どうしてそんな動揺させることを書くの？と、女性雑誌に先行発表された数節の文章にがっかりした読者がつぶやいた。女性の人生についてこんな悲観的な見方を著すなんて、そんなに彼女は不幸なの？

これらの文章に自叙伝的なところは全くありません、と、シモーヌは弁解した。それらは読者からの手紙に触発されて書いたものだった。彼女の力のこもった抗議は誤解を加速させるだけだった。消耗が勝った。彼女の新たな二つの小説は読者を裏切った。若いときのような創作力は彼女にはもうないのだろうか。あるいは読者の方が変わってしまってもう彼女には感動させることはできないのだろうか。文体もしかり、古くなったのだろうか。悲しみのなか、カストールは六十三歳の誕生日を祝った。サルトルは関節炎で苦しみ、彼女は文学の挫折でつらい思いをしていた。未来は暗く狭まってみえた。一九六八年は困難が予想された。彼女はヒロインたちのように沈んでいたくはなかった。

文学はまだ彼女を救えるだろうか。

プラハの春

サルトルは電話の送受話器を置いた。プラハに自由の風が吹いていることを知らせる電話がいたるところから掛かってきた。人間を尊重する社会主義を作り出すことにドプチェク首相は成功したのだろうか。

クレムリンの唯一の支配者ブレジネフは、最小限の抗議も認めなかった。ユーリー・アンドロポフは礼儀正しい声と鉄の手でKGBを支配していた。自由へのチェコ人たちのあこがれをソ連の党の内閣が理解したのだろうか？　数年前からサルトルはソ連への旅行を止めていた。彼には行きたいという気持ちはもうなくなっていた。人権侵害がそこでは繰り返されていた。知識人たちは追い回されていた。離反者たちへの戦いが猛威を振るっていた。

四月、チェコのテレビでサルトルは長い会見を行った。「プラハの春」への期待を知らせた。(6) ソ連的な演説はもう我慢ならなかった。若者たちは「同志人民」をもう信じていなかった。彼らはもっと自由を憧憬していた。哲学者（サルトル）は希望を持ち始めた。

『老い』

『危機の女』の失敗は彼女を止めてはおかなかった。「新しい本を出すごとに、私は第一歩を踏み出す。私は疑い、落胆する（……）あらゆるページ、あらゆる語句が新鮮な発明、先例のない決断を要求する。(7)」

世間の騒音は国立図書館（BN）の広い読書室までは届かなかった。カストールは彼女の昔の著書をあらためて繙いていた。メモ・ノートをそのテーブルの上に広げながら。人類の歴史や古代文明史を、世界と彼女の生きる世の中が被らせている苦しみを、あらためてもう一度詳細に調査していた。頭を傾け、体中で感動し、六十歳を超えても勉強好きな学生のように長く読みにくい字体の大量のメモを取りながら仕事をしていた。彼女の席は、一九四七年来全く変わらなかった。小さな緑色のランプで照らされたひょろ長いテーブルの上、女性の置かれた状況について称賛の的になった著書を著したその同じ机で彼女は書いていた。

また一度、彼女のペンが武器の役割を担おうとしていた。老人を虐待する文明のやり方を、何ページにもわたり彼女は告発した。ささやき声がときどき静寂を破った。彼女はそれにには一切気を留めなかった。人類全体に関するスキャンダルに彼女は執着していた。サルトル、妹、オルガ、ヴァンダ、ボストや彼女の親しい友人たちにも関わるスキャンダル。

「誰でも知っていることだが、年老いた人たちの状況は今日、スキャンダラスなひどい状態にある。詳細を調べるまえに社会がたやすく諦めていることがどこに所以するのか理解してみる必要がある。一般的に、社会はバランスを揺るがさないような悪弊や顰蹙《スキャンダル》や惨事を前にしては目をつぶる。生活保護下の子供たちや非行に走る青年やハンディキャップを持った人たちの境遇にたいする以上の気遣いを、老人たちに対して社会はしていない。(8)」

『第二の性』の構成で成功した方法を、カストールは再び用いた。初めの部分では生物学、民俗学、社会体制、文学が、文明にしたがってどのように高齢者を扱ってきたかを分析した。第二部では、彼女の日常生活のなかで彼女の時代と個人的な歴史とを関係付けて、老いと取り組んだ。

推敲の最中も、老人たちの厳しい状況を書きあらわした原稿の枚数はどんどん増えていった。彼女の目にこの著作は彼女の人生の秋のように映った。歴史は急ぎ慌て、彼ら二人にタイムスリップさせることを可能にするだろうことを、彼女は疑わなかった。この国の若者たちとの思いがけない出会いの場が彼らを待ち受けていた。

一九六八年五月革命

クラクションを鳴らしながら通りを数台の車が走っていた。あちらこちらで叫び声が上がっていた。ポール＝ロワイヤル方向にダンフェール・ロシュロー通りをサルトルとシモーヌは下って行った。遠くで人々のざわめきと叫び声が聞こえていた。煙が街灯の前で渦巻いているのが見えた。気をつけなさい、催涙ガスだ！と、通り過ぎる人たちが知らせた。何千人もの学生たちがカルチエ・ラタンでデモ行進をしていた。こんなに沢山の群衆が街に溢れたのはアルジェリア戦争以来だった。パリは揺れていた。舗道が引き剥がされていた。舗石が飛んでいた。首都は暴動の縁にあった。サルトルとカストールはサン＝ミシェル通りを下ってリュクサンブールで立ち止まった。パンテオン〔パリ五区の歴史上の偉人たちを祀る霊廟〕に続くスフロ通りを、破片が埋めていた。若者たちが四方八方に走っていた。警官たちが突撃していた。もう彼らはそんな年齢ではなかった。逃げる力はなかっただろう。足が思うままにならなかった。彼らは引き返した。

彼らの取り巻き連の若者たちが状況の進展をつぶさに知らせてきた。警棒での殴打、バリケード、CRS〔共和国保安機動隊〕を敵視するスローガン、蜂起のニュースが刻々ともたらされた。次々占拠される公共の建物、警察の動き、しばしば彼らの著書を読んで自由への道を見いだしてきた若者たちの反乱の様子を、彼らは一般の人々と同様、ラジオから直接知ることができた。

逮捕者の数が増えていた。二週間前までは無名の三人の学生が舞台の前面に出てきた。ジャック・ソヴァジョー〔五月革命のリーダー。フランス学生連合（UNEF）のメンバー〕とアラン・ゲスマール〔三人目のリーダー。マオイスト〕はラジオから国家権力を覆していた。サルトルは三人めの写真に見入った。傲慢で活発で、フランス中をはらはらさせながら彼はこの地を制していた。名はダニエル・コーン＝バンディット〔後にフランクフルトの副市長を勤め、緑の党の議員にも選出された〕といった。赤毛で丸顔、生き生きしたまなざしの彼は、CRSを愉快な皮肉をこめて細かく観察していた。何も彼を恐れさせるものはなかった。ラジオでは、対話者を怖がらせる余裕ある態度で彼は自分の考えを述べていた。サルトルは何も言わなかった。しかし彼はこの若者に会ってみたいと思っただろう。ストレートな言葉や比喩に富んだ表現を使って、彼の若い頃には持ち得なかったような力強さで若者はブルジョワを攻撃していた。若者は彼の好奇心を募らせた。ユダヤ系ドイツ人、ダニエル〔愛称ダニー〕はこの二重の条件を挑戦として引き受けていた。侮辱にも彼は動じなかった。決定的な勇気をこの若者は持っていた。彼は人生を、「実存主義者」風に歩んでいた。

　この革新は、サルトルも属する年長者たちの世代に相反する若者たちの革命であった。彼はどのように口をさしはさむことができるだろうか？　五月六日以来、彼は学生たちに与する立ち場にたち、警察の弾圧に反する態度をとった。続く数日、この哲学者は大学を防御するためラジオで発言をした。彼は自分もこの若者たちと共に位置するのを感じた。彼らが彼を必要とするなら、親指トムはいつでも彼らを助けるつもりだった。ついにサルトルとコーン＝バンディットは出会った。彼らの対談は『ヌーヴェル・オプセルヴァトゥール』誌の特集号に掲載された。学生は哲学者サルトルと対等に自分の考えを述べた。このことは彼の気に入った。共同作業が始まった。

　師範校《ノルマリアン》の学生たちはこの運動を支持した。一九六五年からルイ・アルチュセール〔マルクス主義哲学者であり社会哲学者。ノルマル校の哲学教師。精神の発作から師範校の宿舎で、妻エレーヌを殺すが法律上の刑からは逃れた〕は、マルクスと構造主義に関するセミナーを行っていた。一九六七年、チェ・ゲバラ〔一九二八―六七年。中南米の革命家。アルゼンチン生まれ。ボリビアでゲリラ軍に殺害される〕の戦友でサルヴァドール・アレンデの友人レジス・ドゥブレが、ボリヴィアで投獄された。サルトルは彼を弁護する。ド・ゴールは彼を釈放させた。多くの師範校生たちがバリケードの上にいた。高等師範学校にはカルチエ・ラタンに通じる地下道がいっぱいあった。学生たちは機動隊から逃げてここに避難した。サルトルは師範校での数年間が彼のことを思い出させるようになることにまだ気がついていなかった。この反乱を、自由の名で支援していることで満足していた。数日で彼はこの学生運動に最も近く、最も信頼できる知識人となった。後に、彼は六八年五月に関して書いている。

「私の考えでは、五月運動は一時的にでも自由のヴィジョンの何かを実現させたスケールの大きな初めての社会運動である。（……）自由が政治的な目的と捉えられている時、自由が何であるかを実際的に叙述するよう、この運動は人々に――その中に私も入るのだが――、決意させた。(9)」

＊

パリの雰囲気と対照的な静けさのなか、時の政府の首相ジョルジュ・ポンピドーは途方に暮れて、議会の演台に上っていった。外では学生たちは拘留され、ソルボンヌ大学は閉鎖されていた。別のもっと激しいデモが起きることが予想された。ジョルジュ・ポンピドーは呼吸を整えると演説を始めた。彼の低く穏やかな声は、自らをなだめようとしているようだった。彼は、自国の若者たちに宣戦布告をしに来たのではなかった。

「私たちの若者たちの危機です」と、彼は疲れた父親が別の父親に語りかけるような声で言った。かつての師範校生《ノルマリアン》は、われわれの青年たちが通ったこの危機が初めてではないことを国民に示すのにふさわしい知識を持っていた。ソルボンヌが学生たちで充たされた中世時代に作られた機構の結末がどのようなものであるか、既に十五世紀には暗示されていたのだが、その後幾世紀かを経て今回もっとも深刻な状態になっていたと言える。皆が驚いたことに、既成の価値をくつがえす若者たちの行動は当然それほど悪いことではないと彼は付け加えた。

当時の首相は自分が何について話しているかよくわかっていた。エリゼ宮〔大統領官邸〕ではこの運動がどのように広がりを見せているか、訊ねられていた。エリゼ宮の国務大臣ピエール・トリコは、デモをしている息子をテレビの画面で見つけたばかりでなく、息子がインタビューを受けている様をテレビで見ることとなった。

ENA〔高級官僚を育成するグランド・ゼコール、国立行政学院〕がまだエリートの模範校でなかったこの当時、ノルマリアンがエリートを代表していて、政治家たちが自分たちの協力者をその中から見つけだす養殖池のような場所であった。ユルム通り〔師範校のある五区の通り〕に身を置いていた若者たちに、サルトルはやがて出会おうとしていた。

その日、ジョルジュ・ポンピドーはソルボンヌ大学を再開することを告げた。キャンパスは若者たちで満ちあふれ、彼らは陽気に盛り上がってスタンドを設立した。政府は組合側と交渉に入った。

サルトルとシモーヌは彼ら自身もその一人である、高級官吏たちを批判し拒否するこの運動に共鳴しつつ見守ってきた。サルトルは批判され、拒否されることに甘んじてはいなかった。サルトルはソルボンヌに赴き、仰々しい絵画や建具で装飾されたリシュリューの階段教室《アンフィテアートル》での討論に臨んだ。彼の重々しく魅力的な声、明晰で衝撃的な思想はこれから世の中を作り変えようと考えている若者たちを驚かせた。彼が彼らと向かい合ったとき、彼の傍らにいたのはシモーヌではなく、アルレットだった。彼女の若さが彼に学生たちに立ち向かう勇気を与えたのだろうか？　シモーヌは出席していなかった。若者たち、男の子も女の子も性の自由や発言に対する権利を求めた一九六八年のこれらの事件について女性がついに自分の考えを述べることができたかも知れないこの時、シモーヌは沈黙していた。しかし反乱を起こしていた若者たちは、彼らの著書から自分たちの演説や反逆の論拠を汲み取っていたのだった。

ソ連軍チェコ侵攻

六八年の運動とそれに続くド・ゴール派の大変動の波が後退した後、二人の恋人は新たな失望を味わった。ローマで夏を過ごしていたとき、ソ連の軍隊がチェコスロヴァキアに侵入したのだ。ブタペスト制圧から十二年後、別の「兄弟国」が一兵卒の身分に戻った。多数のチェコ人が国を脱出した。知識人、ジャーナリスト、軍人たちが罷免された。再び絶対的秩序が君臨していた。

サルトルはコミュニストの新聞『祖国の夜』[10]のインタビューに応じた。この介入を断罪するためだった。西側と同じく東側でもあらゆる希望が消え去ってしまった。学生たちは大学へ戻った。学年が一年、遅れてしまった者もいた。サルトルとカストールにとっての唯一の慰めは今まで以上に仕事にあった。サルトルはこの挫折に屈しなかった。ソ連の侵攻後、半年たたないというのに彼は戯曲『蝿』の初演に列席するためプラハに出かけた。新しい体制との共謀？　あるいは反逆している人たちとの出会いの試み？彼はかつてないほど意気消沈して帰国したのだった。

カストールとしては、もはや何の希望も持てないという印象をいだいていた。六八年五月の運動は成功しなかった。サルトルと彼女はそれ以後過去に属する人となっていった。老いについての彼女の著作は進行していた。シルヴィが彼女の傍らにいて、細やかな愛情で彼女を励ましていた。安定した職業の最終段階に入って、これから彼女を待っていることなど想像もできなかった。

＊

サルトルの母、マンシー夫人が亡くなった。母親の死に遭遇したこの哲学者の苦しみがどれほどのものだったか、分らないだろう。彼は母のためにはいかなる作品も書かなかった。生涯をとおして、彼は男性のポートレートを描くことを好んだ。ジュネ、ボードレール、フロベールなど。自らの感動を伝えるのは、カストールよりも苦手だったのか？

＊

彼はかつてないほど政治に没頭した。彼は六八年五月の夢を捨ててはいなかった。ミシェル・フーコーと共に会合に参加した。弾圧は次第に厳しくなった。

彼の支持をどの方向へ向ければいいのだろうか？　ロベール・ランハートの周囲にはフランスの毛沢東主義者たちがいた。彼と同じノルマル校の、若く聡明なピエール・ヴィクトールがいた。まだ何も明らかなものはなかった。

秋のある昼下がり、最後の句点を打つと彼女はペンを置いた。カストールは『第二の性』以来の最も膨大な著作となるはずの著書を完成した。六十一歳、彼女は壮大な仕事を成し遂げた。

それ以前の二冊の著書よりもこの本は受け入れられるだろうか？　昔のライバル、コレットのアパルトマンの窓に視線を向けることもなく、彼女は最後にもう一度、国立図書館（BN）の高い壁やパレ・ロワイヤル庭園に沿ってリシュリュー通りを歩き、コメディ・フランセーズの前でタクシーに乗りこんだ。

『人民のために』

ヴェトナム戦争が相変わらず一番の話題を占めていた。アメリカの大学キャンパスではデモが次第に激しい様相を呈しながら続いていた。ニクソンは軍隊にカンボジア侵攻の命令を下した。パリでは警官が鎮圧を続けていた。左翼新聞『人民のために』の責任者の若い毛沢東主義者たちが投獄された。サルトルはメディアの役割をよく知っていた。『レ・タン・モデルヌ』誌を使って極左の若者たちに欄を開放し、効果的な会話の仲介物を彼は用いなかったのだろうか？　彼は、間に合わせの手段で仕上がったこの新聞を、一層近くから眺めた。サルトルは毛沢東主義者だったとは言えないが、この若者たちが彼に支援を求めているように彼には思えた。参加《アンガジェ》・行動する作家としての彼の行為が、彼の信念に一致するのであろう。

「よろしい。新聞の指揮をとることを引き受けよう。」

＊

一九七〇年五月が六八年五月のようになり始めるのを恐れた機動憲兵隊はパリの裁判所を包囲していた。

「止まらないで！　見るべきものはなにもない。」

『人民のために』のサルトルとの共同設立者、ミシェル・ル・ブリスとジャン＝ピエール・ル・ダンテックが断罪されようとしていた。一九七〇年六月四日、サルトルはこの新聞と彼が代行することを引き受けたこれらの若者たちを、今までより一層擁護することを決意した。

カストールと数名の知識人たちとともに、サルトルは『人民のために』の友の会を彼は創った。「国際的ばか」を創設したジャン＝エデルン・アリエやサミ・フレー、パトリス・シェロー、そしてまた知らない人たちもグループに加わった。忠実な友人リリアーヌ・シエジェルは自宅を開放してたびたび集会を開いた。ミシェル・ヴィアンもそこに出席した。彼女のアパルトマンはサルトルの好んだ避難所の一つであった。彼らは一緒にピアノを弾いて長い時間を過ごした。とりわけフランソワ・トリュフォー（有名な映画監督）やデルフィーヌ・セリーグ〔映画『去年マリエンバードで』などに出演した個性派女優〕と親しかったこの若く美しい女性は、二人の作家にずっと忠実な友人であった。彼女の住まいには、ヨガ教師としての彼女の才能に発すると思われる調和に満ちた雰囲気が漂っていた。

フランス思想に及ぼしていた二人の知識人の影響力の衰退について、当てこすりが文学界の批評家たちのあいだで起こっていた。ロラン・バルト、ミシェル・フーコー、ジャック・ラカンたちが「旧」に対する「新」とみなされていた。彼らは互いに嫌悪しあっていると言われていた。新聞は好んで彼らの舌戦や文字の論戦を話題にした。あっさりと切り捨てたがる理論家たちにとって失望は大きかった。なぜならこの新しい闘いの中で、ミシェル・フーコーはその後サルトル側についたからだ。構造主義と実存主義は表現の自由のために断固闘うという共通の意志のもとに彼らは共に歩んでいた。

『人民のために』の友の会創設は知識人たちの集まりにとどまらなかった。六月末、彼らは法律を無視する手段に出た。ジャーナリストたちのカメラのフラッシュを浴びながら、サルトルとシモーヌ・ド・ボーヴォワール、そして——彼らの後ろにはミシェル・ヴィアンとクロード・ランズマン——が、大通りに出て発禁となった新聞の幾号かを、あっけにとられた通行人たちに配った。シモーヌはきびきびした態度で、『人民のために』を差し出した。ある人びとは受け取るのを怖がり、ある人びとはそれを掴むと見られるのを恐れてすぐに隠した。数分後、警官が彼らを逮捕した。サルトルとシモーヌは護送車に乗った。直ちに彼らは車の後部の格子網に顔を近づけ、こうしてジャーナリストらに気前よく写真を撮らせ、逮捕された二人の作家の写真が全世界を巡り知れ渡るようにしたのだった！

当局は急いで彼らを釈放したが、遅すぎた。政府にとって結果は惨憺たるものだった。サルトルは若さが戻ってきたように、あるいはむしろ新たな若さが彼を捉えたように感じていた。子供時代にも、青年期にも敢えて味わおうとしなかった騒々しい若さ。アルジェリア戦争後、この新たな世代の人々が彼に助けを求めてきた。それはこの世代が哲学者に贈った最も素晴らしい贈り物ではなかったか。

＊

一九七〇年十月、六八年五月のもう一人のリーダー、アラン・ジェスマールに判決が下されることになっていた。ずんぐりした小男の彼もまた陽気な熱血漢であった。

シモーヌ・ド・ボーヴォワールはサルトルの行為を支持し、賛同した。彼女も活動家たちを釈放させようと闘った。ミシェル・ヴィアンも割り当てられた時間にしたがって親指トムを補佐していた。

アラン・ジェスマールの裁判では、審問には証言しないことを決めたサルトルの傍らにシモーヌはいた。裁判は端折られ、前もって判決は決まっていると彼は見做していた。かつての毛沢東主義者のリーダーが釈放されるチャンスは絶対にないというのがサルトルの見方だった。六八年五月の暴動は、権力者の耳にいまだに苦々しく鳴り響いているのだった。そこで彼はブーローニュ＝ビアンクール〔工場が多い地区〕に出掛け、手にマイクを持って、樽の上にのぼり、一日の仕事を終えて出てくる労働者たちに向かってアジ演説をするという挑発行為に打って出た。しかし、彼が大いに落胆したことには、労働者たちのほとんどが歩みをゆるめようとしなかった。彼らは何時間も立ちっぱなしで機械の騒音のなかで過ごしたわけだから、なにより彼らは郊外のわが家に急いで戻りたがっていたのだ。グルネル協約は彼らが仕事に再び戻る気にさせるに充分な昇給を約束していた。コミュニストの幹部は安堵の溜息をついていた。ブーローニュ＝ビアンクールは労働者たちのCGT〔労働総同盟〕の要塞であった。

共産党はついにトロツキストや毛沢東主義者たちの誘惑にうち勝った。この影響力をまえにした怒りを、サルトルは表明したいと思った。しかし集団に近付くよりむしろ一人になってしまった。バランスの悪い樽によじ登ったタートルネックセーターの哲学者の唯一の聴衆は、よく売れる写真を撮ろうと待ちかまえるジャーナリストたちだけだったと言ってよい。

樽の上の現代のディオゲネス・ラエルティオス〔古代ギリシャの作家。タレスなどの偉大な哲学者の伝記、『哲人伝』の著者〕は、フランス人たちを面白がらせた。これらはすべて取るに足らないことのようだった。人権宣言の国フランスで政治的信条のために有罪になったり投獄されることがあり得るということを、冷笑を買う危険を冒してまでも、滑稽さも意に介せず広く世論に知らしめることにサルトルは成功したのだった。

実際、シモーヌが『回想録』のなかで彼に相応しいとした役割、すべてから疎外され、社会の外で果たす知識人の役割を彼は負ったところだったといえる。そしてこの孤立は彼には嫌なことではなかった。

これについてはカストールはどのように考えていただろうか？　ミュージックホールの舞台の上でヌードダンスもやってのけたコレットとは反対に、『第二の性』の著者は人目を引くことはほとんど好まなかった。カトリック教育と生来の慎み深さから、初めて出会う人たちには気後れさせられた。彼女が引き起こしたスキャンダルはひたすら書くことで凌いできた。タブーとされた事柄について沈黙を守ることを拒否し、誰もが敢えて書こうとしなかった事柄を書くという彼女の強固な意志は、彼女の率直さを満足させるものだった。一九六七年に出版された『危機の女』にたいする反応は彼女を深く傷つけた。裏切りという非難や読者の無理解に承服できない気持ちだった。

＊

ジョルジュ・ポンピドーは彼の人生の終わりにさしかかっていた。彼の腫れ上がった顔が癌が引き起こす苦しみを物語り、彼をくたくたにさせていた。首相だったとき国を襲った衝撃を、彼は忘れることができなかった。ポンピドーは流血騒ぎを避け、学生と労働者の引き離しに成功したが、老哲学者（サルトル）に救いを求める革命家たちを、かつてのティエール〔第三共和制初代大統領〕のように決定的に押さえ込もうとした。

一年間投獄された後、アラン・ジェスマールはル・ダンテックやル・ブリの二人のブルトン人と再び一緒になった。サルトルは怒りの中で学生たちを迎えた。多くの同級生たちとは逆に、サルトルは年と共に極左とつきあうようになっていた。彼は老いた反逆哲学者となり、二世紀前ヴォルテールがたどったと同じ道を忠実に辿った。

人々は彼を必要としていた。サルトルは意欲的であることが出来た、そして北京の文化大革命に魅せられた若い無政府主義者、自発主義的毛沢東主義者によって作られた学生新聞、『すべて《トゥ》！』の編集方針を数カ月後に示した。『トゥ！』は、無礼で傲慢でおかしかった。一九六八年五月のパリの街の壁に書かれたシュールレアリスト的な詩の魅力を持ち続けていた。この新聞はまた、セックスの解放、自由恋愛を推奨した。無産階級の解放に専念するあまり、非常に厳格で非常に倫理的だった新聞、『人民のために』では絶対採り上げられなかったテーマであった。弁証法を見事に扱う若いノルマリアンたちには、これらの新聞は養魚池のようなものであった。

『人民のために』の友の会員たちはある晩、二十歳の若い女性がやって来るのをみたはずだ。彼女つまり私は一九六八年当時ナンテール大学の学生で、三月二十二日の運動のメンバーだったが、カンボジア侵攻に抗議する学生たちに占拠された合衆国の大学キャンパスで一年間を過ごしてきたところだった……。彼らは私を観察し、何も言わないでいる権利と他の娘たちとビラ配りをする権利を認めてくれた。初めは静粛に仲間を組んで、だった。が、この静粛も長く続かなかった。

日曜の朝、フランシス・ブランシュは自分のラジオ番組の最中、ダイエット療法に効果的な新療法としてハンガーストライキを提唱した！　フランス人がカフェ・オレを飲みまどろみから覚めつつあるとき、この太っちょの小柄な俳優は、政治犯のために彼流の擁護演説をしたのだ。ル・ダンテックとル・ブリは監獄で一般囚として扱われた。フランシス・ブランシュはこの人権侵害のスキャンダルをあばき、モンパルナス駅の礼拝堂《シャペル》に赴くようフランス国民に促した。ベルナール・ブリエとリノ・ヴァンチェラ〔いずれも映画俳優〕と共に好演した「秘密警察官」の俳優のアピールは、華々しい効果を上げた。ほどなくジャーナリストたちがシャペルに押し寄せ、ハンガースト参加者を支援しようと気軽にやってきたサルトルのもとに群がった。いつもの着古したジャケットにベージュ色のタートルネックのセーター、手にはシガレットの彼は、水を得た魚のように生き生きと政治犯の人権を擁護し、息が切れるほど論争し、質問に答えていた。

少し遅れて次にシモーヌが支持を表明するために現れた。彼女の数多くのライヴァルの一人でハンスト・メンバーの一人でもあったミシェル・ヴィアンに出会うと、来たときと同様、素早く立ち去った。政府は譲歩した。囚人たちの条件は改善され、ラジオや新聞が許可された。ハンストは中止された。挫折した革命から新たな展開が生まれようとしていた。サルトルとシモーヌは若者の反逆と予期せぬアヴァンチュールを老いの入り口で知ることになる。彼らがいつも夢見ていたように、今回の彼らの行動は、フランス社会を変える力を、現実に持っていたことを証明したのであった。一九七〇年の初めには、彼らは二人ともそのことを自覚していなかった。誰が予測できただろうか？

『リベラシオン』

ある朝、視力の疲れのほか、「フロベール論」の著述で疲れたサルトルが今ひとつ芳しくない状態だったとき、若い毛沢東主義者《マオイスト》たちがやってきて彼にもう一つ新聞を作ろうと提案した。今度は週一度の新聞ではなく日刊紙《コティディアン》だった。どんなタイトルがいいか。

「『リベラシオン』はどうですか？」

戦前エマニュエル・ダスチエ・ド・ラ・ヴィジュリーが出していた日刊紙がこの名前だったが、今はもう発行されていなかった。手に入れるべきタイトルだった。サルトルにとってタイトル以上のものだった。それは権力への宣戦布告であり、彼らの影響の波及力、彼らの哲学の確認であった。実存主義の標語的表現でもあった一九六八年五月の信条に適うタイトル。『リベラシオン』という言葉だけが彼らの生き方、彼らの仕事を要約していた。この目配せで天才的な一撃を与え、同時にジャーナリズムの歴史をめくる重大な一ページであることが明らかになるはずであった。

サルトルは急いでシモーヌに知らせた。彼女の意見が重要だった。彼は新しい考えを彼女のもとで熟慮するのを好んだ。彼女が熱中するか反対するか、その反応を窺いつつ考えを深めるのだった。いつもより一足早く、彼はラ・クーポールの彼らのテーブルにたどり着いた。

彼が口を開けるより早く、シモーヌの方が話を聞いてと先に言った。明らかに彼女もまた、彼に言いたいことがある様子だった。そのぎこちない調子から、彼女に先に話させた方がよいということがわかった。

「ねえ、今日、若い女性に会ったの。若いフェミニストたちに。」

サルトルは手にタバコを持ち頭を前に傾けて注意深くシモーヌを見つめていた。シモーヌは突然活気づいていた。誰も逆らうことのできなかったかつての彼女のエネルギーを一遍に取り戻したかのようだった。

「彼女たちは『第二の性』を引き合いに出して話していて、率先してある運動を起こそうとしているのだけれど、その運動に私が参加するよう頼んできたの。当てにならない革命を待たず、今すぐ女性の状況を変えようという運動なの。私たちが一緒に働くことを彼女たちは望んでいるの。」

サルトルは別のタバコに火を点け、手短に考えた。計画が押し合いへし合いし、ぶつかり合っていたが、行動が勢いを盛り返し彼ら二人を包み込んでいることは明らかだった。躊躇うことはなかった。

「やりなさい、カストール。『第二の性』の成就と同時に一つの革命になるだろう。」

シモーヌは安堵を隠さず急に輝いた。

「そしてあなたは何をおっしゃりたかったの？」

「僕たちは新しい新聞を作ろうと計画してるのだよ。」

「新聞の名前は？」

「『リベラシオン』。」

彼は彼女に計画を詳しく話した。

「素晴らしいでしょうね！」

彼らは昔からの暗黙の了解のまなざしを交わしあった。二年前には誰も彼らの未来を高く買わなかっただろう。彼らを過去の装飾品として倉庫に少し早く仕舞ってしまった人々は、自分たちの間違いに気付くのだ。すべてが再び始まりつつあった。『第二の性』のテーゼを実地に弁護したくて、シモーヌは地団駄踏む思いだった。これらの若い女性たちは本当に彼女の心からの娘たちであり、彼女の仕事の娘たちだった。彼女はアヴァンチュールにはいつでも応じられるようになっていた。

若いフェミニストたち

先ず、シモーヌは彼女の分刻みのきっちりしたタイムスケジュールから空き時間を見つけ出さなければならなかった。サルトルのために彼女が割いている時間を侵害しない時間。毎日曜日の午後は彼がアルレットに会うことになっていた。だから日曜の午後五時ということになるだろう。シルヴィと親指トムとラ・クーポールで昼食をとった後、若い女性たちを彼女の家に招いた。

初めての日、彼女たちは八人でとても遅れてやってきた。シモーヌは彼女の目覚まし時計がいつも少なくとも五分進めてあること、それほどほんの少しでも待たされることは耐え難いことを彼女たちに説明するのを忘れていた。彼女は引きつった表情で彼女たちを迎えた。サルトルの取り巻き連の時間にルーズな過激派たちと同じようにこの若い女性たちが振る舞ったならば、彼女は我慢する気力はなかっただろう。仕事机の上に置かれたぞっとするようなあの小さな目覚まし時計に注ぐ彼女の激しいまなざしから、客たちは自分たちのへまを即座に悟った。

シモーヌは自分の住まいを訪れた一人ひとりの女性を観察した。派手な色彩の服を着ている彼女たち――ロングスカートや、ブルージーンズやブーツや木靴やバスケットシューズを履いた一九六八年五月の娘たちが、楽しそうに彼女の部屋を占領していた。若さが彼女を否定するどころか全くその逆だという輝かしい証拠を彼女たちは示してくれた。一九六八年五月の事件の間、サルトルが公の場に出るとき、一番若いというただ一つの口実だけでシモーヌの立場を奪い取った若いライヴァルに対する見事な仕返しだった。娘たち一人ひとりに質問をする彼女の機敏な対応は、教師としての態度がまだまだ損なわれることなく息づいていることを物語っていた。彼女たちはかつての彼女のお気に入りの生徒たちと、その活発さや賢明さや野心において充分匹敵していただろうか？

彼女の前の黄色の長椅子にはアンヌ・ツェレンスキーが座っていた。スペイン語教師の彼女は、まだ誰も女性の置かれている状況について関心を持っていなかったころ、占拠されたソルボンヌで最初の女性集会が持たれた折のリーダー的立場にあった人だった。彼女の隣には高級官僚のアニーが座っていた。彼女のクラシックなスーツ姿は全体の雰囲気と対称的だった。しかし、彼女の決意がより強いということは別だった。ジゼル・アリミは、アルジェリア戦争とジャミラ・ブパーシャ支援を共に闘ったあと十年足らずでシュルシェール通りに自分の進む道を再発見した。彼女のよく知っている、例えばクリスチーヌ・デルフィや私のような他の若い娘たちは肘掛け椅子に腰掛けて、笑ったりタバコを吸ったりしていた。

あまりにも男性優位主義でありすぎる左翼のグループから、若い学生だった私は離脱した。私は気後れを感じていた。若いときから大学人の環境で二人の作家についての話しを聞いていた。化学者の私の母は『第二の性』を読んで、当時男性のものとされていた仕事を全うする力を授かった。私の決意はより大きかった。母が立ち向かわねばならなかったのと同じ試練を私は味わいたくなかった。(11)

幾人かの有名人の顔もあった。デルフィーヌ・セリーグは私たちに加わるために『去年マリエンバードで』の映画衣装のイヴニングドレスを脱ぎ去ってパンタロン姿になった。若い作家のモニーク・ヴィティッヒはルノドー賞を授与されたところだった。

シルヴィ・ル・ボン、クレール・エチェルリ、アリス・シュワルチュアー、マリーズ・ラペルグ、クロード・セルヴァン=シュレイバー……がグループに加わった。

カストールは吃驚していた。彼女たちは皆そこにいて、カーペットに直に腰をおろし議論に加わろうと待ちかまえていた。これらの女性たちは彼女よりも若い世代に属していて、私のように『第二の性』が刊行された年に生まれたものもいた。二世代も昔のことである。彼女たちは男性活動家とは全く違ってみえた。彼女たちの笑い声と冗談がアパルトマンに満ち溢れていた。大きな笑い声で人生を変えることができるだろうか？　シモーヌから軽い溜息がもれた。彼女らの世代の男たちより彼女らは活発で決断力があるのだろうか？　彼女の不安は長くは続かなかった。意見があらゆる方向からほとばしり出ていた。

最初に言及されたテーマの一つは、取り分けタブーとされてきた妊娠中絶の問題であった。編み針を使って台所で非合法のうちに行われる中絶のために女性たちは傷つけられ損傷を与えられ、しばしば死に至る危険もある悲劇的な状況におかれていることをあえて述べたシモーヌは、フランスでも数少ない女性の一人であった。

「黙秘の掟《ロワ・デュ・シランス》をうち砕かなくてはいけません。フランス人たちがこの言葉を発するようにならねばなりません。私たちは中絶手術を受けましたという声明文《マニフェスト》を作りましょう。」

シモーヌは大喜びしていた。拍手喝采せざるをえないアイデアだった。声明文という考えは、アルジェリア戦争中、大騒ぎを引き起こした「百二十一人声明」からインスピレーションを得ていた。その時の経験からこうした声明が、世論に与えるインパクトの大きさを彼女はよく知っていた。数時間のうちに声明文は作成され署名された。彼女の名前を添えるとき、カストールはこの何年間、沈黙と孤独、それに耐えねばならなかった侮辱を、一瞬振り返った。今日、彼女の孤独はうち解かれたのだった。戦後育ちで闘いに加わったこれらの女性たちによって。闘いとその解決は彼女らすべてに同じように関わっていた。彼女のリターンマッチは若さと高揚の思いがけない様相のなかで始まった。

娘たちが作った辛辣な文章は、シュルシェール通りに積み上げられた弾薬と同じようなものだった。女性を庇護監視のもとに置いてきた古い世の中は崩壊しようとしていた。シモーヌと娘たちはそのことを確信していた。彼女たちは徹底攻撃をしようとしていた。後にシルヴィと二人だけになったとき、最も内底に秘められた期待を叶えてくれる集会に鼓舞された彼女は、老いというものは結局一つの新たな冒険ではないかしらと自問した。そのことをサルトルに話さねばならなかった。

娘たち《レ・フィーユ》

娘たち《レ・フィーユ》。この言葉が全く自然に口から出てきた。母性というものを拒絶してきた彼女にとってこの感じは嫌なものではなく、その逆でさえあった。日曜から日曜が続いた。

シモーヌがラ・クーポールのいつものテーブルについたとき、あたりにすがすがしい空気が漂っていた。再び取り戻した活気に満ちて腰掛けの上に持ち物を投げ出したとき、彼女はサルトルに会える喜びに幸せな気分だった。彼女は座って彼を待った。数分が過ぎたがブラスリーのテーブルの間を歩む馴染みの姿は見られなかった。心臓の鼓動が激しくなった。事実に屈しなければならなかった。サルトルが遅刻した。彼の身に悪いことが起きたのだろうか？　彼女に必ず知らせてくれるだろうか？　この考えにすっかり動転して電話をしようと立ち上がったとき、親指トムが重い足取りでためらい勝ちに彼女の方にむかってくるのが見えた。いつもより背中が丸くなって見えるのは単に印象なのだろうか、あるいは本当にそうなのだろうか？　恐怖から回復しきれないカストールはまだ震えつつ彼の健康をたづねた。サルトルはしかしその問いかけに答えず頭も上げなかった。背を丸め、息切れしながらまともに彼女の方をみないで、明らかに怒った様子で彼は椅子に腰を下ろした。彼の怒りが爆発した。

「僕の名前が口にされたとたん、カストール、あなたの娘たちがあなたに隠れてせせら笑うのは何故なのか説明してくれないか？」

直接攻撃だった。シモーヌは身震いした。彼は何を言っているのだろう？　そんなことはあり得ないことだった。彼女の娘たちは彼女を裏切ったりするはずがなかった。彼女は息を整えると穏やかなしっかりした口調で何があったのか説明してくれるよう求めた。

サルトルは彼の指を脂で黄色くしているトウモロコシでできた有名なボヤールの一本に火を点けると、叫びだした。

「昨日、テレビ放送の準備のため予定されていたMLFとの会合の最中、ピエール・ヴィクトールが僕に言うには彼が僕の名前を言うやいなや、あなたのいわゆる『娘たち』がせせら笑ったそうだ！　二十世紀の女性史に関する放送はあなたではなく僕のお陰なんだよ。彼女たちは何様だと思っているんだ？　彼女たちの態度を説明してくれないか？」

シモーヌは打ちのめされた。一段と声を張り上げたサルトルの声に隣のテーブルの客が驚いて彼らの方をじろじろ見ていた。事情はすべて説明されるはずだと慌てることなく彼女は反論した。ワイングラスに鼻をつっこんで元気づいたサルトルは脅迫めいた言葉をぶつぶつつぶやいた。シモーヌは、日曜日と彼女を隔てている日数を静かに数えた。今日は木曜日だった。何があったのか娘たちに尋ねるには、後三日待たねばならなかった。シモーヌから問う初めての質問になる。彼女たちの態度について良い理由があればいいのだけれど！　私は彼女たちを失いたくないわ。娘たちかサルトルかどちらか選ばねばならないという思いに絶望的になりながらシモーヌは自問していた。

胸にもたれていたことを言って気分が和んだ哲学者はカスレ料理〔フランス南部の名物料理〕をむさぼり食べた。彼は人に馬鹿にされるのが大嫌いだった。一九七〇年から彼は密かに女性解放運動（MLF）を支持してきて、この運動についてつぶさに知っていた。たくさんの情報源を持っていた。ミシェル・ヴィアンのおかげでカストールよりもよく知っていることさえあった。シモーヌはMLFと繋がっていると思っていたが、実際は彼が一番良く通じていた。これらのおちびさんたちが今、彼を侮辱して楽しんでいるなんてありえないことだった！　よくぞピエール・ヴィクトールは彼に警告してくれた。少なくともピエールが彼に忠実であることを、示していた。

サルトルはまだ不機嫌な気分で彼の仕事に戻った。エドガール＝キネ通りの、その輪郭が彼には次第に見分けにくくなってきているスパルタっぽい質朴なアパルトマンに帰ると、彼には失望が押し寄せてくる気がした。彼の健康な方の目も弱り、彼を見放しはじめていた。ときには書く力がなくなった。「フロベール論」の執筆を成就できるのだろうか？　彼の目には、ブルジョワや彼の義父と決着をつける機会と思えるこの人物への反論に、既に相当なエネルギーを費やしたのだった。この仕事を成し遂げるまで持ち応えられるかどうか危ぶまれるエネルギー。幸いにもカストールはたゆまず執筆しつづけるだろう。

ピエール・ヴィクトール（ベニー・レヴィ）

しかしシモーヌはもう長編小説に挑む気力はないと繰り返し彼に言っていた。その前年ゴックスヴィレールに滞在中、妹の家で光に満たされたアトリエに感心した彼女は叫ばずにはいられなかった。

「結局あなたは幸運ね。最期の最後まで創作を続けられるでしょうから。私なんかもう書くことがなにもないのよ。」

サルトルのところで興奮で有頂天になって、ピエール・ヴィクトールはテレビ放送されるシリーズの最後の準備について話した。パリではたくさんのグループが働いていた。一九六八年活動の世代の若者たちが哲学者が大きな関わりを持っているこのプロジェクトに加わっていた。話を聴いてサルトルは甦るような気がした。むかしポール・ニザンと何時間も議論して過ごしたユルム街での青春時代に思いを馳せた。

ピエール・ヴィクトールは素早い反応を彼に起こさせた。その戦闘的なところ、弁舌のさわやかさが彼をいい気持ちにさせた。この青年はサルトルを再び現役復帰させ、新たな若さを彼に注いでいた。『レ・タン・モデルヌ』誌の昔からの仲間たちに対して、何という新鮮な息吹きが吹くことだろう！

　奇妙なことに、カストールはピエール・ヴィクトールに関して興奮を共有することは全くなかった。彼女が厳格すぎるのは残念なことだった。理解しようという努力ができなかったのか？　サルトルもまた若者たちに囲まれていたいという必要性を激しく感じていた。もちろん彼の老いの日々を支えてくれるアルレットがいた。しかし彼女は師範校《ノルマリエンヌ》の卒業生ではなかったし、左翼グループの活動家でもなかった。カストールは気付いていなかった。いま、彼女には世の中を作り直しに、毎日曜日に彼女の家にやってくる彼女の「娘たち」がいた。サルトルもまた若者たちの存在で慰めをえる権利があったのだ。

＊

　明くる月曜日、ラ・クーポールの椅子にくたくたに疲れて倒れ込んでいるのはサルトルだった。彼はカストールをイライラしながら待った。彼は腕時計を信じられない面もちで見つめた。約束の時間に遅れるなんて滅多にないことだった。彼女が生まれてこの方、彼女の身近な人たちは彼女が時計を頭の中に持っているようだとからかったものだった。彼女の仕事机の上に置かれた狡からい目覚まし時計が、時間に間に合うように——ただ自分で遅れていると思いこんでいるだけの時も——、いつも七分進められていることを、彼は知っていた。彼はワインを注文するとイライラと彼女を待った。さらに五分が過ぎた。やっと、彼女の姿を見るというより彼女の来たことが察しがついた。シモーヌの影が彼の前に現れた。逆光でますます彼女が見分けにくかった。

「今日はどんな色の服を着ているの？」

「黄色のシルクのブラウスと共布のヘアーバンドよ。あなたの好きな服よ」と、彼女は驚いて言った。

「僕はいつもその服が好きだ！」と、彼は熱心に言い返した。

「あなたに言わなくてはいけないことがあるわ。」

カストールの声はとぎれとぎれで早口だった。用心深そうに彼は顔をしかめた。彼女の口調がこんな風に早くなるのは余りよい兆候ではなかった。

「話したまえ。もう五分前からあなたがしていることだけどね。」

やっとのことでワイングラスを掴みながら彼は答えた。

「昨日の午後娘たちに会って、説明をすっかり聞いたわ。あなたのピエール・ヴィクトールは我慢できない恩着せがましさでもって彼女たちをまるで小娘扱いしたそうですよ。その上、あなたのことを話すとき、まるで中国の毛沢東主義者たちの会合にいるかのように彼は振る舞ったの。毛主席の神聖な名前が口にされると出席者が赤い小さな本を振り回すようにね。サルトルの思想を話すのではなく、毛の思想に依存する水田の農民たちのように、どんな小さな反対意見にも耳を貸さないサルトル信奉者として話す風だったそうですよ。こんな風に続けていたら、彼はあなたを、中華帝国《ランピール・デュ・ミリュ》の神のように見做させてしまうでしょう。そんなのは全く馬鹿げているし、娘たちが彼に身のほどをわきまえさせたのも当然のことです。」

隣のテーブルの客たちが振り返った。カストールはさらに追い上げた。

「彼女たちが今後小娘扱いされることのないよう、まさにそのために彼女らは解放運動をおこしたのだということをあなたの秘書は今、理解すべきですよ！　彼女たちが受けなければならない訓戒などありません。彼女たちはあなたの友人を、『北京情報』の陰語のような専門用語を用いる馬鹿だとおもっています！」

「落ち着いて、ねえ、僕たちだけではないんだから！」

シモーヌは青ざめていた。影響下にある彼を見て、珍しく彼女は怒りと不満を爆発させたくなったのだろう。しかし陰気な様子で息を切らしてナイフや肉と格闘している彼は、とても悲しげだった。彼の視力は週毎に低下していた。彼に怒りをぶつけ続ける代わりに、彼の腕に手を措くと気持ちが和んだ。

「さあ、娘たちの敬意と愛情の点で私たちを驚かせていることを、あなたは結局のところよく分かっていらっしゃるわ。」

彼はかすかに微笑んだ。嵐は過ぎた。シモーヌの細い手がサルトルの手に重ねられ、そして愛撫した。彼女の全人生がそこにあった。彼女は生き返ったように思った。娘たちは彼女を裏切らなかった。彼女たちか彼か選ぶ必要はなくなった。アヴァンチュールは流れを取り戻したはずだ。

エレーヌ

ゴックスヴィレールから戻った後、シモーヌはかつてなく不安だった。エレーヌは何かを必要としていただろうか？　遠い国で開かれる彼女の作品展の一つに行くための飛行機の切符だろうか？　リセの若い教師だった頃のこと、リスボンにいるリヨネルに会いに行くことができるようにと列車の切符と小遣いを彼女に贈ったことなどを思い浮かべた。エレーヌは高名な姉のために大変な苦労を嘗めてきた。

いつもの黄色のソファーに座ってシモーヌは、彼女の妹の近況を私が話すのを聴いていた。しばらく前、エレーヌがMLFの運動に参加を希望したとき、シモーヌは彼女の妹を私に紹介してくれていた。それ以来、エレーヌはストラスブールで精力的に活動していた。エレーヌがパリに来るときは、シュルシェール通りに近いアレジア通りの今の私の住まいに宿泊した。

「アルザスでエレーヌはとても素晴らしい働きをしていますよ！　彼女はフェミニストの真の活動家になりました。殴られた女性たちを自宅に迎えたり、裁判でも彼女たちを擁護しています。今年だけで、一人の女性が窓から放り投げられ、三人の女性が夫から暴力を受けて亡くなっています。」

シモーヌは私が話すのを静かに聴くとため息をついた。

「知っています。今では彼女は私より前からフェミニストだったと言っているわ！」

「エレーヌが話してくれましたが、美術学校の若い生徒だった頃、男たちは彼女を誘惑しようとして彼女の絵を誉めたんです。女性である限り、彼女の人生がその時そしてその先もどんなに大変であるかすぐ分かったと言っていました。」

「確かにね。でもそのことで私より前からフェミニストだったと言い張るような大袈裟なことは矢張りいけないわ！」

妹に対するシモーヌの突然のとげとげしさに私は怖じ気づいた。エレーヌへの友情とシモーヌへの尊敬の間にはさまれて私はもうどう考えて好いかわからなくなった。彼女は自分の思想の独占権をなんとしても守りたかったのだろうか？　容易にはそらされない彼女の鋭いまなざしの元では簡単なことではないが、話題を変えるために機転を利かせなければならなかった。エレーヌはパリに来ることになっていて、シモーヌも知っていた。同様に、私の家がパリでの彼女の仮住まいの処となっていることも。エレーヌはなんといってもより熱意に溢れていたし、より近付きやすい人柄だった。私たちはすぐに親しくなった。パリの私のアパルトマンは彼女の第二の家になった。

「いつものように彼女はあなたのところに泊まるんでしょう？」

「もちろんです！」

シモーヌ・ド・ボーヴォワールの顔が気難しくなった。視線をそらせてため息をついた。

「驚くことではないけれど。彼女はあなたが好きなんだから……。」

「お互いにです！」

私の感激が密かに反応を呼び起こしたのだろうか？　今までになく気後れした様子の彼女の顔が、私の顔に近付いてきた。

「では私は？　あなたは私を好きではないの？」彼女が私に囁いた。

私はパニックに陥った。私は口ごもりつつ友情の表明をしたが、彼女が私に期待していたことから外れていたのは明らかであった。前代未聞の状況を前にして、どんな顔をしていたらいいのか私はわからなかった。彼女は私の両手を彼女の手の中に握ると優しく愛撫した。彼女から少し身を離すと微笑みながら声をあげた。

「それに運動仲間では私たちは皆、あなたをとっても大好きです！」

私は注意深く自分の手をカストールの手の間から引き離した。彼女はびくっとして赤くなって、あのイヤな目覚まし時計を見た。

「もうこんな時間！　サルトルとの待ち合わせに遅れそうだわ！　じゃまたね。日曜日にお会いしましょう」と、急に忙しそうに私をドアまで押しやりながら彼女は言った。

マリー=クレール支援

一九七四年四月二日、長い間癌で苦しんだ後、ジョルジュ・ポンピドーは息をひきとった。コーチゾン治療のために彼の顔は膨れ上がっていた。病気が秩序の建て直しを妨げることもなく新たな蜂起はすべて阻止された。警官が見張っていた。学生のグループは厳重に見張られその中にはMLFも含まれていた。中絶は依然犯罪行為のままだった。女たちは長距離バスや列車でオランダやスイスまで出掛けた。貧しい女性たちの場合は相変わらず台所のテーブルや老朽化した器具に頼り、そうしたことは恐ろしい苦痛と化膿と生涯にわたる損傷、ときには死に至るような危険を招くのだった。

ヴァレリー・ジスカール＝デスタンの当選は若者たちに希望を抱かせた。新しい大統領は選挙運動中、中絶を犯罪行為とせず、人間味ある条件のもとで手術が行われるようになることを約束した。この公約は、恵まれない女性たちも裕福な女性に与えられていたのと同じ高性能の治療が受けられることを意味していた。

ある日曜日、ジゼル・アリミ（女性弁護士）は、パリ交通公団（RATP）の女性が彼女と連絡を取りたがっていることを知った。彼女の娘のマリー＝クレールは中絶を受け、恋人と別れたのだった。この恋人は、彼女が犯罪を犯したと警察に告発した。非合法の悲痛な状況で受けた中絶手術のせいで十分快復できないでいる若いマリー＝クレールは逮捕され、同様に母親と手術を行った女性も逮捕された。

瞬時にしてかつてのエネルギーが身内に沸き起こるのを、シモーヌは感じた。不正は彼女に電撃を与えた。彼女の周囲には裁判を告発し、当局に働きかけようという考えでは引けを取らない娘たちがいた。

「おそらくこれで法律を変えることができるかも知れません！」

アルジェリアで瓶の破片で暴行されたジャミラ・ブパーシャのこと、そして数年前にそのことで訴訟を弁護したことをシモーヌは思い出した。彼女は、今度は最後まで徹底的に行くだろうと、そして個別の場合だけではなくすべての女性のために弁護することになるだろうと考えた。

オペラ座広場で行われたマリー＝クレール支援のデモは、警察のバイク隊に厳しく抑え込まれた。『ル・

モンド』紙の記事が強烈な衝撃を与えた。裁判は緊張を予想させた。

「あなたが最後の証人にたつでしょう」と、告訴された女性たちを弁護するジゼル・アリミが、シモーヌに言った。

「よろしいでしょう」と、彼女は答えた。

彼らは彼女の言葉を聴こうとしていた。

裁判の日、娘たちは裁判所の周囲で警官隊の護衛の中、デモを組織した。何百人もの男や女たちが建物の周囲を取り巻いていた。一部屋に入れられてシモーヌは彼女の番を待った。一時間そして二時間が過ぎた。彼女は腕時計を確かめた。午後一時だった！　サルトルとの昼食を判事は邪魔しようとしていた！

警備員が扉を開けるいとまもあるかないかの勢いでカストールは審問室に飛び込んだ。壇上に座った三人の判事は、彼女の昼食が邪魔されるのはどんなにつらいものか、思い知らされようとしていた。差し出された小さな椅子に座ると、女性たちの不幸を裁く権利を詐称する黒のトーガを着た紳士方へ、ぎくしゃくした力強い声で講義を開始した。若い娘たちに、彼女たちの一生が料理や皿洗いや家事に費やされるよう定められていることを白状する代わりに、愛する人に巡り会って結婚するのだということを語ることで、どんなにか彼女らを騙して偽りの夢を抱かせてきたか、その事実について、厳しく詳しい説明をおこなった。(12)

高い止まり木の上の裁判官たちは、母親の叱責が終わるのを待つ小さな男の子たちのように頭をたれて聴いていた。シモーヌは半時間も話し、大きな称賛を受けつつ裁判所を後にした。

言うべきことを言った後は、お気に入りのテーブルで待つサルトルに会うためタクシーに飛び乗ることしか彼女の頭にはなかった。私服の警官たちの間で道を空けていた数人の娘たちに返事をする間もあらばこそだった。外からは人々のどよめきが彼女のもとに届いてきた。今や彼女はサルトルに話すことについて考えていた。

マリー＝クレールは釈放された。次の日曜日、娘たちの喜ぶ様子をシモーヌは見ていた。彼女たちは大いに歓喜し活気づき感激していた！　今度の成功はシモーヌを幸福感で満たした。この数年でどれほどの道のりを走破してきたことだろう！　その一方、慎重であらねばならないこと、勝利に対し謙虚であるよう娘たちに言わねばならないことも彼女にはわかっていた。娘たちは闘い《バターユ》に勝ったけれども、これは戦争《ゲール》ではなかったのだから。

「すべてとてもうまく行ったけれど、何一つ決定的に獲得されるものはないことを、忘れてはいけません。経済恐慌が勃発すれば、たちどころにこの権利は再検討される羽目に陥ることでしょう。だから気を緩めないでいきましょう。(13)」

不正に対する彼女の闘いは、初めて勝利に行き着いた。彼女たちがこのような成功をおさめるとは、彼女は想像していなかった。

大統領選

中絶を合法化し人間らしさを与えるためにカストールが闘い、ヴァンセンヌ弾薬庫（パリの東端にある）での女性の祭典の準備に奔走していたころ、一方でサルトルは自分が弱ってきていることを感じていた。目の出血と繰り返される高血圧症の発作によって、歩くだけでもすっかり疲れきってしまうのだった。

通りではシモーヌについて行くのに苦労した。彼のテリトリーであるラスパーユやモンパルナス通りでさえ、段差を上るのは困難になった。「サルトルとカストールの界隈《カルティエ》」も彼にはもう広すぎた。あんなによく歩き回り慣れ親しんだダンフェール＝ロシュローやヴァヴァンやモンパルナスやポール＝ロワイヤルも今では果てしなく感じられた。しかし彼にはもたれられる女性の腕がいつも傍にあった。アルレット、ミシェル・ヴィアン、ヴァンダ、そしてもちろんシモーヌの腕が。彼の歩幅は狭くなり歩かねばならない距離は長く感じた。

二百メートル進むのにもやがて車が要るようになるだろう。リリアーヌ・シエジェルとシルヴィがサルトルの移動を引き受けた。運転があんなに好きだったシモーヌは、もうハンドルを握らなかった。

フランス政治階級は、アプレ・一九六八年からゆっくり回復しつつあった。セルジュ・ジュリーとフィリップ・ガヴィによる『リベラシオン』紙の焼き直し第一号はなかなか売れなかった。この日刊紙を潰す目的で起こされた訴訟は、編集長を破産させつつあった。サルトルは計算もせずに罰金を支払った。一九七三年十二月、追加税支払いのためにアピールをジャーナリストたちと行った。『リベラシオン』紙は倒産の瀬戸際にいた。サルトルやシモーヌの助けがなければ、日刊紙はもう日の目を見ることもなく、生き延びることもないだろう。過激派たちは青息吐息だった。毛沢東主義のグループは若者たちのなかのごく少数派でしかなかった。最も賢い学生たちの中のある学生たちは、PS（社会党）よりブルジョワ的でないとして統一社会党、PSUに入った。ピエール・マンデス＝フランスが発するオーラに負うところが大きかった。この人物は、一九六八年世代にとっては共和国の徳と正義を体現していた。起こり得る警察の挑発から彼らを護りつつ、シャルレッティーでは彼らの側に付くだけの勇気ある人だった。女たちは彼によって自分を取り戻していた。フェミニストの運動だけがまばゆいばかりの活力を呈していた。

社会党はまさに、当時大統領選キャンペーンの最中だった。ヴァレリー・ジスカール＝デスタンとフランソワ・ミッテランは、この最高職を巡って対決していた。サルトルはどちらの候補者にも有利になる態度を表明することを拒否した。彼の考えでは両者とも余りにブルジョワ過ぎるというのだった。投票日前の日曜日、若い女性たちはシモーヌとそのことで話し合った。彼女たちは投票に行くだろう。彼女たちによれば左派はいつも女性たちの立場を右派よりも護ってきたからだった。

シモーヌは彼女たちの見解に同意しそのことを公に知らせたいと思った。投票日の数日前左派の候補者が女性たちの票を獲得したいと努力していたとき、公式声明のなかで彼女はフランソワ・ミッテランへの投票呼びかけを表明した。このニュースはあらゆる電波で長い時間をかけて解説された。『ル・モンド』紙は最後のページにその情報を掲載した。幾人かの彼女の友人たちが彼女を非難したけれども、ほとんどの友人とりわけフェミニストたちは彼女に称賛を送った。この表明の翌日、彼女たちのなかの一人のアパルトマンで、彼女の最も忠実な女性活動家たちに囲まれて昼食をとり、ジャーナリストのコメントを聴いたかどうか彼女は女性たちに尋ねた。

「ええ」とカティは言った。「珍しくサルトル-ボーヴォワールのカップルの意見が一致しなかったと言っていました。」

シモーヌは顔を赤らめると小さな声で言い足した。

「『カップル』って言いましたか？」[14]

「無論です！」とこの効果に大喜びの娘たちは声を揃えて答えた。

カストールはため息をついた。緊張とジェラシー、サルトルの若い愛人たちとのことはどうしようもない。けれど世の中の人の目には彼らは依然としてカップルとして映り、一つの基準であり、文学的政治的現象なのであった。その日、彼女は普段よりとても食欲がありよく食べた。

こうした幸福感は長続きしなかった。サルトルは日ごとに弱っていった。シモーヌの命への強迫観念、彼女の連れが先に息を引き取るのを見届けなければならないことへの恐れはやがて現実におこりうるものになっていった。彼女が投票を呼びかけたフランソワ・ミッテランはぎりぎりで敗れた。

五月、健康の衰えからサルトルは極左関係の幾つかの出版物の編集責任を断念した。夜、カストールは彼のところにやってきて、彼女の女性の友人たちの最近の活動について話した。彼女たちが企てていることすべてが、いつも期待をはるかに上回る結果をもたらしていた。革命は進行中だった。もう止めるものはなかった。

一九七四年、彼女はシルヴィと一緒に女性フェアーの準備に加わった。六月、祭典はヴァンセンヌの弾薬庫で行われた。アリアーヌ・ムヌーシキンの太陽劇場の俳優たちが劇場から出て、寸劇の準備をする女性たちを手伝ってくれた。予想される数百人の人々を運ぶためにRATPのバスが借りられた。

土曜日の朝、何千人もの人々がやってきた。ヴァンセンヌの森はいっぱいになり、安全圏を超えた。夏の空の下、この祭典はここ十年間で最も成功した祭典の一つだった。変装しメーキャップし、おかしな表情をする娘たちの一人ひとりを見つけだすたび、大笑いするシモーヌがそこにいた。ジャーナリストたちは一斉に彼女の写真を撮った。お気に入りのシルクのブラウスの一枚を着て光り輝く彼女を映しだしながら。翌日シモーヌの家で娘たちはこの思いがけない成功を共に祝った。

六月の太陽の光を浴びた彼女のサロンを活気づけているパーティーのさなか、彼女が悲しみを示す一瞬があった。今やどんな活動を彼女たちは始めているのか？　それと同時に、パリを離れサルトルとローマのお気に入りのホテルで夏の期間を過ごしたくてたまらなかった。

「ところで次はどんなことをしようと考えていますか？」

珍しくシーンとした。若い娘たちは目を伏せていた。誰も話し始めようとしなかった。リリアーヌ・キャンデルが思い切って言った。フェミニストたちは、『レ・タン・モデルヌ』誌の特別号発行を、あなたの許可を得て出すことを、あなたに提案したがっているというのだった。

「ええ、とても素晴らしい考えよ！[15]」と、彼女は叫んだ。

シモーヌは毎月号に、彼女たちのための欄を設けることを提案しさえした。ＭＬＦにとってこれは承認されることを意味しており、同時に国際的に波紋を呼ぶ論壇に登場を許可されることも意味していた。とてつもなく大きな贈り物であった。

すぐに、彼女の口調が変わり今までより指導者的な声の響きになった。

「あなたたちがするべきことはこうです。あなたたちの考えを明確に示すようありのままを生き生きと論争調で書きなさい。あなたたちの初めての記事がどういうテーマになるか、わかっていますか？」

娘たちはどこから始めて良いかわからず黙っていた。シモーヌは直ちにそのことを話し合うよう言った。女性たちの様々な自主性の喪失が採り上げられた。最後に作家という職業についての彼女の助言が与えられた。書くということがいかに真剣な仕事であるかを思い起こさせる『第二の性』の中の何ページかに、彼女は思いを馳せた。彼女の全生涯をそこに注ぎ込んだ後、新しい世代にこの信念を教え込むという夢が実現しようとしていた。

「私たちの原稿はいつ見ていただいたらよろしいでしょうか？」

「十月にね。イタリアから戻ってから。」

『サルトルとの対話』

彼女の夏はサルトルのために費やされた。革新的新聞の責任編集を諦めてからというもの、サルトルが陥っていた憂鬱症から彼を抜け出させたかった。行動することが彼には不足していた。別の夢中になれることを見つけねばならなかった。数ヶ月前にサルトルとシモーヌは成功しそうなテーマ、ほとんど盲目に近い作家に新しい展開を与えてくれるテーマについて話し合った。

サルトルは自分の子供時代を再び語ってもいいと感じていた。『言葉』では後に彼が嫌うようになった理工科学校出《ポリテクニシャン》の義父と母が再婚するという辛い出来事の前に、運命を決する十歳という年で終わっていた。全盲に近いという状況が著作へ打ち込みにくくしているのだろうか？　そんなことは差し支えないではないか？　カストールはペンを持たなくても書くことができるという名案を思いついた。彼らが話し、その対話を、いつもの彼女の正確さで書き写すという方法だった。この計画を抱いたときから彼は、彼女と共に思い出の著作に取りかかりたくてうずうずしていた。

カストールのほかに誰がこの計画を手助けできただろうか？　この著述の何年間、書かずにしまいこんできた事柄を、彼自身で公開するようし向けるのに彼女以上に上手な人はいただろうか？　彼女は彼をせき立てるだろう、それは確実だった。彼は反抗し、不平を言うだろう。しかし議論の後で、彼女は彼の抵抗にうち勝つことも彼は分かっていた。彼は人生の光と影の部分を、ついに明るみに出すことだろう。

この重要さへの挑戦だけが生きることへの勇気を彼に取り戻させることができた。カストールの証言によれば、彼は書くことに生涯を賭けてきた。(16)自分の中に渦巻く言葉を書くことができなくなった親指トムは、今や、呼吸すること、酸素を永久に奪われた状態だった。書くということは、彼にとって呼吸をするに等しいことだったのだから。

出版するにふさわしい豊かな会話が彼と共にできるのは、カストールただ一人だった。気むずかしさでも見解の高さでも同等の二人によって、長いあいだ、こうして会話がなされてきたのだ。『反乱を起こすのは正しい』というタイトルで出版された二人の意見交換はそのことを証明している。

この計画は両者双方に効果があった。彼は始める前から楽しんでいた。あらためてもう一度彼女は彼を奮い立たせ、間違いを直し、普段以上の力を発揮する手助けをした。共に考え、会話し、最高のものを作り出す。二人が会うチャンスにもなったこの新しい計画を二人は成功させた。この『ジャン＝ポール・サルトルとの対話』は、彼の死後発表された。

純粋な回想録を書きたいとどうして思わなかったのか、といぶかしむ批評もあった。青年期の彼の人生を語ることもできただろうに。ジュリアン・グリーンは彼の人生全体をカバーする日記を発表した。今世紀には、ヴァージニア・ウルフやアナイス・ニンのような何人かの女性がこのジャンルの文学に挑戦さえした。

サルトルはあまり女性作家と出会うことはなかった。シモーヌのことを斟酌したからだろうか？　彼女の反応を恐れたからだろうか？　しかしフランソワーズ・サガンは例外だった。彼らは食事のときすれ違った。彼女は、そのユーモアと知性で彼を魅了した。その上、ラ・クーポールで何度かフランソワーズとサルトルが食事を共にしても、カストールは彼を責めなかった。カストールやサルトルが描いてきたブルジョワたち、アンガージェもせず、安易な生き方をおくるブルジョワたちとは対照的な人柄を思い起こさせるサガン、的確さとエスプリに満ちたこの作家と文学についておしゃべりすることを、サルトルは好んだ。ジャン＝ポール・サルトルの死後、この関係についての愛情に満ちた賛辞をサガンはおくっている。彼女も彼女なりに彼を愛していた。

親指トムのペンの支持をえる権利をもつもう一人の芸術家、エレーヌがいる。彼女とはカストールより数日間はやく知り合ったし、彼が遠隔地赴任によってシモーヌと離ればなれになった際には、サルトルはエレーヌをよく映画に連れて行った。エレーヌはこの三人組の中では一番幼かった。サルトルの方は当時すでに若いノルマル出身の教師であったが、彼は、美貌によってカストールを思い起こさせるこの魅力溢れる若い女性と一緒にいることを気に入っていた。サルトルがリヨネルと立場を異にしたときも、サルトルはいつもプーペットの味方をしていた。姉と同じ栄光を得られなかったこと、社会的地位においても国際的著名度でも姉に劣っている妹のつらさを誰よりもサルトルはよくわかっていた。

エレーヌのために彼はペンさえ執った。絵画について書くのは嫌いではなかった。こうした文章執筆は彼を面白がらせた。プーペットの最も抽象的な時期の幾つかの絵画について彼は長々と書いている。

「(……)彼女は余りにも熱烈に、森、庭、潟、植物、動物、人間の肉体などの自然を愛し、それらから着想を得るのを放棄しなかった。模倣という強制的手段の空しさと純粋な抽象への渇望の間に独自の道を見いだした(……)彼女はまやかしを嫌い、平面上に見たものを描くルネッサンス以前の人々の素朴さにきっぱりとした同意を示した。しかし遠近法から解放された想像の空間の中で、一輪の花や、一頭の馬、一羽の鳥、一人の女性などのスケッチが現実を呼び覚ます(……)彼女の作品は要するに納得させ魅了する。」

(エレーヌ絵画展のカタログによせたサルトルの文の抜粋)[17]

＊

ローマ滞在中、恋人たちは彼らの対談をテープレコーダーに記録し始めた。彼の著作品の一つ一つに熱心に取り組むカストールは、ページの最初から主題を設けた。

「あなたは政治について十分話しました……。これからあなたの作品について哲学や文学の面から話しましょう。[18]」

サルトルは疲れているようだった。二度目の応答の際、彼は自分の動揺と深い悲しみを隠さなかった。

「いまでは、僕にはもう何にも興味を持てないのだけれど、哲学や文学はこれまで長年にわたって十分に僕の興味を惹いてきたので、僕はそのことについては話さなければならないね。[19]」

様々な質問が次々とひしめいた。「同時にスピノザでもありスタンダールでもありたい[20]」と願っていた青年サルトルの変遷を、読者の前にあらわにしたいとカストールは願っていた。

サルトルは著述と作家活動に入った修業時代のことを、テープレコーダーにむかってうち明けるように語った。『言葉』の第二部とも言えるものが口頭という形態で、断片的ではあったが簡潔にしかし生き生きと姿をあらわした。

既に一九七二年、プレシ・ロバンソンの〔パリ南の近郊〕〈家庭《フォワイエ》〉を占拠した際に、シモーヌは彼女の矢継ぎ早の質問の威力を発揮した。今度もまた、彼女は彼に質問を次々浴びせ、考えると同様よく語るよう彼を誘い、返ってきた返事をさらに弾ませ展開させて、彼を驚かせた。数々の逸話は、『言葉』におけるもの以上に思われた。誇り、旅行、お金、食糧が対談のページを充たして、サルトルの思いがけない姿や人間性を伝えている。天才と知性の隔たりを説明することまでおこなって、彼は自分が天才であることを自覚していたことも認めた……。

彼の体と醜さの固有の関係についてカストールは質問した。

「醜さは女性から知らされた。[21]」

美しい女性を好むことを彼はテープレコーダーに向かって告白した。

「男が醜く、女が醜ければそのよってくる結果は本当にあまりにも顕著すぎるから……。ところで僕は一種のバランスを願っていて、僕が醜いから、女性は美人ではないまでも、魅力的で可愛い人が好いのです。[22]」

哲学、政治、私生活すべてが記録され、親指トムに関する情熱的で生き生きしたページが読者に公開された。最後に神の問題に及んだ。「人間解放の基本は、先ず神を信じないことである」[23]ことを説明し、サルトルは無神論の立場を繰り返し表明した。

老いて疲れたサルトルが当時、タルムード〔ユダヤ教の聖典〕研究に影響を受けていたピエール・ヴィクトールと宗教談義をする習慣を持つにいたったとき、神に関するこの言葉はすべての意味を持っていた。マルクス主義者で毛沢東主義者であった活動家のヴィクトールはしだいに（ユダヤ教の）モーセ五書の信奉者になっていった。

カストールはスーツケースに彼らの人生の歴史と一シリーズのテープを詰めて、ローマから戻った。彼女はほっとしていた。彼女の年老いたパートナーがもはや再びペンをもつことができないことを知って提案した対談だった。彼らはこのように言葉を通して別れを交わした。

これらの言葉は彼の死の一年後、一九八一年に出版された。サルトルの秘書のピエール・ヴィクトールがメシア信仰のようなものにサルトルが賛意を表明したことにふれた対談を一九八〇年四月の『ヌーヴェル・オプセルヴァトゥール』誌に発表し、哲学者を知るすべての人たちの怒りを当然ながら招いていたが、その対談に対する返答がこうしてカストールにより行われることができたのだった。

三百四十三人の女性のリスト

そのニュースは彼らがまだローマにいる間にもたらされた。一九七一年の夏のことだった。ホテルの電話交換手は次々かかってくるメッセージに忙殺された。世界中のジャーナリストたちからの電話だった。今世紀最大のスキャンダルの一つがフランスで起きたのだった。

売店におかれた『ヌーヴェル・オプセルヴァトゥール』誌は数時間で売り尽くされた。表紙のタイトルは黒地に炎の文字で際立っていた。『私は中絶した』と敢えて明言した三百四十三人の女性たちのリスト」。

雑誌の最初のページには枠囲いの中に三百四十三人の名前がアルファベット順に列記されていた。この欄は衝撃的だった。無名の人たちのそばに有名な女性たちが当時施行されていた法律では犯罪とされる行為を行ったことを宣言していた。彼女たちの中でもシモーヌとエレーヌ・ド・ボーヴォワール、カトリーヌ・ドヌーヴ、レジーヌ・デフォルジュ、フランソワーズ・サガン、アニェス・ヴァルダ、デルフィーヌ・セリーグなどの名前がこの宣言にドラマチックな広がりと驚くべき反響をもたらした。

この犯罪行為は止められるだろうか？　この国の最も著名な女性たちが告訴されることを意味していた。当局は当時から物笑いの種になる危険は避けていたのだろうか？　パリでは何人かの女性がしつこく警官につけまわされた。すぐにジゼール・アリミとシモーヌ・ド・ボーヴォワールが抗議した。彼女たちは即座に無事解放された。

これは大スキャンダルであった。男性権力が自分たちの立場で彼らの人生を決定してきたことに対し、今世紀になって初めて女性たちが抗議に立ち上がったのだった。ラジオやテレビが毎時間、ニュース速報を報道した。新聞は侮辱的な反応を示した。パリに戻ったシモーヌは娘たちと再会した。

「『百二十一人声明』以来の大スキャンダルですね！」と、アンヌが感嘆の声をあげた。

アンヌの感激ぶりに楽しくなったシモーヌは彼女に微笑んだ。

「『第二の性』の発行以来とも言えますね」と、デルフィーヌ・セリーグはさらに輪をかけた。

皆はじけるように笑った。

署名者についても、この栄光が裏面を持っていることに私が気づいていたことを思い出す。至るところで罵詈雑言がおきた。運動に参加した何人の女性は家族から口をきいて貰えなかった。

「それは少しも驚くべきことではありません」と、シモーヌは答えた。「苦労にふさわしい結果があります。私たちがたどり着いたものを見てご覧なさい。『中絶』という言葉はこれまでの語彙の中から閉め出されていました。フランス人はこの言葉を使おうとはしませんでした。でも今ではすべての人が口にし、あらゆる会話の対象になっています。」

最初にこの問題にふれたのは『第二の性』であったことを、いつもの謙虚さからカストールは言い足さなかった。フランスの最も反動的なところからくるこうした下劣な行為によって苦い思いを味わわされてきた彼女には慣れた事柄であった。今回は今までとは大きな違いがあった。もう彼女単独で闘わなくてもよかったのだ。

ラ・クーポールでサルトルとカストールはこの声明文の効果を推し量っていた。彼らがテーブルに向かって進むと、客たちが振り返った。二人は控え目な足取りでテーブルへと歩んだ。フランス社会のタブーと偽善を爆発させた彼らはすぐにも折れそうなほど華奢に見えた。しかし彼らが通るのを見ていた人すべてが、かつてヴォルテールが価値あるものは唯一、知性の王位だと言っていたその知性の王位をこの二人に感じていた。このことを祝って彼らはキール・ロワイヤル〔カシスをシャンパーニュで割る。キールの王様〕を注文した。

ギャルソンがシャンパングラスを持ってきた。

「僕のカストール、あなたに乾杯！　あなたの『娘たち』に乾杯！　あなたは先ず一九四九年に一人で、そして今日はあなたの若い友人たちと共にフランス社会を変えることに成功したんだ。半世紀で他の誰も行き着けないところまで行き着くよ！」

彼らはグラスを合わせた。そして彼女が何にもまして聞きたいと願った言葉をサルトルは深い感動をこめた声で付け加えた。

「僕はあなたを誇りに思うよ……。」

シモーヌは幸せに頬が紅潮した。彼女が闘ったのは正しかった。スキャンダルから受ける試練を克服するのは正しいことだった。世界を変えることを夢みることは立派なことである。この夢を実現させることは尚さら立派である。彼女がしていることはこういうことであった。

「ここで止めるつもりはないんだろうね?」

「もちろんないわ。フランスの法律が変わるまで闘うわ。何年かかるか分らないけど私たちは諦めませんよ。」

「あなたの闘士振りを知っているよ! あなたはやはり僕のカストールだ!」

手を握りあって二人は微笑んだ。シモーヌはほろりとした。サルトルの活力は以前より衰え、いろいろな動作には骨折っていた。彼の視力は低下し、彼は十分そのことを自覚していた。しかしその他のことでは彼はいつもと変わらず闘志に溢れ、自由の名のもとにいつでも闘おうという気持ちを持っていた。

まだやらなければならないことが沢山あった。

「日曜日には、ヴァカンス明けに私たちが企画準備しているデモについて娘たちと相談することになっているのよ……。」

サルトルは微笑んだ。

「僕たちがもう行動していないなんて誰が言ったんだろうね? カストール、僕たちは今もなお世間を驚かしているよ。」

一九七四年のサルトルのアンガージュマン

ときには思い違いをする危険を冒しながらも、サルトルは自分がアンガージュする方向にあると思われる立場をつねに擁護してきた。テロリスト集団の裏工作のなかにどのようなソ連の公共機関の役割が隠されているのか西側の人々がまだ意識していない時代に、サルトルはすべてのアピールに応えていた。バーデル＝メンホフのグループのものが一番よく知られている。一九七二年夏、ドイツ人のテロリストたちが逮捕された。裁判は、弁護士が余りにもテロリストに近かすぎるとみなされて度々忌避される事態を引き起こした。一九七四年、多くの拘留中の人々が拘留状況に抗議してハンガーストライキを開始した。一九七四年十一月九日、彼らの一人、ホルガー・マインズがウィットリッヒの監獄で死んだ(24)。痕跡が残らないやり方で受刑者たちが受ける目に見えない拷問に抗議するために、サルトルは一九七四年十二月四日、シュッットガルトに赴き、アンドレアス・バーデルと獄舎で会見した。ダニエル・コーン＝バンディットを伴って、彼は記者会見を開き、自国の政治犯を支援するようドイツの知識人たちに訴えた。

彼はほとんど理解されなかった。国際ジャーナリズムは激しく彼を批判した。しかし彼はそんなことはまるで気にかけなかった。彼はフランスの政治犯たち、ジャン＝ピエール・ル・ダンテックやミシェル・ル・ブリやアラン・ジェスマールを支援した。他の知識人たちの協力を得て、虜囚者の状況改善に成功してきた。長いあいだ侮辱やあざけりに慣れてきた哲学者を諦めさせるようなつまらない訴訟事件ではなかった。彼はヴォルテールの足跡を今一度歩んでいた。ヨーロッパの司法がようやくその最初の揺籃期にあった時代に『人間の権利』についてのヨーロッパ協定」にサルトルは言及したのだった。

『レ・タン・モデルヌ』特別号

パリではカストールが皆の先頭に立って活動していた。サルトルは彼女を励まし、MLFの活動は著しく強化された。書類は彼女の机の上に積み重なっていった。娘たちが準備を進めていた『レ・タン・モデルヌ』特別号のための原稿が送られてきたのだ。日曜の会合は再開されていた。ある会合では活気ある討論にもなった。シモーヌは、最上のものと最も劣るものを含めて、その見方、考え方に目覚ましい進展のあることを確認することが出来た。しかも考え方の目覚しい進展には、彼女自身がその作動装置のような役割を果した。というのも、フェミニストの要求項目という土台の上に展開されるようなものに関しては、彼女はいつも賛成とは限らなかったからである。例えば女性の肉体や母性や授乳を褒め称えるアニー・ルクレールのような、若い作家たちによる文学の最近の流れが描き出すものなどがそうであった。子供を持つことを拒否したシモーヌは、こうした主題は女性を家庭に閉じ込め、彼女のアンガージュマンに逆らった方向に向かうものとみなしたのであった。そんな主題のものを発表することは、彼女は拒否した。

幸いにも他の論文はその横柄で辛辣な調子が彼女を魅了した。詩というジャンルにほとんど心動かすことのなかったシモーヌなのだが、雑誌に詩を掲載することも承諾した。

＊

記事は整った。よし、決まった。『レ・タン・モデルヌ』特別号は、「撹乱よ、私の妹、女たちは頑固だ」というタイトルになるだろう。

娘たちの一人、キラキラ輝き勇気あるマリー＝ジョーが皆も訊ねたくてうずうずしていた質問をシモーヌにした。

「論説の予定はなさってますか？」

「もちろんです！　フランス語の語彙に取り組むつもりです。フランス語は中立ではありません。フランス語が女性差別主義の目的で使われていることを告発します。男性中心主義の牙城を揶揄したくて仕方がありません。」

娘たちは賛成した。実際言うべきことが山ほどあった。マリー＝ジョーは大胆にもさらに微妙な新たな問題に言及した。

「非常に気にかかるテーマがあります。あなたがふれていらっしゃらないテーマです。この特別号でそのことについて多分、話す時だと思うのですが。」

シモーヌのまなざしがこわばり、よそよそしい口調になった。

「正確には何について考えているのですか？」

「あなたに同性愛の関係があったかどうか尋ねられたら、お答えになるおつもりがありますか？」カストールが答えたとき、その声は動揺していた。

「そのような質問にどうして私は答えねばならないのですか？」

「男性の同性愛に比べると女性の同性愛はまだ余り受け入れられていないからです。もしあなたがご自分を両性愛《ビセクシュエル》であると公然とおっしゃれば、女性の同性愛の可能性を認めさせることに貢献するからです。」

シモーヌは顔を赤らめると、一層断固とした様子になった。

「女性との間でそのような親密な関係になったことは全くありませんから、この種の声明をどのようにすればいいか私にはわかりません。もちろん、そのことに反対ではないのですよ。でも私には関係のないことです。」

彼女の周囲に座っていた娘たちは目を伏せた。いつの日か真実がわかることがあるだろうか？　その日曜の会合は感激もなく続けられた。カストールは急にとても疲れたように見えた。

いつもの時間に娘たちは別れた。扉は彼女の最後のタブーの前に静かに閉じられた。彼女の両性愛を明るみに出す手紙が公開されるのは十五年の年月の後のこととなった。

ポルトガル訪問

リスボンで、軍人たちに率いられたカーネーション革命〔一九七四年四月二十五日の無血革命。銃にカーネーションが飾られたことから〕が、サラザール政権を継承していた独裁を倒した。四十八年間続いた独裁の終焉を祝うポルトガルにシモーヌはサルトルと旅をした。終戦直後に、リヨネルとプーペットに迎えられてから三十年ぶりのポルトガル訪問だった。

国はさらに貧しくなっていた。シモーヌの本は発禁状態であった。イタリアでハンドバックを奪おうとした泥棒を防ごうとして怪我をしたシモーヌは、腕をギブスで固定していた。彼女はリスボンの病院に赴きギブスをはずしてもらったが、夫による暴力で打撲傷を受け苦しむ多くの女性たちが周りにいることに気づいた。

サルトルは自由を渇望する多くのポルトガルの知識人たちと対談した。彼らは冷戦によって分断されたヨーロッパでまだ生きていられることを感じる幸せな人たちだった。カストールはといえば、自国以外の国の女性たちを解放するに至る道のりの遠さを、ここでもまた推し量っていた。

ミシェル・コンタのインタビュー

一九七五年六月二十一日、七十歳の誕生日を機に、サルトルはミシェル・コンタのインタビューに応じた。そのインタビューは、『ヌーヴェル・オプセルヴァトゥール』誌に掲載された。共産主義失墜の十五年前に、この哲学者はマルクス主義とは距離をおいていた。

二十世紀の歴史について語ることになっていたテレビのシリーズ番組の計画は立ち消えになった。記者会見のなかでサルトルは、歴史について安易な順応主義ではない考えを、彼が公表することが妨げられたからに違いないと言明した。

しかしながら、フランスでは状況が進展してしつつあった。国民議会で論争をした際、ときには下品な反対代議士たちを相手に孤軍奮闘をした結果、シモーヌ・ヴェーユは中絶を罰しない法を成立させることに成功した。運動に関わっていた娘たちはその傍聴席に空席を獲得できなかった。わが国での年間八十万件の非合法の中絶を止めさせるためにこの数年来闘ってきた彼女たちは、議会でこの女性に――、もちろんこの女性自身も闘うことを全く恐れていなかったけれど――精神的支援を送ることができなかったのだった。

オルグレンの裏切り

シモーヌは震える手で雑誌をひらいた。若い女性のヌード写真が次々現れた。彼女はそれらには一瞥も与えなかった。雑誌『プレイボーイ』を買うよう友達に頼んだのはこうした被造物に見とれるためではなかった。

二葉のヌード写真のあいだに、数ページにもわたって、彼女の求めていた記事を見つけた。彼女は気を失わんばかりだった。事態は予想していたより悪かった。

『或る戦後——ある女の回想』の出版から十年後、共に経験した彼らのアヴァンチュールについてネルソン・オルグレンは彼の解釈を著した。彼の言葉は怨恨と嫌悪に満ち満ちていた。読者の気をそそるために、フタコブ駱駝の体の上にシモーヌの顔を据え付けた絵が描かれていた。彼女は涙が流れるのをどうしようもなかった。

玄関のチャイムが鳴った。日曜の会合のために運動の娘たちが彼女のもとにやってくる時間だった。パッととびあがるとハンカチをつかんで目をこすると、シモーヌはその月刊誌を山になった原稿の下に滑り込ませた。

ノーベル賞候補

「さあ、お座りなさい！」

シモーヌは極端とも思える優しさで私に話しかけた。後宮《セラーユ》に入りたくない気持ちを、私があまりに率直に示してしまったあのいささか気まずいシーンの記憶のためだったのか？　娘たちのグループから派遣されて、私は彼女の家に出向いたのだった。ノーベル・アカデミーがシモーヌに受賞の候補になるよう申し出ていた。手ひどい拒絶の知らせを受け取らされるような羽目になりたくなかった名誉ある選考委員たちは、この申し出に彼女がサルトルと同じ考えで臨むかどうか知りたがっていたのだ。

「あなたはお断りにはならないですよね？」

「断るつもりなど全くありません！」

「約束してくださいますか？」

フランスの女性たちの状況を変えるために闘ってきた後では、もし彼女が受賞すれば、そのことが彼女らの『運動』に対し世界的に大きな反響を呼び起こすだろうから、賞を断るなど問題にならなかった。「娘たち」は興奮を隠さなかった。

「そうなったら、どんなパーティをしましょう！」

シモーヌは私の興奮と若さを前に微笑んでいた。サルトルが受賞を拒否した一九六四年十一月以来、どんな道を経てきただろう？　ま、今度は彼女に授賞が申し出られていた。私もまた、彼女の様子を観察せずにはいられなかった。ＭＬＦの登場以来五年で、この偉大な婦人は痩せてスマートになった。彼女の眼差しはより楽しそうだった。彼女のスカートは戸棚にしまわれ、それに代わって背が高く見えるよう上手にカットされたエレガントなパンタロン姿になった。

ノーベル賞だけが彼女がまだ貰っていない社会的な評価だった。フランスではまだ優位を占めていた不正を告発する勇気を持ったがために、彼女は、今世紀のあらゆる女性のなかで最も侮辱され、最も馬鹿にされた女性だった。彼女はまた、人権や女性の権利を護るために闘う決断力とその勇気で世界中で最もよく知られ、最も讃えられたフランスの女性でもあった。このご褒美は最高位の賞という点で彼女に最もふさわしい賞と私には思えた。

戸口に進みながら私は彼女に囁いた。

「幸運を祈ります！　シモーヌ。」

ドアが静かに閉められた。後は待つだけだった。

ニュースは翌朝もたらされた。ノーベル文学賞はイタリア人のエウゲニオ・モンターレに授与された。うわさでは、国連が国際婦人年と宣言した一九七五年に彼女に賞を贈れば、これと「重複」することになって、その事態を選考委員が好まなかったからということだった。

もう再び賞の栄誉に浴することはなく、シモーヌ・ド・ボーヴォワールは十一年後に亡くなった。実際、一九七五年から八六年までこの賞の栄誉を受ける女性は一人もいなかった。ストックホルムの演壇の階段を上る権利をもっていたのは男たちだけだった。一世紀にせいぜい十人ほどという、ほんのわずかの女性しかこの賞を授賞していない。

コレット〔一八七三―一九五四年。女流作家〕についてはどう考えればいいだろうか。コレットの人生の最晩年が近づいたとき、仲間たちや同郷の人々の大きな驚きのうちにフランス人の男性作家フランソワ・モーリヤック〔一八八五―一九七〇年。カトリック作家。五二年、ノーベル賞受賞〕にノーベル文学賞が授与されたところだと知ったコレット。幸運な当選者、モーリヤックの最初の振る舞いは、同じ日にパレ・ロワイヤル庭園を横切って偉大なコレットへの謝罪を礼儀正しい訪問によって表明したことであった。彼よりも彼女の方がこの賞の受賞にふさわしいことを彼は彼女に言明した。優雅に猫たちと共に彼を迎える力が彼女にはあった。

ノーベル賞がシモーヌの手から滑り落ちた頃、フランス文学界にはもう一人別の女性が頭角を現していた。ベルギーの貴族の家柄で、父親によって古代ギリシャやローマの研究を手ほどきされたマルグリット・ユルスナール〔一九〇三―八七年。古典の博学を生かして歴史・フィクション小説に長ける。『東方綺譚』など〕であった。彼女は非常にクラッシックなインスピレーションで作品に取り組んでいた。『ハドリアヌス帝の回想録』の文体は満場一致の喝采で迎えられたが、内容は批評家たちを震駭させはしなかった。『第二の性』やその他シモーヌのフェミニスト声明などと比べて、マルグリットの作品は最も伝統的なフランス世界を安心させるに他ならなかった。

サルトル、エリゼ宮に

こうしている間にも、サルトルの健康は衰弱していった。生涯を通してブルジョワへの反感と名誉栄達や社会体制への蔑視を声高に叫んでいた彼が、一九七九年六月二六日、共産党体制を逃れてきたヴェトナムのボートピープルたちを援助するよう国家元首に求めてアンドレ・グリュックスマン、レイモン・アロンと共にエリゼ宮に赴いた。

夜八時のテレビニュースで、若い哲学者に支えられてやっとのことで歩む年老いたサルトルの姿を人々は見た。セーヌを越えて、右岸にそびえる軽蔑すべき権力の象徴の一つに赴くことを、どうして彼は承知することができたのだろう？　批判精神の弱まりと和解をそこに見るべきなのだろうか？　それとも彼を取り巻く新しい世代の影響だろうか？

サルトルとアロン。かつての師範校生《ノルマリアン》の二人の大物が、エリゼ宮の石段を少し途方に暮れた様子でゆっくりと進むのをフランス中の人々が見た。人権を尊重する彼らの気持ちが何年にもわたる論争の後でついに和解の機会を彼らに与えたのだろうか？

写真に欠けている人がいた。カストールだった。哲学界は男性だけのものなのか？　男性の権利が女性の権利ともなるにはほど遠いものがあった。

ピエール・ヴィクトールの行動

数ヶ月が過ぎた。サルトルは次第に弱っていった。彼の健康は急速に衰えた。彼は目も見えず、病身で、疲れ切っていた。秘書と共に人間の状況について思索する時が彼を元気づけていた。ピエール・ヴィクトールと一緒にいることで、彼はまだ自分に活力があることを感じていた。

この若者は『ヌーヴェル・オプセルヴァトゥール』誌に対談を載せることをサルトルに提案した。その前のエッセイが、カストールの激しい怒りをかい、彼女はその計画を取りやめさせた。ピエール・ヴィクトールは出版前にテクストの面白さが判断されるのを防ぐよう、サルトル師匠を説得するのにまんまと成功した。言い換えれば、人々の頭越しに事を運ぶのに成功した。新聞、サルトルそして『レ・タン・モデルヌ』誌のスタッフの間でちぐはぐなやり取りが微かながら起こった。

数ヶ月前、ヴィクトールはサルトルを連れてイスラエルに行き、そこで彼をイスラエルやパレスチナの知識人に引き合わせたのだが、イスラエルから戻るとヴィクトールは、サルトルと彼の署名入りの記事を新聞に掲載させようとした。しかし記事は良くないと判断され印刷されなかった。かつての毛沢東主義者はそのことで腹を立てた。左翼グループのなかで議論もなしに一方的に命令を下してきた癖の名残りで、ヴィクトールは猛烈な反撃に出たのだった。

シモーヌはそのことで動揺して語っている。

「すぐに、私の家で行われた会合で、ヴィクトール、プイヨン、そしてオルストの間で、忌まわしいと思われるあの記事に関して激しい口論が起きた。ヴィクトールは彼らをののしり、その後で私たちは皆死んだも同然で、もはや会合に再び足を運ぶことはないと宣言した。(25)」

サルトルは週刊誌の編集部に対し懇願したために、皆の悲嘆をよそにこの対談は出版された。老いた哲学者は彼の自由の哲学を否定し、彼にはほとんど似つかわしくない取るに足りないメシア信仰に関してとくとくとしゃべっていた。その上、カストールもその中に含まれるサルトルの内輪の間でもヴーヴォワイエ（vous で話す）で通してきた彼に、厚かましくもチュトワイエ（tu で話す）で接するという真の不敬をヴィクトールは犯していた。ヴィクトールは、二人の知的アンガージュマンに彼の意見を認めさせることに成功したかのような印象を与えたかったのだろうか？

読者はこの対談を読んで吃驚仰天した。ほとんどの人がこの哲学者の健康状態を知らなかった。これが本当に彼の新しい信念なのだろうか？　批判が四方八方から押し寄せた。運動の娘たち、とりわけ彼の威厳のもとで活動してきた女性たちは怒りを隠さなかった。

自宅で身近な人に囲まれたシモーヌはもう涙を抑えられなかった。彼女の連れ合いは、宗教の秘義と不明瞭な点に関して対話することを受け入れた時点で取り返しのつかないほどの裏切り行為をしてしまった。自由の信条を守るために著述し闘ってきた全人生を、たった一つの記事で完全に破壊してしまった。彼女はそのことを彼に厳しく知らしめた。

サルトルは打ちひしがれ絶望的な様子だった。彼らの人生で初めて、カストールは彼を否定した。

恋人たちは元に戻れるのだろうか？

第七章　最後のキス

サルトル入院

まるでピエール・ヴィクトールは、サルトルにこれまでの自己の言行を否認し向ける好機を得たかのようだった。いささか狡猾な高位聖職者のやり方で、生涯を通じて無神論がゴシップの種であったような死にゆく富豪の枕辺にしつこく侍り、死のとば口でその存在の塩と価値を作り上げてきたものすべての放棄を宣誓させようと強いる者の頑強な希望を抱きながら。死に瀕しているサルトルを、マルローのように、二十一世紀が霊的な時代であるとかないとか決めさせることの出来る地位とは、なんと栄誉に満ちたものだろう。哲学者サルトルをよく知っている人たち、だからこそ老いが下手をすると最も輝かしい思想、最も独立した精神を失墜させうると計れたすべての人たちをどんなに怒らせたか。ピエール・ヴィクトールにも言い分があった。だが今日誰が彼のことを思い出すだろうか？

エレーヌとリヨネルが数日間ヴァカンスを送っていたトレビアーノの大きな家で電話のベルが鳴った。

イタリアの春は光り輝いていた。その日の新聞に掲載された対談の主要部をシモーヌはエレーヌに読んできかせた。信じられない驚きと悲しみが至るところで頂点に達した。サルトルはその臨終の時より先に自らを葬ってしまったようだった。

「なんとおぞましい裏切りでしょう！」ニュースを知ったすべての人たちと同じくエレーヌもため息まじりに言った。

再び電話が鳴ったのは、丁度エレーヌとリヨネルがゴックスヴィレールに戻ったときだった。不安でうわずった声はエレーヌに姉の声とはすぐには分からなかった。

「サルトルは入院したの。来て頂戴。今度は最期よ。」

シモーヌは途方に暮れているようだった。不吉な前兆となる鳥のようにピエール・ヴィクトールはあらゆる希望に弔鐘を鳴らしたかのようだった。最後の出版の惨憺たる結果を訂正することもできないままサルトルがこんな風に亡くなるなんてひどすぎる。

エレーヌは始発の列車に乗った。誠実な人間の中でも誠実な妹として、彼女の存在はシモーヌにとって励ましになることだろう。彼女は自分を待っているものがどんなものなのかまだ充分に想像していなかった。というのも二人の恋人の取り巻き連たちのゲームのようなルールにはもはや通じていなかった。近年のシモーヌとは差し向かいで出会うことは滅多にない状況だったので、はっきりした様子が彼女には分かっていなかった。ずっと以前からエレーヌは文化関係の職務に就いていた夫に従ってウィーンやベオグラードやミラノに、そしてヨーロッパ議会の仕事でストラスブールに滞在していたのだった。

入院したサルトルへの付き添いで、ボーヴォワール派は強化された。傍らのエレーヌと共に、シモーヌは思いやりのある身近な存在として思うままに看護できる保証を得た。エレーヌは私のアパルトマンに滞在した。

「数日ぐらいのことでしょうね。」

実際は彼女は六週間以上滞在せねばならなくなる。

取り巻き女性からなる戦闘部隊は緊急体制下で分裂し、再び元に戻ることはもはや絶対ないだろう。二つの派閥が対立していた。昔からの人たちの派と新しい人たちの派、あるいは『レ・タン・モデルヌ』誌世代と戦後世代。カストールには支持者の数を数えて彼女の力を再結集するしかなかった。プイヨン、ランズマン、ボスト、そしてもちろんシルヴィが最後のフォーカード〔トランプの遊び〕を形成していた。

困難は現実のものとなった。身近に居る者たち同士が実際にはもう言葉も交わさなくなっているのに、病人に付き添う看病の引継をどのように按配すればよいのか？　もう一方の派のアルレットがサルトルの養女になっているのに比べると、法的見地からすれば、シモーヌは存在すらしていなく、合法性も持ち合わせなかった。ただ彼女の名声のおかげでサルトルの部屋に無事に行き着くことができる状態だった。年齢と不安から弱くなった彼女は病院を横切るとき、心臓が締め付けられた。誰とすれ違うことになるだろうか？　この考えが彼女を衰弱させた。エレーヌはそれが不安だった。夜、シモーヌは極度に興奮し疲れ切って家に戻り、悲しみでくずおれるのだった。

連れ合いが彼女より先に逝くのを見ることへの恐れが彼女の人生に付きまとっていた。彼女の回想の数行がそのことを証明している。彼の存在、彼のすべてに対する敬意と愛情を失うことなど想像しただろうか？　一九六八年世代のメンバーの中にはサルトルを奪い、シモーヌを閉め出した者たちがいた。毛沢東主義のグループを指導したとき、特にピエール・ヴィクトールは明らかな女性蔑視で注目された。理由もなく毛沢東主義者のグループから私が離れたのではないことをエレーヌに説明したことを思い出す。女性に対する彼らの傲慢さと軽蔑心は我慢ならなかった。

二人の姉妹はこの問題にたびたび言及した。女性の状況について国立図書館で書いた自分の原稿の一行一行についてカストールはよく知っていた。すべて真実で、すでに知られていることだった。しかし彼女は堅実な切り札を持っていた。シルヴィ・ル・ボン、彼女の最も信頼できる支持者、そして彼女の「娘たち」。裏切りと強く感じられる記事の出版に抗議する先頭に彼女たちは立っていた。彼女たちは雑誌『ヌーヴェル・オプセルヴァトゥール』に手紙を書き電話をしたが、何にもならなかった。

フェミニストたちの目には、アルレットは活動家の仲間には見えなかった。多くの事態でサルトルは財政的支援をしたが、彼の「娘」は決め手となるような行動に参加することは決してなかった。ミシェル・ヴィアンとのつきあいの方がずっと簡明だった。実際の運動家であり、ミシェルは大儀に関しては大いに誠実さを示していた。ただ彼女はライバルの家で日曜毎に催される会合に出席するのは避けていた。一度だけシュルシェール通りに彼女が顔を出したことがあったが、シモーヌは一言も口を利かなかった。ミシェルがユーモアとほほえみの力を借りて緊張をほぐそうとしたが無駄だった。

デルフィーヌ・セリーグはほかのフェミニストたちと同様、サルトルの入院を知った。しかし指令は確固としていた。新聞に記事が載ってはいけない。もちろん、『ル・モンド』紙や『リベラシオン』紙のように情報を得ていたところもあったが、どの社もこの条約を守った。うわさは流れたが、人々はこの老人に敬意を表した。

サルトルの死

部屋は暖めすぎるほどだった。その朝サルトルが具合が悪かったとしてももう誰も驚かなかった。カストールはもう何時間も何時間も彼の枕元に座っていた。周囲では人々が囁いたり動き回ったりしていたが、誰も彼女を追い出したりはしなかった。気持ちを和らげるためかれらがいつもそうしてきたように自分の手の上に相手の手をおいて、彼女は夜通し彼を見守っていた。彼が目を開ければ彼女がいつもそこにいるように。彼女がそこにいなければならなかった。その日の夜は、夜中、彼をそのままにしておいて帰る決心がこれまで以上につかなかった。彼の眠りは不安定で呼吸も苦しそうだった。二人を待ちうけている大異変に身を委ねないよう、無力ながらも彼女は全神経を傾けて緊張していた。彼は瀕死の状態にあり、彼女はそのことがよくわかっていた。

消耗しフラフラになった気がして、彼女は腕時計を見た。サルトルとの次の約束までを示してきたこの腕時計も間もなく何も意味しなくなるだろう。この十年間、時刻への偏執状態は彼女のさりげない愛情表現の一つではなかったか？　彼らの人生のすべて、思想のすべて、行動のすべてが彼らの次の約束の時間の上にきちんと決められてきたのだった。サルトルに再会する迄に起きた出来事であり、シモーヌに会った後の出来事というわけであった。だから、法律上のどんな夫婦よりもずっとはるかに彼らはカップルだった。時間はこのカップルにとっていつも仲間だった。永遠を前にして彼らの絆を合法的なものとした時間だが、それは人々の目にはそうは見えなかった。しかし彼女はこのことについてはゆずらなかった。

そっと彼女はコートを羽織ると、今は握り返す力もなくなった、あんなにも愛されたサルトルの手に口づけをした。サルトルの傍らに場を占めようと枕元の安楽椅子を奪い取ろうとするアルレットに出会うより早く、すばやく彼女は病室を出た。

柔らかな静寂がアパルトマンを包んでいた。置物までもが知らせを待っているかのようだった。それらの一つひとつがサルトルとの思い出の時を甦らせていた。電話が鳴った。彼女は即座に受話器をとった。

サルトルは彼女が部屋を出た後間もなく息を引き取ったのだった。彼の目を閉じさせたのはシモーヌではなかった。彼女が友人たちと彼の通夜をしに病院に戻りたくても身支度する時間しかなかった。手つかずの夜が、果てしない夜が広がっていた。二人の恋人たちの最後の夜になることだろう。

＊

パリは雨だった。行列の出発するずっと前から、群衆がグループになって到着した。一九六八年の時の先輩たち、労働者、あらゆる状況の男や女たち、時には腕の中に子供を抱いて大きな出来事の混乱のなかで隣り合わせていた。ある人たちはお互いに気付いて数年ぶりの挨拶を交わしていた。

ブルセ病院の前の歩道を埋めつくしている群衆から遠く離れたところにシモーヌは既に着いていた。彼女のそばにはランズマン、シルヴィそして『レ・タン・モデルヌ』誌の仲間たちが通夜の一夜を過ごしていた。彼らすべてが彼女の周りに一丸となっていた。シモーヌにはそうすることが確かに必要だった。

寒ざむとした無個性的な病院の部屋では彼女をパートナーから引き離そうとする人々が神経を高ぶらせて行ったり来たりしていた。吹雪も嵐もこえて五十年以上続いてきたこの愛情に、彼らはジェラシーを抱いていたのだろうか？　アルレットとピエール・ヴィクトールは喧嘩を覚悟でシモーヌとサルトルの古い友人たちに向かい合っていた。今度はエレーヌがやってきて姉にキスをしたが、ピエール・ヴィクトールには挨拶をしないことを決めていた。心の傷ができてからあまりにも日が浅すぎた。『ヌーヴェル・オプセルヴァトゥール』誌に記事が掲載されたのはたった一ヶ月前のことだったのだ。

サルトルが自説を捨ててわずか一ヶ月！　知的自殺ともいえる行動に彼を押しやった人々が自分たちの権利と優位を当然のことのように彼の棺の前にいた。とても醜いけれどとても魅力ある若いサルトルと姉の身代わりとして共に過ごした午後のことをエレーヌは思い出していた。サルトルが昔の友人たちとのように共に過ごしたかこの傲慢な若者たちは少しでも考えたことがあるのだろうか？　過去を一掃することを願うこの世代は彼の弱点をあらわにし、良心に反するあらゆる妥協を整えて自分たちの影響下に彼をおき、危うくサルトルの才能を断念させるところであった。棺の周囲をぶつからないで進むことができたのは奇蹟ではなかっただろうか？　幸いにもホールは広かったのだ。

シモーヌの悲しみは終わらなかった。法的には彼女はなにも要求できなかった。カストールは彼の配偶者ではなかったし、サルトルは遺言を一切のこさなかった。唯一の相続人はアルレットだった。埋葬は彼女とクロード・ランズマンの間で話し合われた。しかし、シモーヌはたびたび要請を受けた。国家の最高位者からの電話もあった。共和国大統領ヴァレリー・ジスカール＝デスタンがこの思想家の亡骸の前に黙祷を捧げるためブルセ病院に赴くことを彼女は了承しただろうか？

「いいえ！」といつものように率直にシモーヌは答えた。最後の気力をふりしぼってでも拒否したはずの栄誉を彼のために求めてサルトルを裏切るようなことを彼女はしない。

しかしサルトルの通夜をした後、翌日、数時間の休息が彼女には必要だった。彼女が病院に再び戻ると、感激した看護婦たちで沸き返っており、駆けつけたり、ささやいたり電話をかけたり騒然としていた。ついに大統領が弔問に現れたのだ！　誰が許可を与えたのだろうか？

シモーヌは怒っていた。サルトルは生涯、肩書や見せかけや栄誉というものを嫌っていた。ノーベル賞を拒否したのは、最期のときに尊敬してもいない国家元首の訪問を受けるためではなかった。彼女の拒否を通り越してなぜ厚かましくも事を運んだのだろうか？　二人の姉妹は疑問に思っていた。

＊

　埋葬の前夜、小さな会合がシモーヌのところで開かれ、私も参加した。見たところ参ってしまっているかのように彼女はもの静かだった。右手のソファの上には電報が積み重ねられていて彼女は指でそれに触れていたが、読まなかった。彼女にただ一つ大事なことは翌日の恐ろしい試練の成り行きだった。何千人もの視線や群衆やサルトルの近親者たちの幾人かからの敵意など、その初めから彼らの人生を象徴するものすべてに立ち向かうだけの十分な力と集中力が必要だった。どうしたらよいか分からないまま彼らが引き離されたのは初めてであった。それまでは細いけれど変わらない繫がりがいつも彼らの間にはあった。五十一年のまめな文通。相手からの手紙を調べたり、何ものもそして誰も邪魔だてすることができなかったランデヴーという方法を使って。初めて、サルトルの欠如がさらに淋しくなつかしく思わせた。

　最期のこの別れは公開されることだろう。カストールのように控え目で遠慮がちの人にとっては拷問に等しいことだ。

「警備係はどうなっているの？」と、エレーヌは尋ねた。

「いないんじゃないかしら。警官にはいてほしくないわ」と、シモーヌはしっかりした声で答えた。

　ＭＬＦの娘たちが霊柩車の両側に立つことを私が提案したときのことを思い出す。小さくうなずいて彼女は承諾した。

　ラジオやテレビや電話の呼び出し音や呼び鈴、郵便配達人たちが作っている興奮状態はおさまりそうもなかった。夜、私たちはエレーヌとともにアパルトマンをあとにした。私たちは不安でいっぱいだった。

サルトルの葬列

ランズマンやシルヴィやエレーヌに囲まれて、最後にシモーヌは長年の連れそいの顔を見ることができた。アルレットの前で気弱になりたくない気持ちが彼女を刃物のようにキリッとさせていた。まるで敵への通報を避けるため叫び声をあげないよう求められている兵士が戦場で生きながら手足を切断される時のような勇敢さで彼女は歯を食いしばり、顔をこわばらせていた。つかの間のお別れの深いもの思いのなか、部屋にいた人たちすべてが同じ苦しみと悲しみを味わっていた。亡くなってからも生きているときと同じ比類なき関係でサルトルと結ばれているカストール以外の人たち皆は。小男が傍らにいなくても、いるのと同じだということに彼女ははっきり気がついたのではないだろうか？　彼女自身の大切な分身が今、うやうやしく職人の手によって棺のふたの下に消えようとしていた。不可欠な彼女の分身はカストールのちょっとした行為や振るまい、話す言葉のなかに生き続けることだろう。

霊柩車が彼らを待っていた。アルレットが自分で乗り込む一方で、やはりシルヴィとエレーヌに助けられてカストールが座った。二人の女性はモンパルナス墓地までの道のりを並んで座っていた。エレーヌが彼女たちの間に座ってこれ以上の苦しみをシモーヌに与えないようにしていた。

病院を出ようとして運転手はブレーキをかけた。前に進めなかったのだ。一時間以上も前から集まっていた群衆はシモーヌに挨拶をしたがっていた。すべての人が彼女の苦しみに気づいた。彼らのなかの多くの人は疲労困憊していた。黒塗りの車の中にはサルトルとともに過ぎ去った彼らの夢と若さが横たわっていた。この二十世紀に知性とユマニテをもたらそうとした人はもはやいない。

行列を守るために自発的に男や女たちが歩道に沿って鎖をつくった。ＭＬＦ運動の「娘たち」がひとかたまりになって霊柩車の両側に立った。

窓ガラスを通してシモーヌは彼女を愛する親しい人たちの顔を見分けることができた。この数年ずっと共に闘ってきたサルトルと彼女を支える群衆の誠実さ。静かに厳かに歩む群衆、薔薇の花を手にした高校生、子供を肩車しているその両親をシモーヌは車から見るともなく眺めていた。

「サルトルが望んでいたのはまさしくこのような埋葬だったと思いますよ」と、押し殺した声で彼女はエレーヌに言った。

雑踏から彼らを護っている娘たちの一人ひとりを観察しながら、彼女はさらに呟いた。

「疲れた様子をしているから、彼女たちはきちんと眠っていないようね。」

フランスの若者、もちろん他の国の若者たちも、「偉大な人」に付き添っていた。一九六八年、そして一九七〇年の活動家たちが、ジーパンやセーターやスポーティな上着姿で手を取り合っていた。十二年前、彼らはサン=ジェルマン大通りやサン=ミシェル大通りから引き剥がした敷石をてんでに持って、カルティエ・ラタンを歩き回っていたのだ。一九八〇年のこの日には何事もおこる危険はなかった。シモーヌの要請をうけて、警官は姿を見せていなかった。二つの世代が同じ歩調で歩んでいた。アルジェリア戦争のとき二十歳だった世代と一九六八年五月に世の中を変えることができると信じていた世代。

群衆の数は増えていった。霊柩車がモンパルナス通りの角を曲がった。サルトルが一九六八年代に住んでいたラスパーユ通り二二二番地に近づいていた。上階の彼のアパルトマンからは当時毎日モンパルナスの墓地が見えていたはずだが、彼はその墓地にいま戻りつつあった。

生涯の最後の数年は、さらに墓地に近いエドガール=キネ通りの小さな質素な家具だけの、修道院の独居房のようなアパルトマンで暮らしていた。彼は墓地のあちら側とこちら側で作家としての生涯をおくったことになる。彼が伝記を捧げたボードレールの墓は彼自身の墓に近いところになるだろう。

パリの左岸への愛着と、権力と金銭を象徴するものすべてを擁護するという誤った傾向の右岸に対しては軽蔑をつねにサルトルは高唱していたので、ペール=ラシェーズ（右岸にある墓地）に埋葬されることを彼は願わなかった。その上、義父の傍らで憩うことなど想像もつかなかっただろう。

そういうわけで、クロード・ランズマンとアルレットがお墓を求めてモンパルナス墓地の管理人と会う約束をしたときも、相手に驚いた様子はなかった。

「サルトルさんが私どものところにいらっしゃることは分かっていましたから。(1)」

葬列は今や、シモーヌとエレーヌの生まれたラ・ロトンドのカフェの建物に沿って進んでいた。次いですべての視線がモンパルナス大通りの反対側に向けられた。サルトルとシモーヌが四十年以上昼食を共にしてきたラ・クーポールにそって行列は進んできた。給仕たちは皆ブラスリーからおもてに出て、折り曲げた左腕にナプキンを掛け、かしこまった厳粛な表情で歩道に沿って整列していた。誰も身動きしなかった。ある人たちはサルトルと三十年以上もの付き合いがあった。

手の先に盆を掲げて生き生きと素早くそして恭しくブラスリーの通路を毎日何キロも移行するこの人たちと共にいることをサルトルは好んだ。そして彼は二世紀前のヴォルテールのように、ペン一本で不正に抗議し人間の尊厳を護って闘う人間を具現していなかったか？

「『先生《メートル》』と呼ばれることを許したのは彼らに対してだけだった」と、葬列の進み行きに従ってゆっくりと思い出を遡らせながらシモーヌはつぶやいた。彼女に関してはそんな問いは全く発せられなかった。彼女を「メートル」とか、ましてや「メトレス」と呼ぶような突拍子もない考えを持つ人は誰もいなかっただろう。霊柩車は進んでいた。著述業の女性に対しては、フランス語では敬語に女性的なものがないことに車中の彼女は考えていた。ある者たちの場合、親愛と軽蔑の間でその調子の変化は無限だった。そうした人たちにはマドモワゼル・ド・ボーヴォワールと呼ぶかマダム・ド・ボーヴォワールと呼ぶかは同じ意味合いを持たないことである。しかも、誰かが介入して議論を始める際、「マドモワゼル」などと、とっくにそういう状況ではなくなっている呼び方で呼びかけるようなことがあると、シモーヌの体はこわばった。彼女はそうしたことは当然のことながら彼女への敵意の表れとみなした。以後は彼女の方も相応の敵意を相手に抱くことになっただろうと思う。

シモーヌは頭をめぐらしてもうすっかり別の場所となったこの一帯を眺めた。他の客たちが回りのテーブルで既に食事を終えてコーヒーを飲んでいる午後一時四十五分頃、「先生《メートル》」とマダム・ボーヴォワールはラ・クーポールできまって昼食をとるのが習慣だった。[2] 客たちの視線を気にすることなく、彼らはテーブルにそって進んだ。

彼らのうしろで、ラ・クーポールの主人がすっと背筋を伸ばし風格ある姿で歩みながら、彼らを煩わす者がいないようそれとなく気を配っていた。彼らのテーブルの隣の席は不謹慎な盗み聞きや好奇心に満ちた視線から彼らを護るためにいつも空席になっていた。彼らは一九六八年までは平穏に過ごせる居場所を享受していた。『人民の大義』や『リベラシオン』紙創刊後の数年間は、私服刑事たちがラ・クーポールの経営者に無理矢理、二人のテーブルの隣のテーブルを彼らのために予約させた。この挑発は長続きしなかった。二人の恋人たちは策を練って必要とあらばテーブルを変えることができた。

行列は次第にゆっくりと墓地に進んでいった。群衆は膨らんできた。警備を担っていた女性たちや人々は呆然としていた。野次馬たちは何としてでもカストールをちらっとでも見て彼女の悲しみの痕跡を自分の目で確かめたがっていた。彼女は自分が原因となっているこの好奇心に気付いていただろうか？ フェミニストたちは不安になっていた。

「窒息しそうだわ！」と、窓の傍らを歩いていた彼女たちの一人が叫んだ。

サルトルの埋葬

墓地への入り口は、歩道も車道も群衆で埋め尽くされていた。駐車した車はお互い同志しがみつき合っている男や女の一団の下に隠れてしまったようだった。

数メートルの高さの樹木や塀の縁につかまって、カメラマンたちが獲物を待ちかまえていた。サルトルの棺の写真をものにするだけでなく、不滅のものとして記録し、絶望している一人の女性のポートレートを最高の値で売ることにあったのだろう。

霊柩車から降りるやいなや、彼女は倒れそうになった。フェミニストたちの一人が叫び声をあげた。すごいショットを撮りたがっているカメラマンたちがシモーヌを取り囲んでいる女性たちを押しのけようと肘で押し分けたのだ。この常軌を逸した雑踏の中で、もはや何も見えず、前に進むこともできない彼女を護ろうと、「娘たち」が抗議している声しか聞こえない状況にもかかわらず、カメラマンたちはシモーヌに近付こうと、女性たちの作っている列を何が何でも超えようとしていた。

その時、群衆の中から彼女に愛されたもう一人の男が現れた。堂々とした肩幅、大きな声のクロード・ランズマンであった。彼はシモーヌの腕を取ると、彼女のターバンには気もとめず、彼の肩のしたに彼女を囲い込むと、見物に来た人々にきっぱりした拳骨をふるって散らした。

地下納骨所に近づくにつれ、道を空けるためにクロードは一層力を入れて闘わねばならなかった。さらに群集は密度をまし、葬列に付き従ってきた人々が今や墓地の中に入ろうと、押し合っていた。

「警備係はいないの？」と、二人の男にはさまれて脇腹を両側からこづかれていた「娘たち」の一人が

その状態から逃れようとしながら嘆いた。そう、警備員は一人もいなかった。墓地の中での目立たない警護のみを、カストールは受け入れただけだった。然るべき場所に配置されていない警備員。機動隊も守備の人垣もまったく目に付かなかった。

「あの女性を窒息させてしまうわ！」ランズマンとシモーヌについて、シルヴィとアルレットの傍らをやっとのことで歩いていたエレーヌは怯えて言った。

葬儀の主催者が大声で叫んだ。

「道を開けてください。お年寄りの人たちがいます。」

やっとシモーヌをお墓の前にたどり着かせると、折り畳み椅子に彼女を座らせた。エレーヌ、ランズマン、シルヴィ、アルレットも近付いた。エレーヌは姉の肩に手をおくと、優しく頬を撫でた。シルヴィは一瞬の静寂の中で、一本のバラを彼女に差しだし、彼女はそのバラを自分のまえの地下納骨所にそっとすべり落とした。瞑想の時だった。シモーヌは頭をたれ、いま墓地に納められた棺の上に目をじっと注いだ。彼女の周囲では男たちが、ほとんどが若者だったが、そして有名無名の女性たちも皆、涙を流した。著作と人生の連れ合いであり、友人であり兄であり恋人だった人が永遠に出発するのを見守るこの女性の邪魔にならないよう彼らは静かに泣いていた。

五十年間、彼らはほとんど離れることはなかった。彼らの協定は苦しい試練を克服してすべてにうち勝って生き続けた。

しばしの静寂のあと、大荒れの海のように群衆は再びざわめきだした。絶望し、こわばり、カメラも無視してシモーヌは息を切らしていた。出発しなければならなかった。クロード・ランズマンは彼女を椅子から持ち上げた。叫び声がきこえた。押し合いへし合いが再び始まった。

目の回る忙しさの中で葬儀進行係が相変わらず悲しそうな声を張り上げていた。

「どうぞお年を召した方々にお気をつけてあげて下さい。」

顧慮される時ではなかった。ランズマンはまた闘わねばならなかった。「娘たち」の上着は引き剥がされ、眼鏡は壊された。雑踏の中で突然シモーヌは気分が悪くなった。墓地の中に車を捜した。できるだけ早く抜け出して、彼女の息がしやすくなるようにしなければならなかった。やっと彼女は脱出することができたが、押し合いへし合いは何時間も続いた。若者たちもそう若くない人たちも、それぞれがこの作家に最後の敬意を表したいと願っていた。

ピエール・ヴィクトールはその場にいないようだった。サルトルが亡くなる一ヶ月前、シモーヌを絶望させることにまんまと成功した彼の秘書はもう存在しなかった。

彼のことを気に掛ける者は一人もいなかった。

＊

ランズマンは墓地の群衆の中から無事シモーヌを脱出させることができた。しかし続く数日間というもの、彼女の状態は一層悪くなる一方だった。苦しみは激しすぎた。彼女の意気消沈ぶりは身体にも影響をもたらした。サルトルの死に加えて、喪にまつわる困難な仕事があった。哲学者の財産の唯一の相続人はアルレットだった。シモーヌには何一つ要求できなかった。彼の元に残してきたいくつかの身の回り品と書類、彼女がサルトルに贈った彼女の父親の演劇に関する数冊の本を返してくれるよう辛うじて頼んだのだった。

この要求はほとんど無視された。唯一の遺品として彼の思い出と感情的な、ささやかな価値の物だけが彼女のものとなった。少なくともこうした遺品は誰も彼女から取り上げられるものではなかったのだった。

シモーヌ倒れる

埋葬の日の夜にはシモーヌの体は疲れ果てていたし、衰弱していたが、彼女は彼女の身近な人たち、『レ・タン・モデルヌ』のスタッフやランズマン、シルヴィ、そして彼女の妹をアレジア交差点にあるカフェ・レストラン、ゼイエールに夕食に招待したがった。世界中のテレビがジャン＝ポール・サルトルのニュースの番組を放映しているとき、シモーヌは食事をし、お酒を飲み、疲れと悲しみに崩れ落ちた。苦しみをいやす薬をお酒に求める彼女の姿を、不安な思いで友人たちは見守った。ウィスキーとウォッカが彼女の日々の同伴者になろうとしていた。続く数日、シモーヌは電話に出なかった。不安に思ったクロード・ランズマンとシルヴィがシモーヌ宅を訪れ、身動きできない状態でたった一人床に倒れている彼女を発見した。彼女をコシャン病院へ連れていった。このニュースは報道されなかった。シルヴィ、ランズマン、エレーヌが交代で枕元に付き添った。医者はエレーヌを呼んだ。彼はシモーヌを助けたがっていたが、かつてあんなにスポーティだった身体がアルコールによって駄目になってしまっていた。姉の求めに応じて食事や飲み物を持っていくことは禁止された。このように二週間は彼女は禁酒させられた。その間ずっと心もとない状態で寝付いたままだったので、誰もが彼女が生き延びられるかどうか不安だったほどである。

病院の一室に閉じ込められ、彼女の周りの喧騒や口げんかから護られて、彼女は少しずつ体力を回復していった。白い病室の牢獄から脱出するや、彼女は再び書き始めた。服喪の辛さを忘れるのにこれ以外の薬はなかった。

ゴックスヴィレールで

数ヶ月が経った。彼女は妹のところに出かけた。家の入り口への石段をシモーヌがのぼるのにエレーヌが手を貸したとき、ゴックスヴィレールの家の藤はまだ花盛りだった。二匹のアビシニアン猫、ティオッカとパンペルネルが彼女について書斎に入っても彼女は何も言わなかった。シモーヌは彼らを眺め、そして本に囲まれた小さなベッドに横になった。二匹のうちの積極的な方の猫のパンペルネルがやってきて彼女に身を擦りつけた。いつもならオルグレンやエレーヌの猫たちを、彼女は我慢できないほうだった。が、その日は彼らが遊ぶ様を楽しそうに見ていた。

黒い木造の書斎の中に、かつてラスパーユ通りの家族的なアパルトマンにあった赤いソファがおかれていているのに彼女は気づいたが、そこにはエレーヌとリヨネルの古書のコレクションもおかれていた。とりわけヴォルテールや十八世紀の哲学者たちに関する著書が顕著だった。ヴォルテール関係の著書の傍らにサルトルとボーヴォワールの著書が置かれていた。この慣れ親しんだものの前でシモーヌは微笑んだ。

サルトルの死後ほどなく、シモーヌはシルヴィを彼女の養女とすることを了解してくれるようエレーヌに求めた。サルトルのように彼女もまた誰か若い人が彼女の死後、作品を管理してくれることを願っていた。子供のいなかったエレーヌは了承した。

＊

プーペットは紅茶を入れ姉の話に耳をかたむけた。ギリシャに仕事で旅行中のリヨネルはヨーロッパを横断してまで「義兄」の葬儀に参列しはしなかった。彼を怨んでいる様子はシモーヌにはなかった。彼女の方が彼らのもとに来た。二十年来、秋にアルザスに滞在するという習慣ができてからは。この村で彼女は平和に生きることができた。

ゴックスヴィレールの住人たちは彼女の到着を知っていた。彼らはテレビでサルトルの埋葬を見、ド・ルーレ夫人がシモーヌの頬を愛撫する様を見ていた。夜になった。妹の腕に支えられてシモーヌは村の通りを散歩した。隣人で一家の友人のグリュッケ夫人が花を手にして畑から戻ってきた。

「私の庭に咲いた花をどうぞ」と言いながら彼女はシモーヌに花束を差し出した。

シモーヌは顔を赤らめ、礼を言った。何台かトラクターが家の前を通過した。そして後は静寂となった。村人たちはシモーヌの喪と水入らずの散歩に敬意を払った。エレーヌとの会話のなかで絶えず一つの問いが想起された。サルトルなしに彼女はどうやって生きるのか？

毎晩、リヨネルはヨーロッパ議会の事務所から帰宅した。彼らの青春時代が戻ってきたかのようだった。長い歴史の中で唯一の生き残りの三人がそこに集っていた。

＊

シモーヌは落ち着きと食欲をいささか取り戻した。この家には卑しいたくらみやさもしい下心がなかった。この平和な世界は彼女には馴染みのないものだった。何年もの間、彼女は家族を尊大な気持ちでみてきた。今日、リヨネルとエレーヌは子供時代をすごしたリムーザン地方、学生時代のパリ、ポルトガル、そしてかつての新鮮さと平穏を思い出させてくれた。

夜の静寂の中、彼女の著書と彼女のパートナーの著作に囲まれて彼女は一人眠った。朝食のためにエレーヌが焼くパンの香りで彼女は目覚めた。

「私、また書き始めたわ」と、ある朝タルティーヌを味わいながら彼女は言った。「サルトルの老いについて書くわ。」

エレーヌは微笑で答えた。良い知らせだった。

日々が流れた。カストールはいつものように方眼用紙の上に書いていった。方眼用紙は彼女にインスピレーションを呼び起こすのに大切なよすがとなっていた。書くこと、愛する人について書くことは、もう一度その人に命を蘇らせることであり、彼に彼女の愛を告白することではなかったか？

そこにもういない人について、ときに激情に駆られつつ、二百ページ以上を数ヶ月で書き上げた。サルトルの晩年について彼女独自のものを書く権利を誰よりも彼女は持っていた。そしてその権利を果たしたのだ。

オルグレンの死

シモーヌは新聞を開いた。ニュースが目に飛び込んできた。今度はネルソン・オルグレンが亡くなったのだった。サルトルの訃報の数ヶ月後、遂に彼も成功を手にしようというときであった。その日、彼は合衆国アカデミーに受け入れられることになっていた。彼の死はアルコールが原因だった。結婚から離婚、情熱から絶縁へ、その跡に著作を残しつつ彼もまた今世紀を駆け抜けたのだった。一年のうちに彼女は二つの愛を亡くしたことになる。

オルグレンはあれほど愛した女性と和解しないまま逝った。彼女はそっと涙した。雑誌の紙面に載ったオルグレンの美しい顔に彼女は指でそっと触れた。

今度は彼は何も心配しなくてもいい。恋人の死を、シモーヌは作品などにはしないから。彼女は死の沈黙の中に指輪を持ち去り彼と合流することで満足するだろう。〔オルグレンからプレゼントされた指輪を、シモーヌは生涯持ちつづけ、彼女の死に際して棺の中のシモーヌの指にはこの指輪がはめられていた。著者の前作『晩年のボーヴォワール』を参照されたい。」

『別れの儀式』

一年経って、彼女の最も重要な作品の一つである『別れの儀式』が出版された。本はまたしても論議を呼んだ。第一部はサルトルの生涯の晩年において彼の肉体が次第に悪化していったことに関するものであった。第二部はサルトルとボーヴォワールの未発表の特別な対話であった。

衰えのただ中にある一人の存在の私生活を、シモーヌはなぜ敢えて語ったかについて、批評家たちの中には、苦しみを追い払う一人の女性の著作を告発することに奮起した者たちもいた。

『別れの儀式』のなかで彼女が送った手紙は、二十世紀という波乱に満ちた世紀のなかを共に分かち合い、人生のアヴァンチュールと幸せの最も偉大な時間を彼女に捧げてくれた存在でもあり、またあれほど彼女を苦しめた存在でもあった男性への最後の愛の手紙だった。この愛を、未来の世代へなんとしてもその跡を届けたいと彼女が願い、声を大きくしてその愛を叫び、「サルトルを愛した、そして愛し、愛するだろう人々」に、この本を捧げたのだった。

ピエール・ヴィクトールはここでは挿話的にしか現れていない。シモーヌの目には絶対離れられない位置、演劇の端役という位置を彼は与えられていた。

サルトルの死の一ヶ月前に出されたサルトルとヴィクトールの三十ページの対談に対しては、シモーヌは熟達した文体で黒く埋め尽くされた六百ページの著作で応酬した。ヴィクトールがサルトルとチュトワイエ（tuで話す）で話し、予想外の親しみぶりをひけらかしたのに対し、シモーヌは彼女とパートナーとの何ページにもわたる印刷された対話を著し、ヴーヴォワイエ（vous で話す）がまさしく愛を増し加えるものであることを示した。

しかしカストールは小男を遠慮無く手荒に扱ってもいる。たとえば中絶のようにタブー視されている事柄にも決して恐れることなく容赦なく採り上げ、ふしだらだとか破廉恥だとか呼ばれることを恐れはしなかった。実際、例えば、サルトルが性的行為そのものにはさほど興味がないと認めていたことなど。別のタブー、男性の不感症について言及するのにもシモーヌはこの機会を利用した。不感症は女性だけが非難されてきた。彼ら男性たちは、いずれの性行為も楽しんでいるとみなされていた。カストールはジャン＝ポール・サルトルとのセックスを思い出として語ることによってこの神話をうち壊した。小男が挿入よりも愛撫の方を好んだことを隠してはいない。彼はある意味で不感症であることを認めていたのだろうか？

彼の悦びは、自分の醜さを気にしないで安心していられ、性的関係における悦楽が無くても安心した気持ちをもたらすような誘惑にこそあったと要約されるとも言える。

美的存在は恋愛関係に必要欠くべからざる要件であった。美の輝きこそ彼に彼の肉体を忘れさせ、彼自身の目に対しても、同時に世間の目から見ても彼の価値が高まるのだった。

彼女に肉体の歓びを味わわせたのは小男ではなくネルソン・オルグレンだったことをシモーヌは著作の中で隠さなかった。サルトルが好んだ唯一の挿入は彼の思想の挿入だったといえる。この転倒こそが、彼の身体が他の場合には見出せないような喜びを彼の肉体に与えたのではなかったか？　このことは一つの疑問であった。

気弱になることなくカストールはちょっと調子の狂った見方を支持した。これらの対談が録音されたのは、カストールがＭＬＦの「娘たち」の愛情に囲まれるようになり、そしてシルヴィが彼女の人生に重要な立場を持つようになったときであった。日曜には「娘たち」は皆彼女の家に集って、タブーとされてきた事柄を揺さぶり、それにかんする因習的で戯画的な話題を笑いとばし、若さの力で、だからといって革命と呼ばれることはなかったが、世の中を変えようとした。

エリゼ宮へ

サルトルが逝って一年が流れた。彼女の机の上には何ページもの原稿がたまっていった。フランスは緊迫した選挙戦の只中にあった。シモーヌはフランソワ・ミッテランへの支持を改めて表明した。

悲しみにもかかわらず、彼女は生きる意欲を取り戻していた。シルヴィは輝く友情と力強い愛情で彼女を包んでいた。シモーヌの表情は少しずつ和やかになっていった。彼女は微笑み、一層心穏やかになったようだった。

ある種のいらだたしさをこめて、あだ名として彼女が「未亡人たち」と呼んでいたサルトルの他の女性たちは彼女の生活圏外にあった。彼女はホッとすることができ、シルヴィとともに旅行をし、田園を散策する喜びを再び見いだすようになった。論争への意欲は相も変わらずみなぎっていた。「ショワジール（選択する）」という協会でジゼール・アリミと仕事をした後、女性の権利戦線をアンヌ・ツェレンスキー（後に「女性の権利同盟」会長）とともに立ち上げ、フランスの法律を変えさせようと表明した。闘いはこれまでになく活気あるものだった。イヴェット・ルディのような新しくそして魅力溢れる人たちが現れた。彼女とはやがて友情を結んだ。

＊

かつては権力と彼女の関係は緊迫していたが、いまや新たな展開をみせた。その寿命の黄昏時に、ヴァレリー・ジスカール＝デスタンと会うことを承諾したサルトルのように、彼女は近東の平和に関して他の知識人たちと話し合うためにフランソワ・ミッテランからの昼食の招待を受け入れた。

国家の最高権威者と対談しようと構えて、いつもの活気で彼女はこの招待に赴いた。ミッテランの右に座って、後に私に言ってくれたことだが、聴くだけで満足しなければならなかった。女性が自分の考えを述べることができるようにとその生涯をかけて闘ってきた女性を前にして、大統領フランソワ・ミッテランは話しを独り占めしたのであったのだろうか？　彼女はそのことで彼を恨みはしなかった。彼女の忠実な友人クロード・ランズマンの映画『ショアー』の上映の折り、エリゼ宮に再び彼女の姿が見られた。この証言の記録のためにクロードは十年以上を掛けていた。

シモーヌは『ル・モンド』紙に『ショアー』についての記事を書いたが、そこでは十年にわたる撮影を完遂するために彼女がおこなった支援については触れられていない。この寛容さの真相をいつの日か人々は知ることになるのだろうか？　彼女の援助を受けた女性たち、そこにはヴィオレット・ルデュックも含まれるが、彼女たちはそのことを決して知らされはしなかった。シモーヌの慎み深さは徹底していた。これが彼女の寄付への条件だった。

イヴェット・ルーディ

反イヴェット・ルーディ〔後に女性権利省大臣になる〕運動が社会党議員のあいだでは懸念すべき拡がりをみ

せていた。彼女は政府の第一次改造で代理大臣としてのポストを失った。彼女をフェミニスト過ぎると見なす同僚の議員たちは、議会のビュッフェで彼女の発言を面白がってからかった。数週間後、シモーヌ・ド・ボーヴォワールは大統領との会見を求めた。シモーヌは黙っていられなかった。フランソワ・ミッテランは、唇のはしに微かなほほえみを浮かべながら、彼女の様子を静かに観察した。その知性で彼を楽しませることができるような女性が同席することを、彼はいつも好んだのだった。

『第二の性』の著者はすでに七十五歳に近くなっていて、歩みもゆっくりだった。脚が彼女を苦しめていた。彼女はじっと彼を見つめ、目をそらさずに話し始めた。今度ばかりは彼は彼女の話しを聴こうとしているようだった。女性の権利はこのために予め予定された政府のメンバーによって擁護されねばならない。まだまだなすべきことが山積している。ボビニィの法廷で裁判官たちを前にした時のように、決定的で明快な論拠と論理で彼女はミッテランにしばし説教をした。

共和国大統領は彼女に耳を傾けた。このとき、サルトルと対立しても一九七四年に彼への投票を彼女が呼びかけたこと、次いで一九八一年にもそうしたことを彼は思い出していただろうか？　女性たちの票が彼の当選を決定づけたはずだった。次のキャンペーンにこの票が必要になるかもしれなかった。彼は彼女を執務室のドアまで送った。彼女は玄関の石段を一段一段おりた。この地に住まうスフィンクスの説得に彼女は成功したのだろうか？　説得の成果に不安を抱きながら彼女はモンパルナス付近に戻ってきた。数ヶ月が経った。次の内閣改造でイヴェット・ルーディは昇格した。彼女は正式に大臣に任命された。

彼女らはアンヌ・ツェレンスキーと連絡を取りながら協力しあって働いた。政府は女性のおかれている状況を改善する法律を可決させた。シモーヌはクリスチーヌ・デルフィと共に、雑誌『新フェミニスト問題』の創刊に加わった。一九八五年、彼女の生涯の最後の夏、彼女はシルヴィを伴ってイル・ド・レに赴きアンヌ・ツェレンスキーとエマニュエル・エスカルに再会した。彼女は散歩をし、くつろぎ、にこやかで、落ち着いているようだった。アルコールの問題は改善したように見えた。

＊

一九八六年二月十八日、国民議会議員選挙で社会党が敗北を喫する一ヶ月前、イヴェット・ルーディはエレーヌ・ド・ボーヴォワールの絵画回顧展のベルニサージュ〔絵画展の一般公開に先立つ特別招待〕を女性権利省で主催した。数百人の女性たちが、パリからフランスの大きな町からヨーロッパから、合衆国からカナダからもやってきた。

シモーヌはエレーヌの腕に支えられて、彼女の最近の絵の一枚一枚を眺めながら進み、喜びを味わっていった。肉体の衰えにも関わらず、シモーヌは長い間立ちながら、妹の作品を鑑賞していった。

これが公の場で彼女の姿を見る最後であった。

シモーヌの死

電話が鳴った。多分シモーヌからだろう。庭の奥にあるアトリエにいたエレーヌは受話器を取りに急いだ。シルヴィの声とわかると彼女は気を失いそうになった。シモーヌはいまコシャン病院〔パリ五区にある〕に入院したという。軽い手術を受けねばならない。一九八六年四月二日のことであった。

翌日、エレーヌは姉の枕元にいた。その翌日からはパロ・アルトでの彼女の展覧会のベルニサージュに出席するためサン・フランシスコに赴く予定になっていた。床についたシモーヌは、エレーヌがどうやって飛行機のチケット代を工面するのか気に掛けて知りたがった。

「心配しないで」と、エレーヌは今にも泣き出しそうになりながら答えた。

六年前、医師たちは彼女の姉の健康状態について少なからず条件を提示していた。エレーヌはそのことを完全に覚えていた。医師たちはシモーヌがさらに数年、生き長らえるという快挙をなしとげてくれた。では今度は終わりの始まりなのか？

シルヴィ、エレーヌそしてクロード・ランズマンが枕元に交代で付き添った。数日間、彼女の容態は良くなっていた。私との連絡は毎日とりつつ、エレーヌは医師たちの同意を得てカリフォルニアに飛んだ。四月十四日早朝、彼女は起こされた。シルヴィからの電話だった。シモーヌはその日の午後亡くなったという。二人の姉妹はお別れを言い合う時間がなかった。

パリに戻るとエレーヌはリヨネルと私の腕にくずおれた。

＊

葬儀の前日、私は大統領顧問宅での個人的な昼食に招かれた。マティニョンとエリゼーの間には緊迫した雰囲気が漂っていた。国民議会議員選で社会党が敗退したからには、フランソワ・ミッテランの大統領二期目〔一期はそれまで七年任期〕の再選は確実ではなかった。

「もちろん、明日のシモーヌ・ド・ボーヴォワールの葬儀には皆さんはおいでになりますね？」と、私は尋ねた。

大統領顧問は困惑をみせた。

「私は地方に行く予定がありましたから……。」

私はソファから飛び上がりそうになった。私が話しかけているその人は私の家族の古くからの友人で、彼がこんな風に切り抜けるとは思いもしなかった。

「サルトルのお葬式にはほとんどの方々が御出席されてましたよ！　サルトルは一度しかフランソワ・ミッテランに投票するよう呼びかけませんでした！　シモーヌはミッテランのために、何度も公然と態度を表明することをためらいませんでした。社会党政府が権威を手に入れるに際して彼女はサルトルと一線を画してさえいます。あなたたちは女性票に一部負っているのです。他の誰にもましてシモーヌはあなたたちの謝意に値する人です！」

顧問は視線を落とすと咳払いをした。

「私たちになにができるかをこれから考えてみます……。」

私はガッカリして苦い気持ちを抱きながら帰宅した。新聞もラジオもテレビもすべてシモーヌへの追悼はサルトルに手向けられたものよりずっと控え目だった。『第二の性』を書いた彼女を許していなかったのだ。エレーヌは色めき立って言った。

「この本が個人的名目で彼らに向けて書かれたと、フランスの男たちは思っているんだわ。またしても、そのばかげた怨みを彼女に示しているね。」

「エリゼ宮での会見はどうでしたか？」と、手にハンカチを握りしめてエレーヌが尋ねた。彼女は私のアパルトマンの長椅子に横になってやっと一息ついているところだった。十三時間の飛行機の旅、サンフランシスコからの慌ただしい帰還、九時間の時差、その上に大きな悲しみ。丈夫な身体を授かってはいても、エレーヌは七十六歳の年齢は隠せなかった。

お茶を注ぎながらすべて話した。

「あなたにお悔やみを言っていました。」

「葬儀に来てくれるでしょうか？」

「多分……。」

私たちは話題を変える方が良かった。あとは希望するのみだった……。

シモーヌの葬列と埋葬

「ねえ、エレーヌ、彼らがきましたよ。」

しかし、サルトルの亡骸の前で瞑想に耽りたいと願ったヴァレリー・ジスカール＝デスタンとは逆に、フランソワ・ミッテランは、最高のポストを得るための選挙の際、彼に貢献してくれたこの女性に最後の敬意を表わしに来なかった。ただ、彼を取り巻く他のメンバー、イヴェット・ルーディ、リヨネル・ジョスパン、ローラン・ファビウス、そしてジャック・ラングはやってきて最後の挨拶をした。クロード・ランズマンは泣き続けていた。

外では、群衆が増えていった。出棺の時間が近づいていた。棺のふたが閉じられねばならなくなったとき、みなはたじろぎ、涙した。ネルソン・オルグレンが彼女に贈ったメキシコ製の指輪を終の棲家の墓の中に携えて彼女は皆に永遠に別れを告げようとしていた。彼ら二人の引き裂くような離別と喧嘩にも関わらず、手紙の中で私の「夫」とか私の「ワニ」と彼女が呼んだ恋人の結婚指輪は、彼女の左手から決してはずされることはなかった。(3)

エレーヌは従姉妹のジャンヌとシモーヌの古い友人ジェジェ・パルドと共に霊柩車の後部座席に乗った。私は運転手の隣の前の席に座った。シルヴィ、ランズマン、『レ・タン・モデルヌ』誌の編集仲間たちは外に残り葬列の後に続いた。彼らは歩く方が良かったのだ。(4)

病院の中庭は両腕に花を抱えた女性たちで一杯になる中、霊柩車は出発した。門はフォーブール＝サン＝ジャック通りに開かれていたが、群衆がそこを塞いでいた。女たちや子供たち、また年輩の男性や様々な世代の男性たちも、沢山の人たちが彼女に最後の挨拶をするためにそこに集っていた。

葬列はようやくモンパルナス大通り、ポール＝ロワイヤル、そしてクロズリ・デ・リラのカフェにたどり着いた。ラスパーユ通りの住まいの建物そしてカフェ・ド・ラ・ロトンドが現れた。エレーヌは彼女たちが生まれた上階の部屋を見上げた。葬列には警備係がついていなかった。人々の列はお互いにお喋りをしながらゆっくり進んだ。ここ数年、サルトル亡き後、お互いに疎遠になっていた人たちも多くいたことだろう。一方で、リセの生徒や学生が、手に手に一本のバラを持ち、感動に満ちた様子で堂々と行進していた。群衆の中に、無名の人々に混じってさりげなく控えめにレジス・ドゥブレやミシェル・ロカール〔共に社会党の政治家〕の姿が見えた。

列はやがてラ・クーポールにさしかかった。そこにはサルトルのときに彼らがかつてしたように、ギャルソンたちが腕にナプキンを掛け胸を一杯にして静かに歩道に沿って整列していた。葬列の行進は一時間も続いた。とても穏やかだったので、まるで日曜日に家族の年老いた親戚のもとを訪れるような感じがした。世界からシモーヌに付き添うために集まってきた女性たちをエレーヌは眺めていた。背が高く美しいアフリカ人女性たちはブーブー〔ゆったりとした長い民族衣装〕を身につけ腕に花束を抱えていた。彼女らの一人は泣いていた。ちょっと離れた列には短いスカートをはき、制服を着て、黒の短いソックスと靴をはいた日本人の女性たちがお互いに写真を撮りながら並んで行進していた。

彼女らの後にアメリカ人女性たちが続いた。彼女たちの一人はテキサス帽を被り、別の一人はフェミニスト・ウーマンズ・ヘルス・センターのロゴの入ったTシャツを着ていた。彼らのそばにはオーストラリアの女性たちがシドニーとメルボルンの女性グループの名前の元に、花束を両手一杯にもって行進していた。サリーをまとったインド人女性が二人、家族と一緒に続き、アルジェリア人女性やチュニジア人女性も彼女らに並んで歩んでいた。五つの大陸の女性たちがこうして色とりどりの多人種的な活気を示しながら、悲しみに心を一つにして集まり、言葉を交わしていたことは、混血と共生という点でシモーヌにはとても気に入ることであったに違いない。

車は最後に、サルトルがかつて暮らしていた建物の前を通った。もう墓地の入り口まで数メートルしかなかった。いっそう密になった群衆が入り口の門に押しつけられたまま、門は開かれた。エレーヌは青ざめてきた。別れが迫っていた。開けられた墓のそばに柵が施されていて、ジャーナリストたちを隔てていた。エレーヌは車から降りると、『レ・タン・モデルヌ』誌のメンバーたちと一緒になった。シモーヌのかつての恋人であり今も友人であるランズマンが彼女の『回想録』のなかから短い一節を朗読した。カメラのフラッシュのパチパチいう音で聞き取りにくかった。しかし重々しく優しく感動に満ちた彼の声の響きが心を落ち着かせてくれていたから、それは大した問題ではなかった。

静寂が訪れた。そして突然、子守歌のようなささやき声が群衆の中からわき上がってきた。女性たちから彼女への愛情を示すときだった。シモーヌがその歌詞が大好きだったMLF賛歌を、フェミニストたちは彼女の目を覚まさないよう静かに歌った。シモーヌは人たちをを批判したけれども、同時に愛も示したのだった。その上『第二の性』を読むことによって沢山の女性は生き方を選ぶ力を得、シモーヌは彼女たちの人生を変えることが出来たのだった。(5)

エレーヌとシルヴィは近寄った。棺が静かに下ろされた。エレーヌは一輪のバラと接吻を墓に投げ入れた。そして私の方に向くとくずおれた。群衆はカストールに最後の挨拶をしようと押し合っていた。群衆は品位を保ち、ファンとしての最後の場を押し合わないようにゆっくり進んだ。「シモーヌは素敵なお別れの式をしてもらいました」と、夜、再会したときエレーヌはリヨネルにささやいた。

こうして二人の恋人たちは永遠に共に眠った。

二人の書簡の裏切り出版

フランスはフランソワ・ミッテランに二期目を継続させた。イヴェット・ルーディは大臣の地位を失った。ほぼ十年のあいだ、女性たちは権力の内幕にもはやほとんど興味を持とうとしなかった。「ボーヴォワールは時代遅れだ！」が、その間よく耳にされた。

八〇年代のフランスは、デルドゥル・ベールの伝記を除けばボーヴォワールの名前をめぐっては沈黙で特筆される。そのことはこの国でのフェミニスト運動の影響力の低下と呼応している。一九七四年の人工妊娠中絶法案は人々の気勢をそいだ。一方、ジャン＝ポール・サルトルに関しては逆に多くの本や論文がフランスや外国でも刊行された。

彼ら二人のお互いの書簡の出版は人々を唖然とさせた。愛についての彼らの手紙は彼らの愛情遊戯をも語っており、その中ではサルトルに近付く若い女性をしばしば傷つけるようなことも書かれてあったのだった。人間性ある人間への敬意をあれほど吹聴してきた彼らが意地悪で裏工作のできる人物としての姿を現していた。

合衆国では、この手紙についての受け取り方はフランスでよりも控え目だったが、手紙はジャーナリズムや大学教員の間に憤慨と拒絶を引き起こした。

＊

ゴックスヴィレールでも恋人たちの書簡の発行は破壊的結果を引き起こした。この時期にエレーヌのもとを訪れたとき、着くやいなやエレーヌの様子が変わったことに私は気づいた。一家の画家は当時七十八歳だったが、その顔から笑みが消え、声の調子も変わっていた。彼女は囁いた。

「部屋に入って頂戴……。」

黙って私たちはお茶を飲んだ。シモーヌがサルトルに宛てて書いた何通かの手紙がベッドの縁に散らばっていた。

「どうしたの？」ベッドに近付きながら私は尋ねた。

エレーヌは疲れた様子で茶碗を置いた。

「人生で最も大きな悲しみを味わった気がします。確かに私は間違っていました」と息をつきながら付け加えた。「シモーヌは絶えず私の悪口を言っています！　彼女は私を愛してくれていると思っていたのに！……」

彼女はしゃくり上げて泣き始め、しわがれ声でせき込んだ……。

「エレーヌ、気分を悪くすることはないわ！　こんな言葉は何の意味も持ってはいませんよ。彼女はあなたのそばにいて幸せだったし、あなたを愛していたのです。そういう彼女の姿を私は見ています。彼女はあなたを愛していました。お分かりでしょう？」

どうして彼女には理解できようか？　やがて八十歳になる彼女の人生はうちのめされていた。彼女は姉である人を崇拝し、尊敬していた。確かに手紙の中でシモーヌはリヨネルのついていた公の地位に対する苛立ちを隠さずに書いている。彼女が彼らをブルジョワ夫婦と見做していたのも事実である。しかしシモーヌの判断がときに断定的で一歩も譲らないものであったとしても、だからといって彼女が妹を愛していなかったということにはならない。

「シモーヌとリヨネルは私の人生で最も愛した人たちでした。」と、エレーヌは泣きじゃくりながら言った。「私がまだ生きているうちに、一体どうやってこんな文章を出版するなんてことができたのでしょう？　それに値する何かを私はしたのでしょうか？　どんな罪を私は犯したのでしょう？」

彼女はハンカチに顔をうずめて一層激しく泣いた。エレーヌと同じ疑問を抱いた人は多かった。作家の妹に、家族の最後のメンバーに、最後の証人にそこまで怨みを抱くのだろうか？

「でも、私のことについてとても真心のこもった言葉をシモーヌは『回想録』のなかで書いています。」

整理ダンスの抽斗を開けて彼女は私に言った。「ほら、彼女が私に書いてくれた手紙です。この優しい言葉、愛情のしるしをご覧なさい！」

黄ばんだ紙の上にシモーヌの長くとがった字体が広がっていた。愛情のこもった言葉が続いていた。ユーモラスな逸話で区切られた話が続いていた。結論としてプーペットだった人は付け加えた。

「私にとってこれらの言葉は手におえない。私は決して立ち直れないでしょう。シモーヌとリヨネルは逝ってしまいました。そして今これらの手紙は（……）私はすべて失ってしまいました。すべて。」

彼女の唯一の願いは彼女の亡き後、シモーヌが彼女に書き送った手紙が研究者の自由な閲覧に供されるよう、国立図書館（BN）に寄贈されることだった。

MLF三十年

静寂がお喋りを中断した。幕の後ろから現れたエマニュエル・エスカルがシモーヌに捧げた歌を歌い始めた。「シモーヌ、あなたに心から……」

ラ・クーポールの地下室で感動が心を締め付けていた。MLFが創立されてから三十年が過ぎ去った。新しい世代が成人に達していた。希望の光を受け継ぐ用意のできた、はるかに若い顔が歌を聴いていた。マルカ・リボウスカ、マリー＝フランス・ピジエそしてダニエル・ルブランといった女優たちが次々にシモーヌの『娘時代』の抜粋を朗読した。

「女性の権利連盟」の会長はシモーヌだった。彼女亡き後、アンヌ・ツェレンスキーが会長を引き継いだ。今度は彼女が立ち上がって、食事中の若い女性たちに向かって言葉をかけた。「女性の権利同盟」は、彫刻や絵画や詩やエッセイや小説を創作した若い女子高校生たちに賞を贈ってきた。それは『第二の性』の中の有名な言葉に基づいている。

「『女に生まれるのではなく、女になるのだ』というシモーヌ・ド・ボーヴォワールの言葉は、今日、あなた方にどんなインスピレーションを与えるでしょうか？」

若い女性たち、ある人たちは気後れしつつ、ある人たちは笑みを浮かべてそこに集っていた。彼女たちは二十歳にもなっていなかった。彼女たちの周囲には二百人の女性たちが再び一緒にいる幸せを感じつつ喋っていた。アンヌは同席者たちの方に向いた。

「この賞はこれからは毎年授与されます。二〇〇〇年に逢いましょう！」

最後のキス

病院のベッドに横たわったサルトルに残された時間は数時間というとき、彼はシモーヌの手を握りしめて彼女の口づけを求めた。かすれた息の中から彼はささやいた。

「Je vous aime beaucoup, mon petit Castor……

あなたをとても愛しています。僕の可愛いカストール……(6)」

シモーヌは彼の上に静かに身をかがめた。彼らの唇は最後のお別れに重ねられた。

訳者あとがき

A feu Madame Josiane Serre.

本書は、Claudine Serre-Monteil, *Les Amants de la liberté - L'aventure de Jean-Paul Sartre et Simone de Beauvoir dans le siècle*, Editions °1-Paris, Hachette, 1999. の翻訳である。本書はフランスで評判をとり、二年後に、〈J'ai lu〉シリーズ（Flammarion）のポケット版としても刊行される。そのときの原題も *Les Amants de la liberté* であるが、副題は *Sartre et Beauvoir dans le siècle* と、よりシンプルになった。原書は既にスウェーデン、ポルトガル、ギリシャやルーマニアなどで訳されている。アジアでは中国でも既に訳が出ていると聞いている。

原題の「自由の恋人たち」とはいかなる意味を持つのであろうか。二十世紀の初めにそれぞれパリで生を受けたサルトルとボーヴォワールが、哲学のアグレガシオン（上級教員資格試験）の準備の時、出会う運命にあったかのように出会う。サルトルは一目惚れ。ボーヴォワールの方はサルトルの仲間のノルマリアンすべてを魅了し、なかでも羽目をはずしがちのサルトルを知的なお嬢さんとしてボーヴォワールは警戒し、最初のデートの約束はすっぽかし、代わりに妹のエレーヌを偵察に向ける。眼鏡をかけた醜い男を手がかりに探すが、しかし実際はエレーヌの目には初めて見るサルトルは淋しげな顔で、こっけいな男には映らなかった。妹エレーヌを巻き込んでのサルトルとボーヴォワールのカップルはこうして誕生し、その後、半世紀にわたる長い恋人時代を経て二人の交際は彼らの死まで続く。

サルトル二歳の時、父親は出征して病死。その後、幼いサルトルを、〈私の忠実な騎士、親指トム〉

と呼ぶ優しい母親と母方の祖父母に大切に育てられる。この父の不在に関して彼は自伝『言葉』の中で、父は「夭折するという良い趣味の持ち主だった」と言ってのけ、「私に自由を与えた」と評価する。彼は既に幼児期から自由を享受し、その後成長とともに思考を重ね、実存の自由への道を彼は着実に歩んで行くのである。祖父のシャルル・シュヴァイツァーは、身内にノーベル平和賞受賞者のアルベルト・シュヴァイツァーを持つアルザスの家系でもあった。後年、彼の孫のサルトルがノーベル文学賞を固辞したとはなんとも痛快である。

他方、良家のお嬢さんとして出発したボーヴォワールの方は、貴族とは形ばかりで、実質的には経済的な余裕もなく、結婚には女性は嫁入りの持参金が必要であった時代、彼女の父親は優秀なこの少女に男子のように勉強して独立するようにと仕向けていた。子供時代、両親の不和を見て育ち、経済的な独立を必要とし、解放と自由を夢見る少女時代を送ったボーヴォワールは、逆に言えばサルトルと違って、自由から出発したのではない。

しかし、二人は幸運にもまるで「必然的」であるかのように邂逅する。サルトルとボーヴォワールがその後の人生の荒波を乗り越えて行けたのは、彼らが「自由」の思想を育み、新たな哲学的人間観の実存主義を彼らの心情として、根本的な愛情と信念を貫いたからであろう。さらには、二人して、世紀を画する知性の高い男女であったばかりでなく、たいへん「寛容」で「気さく」な性格の持ち主であった。彼らの個性が二人をしてさまざまな独創的な作品を書かしめたばかりではなく、何よりも彼らがその「ヒューマニズム」の立場から二十世紀の歴史の虐げられた部分——アルジェリア独立運動、六八年パリ学生革命、ヴェトナム戦争、ソ連軍のプラハ侵攻、女性の諸権利の獲得など——の中に常に進んで行動を起し支援したこと、言い換えればアンガージュマンの知識人であったことが彼らの人生観、哲学、文学を固有のものとしている。この本では二人がいかに魅力的な人間であったかが好く描写される。

一方、著者のクローディーヌ・セール＝モンテーユは、ボーヴォワールが六十歳をすぎたばかりのころ、最年少者として参加した女性解放運動（ＭＬＦ）での集会で彼女に出会う。その後、ボーヴォワールに紹介されて妹で画家のエレーヌに会い、以後エレーヌの死まで二人の絆は固く友情で結ばれた。クローディーヌは、サルトルとは十年間、身近にいて対話をした。また、クローディーヌ自身、両親が著名な科学者（父はフィールズ賞受賞の数学者ジャン＝ピエール・セール、母はかつてソルボンヌ教授の化学者）で自らも愛されて育ったとはいえ、良家の子女としての軛《くびき》の中でボーヴォワールの少女時代に自らを透して見ている気配が感じられる。

後年、クローディーヌはボーヴォワールの女性解放運動をテーマに歴史での学位論文を書く。彼女自身、二人の「世紀のカップル」について、「文学の巨人たちの後ろにいて、私は、本書では二人の知的で勇気ある人間と、彼らの悩みや試練、悲しみ、また同様に彼らの歓びや才能、彼らの成就といったことを描こうと試みました」と言っている。本書の最後の方では、歴史家、クローディーヌの二人を知る愛情の眼差しが、稀有のカップルの最期の姿を細やかな描写で描き、彼ら二人の生涯を感動的な場面とともに閉じる。

かつて訳者のパリ留学中、クローディーヌの母堂であり当時、エコール・ノルマル女子校の校長であったジョジアーヌ・セール夫人と訳者は出会うという幸運に恵まれた。異国での特に最初の慣れない生活を、自国にいるように安堵し勉学に励めたのはセール夫人の励ましが大きかったと今、実感する。昨年秋、突然逝去されたセール夫人の遺灰にこの春、パリで接した。クローディーヌは母親の遺灰の箱をモンパルナス墓地の見える彼女の新たな五階のアパルトマンに保管していた。母親はこのアパルトマンを見ずに逝ってしまったからだという。クローディーヌにとっても、青春時代、ボーヴォワールの住んだシュルシェール通りのモンパルナス墓地界隈にはひとしお思い入れがあるようだった。「この墓地に埋葬したいけど高くてなかなか買えない」と言っていた。いつか自らも入る予定の墓地は、彼女にとってもボーヴォワールやサルトルの隣人でありたいのかもしれない。

またこの春の滞在中、パリで始まったばかりのフランス国立図書館での「サルトルと彼の世紀」展を見る機会があった。フランスでもサルトルの生誕百年を期して回顧と哀悼に浸っているように思われた。若き日の歌姫、グレコの動きや、若くて知性の漲ったサルトルの映像にはしばし歩みを止めて見入った。

本書の翻訳には、友人の南知子さんには共訳者として大変お世話になりました。知子さんも御夫君の政次氏もいわばサルトルの全盛時代に青春を送った世代。単なる訳ではなく内容そのものに大きな関心と興味を持って訳を進めて下さいました。そして御夫君からは第一の読者としていろいろ有益なアドバイスを頂きました。

何よりもこのような歴史を画する二十世紀のフランスの二人の恋人の伝記を、強い関心を持って出版を強く勧めて下さった藤原書店の藤原良雄氏、そして細かな編集作業の初めから終わりまでお世話になった編集者の刈屋琢氏には心から感謝の意を表します。

二〇〇五年五月末　東京・渋谷にて

訳者を代表して　門田眞知子

サルトル＆ボーヴォワール略年譜（1905-1986）

年号	サルトル（S）＆ボーヴォワール（B）関連事項	その他の事項
一九〇五	（S）六月二十一日　パリの一六区に生れる。	
一九〇七	（S）父、病死。ムードンのシュバイツァー夫妻の家に引き取られ、母と祖父母に育てられる。	
一九〇八	（B）一月九日、パリ、モンパルナスに生れる。	
一九一一	（S）サルトル親子は祖父母が移ったパリのル・ゴフ通りに移る。	
一九一四		第一次世界大戦勃発
一九一五	（S）アンリ四世高等中学校に入学。 （B）ドジール私塾に入学。	
一九一六		ヴェルダンの戦い
一九一七	（S）母の再婚で義父にしたがいラ・ロシェルに移り、ラ・ロシェル高等中学校に転校。	ロシア革命
一九一八	（B）ドジール塾でザザ（エリザベート・マビーユ）との出会い。	戦争終結。フランス勝利
一九一九	（B）レンヌ通りのアパルトマンに移る。	パリ講和会議
一九二〇	（S）ラ・ロシェルよりパリにもどる。	
一九二二	（S）ルイ・ルグラン高校の入学準備クラスに入る。	
一九二四	（S）六月、高等師範学校《エコール・ノルマル・シュペリウール》に入学。ポール・ニザン、レイモン・アロン、モーリス・メルロ＝ポンティなども入学、サルトルと同級。	
一九二六	（B）ソルボンヌ大学で学ぶ。	
一九二八	（S）哲学のアグレガシオンに落ちる。	

一九二九	（B）ザザの死。 （S・B）ソルボンヌ大学の哲学のアグレガシオン（一級教員資格試験）準備中に二人は出会う。他に、メルロー＝ポンティやポール・ニザンがいた。同年、共に哲学のアグレガシオンに合格。（S）一番。（B）二番。	
一九三一	（S）ル・アーブルの高校で哲学の教師。 （B）マルセイユの高校で哲学の教師。	
一九三二	（S）ドイツに留学中のアロンよりフッサールの現象学を知る。 （B）ルーアンの女子校の教師	
一九三三	（S）秋、ベルリンに留学。フッサール、ハイデッガーを知る。	
一九三四	（S）留学を終える。ル・アーブルに戻る。	
一九三五	（S）祖父シャルル・シュウヴァイツァーの死。	
一九三六	（S）『メランコリア』を完成（のちの『嘔吐』）。『想像力』『エロストラート』。 （B）パリのモリエール校に転勤。	
一九三八	（S）『嘔吐』ガリマールから出版。短編『部屋』、『水いらず』等発表。	
一九三九	（S）『壁』ガリマールより出る（『部屋』なども収められる）。『存在と無』にとりかかる。仏英、対独宣戦布告。	第二次世界大戦勃発
一九四〇	（S）サルトル出征。気象班。フランス軍降伏。サルトル捕虜。トリーアの捕虜収容所。ニザンの死。『壁』でポピュリズム小説賞受賞。	七月、第三共和政廃止、ヴィシー政権成立
一九四一	（S）釈放。パリのパストゥール高等学校で教師。	
一九四三	（S）『蠅』と『存在と無』ガリマール社より刊行。 （B）初めての小説『招かれた女』出版。十二年間の教師生活に終止符を打つ。	
一九四四	（S）『出口なし』戯曲発表。 （B）最初のエッセイ、『ピリュスとシネアス』発表。アルベール・カミュを知る。パリ解放。	パリ解放
一九四五	（S・B）『レ・タン・モデルヌ』誌を創刊。（S）二作目の小説『他人の血』が大評判となる。	ドイツ降伏。戦争終結

一九四七	（B）一月、アメリカへの旅に出発。作家ネルソン・オルグレンとの出会い。二作目の哲学的エッセイ『両義性のモラル』出版。	
一九四九	（B）『第二の性』発表。	
一九五二	（B）クロード・ランズマンとの出会い。	
一九五四	（B）小説『レ・マンダラン』でゴンクール賞受賞。	
一九五五	（S・B）二ヶ月間、中国に招かれる。九月、帰路モスクワに二週間滞在。	
一九五六		ハンガリー動乱
一九五八	（B）回想録『娘時代』出版。	EEC発足
一九六〇	一月、カミュが事故死。（S・B）キューバ、ブラジルへ旅行。 （B）『女ざかり』出版。 （S）『弁証的理性批判』出版。	
一九六一		OAS結成
一九六二	（S・B）モスクワに招待される。（以後六六年まで毎夏モスクワへ）	アルジェリア独立
一九六三	（B）『或る戦後』出版。暮れに母フランソワーズ没。	
一九六四	（S）自叙伝『言葉』。ノーベル文学賞辞退。	
一九六五	（B）母の死を描いた『おだやかな死』。	
一九六六	（S・B）九月、来日。 （S）『美しい映像』出版。	ベトナム戦争勃発
一九六八	（B）『危機の女』出版。エレーヌの版画が入る。ベストセラーになる。 （S・B）五月、「ベトナム反戦のための知識人の日」に参加。	「五月革命」カルティエ・ラタン占拠。ベトナム戦争反対デモ。ゼネストに発展
一九七〇	（B）女性解放運動のグループに参加。『老い』出版。	ド・ゴール死去
一九七一	（B）春、妊娠中絶合法化のためのキャンペーン「三四三人の署名」。 （S）『家の馬鹿息子』（フローベール論）。	ミッテラン、新社会党を結成、党首に
一九七二	（B）『決算のとき』出版。	「五月革命」終結

一九七三	（S）中心となって日刊紙『リベラシオン』創刊。	ベトナム和平協定調印 中東戦争勃発
一九七五	（B）一月、エルサレム賞（文学賞）受賞。	国際婦人年
一九八〇	（S）四月、没。享年七十五。 （B）『青春の挫折』出版。	
一九八一	（B）サルトルへの追悼エッセイ『別れの儀式』。	
一九八三	（B）ソンニング賞受賞。	
一九八六	（B）四月、歿。享年七十八。	

年、16頁 参照〕
(12) *Ibidem*, pp. 90-91.〔同前113頁〕
(13) *Ibidem*, p. 185.〔同前、230頁〕
(14) Claudine Monteil, *Simone de Beauvoir*, *le mouvement des femmes*, p. 186.〔前掲、クローディーヌ・セール『晩年のボーヴォワール』〕
(15) *Ibidem*, p. 144.〔同前、129頁〕
(16) *Ibidem*, p. 102.〔同前、175頁、184頁〕
(17) 文化・芸術センター (Palais des Arts et de la culture) でのエレーヌ・ド・ボーヴォワールの油絵と版画の展覧会カタログ (1975, 4-5月ブレスト)。
(18) Simone de Beauvoir, *La Cérémonie des adieux*, suivi des *Entretiens avec Jean-Paul Sartre*, p. 165.〔前掲、シモーヌ・ド・ボーヴォワール『別れの儀式』〕
(19) *Ibidem*, p. 165.
(20) *Ibidem*, p. 166.
(21) *Ibidem*, p. 166.
(*22 Ibidem*, p. 395.
(23) *Ibidem*, p. 396.
(24) Jean Servier, *Le Terrorisme*, PUF Que Sais-je?, pp. 71-72.
(25) Simone de Beauvoir, *La Cérémonie des adieux*, suivi des *Entretiens avec Jean-Paul Sartre*, p. 140.〔前掲、シモーヌ・ド・ボーヴォワール『別れの儀式』〕

■第七章　最後のキス

(1) Annie Cohen-Solal, *Sartre*, p. 663, d'après le témoignage de Jean Pouillon.
(2) Claudine Monteil, *Simone de Beauvoir*, *le mouvement des femmes*, p. 179.〔前掲、クローディーヌ・セール『晩年のボーヴォワール』門田眞知子訳、藤原書店、1999年、223頁〕
(3) *Ibidem*, p. 176.〔同前220頁〕
(4) *Ibidem*, p. 178.〔同前224頁〕
(5) *Ibidem*, p. 182.〔同前228頁〕
(6) Simone de Beauvoir, *La Cérémonie des adieux*, suivi des *Entretiens avec Jean-Paul Sartre*, p. 155.〔前掲、シモーヌ・ド・ボーヴォワール『別れの儀式』〕

(15) *Ibidem*, p. 416.〔同前316頁〕
(16) *Ibidem*, p. 438.〔同前333頁〕
(17) *Un amour transatlantique*, *lettres à Nelson Algren*, lettres n°294 , p. 529.
(18) Simone de Beauvoir, *La force des choses*, tome II, p. 482.〔前掲、シモーヌ・ド・ボーヴォワール『或る戦後——ある女の回想』下366頁〕
(19) *Un amour transatlantique*, *lettres à Nelson Algren*, lettres n°297 d'avril 1963, p. 603.
(20) Jean-Paul Sartre, *Œuvres romanesques*, Gallimard La Pléiade, Chronologie, éd. établie par Michel Rybalka avec la collaboration de Geneviève Idt et George H. Bauet, p. LXXXIII.
(21) *Un amour transatlantique*, *lettres à Nelson Algren*, lettre n°290 du 14 avril 1961.
(22) Simone de Beauvoir, *Une Mort très douce*, Gallimard, 1964 , p. 11.〔前掲、シモーヌ・ド・ボーヴォワール『おだやかな死』7頁〕
(23) *Ibidem*, p. 11.〔同前96頁〕
(24) *Ibidem*, p. 148.〔同前 153頁〕
(25) Jean-Paul Sartre, *Œuvres romanesques*, Chronologie, p. LXXXIV.
(26) Francis Jeanson, *Simone de Beauvoir ou l'entreprise de vivre*, Édition du Seuil, 1967, p. 235.〔フランシス・ジャンソン『シモーヌ・ド・ボーヴォワールあるいは生きる試み』平岡篤頼、井上登訳、人文書院、1971年〕
(27) *Ibidem*, p. 263.
(28) Jean-Paul Sartre, *Œuvres romanesques*, Chronologie, p. LXXXVI.

■第六章　フィナーレ

(1) Jean Gerassi, *Sartre*, *une conscience dans le siècle*, Éditions du Rocher, 1992, p. 118.
(2) *Les Temps Modernes* n°240, p. 1921.
(3) *Ibidem*, p. 1922.
(4) *Lettres au Castor 1940-1963*, Gallimard, 1983, édition établie, présentée et annotée par Simone de Beauvoir, p. 366.
(5) Simone de Beauvoir, *Tout compte fait*, Gallimard Folio, 1972, p. 67.〔『決算のとき——ある女の回想』上、朝吹三吉・二宮フサ訳、紀伊國屋書店、1973年、50頁〕
(6) Jean-Paul Sartre, *Œuvres romanesques*, Chronologie, p. LXXXIX.
(7) Simone de Beauvoir, *La force des choses*, tome II, p. 504.〔前掲、シモーヌ・ド・ボーヴォワール『或る戦後——ある女の回想』下385頁〕
(8) Simone de Beauvoir, *La Vieillesse*, Gallimard Folio, 1970, tome I, p. 343.〔シモーヌ・ド・ボーヴォワール『老い』、朝吹三吉訳、人文書院、1972年〕
(9) Jean-Paul Sartre, *Situations VIII*, Gallimard, 1972, p. 184.〔ジャン=ポール・サルトル『シチュアシオン』第8巻、渡邊一夫他訳、人文書院〕
(10) Jean-Paul Sartre, *Œuvres romanesques*, Chronologie, p. XC.
(11) Claudine Monteil, *Simone de Beauvoir*, *le mouvement des femmes*, p. 15.〔前掲、クローディーヌ・セール『晩年のボーヴォワール』門田眞知子訳、藤原書店、1999

(12) Simone de Beauvoir, *La force des choses*, tome I, p. 325.〔前掲、シモーヌ・ド・ボーヴォワール『或る戦後――ある女の回想』上、257頁〕
(13) *Ibidem*, pp. 325-326.〔同前、257-258頁〕
(14) *Chroniques du xxe siècle*, éd. Larousse, 1990, p. 763.
(15) *Les Temps Modernes* n°81, juillet 1952.
(16) *Un amour transatlantique*, *lettres à Nelson Algren*, lettre n°243 du 2 juillet 1952.
(17) *Un amour transatlantique*, *lettres à Nelson Algren*, lettre n°244 du 3 août 1952.
(18) ユダヤ人以外の人々
(19) Jean-Paul Sartre, *Œuvres romanesques*, Chronologie (Gallimard, La Pléiade, 1981), p. LXXI.
(20) Cf. Françoise Thom, *La langue de bois*, Julliard, 1987.
(21) *Les Temps Modernes*, n°112-113.
(22) Simone de Beauvoir, *La force des choses*, tome II, p. 24.〔前掲、シモーヌ・ド・ボーヴォワール『或る戦後――ある女の回想』下〕
(23) Simone de Beauvoir, *La force des choses*, tome II, p. 27.

■第五章　服従の拒否

(1) *Les Temps Modernes*, titre de l'avant-propos n°118, septembre 1955.
(2) *Ibidem*, pp. 385-387.〔同前、385-387頁〕
(3) *Chroniques du xxe siècle*, Larousse, 1990, p. 855.
(4) *Ibidem*, pp. 855-856.
(5) クロード・フォーはジゼール・アリミの夫である(第六章参照)。
(6) Annie Cohen-Solal, *Sartre*, Gallimard, 1985, p489.
(7) *Un amour transatlantique*, *lettres à Nelson Algren*, lettres n°278 de juillet 1959 et 280 du 20 décembre 1659 .
(8) Simone de Beauvoir, *La force des choses*, tome II, p. 282-283.〔前掲、シモーヌ・ド・ボーヴォワール『或る戦後――ある女の回想』下、218頁〕
(9) Paul Nizan, *Aden-Arabie*, préface de Jean-Paul Sartre, éd. E. Maspero, p. 65.〔ポール・ニザン『アデン・アラビア』(篠田浩一郎訳、晶文社、1967、花輪莞爾訳、1973年、角川文庫)のジャン=ポール・サルトルの序文。『アデン・アラビア』は1931年に発表されるが、1960年にサルトルの序文附きで再版、ベストセラーとなる。〕
(10) Deirdre Bair , *Simone de Beauvoir*, *a biography*, p. 503.
(11) *Chroniques du xxe siècle*, éd. Larousse, 1990, p. 917.
(12) Simone de Beauvoir, *La force des choses*, tome II, pp. 395-396.〔前掲、シモーヌ・ド・ボーヴォワール『或る戦後――ある女の回想』下、297頁〕
(13) Jean-Paul Sartre, *Œuvres romanesques*, Chronologie, p. LXXX.
(14) Simone de Beauvoir, *La force des choses*, tome II, p. 398.〔前掲、シモーヌ・ド・ボーヴォワール『或る戦後――ある女の回想』下、303頁〕

l'anglais et annoté par Sylvie Le Bon-de-Beauvoir, Gallimard, 1997, commentaire faisant suite à la lettre n°32, p. 67.

(18) *Ibidem*, lettre n°69 du 12 février 1948, p. 173.

(19) Jean-Paul Sartre, *Œuvres romanesques*, Chronologie, LXVI.

(20) *Ibidem*, pp. LXVII.

(21) Victor Kravchenko, *J'ai choisi la liberté*, Éditions Self, 1947.

(22) *Les Temps Modernes*, 1949.

(23) Claudine Monteil, *Simone de Beauvoir, le mouvement des femmes*, Édition du Rocher, p. 10.〔クローディーヌ・セール『晩年のボーヴォワール』門田眞知子訳、藤原書店、1999年、16頁〕

(24) Simone de Beauvoir, *Le Deuxième Sexe*, Gallimard Folio, 1949, tome II, p. 653.〔シモーヌ・ド・ボーヴォワール『第二の性』、生島遼一訳、新潮社、1953-1955年。同訳、『ボーヴォワール著作集』6、7巻所収、人文書院、1966年〕

(25) ジャネット・ヴェルメーシュは当時フランス共産党の総書記だったモーリス・トレーズの伴侶だった。

(26) Françoise d'Eaubonne, *Le* Féminisme, éd. Alain Moreau, p. 10.

(27) Simone de Beauvoir, *Le Deuxième Sexe*, en préface.〔前掲、序文〕

(28) *Ibidem tome II*, p. 13.〔同前〕

(29) Simone de Beauvoir, *La force des choses*, *tome I*, p. 250.〔前掲、シモーヌ・ド・ボーヴォワール『或る戦後――ある女の回想』上、203頁〕

(30) Annie Cohen-Solal, *Sartre*, Gallimard, 1985, p422.

(31) Simone de Beauvoir, *Un amour transatlantique*, *lettres à Nelson Algren*, Photographie de la lettre du 2 décembre 1949.

■第四章　悲痛な冷戦

(1) Deirdre Bair, *Simone de Beauvoir*, *a biography*, p344.

(2) Simone de Beauvoir, *La force des choses*, *tome I*, p. 318.〔前掲、シモーヌ・ド・ボーヴォワール『或る戦後――ある女の回想』上、248頁〕

(3) *Ibidem*, p. 346.〔同前、274頁〕

(4) *Ibidem*, p. 319.〔同前、248頁〕

(5) *Ibidem*, p. 310.〔同前、249頁〕

(6) *Un amour transatlantique*, *lettres à Nelson Algren*, lettre n°203 du 8 décembre 1950.

(7) Simone de Beauvoir, *La force des choses*, tome I, p. 321.〔前掲、シモーヌ・ド・ボーヴォワール『或る戦後――ある女の回想』上、250頁〕

(8) *Un amour transatlantique*, *lettres à Nelson Algren*, lettre n°203 du 8 décembre 1950.

(9) Simone de Beauvoir, *La force des choses*, tome I, p. 35.〔前掲、シモーヌ・ド・ボーヴォワール『或る戦後――ある女の回想』下、24頁〕

(10) *Ibidem*, p. 23.〔同前、15頁〕

(11) *Un amour transatlantique*, *lettres à Nelson Algren*, lettre n°215 du 5 mars 1951.

(49) *Ibidem*, p208.

(50) Herbert R. Lottman, *Albert Camus, une biographie*, éd. du Seuil/Points, 1978, p. 313.

(51) Simone de Beauvoir, *La Force de l'âge*, pp. 675-676.〔前掲、シモーヌ・ド・ボーヴォワール『女ざかり——ある女の回想』下、210頁〕

■第三章 契約を交わした男女

(1) 米国務省。フランスの外務省に相当する。

(2) Annie Cohen-Solal, *Sartre*, p296.

(3) リヨネル・ド・ルーレは亡くなる少し前、このことについての詳しい話を著者にしてくれた。

(4) Simone de Beauvoir, *Le Sang des autres*, Gallimard Folio, 1945, p. 297.〔シモーヌ・ド・ボーヴォワール『他人の血』佐藤朔訳、『ボーヴォワール著作集』第3巻所収、人文書院、1967年。同訳、新潮社、現代世界文学全集20、1953年。同訳、新潮文庫、1956年、改訂版1968年〕

(5) Simone de Beauvoir, *La force des choses*, tome I, p. 102.〔シモーヌ・ド・ボーヴォワール『或る戦後——ある女の回想』上、朝吹登水子・二宮フサ訳、紀伊國屋書店、1965年、79頁〕

(6) Simone de Beauvoir, *La Force de l'âge*, p. 56.〔前掲、シモーヌ・ド・ボーヴォワール『女ざかり——ある女の回想』上56頁〕

(7) 著者との対話

(8) *Les Temps Modernes*, n°1, octobre 1945.

(9) Jean-François Sirinelli, *Sartre, Aron, deux philosophes dans le siècle*, Hachette Pluriel, 1994, p. 217.

(10) Deirdre Bair, *Simone de Beauvoir, a biography*, Summit Books, 1990, p. 290.

(11) Bianca Lamblain, *Mémoires d'une jeune fille dérangée*.〔ビアンカ・ランブラン『ボーヴォワールとサルトルに狂わされた娘時代』阪田由美子訳、草思社刊、1995年〕この著者はこの中で自分の生涯と特に占領時代の2人の作家との不運な出来事について語っている。

(12) Simone de Beauvoir, *L'Amérique au jour le jour*, Gallimard, 1948 Folio, pp. 535-536.〔シモーヌ・ド・ボーヴォワール『アメリカその日その日』二宮フサ訳、『ボーヴォワール著作集』5巻所収、人文書院、1967年〕

(13) Jean-Paul Sartre, *Qu'est-ce que la littérature?*, Gallimard, Idées, 1948, p. 10.〔ジャン-ポール・サルトル『文学とは何か』加藤周一訳、人文書院、1952年。海老沢武改訳、人文書院、1998年〕

(14) *Ibidem*, p. 29.

(15) *Ibidem*, p. 203.

(16) *Ibidem*, p. 308.

(17) *Un amour transatlantique, lettres à Nelson Algren*, 1947-1964, texte établi, traduit de

présentée et annotée par Simone de Beauvoir, p346.

(27) Simone de Beauvoir, *La Force de l'âge*, p. 477.〔前掲、シモーヌ・ド・ボーヴォワール『女ざかり――ある女の回想』下、50頁〕

(28) *Ibidem*, p. 478.〔同前、50頁〕

(29) *Ibidem*, p. 479.〔同前、 51頁〕

(30) *Ibidem*, p. 478-479.〔同前、 50頁〕

(31) Simone de Beauvoir, *La Céléremonie des adieux*, suivi des *Entretiens avec Jean-Paul Sartre*, p. 456.〔前掲、シモーヌ・ド・ボーヴォワール『別れの儀式』〕

(32) Simone de Beauvoir, *La Force de l'âge*, p. 502.〔前掲、シモーヌ・ド・ボーヴォワール『女ざかり――ある女の回想』下、69頁〕

(33) Jean-Paul Sartre, *Lettres au Castor et à quelques autres, 1926-1939*, p. 229.

(34) *Ibidem*, p. 231.〔同前〕

(35) Simone de Beauvoir, *La Force de l'âge*, p. 538.〔前掲、シモーヌ・ド・ボーヴォワール『女ざかり――ある女の回想』下、99頁〕

(36) Entretiens avec John Gerassi (inédit), cité dans *Œuvres romanesques*, Chronologie p. LVI.

(37) *Ibidem.*

(38) Simone de Beauvoir, *La Force de l'âge*, p. 536.〔前掲、シモーヌ・ド・ボーヴォワール『女ざかり――ある女の回想』下、98頁〕

(39) *Ibidem*, p. 552.〔同前 、111頁〕

(40) Simone de Beauvoir, *La Force de l'âge*, p. 161.〔前掲、シモーヌ・ド・ボーヴォワール『女ざかり――ある女の回想』下、118頁〕

(41) Simone de Beauvoir, *Une Mort très douce*, Gallimard, 1964, p. 149.〔シモーヌ・ド・ボーヴォワール『おだやかな死』杉捷夫訳、紀伊國屋書店、1995年、154頁〕

(42) Simone de Beauvoir, *La Force de l'âge*, p. 567.〔前掲、シモーヌ・ド・ボーヴォワール『女ざかり――ある女の回想』下123頁〕

(43) Ingrid Galster, *Le théatre de Jean-Paul Sartre devant ses premiers critiques*, éd. Gunter Nan Verlag et Jean-Michel Place, 1986, p. 66.

(44) Jean-Paul Sartre, *Les Mouches*, Gallimard Folio, 1943, p. 234.〔ジャン＝ポール・サルトル『蝿』サルトル全集第5巻、伊吹武彦他訳、人文書院、1950年。新潮世界文学47、『サルトル』白井浩司他訳、新潮社、1969年。p. 234〕

(45) Simone de Beauvoir, *L'Invitée*, Gallimard Folio, 1943, p. 82.〔シモーヌ・ド・ボーヴォワール『招かれた女』川口篤他訳、東京創元社、1952年。 同訳、新潮文庫、1952年。同訳、河出書房新社『世界文学全集22』、1961年。同訳、『ボーヴォワール著作集』1巻所収、人文書院, 1967年〕

(46) Jean-Paul Sartre, *Œuvres romanesques*, Gallimard La Pléiade, Chronologie, LVIII.

(47) Ingrid Galster, *Le théâtre de Jean-Paul Sartre devant ses premiers critiques*,, p194.

(48) *Ibidem*, p195.

サ訳、紀伊國屋書店、1963年、9頁〕

(2) Simone de Beauvoir, *Mémoires d'une jeune fille rangée*, p. 503.〔前掲、シモーヌ・ド・ボーヴォワール『娘時代』〕

(3) Simone de Beauvoir, *La Force de l'âge*, p. 28.〔前掲、シモーヌ・ド・ボーヴォワール『女ざかり――ある女の回想』上、19頁〕

(4) *Ibidem*, p. 37.〔同前、26頁〕

(5) *Ibidem*, p. 37.〔同前、26頁〕

(6) Simone de Beauvoir, *La Céléremonie des adieux*, suivi des *Entretiens avec Jean-Paul Sartre*, p. 229.〔前掲、シモーヌ・ド・ボーヴォワール『別れの儀式』〕

(7) Jean-Paul Sartre, *Lettres au Castor et à quelques autres, 1926-1939*, Gallimard, 1983.

(8) Simone de Beauvoir, *La Force de l'âge*, p. 123.〔前掲、シモーヌ・ド・ボーヴォワール『女ざかり――ある女の回想』上、117頁〕

(9) Michel Pierre, *1930-1940*, Découvertes, Gallimard, 1999, p43-44.

(10) *Ibidem*, p. 43-44.〔同前〕

(11) Simone de Beauvoir, *La Force de l'âge*, p. 207.〔前掲、シモーヌ・ド・ボーヴォワール『女ざかり――ある女の回想』上、167頁〕

(12) Hélène de Beauvoir, *Souvenirs, propos recueillis par Marcelle Routier*, p. 116.〔前掲、エレーヌ・ド・ボーヴォワール『わが姉ボーヴォワール』〕

(13) *Ibidem*, p. 116.〔同前〕

(14) Simone de Beauvoir, *La Force de l'âge*, p. 303.〔前掲、シモーヌ・ド・ボーヴォワール『女ざかり――ある女の回想』上、246頁〕

(15) *Ibidem*, p. 303.〔同前、 199頁〕

(16) Jean-Paul Sartre, *Lettres au Castor et à quelques autres, 1926-1939*, Lettre du 30 avril 1937, pp. 113-115.

(17) *Ibidem*, p. 146.〔同前〕

(18) Simone de Beauvoir, *La Force de l'âge*, p. 384.〔前掲、シモーヌ・ド・ボーヴォワール『女ざかり――ある女の回想』上、281頁〕

(19) *Ibidem*, p. 384.〔同前 、313頁〕

(20) Hélène de Beauvoir, *Souvenirs, propos recueillis par Marcelle Routier*, p. 117.〔前掲、エレーヌ・ド・ボーヴォワール『わが姉ボーヴォワール』〕

(21) Jean-Paul Sartre, *Œuvres romanesques*, Chronologie, p. LIII.

(22) Jean-Paul Sartre, *Œuvres romanesques*, p. LIII, d'après des entretiens avec John Gerassi (inédit), p. 111.

(23) Simone de Beauvoir, *La Force de l'âge*, p. 384.〔前掲、シモーヌ・ド・ボーヴォワール『女ざかり――ある女の回想』上、333頁〕

(24) Simone de Beauvoir, *La Force de l'âge*, p. 424.〔前掲、シモーヌ・ド・ボーヴォワール『女ざかり――ある女の回想』下、3頁〕

(25) *Ibidem*, p. 429.〔同前10頁〕

(26) Jean-Paul Sartre, *Lettres au Castor et à quelques autres, 1926-1939*, édition établie,

(20) Simone de Beauvoir, *Mémoires d'une jeune fille rangée*, p. 125.〔前掲、シモーヌ・ド・ボーヴォワール『娘時代』〕
(21) *Ibidem*, p. 109.〔同前〕
(22) Simone de Beauvoir, *La Cérémonie des adieux*, suivi des *Entretiens avec Jean-Paul Sartre*, Gallimard, 1981, p. 166.〔シモーヌ・ド・ボーヴォワール『別れの儀式』(朝吹三吉訳、人文書院、1983年)〕
(23) *Ibidem*, p. 167.〔同前〕
(24) Simone de Beauvoir, *Mémoires d'une jeune fille rangée*, p. 144-145.〔前掲、シモーヌ・ド・ボーヴォワール『娘時代』〕
(25) *Ibidem*, p. 145.〔同前〕
(26) *Ibidem*, p. 201.〔同前〕
(27) *Ibidem*, p. 197.〔同前〕
(28) *Ibidem*, p. 196.〔同前〕
(29) *Ibidem*, p. 219.〔同前〕
(30) *Ibidem*, p. 220.〔同前〕
(31) Jean-Paul Sartre, *Œuvres romanesques*, Gallimard, La Pléiade, 1981, Chronologie XLII.
(32) *Ibidem*, Chronologie XLIV .
(33) Simone de Beauvoir, *Mémoires d'une jeune fille rangée*, p. 251.〔前掲、シモーヌ・ド・ボーヴォワール『娘時代』〕
(34) *Ibidem*, p. 433.〔同前〕
(35) Hélène de Beauvoir, *Souvenirs*, *propos recueillis par Marcelle Routier*, p. 91〔前掲、エレーヌ・ド・ボーヴォワール『わが姉ボーヴォワール』〕, et Claudine Monteil, *Simone de Beauvoir*, *le mouvement des femmes*, éd. du Rocher, 1996, p. 123.〔クローディーヌ・セール『晩年のボーヴォワール』門田眞知子訳、藤原書店、1999年、152頁〕
(36) Hélène de Beauvoir, *Souvenirs*, *propos recueillis par Marcelle Routier*, p. 91〔前掲、エレーヌ・ド・ボーヴォワール『わが姉ボーヴォワール』〕et Claudine Monteil, *Simone de Beauvoire*, *le mouvement des femmes*, éd. du Rocher, 1996, p. 123.〔前掲、クローディーヌ・セール『晩年のボーヴォワール』〕
(37) Simone de Beauvoir, *Mémoires d'une jeune fille rangée*, p. 473.〔前掲、シモーヌ・ド・ボーヴォワール『娘時代』〕
(38) Annie Cohen-Solal, *Sartre*, p116.
(39) Hélène de Beauvoir, *Souvenirs*, *propos recueillis par Marcelle Routier*, p. 93.〔前掲、エレーヌ・ド・ボーヴォワール『わが姉ボーヴォワール』〕
(40) *Ibidem*, p. 93.〔同前〕

■第二章　自由の恋人たち

(1) Simone de Beauvoir, *La Force de l'âge*, Gallimard Folio, 1960, p. 15.〔シモーヌ・ド・ボーヴォワール『女ざかり——ある女の回想』上、朝吹登水子・二宮フ

原　注

■第一章　出会い

(1) Adrian Dansette, *Histoire religieuse de la France contemporaine*, vol 2, Flammarion, 1948, p. 359.

(2) Jean-Paul Sartre, *Les Mots*, Gallimard, 1964, p. 11.〔ジャン=ポール・サルトル『言葉』(サルトル全集第29巻) 白井浩司訳、人文書院、1964年〕

(3) Hélène de Beauvoir, *Souvenirs, propos recueillis par Marcelle Routier*, Librairie Séguier, Garamont/Archimbaud, 1987, p. 14.〔エレーヌ・ド・ボーヴォワール『わが姉ボーヴォワール』福井美津子訳、平凡社、1991年〕

(4) Sartre, *Les Mots*, p. 29.〔前掲、サルトル『言葉』〕

(5) *Ibidem*, p. 81.〔同前〕

(6) エレーヌ・ド・ボーヴォワールと著者との対話。

(7) Simone de Beauvoir, *Mémoires d'une jeune fille rangée*, Gallimard Folio, 1958, p. 32.〔シモーヌ・ド・ボーヴォワール『娘時代——ある女の回想』朝吹登水子訳、紀伊國屋書店、1961年〕

(8) *Ibidem*, p. 33.〔同前〕

(9) Sartre, *Les Mots*, p. 60.〔前掲、サルトル『言葉』〕

(10) *Ibidem*.〔同前〕

(11) Simone de Beauvoir, *Mémoires d'une jeune fille rangée*, p. 85.〔前掲、シモーヌ・ド・ボーヴォワール『娘時代』〕

(12) Sartre, *Les Mots*, p. 85.〔前掲、サルトル『言葉』〕

(13) Simone de Beauvoir, *La Force des choses*, Gallimard Folio, 1963, tome I, p. 313.〔シモーヌ・ド・ボーヴォワール『或る戦後』上、朝吹登水子・二宮フサ訳、紀伊國屋書店、1965年〕

(14) 著者との会話による。

(15) Sartre, *Les Mots*, p. 118.〔前掲、サルトル『言葉』〕

(16) *Ibidem*, p. 129.〔同前〕

(17) Cité dans la Pléiade, Chronologie, p. XXXVIII, Gallimrad, 1981, établie par Michel Contat et Michel Rybalka, avec la collaboration de Geneviève Idt et Georges H. Bauer.

(18) Annie Cohen-Solal, *Sartre*, Gallimard, 1985.

(19) *Ibidem*, p. 79.

Cahiers libres n° 8.（邦訳『アデン・アラビア』ポール・ニザン著、篠田浩一郎訳、晶文社、1967年、花輪莞爾訳、角川文庫、1973年）
PLIOUTCH, Leonid, *Dans le carnaval de l'histoire. Mémoires*, Le Seuil 1977.
SAKHAROV, Andreï, *Un an de lutte*, Le Seuil 1978.
SAVIGNEAU, Josyane, *Marguerite Yourcenar*, Gallimard 1990.
SCHWARTZ, Laurent, *Un Mathématicien aux prises avec le siècle*, Odile Jacob, 1997.
SCHWARZER, Alice, *Simone de Beauvoir aujourd'hui. Six entretiens*, Mercure de France, 1984.（邦訳『第二の性その後――ボーヴォワール対談集1972～82年』福井美津子訳、青山館、1985年）
SENDICK-SIEGEL, Liliane, *Sartre, image d'une vie*, Gallimard, 1978.（邦訳『影の娘――サルトルとの二十年』西陽子・海老坂武訳、人文書院、1990年）
SERRE, Claudine, *L'évolution du féminisme à travers l'œuvre et la vie de Simone de Beauvoir*, Université de Nice, 1984.
――, Entretien avec Hélène de Beauvoir : «Les Beauvoir», *Le Monde*, 20-21 avril 1986.
――, « L'engagement d'une œuvre et d'une vie（obsèques de Simone de Beauvoir）», *Le Monde*, 20-21 avril 1986.
SIRINELLI, Jean-François, *Sartre et Aron, deux intellectuels dans le siècle*, Hachette littérature, collection Pluriel, 1995.
SOLJENITSYNE, Alexandre, *L'Archipel du goulag*, t. I., II., lll., Le Seuil 1974-1976.
THOM, Françoise, *La Langue de bois*, Julliard 1987.
――, *Le Moment Gorbatchev*, Hachette, 1989.
――, *Les Fins des communismes*, Criterion, 1994.
TRICOT, Bernard, *Mémoires*, Quai Voltaire, 1994.
TRISTAN, Anne, PISAN, Annie de, *Histoires du MLF*, préface de Simone de Beauvoir, Calmann-Levy, 1977.
――, *Le Sexisme ordinaire*, préface de Simone de Beauvoir, Le Seuil, 1977.
Les Temps Modernes, 1945-1999, revue fondée par Jean-Paul Sartre, Gallimard.
WOLTON, Thierry, *Le KGB en France*, Grasset et Fasquelle, 1986.

■CD

ESCAL, Emmanuelle, «*Simone je vous dois tant*».

■フィルム

ASTRUC, Alexandre, CONTAT, Michel, *Sartre par lui-même*, 1972-1976, Éditions Montparnasse, coffret de deux vidéocassettes.

Verlag, Tübingen, Jean-Michel Place, Paris, 1986.
GANDILLAC, Maurice de, *Le Siècle traversé*, Albin Michel, 1998.
JELEN, Christian, WOLTON, Thierry, *L'Occident des dissidents*, Stock 1979.
HAMON, Hervé et ROTMAN, Patrick, *Les Porteurs de valise*, Albin Michel, 1979.
JEANSON, Francis, *Sartre par lui-meme*, Le Seuil, 1955.
——, *Sartre dans sa vie*, Le Seuil, 1974.（邦訳『伝記サルトル』権寧訳、筑摩書房、1976年）
——, *Simone de Beauvoir ou l'entreprise de vivre*, Le Seuil, 1 967.
KARNOW, Stanley ; *Paris in the fifties*, Times Book, 1997.
KLAW, Barbara, *Le Paris de Simone de Beauvoir*, Syllepse, 1 999.
KRAVCHENKO, Victor A., *J'ai choisi la liberté*, Self, 1947.
——, *L' épée et le serpent, j'ai choisi la justice*, Self, 1950.
KHROUCHTCHEV, Nikita, *Souvenirs*, Robert Laffont, 1970.
LACOUTURE, Jean, *André Malraux, une vie dans le siècle*, Le Seuil, 1973.
LAMBLAIN, Bianca, *Mémoires d'une jeune fille dérangée*, Balland, 1993.（邦訳『ボーヴォワールとサルトルに狂わされた娘時代』阪田由美子訳、草思社、1995年）
LAZAR, Liliane et DORMOY, Nathalie, *À chacun sa France, Entretiens avec des écrivains*, Peter Lang, 1990.
LE DANTEC, Jean-Pierre, *Les Dangers du soleil.* Presses d'aujourd'hui, 1978.
LE DOEUFF, Michèle, *Des femmes, de la philosophie.* Seuil, 1989.
LOTTMAN, Herbert R., *Albert Camus* , Le Seuil, 1978.
——, *La Rive gauche ; du Front Populaire à la guerre froide*, Le Seuil, 1981.
MASSON, Nicole, *L'École Normale Supérieure, les chemins de la liberté*, Gallimard, 1994.
MOBERG, Asa, *Simone and I. Thinking about Simone de Beauvoir*, *Stockholm* : Norstedts, 1996.
Moi, Toril, *Simone de Beauvoir, conflits d'une intellectuelle*, préface de Pierre Bourdieu, Diderot, 1995.（邦訳『ボーヴォワール　女性知識人の誕生』大橋洋一、片山亜紀、近藤弘幸、坂本美枝、坂野由紀子、森岡実穂、和田唯訳、平凡社、2003年）
MONTEIL, Claudine, *Simone de Beauvoir, le mouvement des femmes*, mémoires d'une jeune fille rebelle, Stanké 1995（Montréal）, Le Rocher, 1996（Paris）.（邦訳『晩年のボーヴォワール』クローディーヌ・セール著、門田眞知子訳、藤原書店、1999年）
——, « Une femme en mouvement, par Michel Braudeau »（entretien sur Simone de Beauvoir et sur Mai 68）, *Le Monde*, 23 mai 1998.
——, *Entretien avec Asa Moberg sur les sœurs Beauvoir*, Aftonbladet, 1998（Suède）.
——, « Simone de Beauvoir and the Women's Movement in France : An eye witness account», *Simone de Beauvoir Studies*, n°14, 1997.
NADEAU, Maurice, *Grâces leur soient rendues. Mémoires littéraires*, Albin Michel 1990.
NIEDZWIECKI, Patricia, *Hélène de Beauvoir peintre*, Côté Femmes, 1987.
NIZAN, Paul, *Aden-Arabie*, préface de Jean-Paul Sartre, éd. François Maspéro, 1960,

GERASSI, Jean, *Jean-Paul Sartre, conscience haïe de son siècle*, Éd. du Rocher, 1992.

■他の作品

ADLER, Laure, *Marguerite Duras*, Gallimard, 1998.
ASABUKI, Tomiko. *Vingt-huit jours au Japon avec Jean-Paul Sartre et Simone de Beauvoir*, L'Asiathèque, 1996, collection Langues et Mondes.
ASTARITA PATTERSON, Yolanda, *Simone de Beauvoir and the Demystification of motherhood*, UMI Research Press, Ann Abor/London, 1984 ; éditrice des Simone de Beauvoir studies.
ARON, Raymond, Essai sur les libertés. Calmann-Lévy, 1965.
——, Mémoires. Julliard, 1983.（邦訳『レーモン・アロン回想録1・2』三保元訳、みすず書房、1999年）
AUDRY, Colette, *Sartre et la réalité humaine*, Seghers, 1966.
BARTOSEK, Karol, *Les Aveux des archives*, Le Seuil 1996.
BEAUVOIR, Hélène de, *Souvenirs, propos recueillis par Marcelle Routier*, Librairie Seguier, Garamont/Archimbaud, 1987.（邦訳『わが姉ボーヴォワール』福井美津子訳、平凡社、1991年）
BERBEROVA, Nina, *C'est moi qui souligne*, Actes Sud, 1989.
BERIA, Sergo, *Beria, mon père*, Plon/Critérion, 1999, traduit, annoté et avec une préface de Françoise THOM.
BERTIN, Célia, *Femmes sous l'Occupation*, Stock 1993.
CAYRON, Claire, *La Nature chez Simone de Beauvoir*, Les Essais, Gallimard, 1973.
Chronologie du xxe siècle, Larousse, 1990.
CONTAT, Michel, et RYBALKA, Michel, *Les Écrits de Sartre*, Gallimard, 1970.
——, *Bulletin d'information du groupe d'Études Sartriennes*.
——, *Sartre : Bibliographie 1980-1982*, CNRS éditions, collection littérature/philosophie, 1993.
——, édition de la Pléiade comprenant les *Œuvres romanesques* de Jean-Paul Sartre, en collaboration avec Geneviève IDT.
DELPHY, Christine, *L'ennemi principal*, Syllepse, 1998. éditrice des *Nouvelles Questions Féministes*, fondé par Simone de Beauvoir.
DESANTI, Dominique, *Les Staliniens*, Marabout, 1975.
DUBY, Georges, PERROT, Michelle, *Histoire des Femmes*. Plon, 1991-1992.
EAUBONNE D', Françoise, *Une femme nommée Castor, mon amie Simone de Beauvoir*, Encre, 1986.
FALLAIZE, Elisabeth, *The Novels of Simone de Beauvoir*, Routledge, 1998.
FONTAINE, André, *Histoire de la guerre froide*, Le Seuil, 1967.
HALPERN-GUEDJ, Betty; *Le temps et le transcendant dans l'œuvre de Simone de Beauvoir*, Gunter Narr Verlag Tübingen, 1998.
GALSTER, Ingrid, *Le théâtre de Jean-Paul Sartre devant ses premiéres critiques*, Günter Narr

Situations V, *Colonialisme et néo-colonialisme*, Gallimard, 1964.（邦訳『シチュアシオンV 植民地問題』サルトル全集第31巻、人文書院、1965年）
Situations VI, *Problèmes du marxisme* 1, Gallimard, 1964.（邦訳『シチュアシオンVI マルクス主義の問題1』サルトル全集22巻、人文書院、1966年）
Les Troyennes, Gallimard, 1965.（邦訳『トロイアの女たち』サルトル全集第33巻、芥川比呂志訳、人文書院、1966年）
Situations VII, *Problèmes du marxisme 2*, Gallimard, 1965.（邦訳『シチュアシオンVII マルクス主義の問題2』サルトル全集第32巻、人文書院、1966年）
L'Idiot de la famille, tomes I et II, Gallimard, 1971 et tome III, Gallimard, 1972.（邦訳『家の馬鹿息子――ギュスターヴ・フローベール論』部分訳、平井啓之他訳、人文書院、1982年）
Situations VIII, Autour de 68, Gallimard, 1972.（邦訳『シチュアシオンVIII フランスの問題』サルトル全集第36巻、人文書院、1974年）
Situations IX, Mélanges, Gallimard, 1972.（邦訳『シチュアシオンIX』サルトル全集第37巻、人文書院、1974年）
Situations X, *Politique et autobiographie*, Gallimard, 1976.（邦訳『シチュアシオンX』サルトル全集第38巻、人文書院、1977年）
Un théâtre de situations, Gallimard, 1973.
On a raison de se révolter（avec Philippe Gavi et Pierre Victor）, Gallimard, 1974.
Œuvres romanesques, Bibliothèque de la Pléiade, éd. établie par Michel Contat, Michel Rybalka, avec la collaboration de Geneviève Idt et Geroge H. Bauer, Gallimard, 1981.
Les Carnets de la drôle de guerre, Gallimard, 1983.（邦訳『奇妙な戦争――戦中日記』石崎晴己他訳、人文書院、1985年）
Cahiers pour une morale, Gallimard, 1983.
Lettres au Castor et à quelques autres, tomes I et II, Gallimard, 1983.（邦訳『ボーヴォワールへの手紙』西永良成訳、人文書院、1988年）
Le Scénario Freud, préfacé par J. -B. Pontalis, Gallimard, 1984.（邦訳『フロイト-シナリオ』西永良成訳、人文書院、1987年）
Critique de la raison dialectique, nouvelle édition d'Arlette E1Kaïm-Sartre, tomes I et II, Gallimard, 1985.
Mallarmé ; *La Lucidité et sa face d'ombre*, édition d'Arlette E1Kaïm-Sartre, Gallimard, 1986.（邦訳『マラルメ論』平井啓之・渡辺守章訳、筑摩書房、1999年）

文　献（網羅的ではない、アルファベット順）

■伝記

BAIR, Deirdre, *Simone de Beauvoir*, *une biographie*, Fayard, 1991.
COHEN-SOLAL, Annie, *Sartre*, Gallimard, 1985.

Les Jeux sont faits, Nagel, 1947.（邦訳『賭はなされた（シナリオ集）』福永武彦他訳、人文書院、1957年）
Les Mains sales, Gallimard, 1948.（邦訳『汚れた手』鈴木力衛訳者代表、サルトル全集第7巻、人文書院、1961年）
L'Engrenage, Nagel, 1948.（邦訳『歯車』中村真一郎訳、『賭はなされた（シナリオ集）』人文書院、1957年所収）
Situations II. Littérature et engagement, Gallimard, 1948.（邦訳『シチュアシオンII　文学とは何か』サルトル全集第9巻、人文書院、1981年）
Les Chemins de la liberté, tome III : La Mort dans l'âme, Gallimard, 1949.（邦訳『自由への道』第三部「魂の中の死」・第四部「最後の機会（断片）」、佐藤朔・白井浩司訳、人文書院、1970年）
Situations III, *Lendemains de guerre*, Gallimard, 1949.（邦訳『シチュアシオンIII　唯物論と革命』サルトル全集第10巻、人文書院、1980年）
Entretiens sur la politique, avec la collaboration de Gérard Rosenthal et de David Rousset, Gallimard, 1949.
Le Diable et le Bon Dieu, Gallimard, 1951.（邦訳『悪魔と神』生島遼一訳、人文書院、1969年）
Saint Genet, *comédien et martyr*, Gallimard, 1952.（邦訳『聖ジュネ――演技者と殉教者』サルトル全集第34巻・第35巻、白井浩司・平井啓之訳、人文書院、1966年）
L'affaire Henri Martin, Gallimard, 1953.（邦訳『反戦の原理――アンリ・マルタン事件の記録』平井啓之・田中仁彦訳、弘文堂、1966年）
Kean, Gallimard, 1954.（邦訳『狂気と天才――キーン』鈴木力衛訳、人文書院、1961年）
Nékrassov, Gallimard, 1956.（邦訳『ネクラソフ』淡徳三郎訳、人文書院、1965年）
Les Séquestrés d'Altona, Gallimard, 1960.（邦訳『アルトナの幽閉者』サルトル全集第24巻、永戸多喜雄訳、人文書院、1961年）
Critique de la raison dialectique, *précédé de Questions de méthode*, Gallimard, 1960.（邦訳『方法の問題――弁証法的理性批判序説』平井啓之訳、人文書院、1962年）
Critique de la raison dialectique, tome I Théorie des ensembles pratiques, et Tome II L'Intelligibilité de l'Histoire, appendice ."L'événement historique", Gallimard, 1960.（邦訳『弁証法的理性批判――実践的総体の理論』全三冊、竹内芳郎・矢内原伊作・平井啓之・森本和夫・足立和浩訳、人文書院、1962-1973年）
Les Mots, *Gallimard*, 1964.（邦訳『言葉』白井浩司訳、サルトル全集第29巻、人文書院、1964年）
Qu'est-ce que la littérature ? Collection Folio Essais, Gallimard, 1964 [A précédemment paru en 1948 dans Situations II]（邦訳『文学とは何か』改訳新装版、加藤周一・白井健三郎訳、人文書院、1998年）
Situations IV, *Portraits*, Gallimard, 1964.（邦訳『シチュアシオンIV　肖像集』サルトル全集第30巻、人文書院、1966年）

ナリオ、テキスト完訳／朝吹三吉・朝吹登水子、人文書院　1980年）

■ジャン=ポール・サルトルの著作一覧

L'imagination, PUF, 1936.（邦訳『想像力』人文書院サルトル全集第23巻『哲学論文集』人文書院、1957年所収）

La Transcendance de l'Ego, Vrin, 1937.（邦訳『自我の超越』竹内芳郎訳、『自我の超越　情動論素描』人文書院 、2000年所収。古くは『哲学論文集』人文書院、1957年所収）

La Nausée, Gallimard, 1938.（邦訳『嘔吐』白井浩司訳、人文書院 1994年）

Le Mur, Gallimard, 1938.（邦訳『壁』伊吹武彦訳、人文書院、1959年。町田徳之助訳、第三書房、1988年）

Esquisse d'une théorie des émotions, Hermann, 1939.（邦訳「情緒論粗描」竹内芳郎訳、『自我の超越　情動論素描』人文書院、2000年所収。『哲学論文集』サルトル全集第23巻、人文書院、1957年所収）

L'Imaginaire, Gallimard, 1940.（邦訳『想像力の問題——想像力の現象学的心理学』平井啓之訳、人文書院、1975年）

L'Être et le Néant, Gallimard, 1943.（邦訳『存在と無——現象学的存在論の試み』上 下（新装版）松浪信三郎訳、人文書院、1999年）

Les Mouches, Gallimard, 1943.（邦訳『蝿』加藤道夫訳、人文書院サルトル全集第8巻『恭しき娼婦』（改訂版）人文書院、1982年所収）

Huis clos, Gallimard, 1944.（邦訳『出口なし』伊吹武彦訳、『恭しき娼婦』人文書院、1952年所収）

Les Chemins de la liberté, tome I : L'Âge de raison, Gallimard, 1945 .（邦訳『自由への道』第一部「分別ざかり」、佐藤朔・白井浩司訳、人文書院、1962年）

Les Chemins de la liberté, tome II : Le Sursis, Gallimard, 1945.（邦訳『自由への道』第二部「猶予」、佐藤朔・白井浩司訳、人文書院、1962年）

L'existentialisme est un humanisme, Nagel, 1946.（邦訳『実存主義とは何か』増補新装版、伊吹武彦訳、人文書院 、1996年）

Morts sans sépulture, Gallimard, 1946.（邦訳「墓場なき死者」鈴木力衛訳、『汚れた手』人文書院、サルトル全集第7巻、1961年所収）

La Putain respectueuse, Gallimard, 1946.（邦訳『恭しき娼婦』芥川比呂志訳、人文書院、1952年）

Réflexions sur la question juive, Gallimard, 1946.（邦訳『ユダヤ人』安堂信也訳、岩波書店、1956年）

Baudelaire, Gallimard, 1947.（邦訳『ボードレール』佐藤朔訳、サルトル全集第16巻、人文書院、1956年）

Situations I, Essais critiques, Gallimard, 1947.（邦訳『シチュアシオンⅠ　評論集』サルトル全集第11巻、人文書院、1975年）

■随筆・評論

Pyrrhus et Cinéas, 1944.（邦訳『ピリュウスとシネアス』青柳瑞穂訳、新潮社、1955年。『人間について』同訳、新潮文庫、1955年、改訂版1980年。『ピリュウスとシネアス』同訳、『ボーヴォワール著作集』2巻所収、人文書院、1968年）

Pour une morale de l'ambiguïté, 1947.（邦訳『両義性のモラル』松浪信三郎訳、『ボーヴォワール著作集』2巻所収、人文書院、1968年）

L'Amérique au jour le jour, 1948.（邦訳『アメリカその日その日』二宮フサ訳、『ボーヴォワール著作集』5巻所収、人文書院、1967年）

Le Deuxième Sexe, I et II, 1949.（邦訳『第二の性』生島遼一訳、新潮社、1953-1955年。同訳、『ボーヴォワール著作集』6・7巻所収、人文書院、1966年）

Privilèges, 1955. Repris dans la collection Idées, sous le titre *Faut-il brûler Sade*?（邦訳『サドは有罪か』白井健三郎訳、現代思潮社、1961年。室淳介訳、新潮社一時間文庫、1954年）

La Longue Marche, essai sur la Chine, 1957.（邦訳 『中国の発見――長いあゆみ』内山敏・大岡信訳、紀伊國屋書店、1966年）

Mémoires d'une jeune fille rangée, 1958.（邦訳『娘時代――ある女の回想』朝吹登水子訳、紀伊國屋書店、1961年）

La Force de l'âge, 1960.（邦訳『女ざかり――ある女の回想』上・下、朝吹登水子・二宮フサ訳、紀伊國屋書店、1963年）

La Force des choses, 1963.（邦訳『或る戦後』上・下、朝吹登水子・二宮フサ訳、紀伊國屋書店、1965年）

La Vieillesse, 1970.（邦訳『老い』朝吹三吉訳、人文書院、1972年）

Tout compte fait, 1972.（邦訳『決算のとき――ある女の回想』上・下、朝吹三吉・二宮フサ訳、紀伊國屋書店、1973年）

Les écrits de Simone de Beauvoir, par Claude Francis et Fernande Gontier, 1979.

La Cérémonie des adieux, suivi des *Entretiens avec Jean-Paul Sartre*, 1981.（邦訳『別れの儀式』朝吹三吉訳、人文書院、1983年）

Lettres à Sartre, tome I. 1930-1939 ; tome II. 1940-1963, Édition présentée, établie et annotée par Sylvie Le Bon de Beauvoir, 1990.

Un amour transatlantique, *lettres à Nelson Algren* 1947-1964, Édition présentée, établie et annotée par Sylvie Le Bon-de Beauvoir, 1997.

■証 言

Djamila Boupacha, en collaboration avec Gisèle Halimi 1962.（邦訳『ジャミラよ 朝は近い――アルジェリア少女拷問の記録』手塚伸一訳、集英社、1963年）

■シナリオ

Simone de Beauvoir, un film de Josée Dayan et Malka Ribowska, réalisé par Josée Dayan, 1979.（邦訳『ボーヴォワール　自身を語る』ジョゼ・ダイヤン監督映画のシ

関連書誌一覧

■シモーヌ・ド・ボーヴォワールの著作一覧（*Éditions Gallimard* による）

■長編小説（ロマン）

L'Invitée, 1943.（邦訳『招かれた女』川口篤他訳、東京創元社、1952年。同訳、新潮文庫, 1952年。同訳、河出書房新社『世界文学全集22』, 1961年。同訳、『ボーヴォワール著作集』1巻所収、人文書院、1967年）

Le Sang des autres, 1945.（邦訳『他人の血』佐藤朔訳、『ボーヴォワール著作集』第3巻所収、人文書院、1967年。同訳、新潮社、現代世界文学全集20、1953年。同訳、新潮文庫、1956年、改訂版1968年）

Tous les hommes sont mortels, 1946.（邦訳『人はすべて死ぬ』川口篤・田中敬一訳、『ボーヴォワール著作集』4巻所収、人文書院、1967年）

『人はすべて死す』上・下（川口篤・田中敬一訳、東京創元社、1953年。同訳、岩波文庫、1959年）

Les Mandarins, 1954.（邦訳『レ・マンダラン』朝吹三吉訳、『ボーヴォワール著作集』8・9巻所収、人文書院、1967年。同訳、新潮社、世界文学全集45・46、1956年）

Les Belles Images, 1966.（邦訳『美しい映像』朝吹三吉・朝吹登水子訳、『ボーヴォワール著作集』9巻所収、人文書院、1967年）

Quand prime le spirituel, 1979.（邦訳『青春の挫折』朝吹三吉・朝吹登水子訳、人文書院、1981年）

■物語（レシ）

Une Mort très douce, 1964.（邦訳『おだやかな死』杉捷夫訳、紀伊國屋書店、1995年）

■中編小説（ヌーヴェル）

La Femme rompue, 1968.（邦訳『危機の女』朝吹三吉・朝吹登水子訳、人文書院、1969年）

■戯　曲

Les Bouches inutiles, 1945.（邦訳『ごくつぶし』佐藤朔訳、『ボーヴォワール著作集』3巻所収、人文書院、1967年）

著者紹介

クローディーヌ・セール＝モンテーユ
（Claudine Serre-Monteil）

1949年パリ生。モリエール女子校、ナンテール大学に学ぶ。ニース大学の博士論文「シモーヌ・ド・ボーヴォワールの作品と人生における彼女のフェミニズムへの参加」で第三課程の歴史学博士号取得。作家。テレビやラジオのインタビューに応じたり、ボーヴォワールやサルトルに関する講演を行なっている。前著『晩年のボーヴォワール』および本書によって、フランス女性運動の最も若い世代の証人として重要な存在となっている。近著 *Les Sœurs Beauvoir* (Les Edtions n°1).

訳者紹介

門田眞知子（かどた・まちこ）

京都市生まれ。ソルボンヌ・パリ第Ⅳ大学博士課程修了。新制度文学博士。ソルボンヌ・パリ第Ⅳ大学、中国社会科学院客員研究員を経て、現在、鳥取大学地域学部教授。日本クローデル研究会会長。20世紀フランス文学、比較文学・文化専攻。

著書に『クローデルと中国詩の世界』（多賀出版、1998）。訳書に、C・セール『晩年のボーヴォワール』（藤原書店、1999）、P・ブリュネル『変身の神話』（人文書院、2004）他。論文多数。

南知子（みなみ・ともこ）

京都府生まれ。元大阪女学院教員。現在、福井県三国町在住。

世紀《せいき》の恋人《こいびと》 ボーヴォワールとサルトル

2005年6月30日　初版第1刷発行©

訳　者　門田眞知子
　　　　南　知子
発行者　藤原良雄
発行所　株式会社 藤原書店
〒162-0041　東京都新宿区早稲田鶴巻町523
電　話　03（5272）0301
FAX　03（5272）0450
振　替　00160-4-17013

印刷・製本　中央精版印刷

Printed in Japan
ISBN4-89434-459-9